SUSAN FOX

De repente, é ele

SUSAN FOX

De repente, é ele

Tradução:

Tatiana Leão

ÚNICA editora

Gerente Editorial
Mariana Rolier

Editora
Marília Chaves

Editora de Produção Editorial
Rosângela de Araujo Pinheiro Barbosa

Controle de Produção
Fábio Esteves

Tradução
Tatiana Leão

Preparação
Gabriela Ghett

Projeto gráfico e diagramação
Idée Arte e Comunicação

Capa
Osmane Garcia Filho

Revisão
Adriana Cristina Bairrada

Foto de Capa
Astra Production/ Getty Images

Impressão
Assahi

Única é um selo da Editora Gente.

Título original: *His, unexpectedly*

Rua Pedro Soares de Almeida, 114,
São Paulo, SP - CEP 05029-030

Telefone: (11) 3670-2500

Site: http://www.editoragente.com.br

E-mail: gente@editoragente.com.br

Dados Internacionais de Catalogação na Publicação (CIP)
(Câmara Brasileira do Livro, SP, Brasil)

Fox, Susan

De repente, é ele / Susan Fox ; tradução de Tatiana Leão. -- São Paulo : Editora Gente, 2013. 7ª tiragem.
Título original: His, unexpectedly.
ISBN 978-85-7312-868-0

1. Romance canadense I. Título.
13-05924 CDD-813

Índices para catálogo sistemático:
1. Romances : Literatura canadense em inglês 813

Capítulo 1

Que manhã de junho maravilhosamente perfeita: um trecho de estrada no litoral da Califórnia a se revelar diante de mim como uma faixa prateada, com o teto do meu velho MGB abaixado, uma viseira para proteger os olhos, a brisa do mar para esfriar meu rosto.

Estradas abertas significavam possibilidades. O que estaria por trás da próxima curva? Um pedaço de praia de areias brancas, um campo de reluzentes papoulas californianas cor de laranja ou uma das vinhas, um falcão planando alto no céu azul-claro?

Ou, para ser prática ao menos uma vez, um posto de gasolina. O Mellow Yellow estava quase sem combustível.

É, eu dei um nome para o conversível amarelo manteiga que comprei aos dezoito anos. Minha mãe costumava tocar a antiga música do Donovan quando minhas irmãs e eu éramos pequenas, e nós cantávamos juntas o refrão. Fato pouco conhecido sobre mamãe: embora agora ela fosse uma das melhores advogadas do Canadá, costumava tocar música dos anos 1960 para as filhas. Se levarmos em consideração como ela é agora, tão séria o tempo todo, eu mesma teria dificuldades em acreditar nisso.

Hora de encarar a realidade. Pelo lado positivo, a estrada livre. Pelo lado nem tão positivo, o fim da estrada, a casa onde cresci em Vancouver, Colúmbia Britânica. Eu só voltava até lá uma ou duas vezes por ano. O mesmo se dava com as minhas duas irmãs mais velhas: minha família amava melhor à distância. No entanto, desta vez não tivemos opção. Nossa irmãzinha ia se casar.

Quando eu chegasse lá, ia rolar o mesmo papo de sempre.

Jenna, não dá para acreditar que você continua dirigindo esta lata velha. Pelo menos diz que você não deu nenhuma carona no caminho. Estes seriam os meus pais. Nascidos para se preocupar, para não dizer criticar.

Você certamente levou o tempo que quis para chegar aqui. Graças a Deus a gente não contava mesmo que você fizesse alguma coisa para o casamento. Minhas duas irmãs mais velhas, Theresa e Kat, eram umas espertalhonas. Não que alguma delas realmente quisesse a minha ajuda, de qualquer forma.

Quanto a Merilee, eu podia ouvir o berro dela daqui: *Jenna, eu sabia que você ia voltar para casa no meu casamento!* No entanto, haveria alívio na voz dela, pois, na verdade, ela não tinha tanta certeza assim.

Sim, a turma toda estaria na casa. Incluindo o bom e velho Matt, o noivo de Merilee, e — surpresa! — alguns extras. Ao que parecia, Tree e Kat iam levar namorados para o casamento. Conhecendo essas duas, isso devia significar que levavam esses caras a sério.

Ai, cara, eu estava morrendo de curiosidade. Não que eu quisesse o mesmo para mim. Estar solteira era perfeito. Há muitos homens divertidos, interessantes e sensuais por aí para se contentar com um só. Além disso, aprendi a lição aos dezessete. Estar apaixonada mandava meu discernimento para o inferno, me deixava idiota. E essa idiotice me custou o sonho mais amado.

Quando me peguei acariciando a minha barriga estéril, meti a mão de volta no volante e sacudi a cabeça. Passado era passado. Eu tinha quase trinta anos agora e a minha vida era incrível. A minha família jamais iria me entender, mas — eu sorri, orgulhosa, diante da visão de um posto de gasolina à frente — o universo aprovava e me oferecia praticamente tudo de que eu precisava quase na hora certa.

Parei perto de uma bomba e deixei a gasolina fluir. Durante a espera, me espreguicei enquanto curtia o sol na minha pele. Tirei a viseira e passei os dedos pelos cachos irremediavelmente embaraçados, depois coloquei a bolsa de retalhos no ombro e entrei para pagar.

Minha carteira estava recheada de notas, a maioria gorjetas do trabalho de garçonete em Santa Cruz, onde morei durante os últimos dois meses. Era a minha grana para viajar, além do que consegui com a venda da minha prancha de surfe.

Uma rápida visita ao banheiro feminino, uma nova camada de protetor solar, um refil de água da torneira na garrafa de aço inoxidável e eu estava pronta para pegar a estrada de novo. Infelizmente, quando virei a chave na ignição, percebi que Mellow Yellow não estava no mesmo clima. Nada aconteceu.

— Por favor, por favor — implorei ao tentar mais uma vez. — Vamos, não faça isso comigo. — Uma mulher que usava a bomba ao lado me lançou um sorriso solidário.

— As alegrias de possuir um carro velho — disse eu ao sair novamente do veículo e olhar ao redor.

Havia umas ilhas de manutenção no posto de gasolina antigo, então fui até lá. As portas estavam abertas e revelavam um caminhão velho em uma ilha e um utilitário esportivo e moderno na outra, mas não vi sinal de vida.

— Tem alguém aí? — gritei.

Um homem com um avental — bem anos 1950, careca e com um bigode volumoso — apareceu da sala ao lado.

— Olá. Posso ajudar?

Li o crachá com o nome dele no bolso e sorri para ele.

— Oi, Neal, eu sou a Jenna. Espero de verdade que você possa. Meu carro morreu na bomba.

— Certo, Jenna, vamos dar uma olhada.

Quando saiu, ele sorriu.

— Ei, um clássico B. Legal.

— É, uma beleza. Quando dá a partida.

Após cinco minutos de acionamentos à manivela e olhadas debaixo do capô, ele ergueu os olhos castanhos para mim.

— Tô achando que o alternador quebrou. Vai precisar de um novo.

Soltei um gemido.

— Quanto tempo e quanto?

— Tenho de arrumar um em São Francisco ou ainda mais longe. Vai te custar umas centenas de dólares, provavelmente, a menos que eu ache um recondicionado. Depois, mais duas ou três horas de trabalho.

Merda, merda, merda! Eu tinha raspado o dinheiro da gasolina para voltar para casa, mas consertar o carro gastaria quase tudo, e eu não tenho um cartão de crédito.

— Quer que eu encontre a peça e passe o preço pra você?

— Eu gostaria, sim.

— Claro. Provavelmente vai levar uma meia hora. — Ele colocou o boné para trás e coçou a testa. — A lanchonete mais à frente da estrada, Marianne's, tem um café gostoso e comida caseira.

— Obrigada.

Andei na direção que ele indicou. Embora não tivesse dinheiro para comer em um restaurante, eu precisava de um lugar para esperar. E ponderar o que fazer em seguida.

Deixar o carro com Neal e gastar o dinheiro da gasolina em uma viagem de ônibus? Consertar o carro e esperar que o universo fizesse chover dinheiro? Ou a opção três: ligar para casa? Meus pais, Tree e Kat tinham se oferecido para pagar a passagem de avião, mas eu era independente. Se eu ligasse... Bem, a expressão *sem perguntas* não se aplicaria a este caso. Eles iriam querer saber como foi que estraguei tudo desta vez.

Organização, planejamento, planos de contingência, tudo isso era o lance deles, não o meu. E era imensamente superestimado. Eu adorava ser um espírito livre.

Um *trailer* Volkswagen Westfalia passou por mim e entrou em um estacionamento. Eu tinha chegado à lanchonete que Neal havia recomendado, uma construção bonitinha, pintada de branco e com persianas azuis. Havia meia dúzia de carros e alguns caminhões no estacionamento. O *trailer* parou em uma vaga vazia do outro lado, debaixo da sombra escassa de uma palmeira.

A porta do motorista se abriu e um homem pulou para fora, com uma revista em uma das mãos, depois seguiu até a lanchonete. Humm, nada mal. Camisa regata verde e soltinha, bermuda cargo cáqui, cabelo castanho médio-quase-longo, e muita pele bronzeada por cima de braços e pernas bem musculosos.

Meu olhar se aguçou de interesse. Eu tinha surfado bastante em Santa Cruz, quando não estava trabalhando em uma pesquisa sobre falcões-peregrinos ou como garçonete, e tinha observado vários corpos excelentes. Aquele ali, pelo menos de costas, era comparável. Talvez até ganhasse do Carlos, o surfista mexicano com quem estava saindo até algumas semanas atrás.

Passei pelo *trailer*. Estava bem desgastado, coberto de adesivos “salve o meio ambiente” e com a placa da Colúmbia Britânica.

Humm. O universo podia não ter feito chover dinheiro, mas talvez tivesse enviado uma solução diferente para o meu dilema. Talvez tivesse feito chover uma carona e um motorista *sexy* para mim.

***

Mark Chambers fechou a porta do Marianne's Diner e olhou pela janela envidraçada. A mulher por quem havia passado ao entrar no estacionamento andava em direção ao prédio.

O sol a iluminava por trás, então ele não conseguia distinguir as feições dela, mas viu um reflexo deslumbrante de mechas platinadas, uma silhueta esguia e uma saia longa e solta, tão transparente que a luz do sol passava direto através dela e delineava as pernas longas. Todo o caminho até o ápice, onde a brisa esculpia o tecido contra as coxas dela e contra o doce triângulo entre elas.

A lascívia reverberava pelo corpo dele, engrossava seu sangue, o deixava em choque. Ele não tinha o hábito de cobiçar desconhecidas — geralmente estava tão envolvido no trabalho que mal notava as mulheres —, mas a imagem que ela passava era incrivelmente sensual. E faziam... Humm, meses desde a última vez que tinha transado, agora que pensava nisso.

— Boa tarde — disse uma voz atrás dele, e ele se afastou da porta.

Atrás do balcão da lanchonete, uma mulher negra de meia-idade, cabelo curto e encaracolado e bochechas redondas, sorriu para ele.

— Sente-se onde quiser.

O local, uma lanchonete reformada dos anos 1950 ou 1960, estava meio cheio, todos os clientes sentados em cabines ou nas mesas. Ele escolheu um banquinho de bar e deixou o material de leitura, a última edição do *Jornal de Biologia e Ecologia Marinha Experimental*, em cima do balcão de fórmica azul.

— Obrigado. Pode me trazer um café e o cardápio?

— É pra já. — Ela encheu uma caneca de café e a entregou a ele com um cardápio de plástico. — As tortas de frutas são deliciosas, se você estiver a fim de algo doce.

Para ele, as coisas se encaixavam em duas categorias: aquelas que deviam ser levadas a sério e aquelas nas quais não valia a pena prestar atenção. Comida caía na segunda categoria.

Já café... Ele levou a caneca aos lábios e inalou. Humm. Encorpado e robusto sem ser ácido.

Ele deveria ter perguntado se os grãos eram provenientes de comércio justo, mas duvidava que a resposta fosse positiva e ele precisava de café. Todo homem tem direito a um prazer. Embora, para sermos rigorosos como ele tentava ser, estivesse mais para um vício. Mesmo que fosse malfeito, como tantas vezes era o caso, ele o beberia. Ele saboreou o aroma por mais um instante, depois levou a caneca aos lábios e tomou um gole.

Muito bem. Outro gole, para confirmar a primeira impressão.

— Está excelente — disse ele para a mulher em um sinal de aprovação. Se é para fazer algo, que seja benfeito.

Atrás dele, a porta da lanchonete se abriu e fechou. Era a loira. E seria falta de educação se virar e olhar para ela.

— Obrigada — disse a mulher atrás do balcão. — Você deveria experimentar a torta de morango fresco.

— Torta de morango? — A voz feminina atrás dele era leve, ansiosa, como a de uma criança a quem foi oferecido um presente.

Um instante depois, ela deslizou para o banco ao lado do dele, e, desta vez, ele a observou.

Ela era deslumbrante de um jeito totalmente natural. O rosto tinha forma de coração, ossos finos, reluzente com um bronzeado dourado e um rubor ensolarado nas bochechas e no nariz. Um emaranhado de cachos platinados caía por cima dos ombros e quase ocultava uma dispersão de borboletas coloridas tatuadas no braço e no ombro.

Então ele a olhou nos olhos e, ai, cara. Era um misto deslumbrante de azuis-esverdeados caribenhos, nos quais ele mergulhou e se perdeu em suas profundezas.

Ele estava vagamente ciente de que a mulher da lanchonete dizia:

— Então você vai querer a torta de morango, senhorita?

Ele pestanejou e se arrastou de volta, antes que se afogasse.

A ponta delicada da língua da loira apareceu e estalou nos lábios naturalmente rosados, e, mais uma vez, o desejo tomou conta dele. Ela balançou a cabeça e disse melancolicamente:

— Só um chá de camomila, obrigada. Então você é a Marianne?

— Isso mesmo, querida. Este é o meu canto. Uma camomila saindo.

Chá de camomila? Aquilo o arrancou do devaneio com um tranco. Ela poderia muito bem beber grama na água quente que o gosto seria o mesmo. Alicia, a mãe biológica dele, era fã da parada. E por que a loira não pediu a torta que a havia deixado tão empolgada? Será que ela era uma dessas mulheres em dieta constante?

Com certeza não precisava disso. Ele tinha visto as pernas dela através da transparente saia azul com estampa florida. Mais acima, a regata azul desgastada revelava ombros e braços tonificados. Seios pequenos e volumosos, livres da prisão de um sutiã.

Mamilos de ponta rosa. Não marrons. De alguma forma, ele sabia.

Merda, o que havia de errado com ele?

Uma ereção crescente o fez agradecer pelo fato de a bermuda ser frouxa e a regata estar para fora dela. Ele esteve em cidades tropicais, onde as mulheres andavam quase nuas, e não teve reações tão intensas. Certo, ele era um homem da ciência. Poderia analisar tal fenômeno de maneira lógica. Era a simples combinação de uma necessidade corporal que há muito não era satisfeita e uma mulher que era um espécime físico adorável. Perfeitamente compreensível, ainda que desconcertante.

Quando ele voltou o olhar para o rosto dela, ela sugeriu:

— Peça a torta. — Com os olhos cor de oceano a dançar, acrescentou: — Quem sabe se eu for muito, muito legal contigo, você me deixe provar um pouquinho. — A língua dela estalou mais uma vez.

O sangue dele se precipitou até a virilha à medida que ele imaginava aquela língua rosada lambendo o seu membro. A loira ficaria horrorizada se fizesse ideia do que ele pensava.

A menos que... A amiga e colega de trabalho dele, Adrienne — a quem conhecia desde a pós-graduação —, disse que as mulheres o achavam atraente, embora ele mesmo nunca percebesse isso. A loira provavelmente não estava flertando, estava? Não. De jeito nenhum. Ela poderia ter qualquer homem que desejasse, então por que iria querer um *nerd* das ciências feito ele?

A mulher da lanchonete colocou um pequeno bule de porcelana e uma caneca na frente dela e ela disse:

— Obrigada, Marianne.

— Vou querer a torta. — Ele engasgou.

— Claro que vai — disse Marianne com um sorriso esperto. Ela olhou para a loira. — Quer chantili?

— Existe alguma outra maneira de comer uma torta?

Ele imaginou a loira passando chantili no pau dele e depois lambendo tudo, e queria enterrar o rosto nas mãos e gemer. Desde o primeiro momento em que a viu, ele ficou... Enfeitiçado. Exceto pelo fato de não existir algo assim na ciência. Era muito perturbador. Ele preferiu folhear desesperadamente a revista científica que havia trazido consigo. Se ele se enterrasse naquelas páginas, estaria em um terreno seguro.

— Você prefere ler a falar comigo? — provocou ela. — Estou magoada.

— Er... — Ele olhou para ela.

O sorriso travesso revelou dentes brancos e perfeitos.

— Se nós vamos compartilhar... — Ela fez uma pausa.

Ele prendeu a respiração. Compartilhar? Que homem não gostaria de compartilhar qualquer maldita coisa com essa mulher?

— A torta — terminou ela —, acho que devemos nos apresentar. — Ela estendeu a mão fina com unhas curtas, sem esmalte e com vários anéis incomuns. — Jenna Fallon.

— Mark Chambers. — Ele pegou a mão dela com cautela. Como era de esperar, uma onda sensual o percorreu quando ela a sacudiu com firmeza. Um misto de ardência e formigamento irradiou pelo braço dele. Ele rapidamente a soltou, pegou a própria xícara de café e tomou um gole, na tentativa de recuperar o equilíbrio. — Você mora por aqui, Jenna? — Provavelmente sim, pois estava a pé.

Ela sacudiu a cabeça, os cachos a dançar, revelando um par de brincos simples em cada orelha, depois sossegando.

— Sou do Canadá. Moro em Santa Cruz, trabalho em uma pesquisa sobre falcões-peregrinos pela Universidade da Califórnia.

— Maravilha — disse ele, aliviado. Ela também curtia o meio ambiente, como ele. Uma colega, não uma mulher. Bem, é claro que era uma mulher, mas ele se saía bem quando lidava com elas como colegas. Na verdade, ele também se saía bem na cama: o sexo era uma das atividades que mereciam ser benfeitas, e as parceiras dele sempre pareciam satisfeitas. Era a parte do meio, a parte social, que causava problemas a ele.

Ela encheu cuidadosamente a caneca com uma bebida esverdeada e tão fraca que chegava a ser nojenta, tomou um gole e sorriu. Com olhos brilhantes, ela disse:

— Faz parte de um projeto de conservação muito bem-sucedido. Você sabia que os falcões são uma espécie em extinção na Califórnia? Em 1970, só encontraram dois pares em aninhamento. Agora, depois de um programa de reprodução em cativeiro, são mais de 250.

Agora em um terreno seguro na conversa, ele disse:

— Sim, o DDT e outros pesticidas quase acabaram com eles. Graças a Deus foram proibidos e os programas de reprodução em cativeiro funcionaram. — Ele a analisou. — Aposto que os rastrear foi um desafio. Eles têm o hábito de fazer ninhos em áreas remotas.

Quando os olhos dela se arregalaram de surpresa, ele disse:

— Sou biólogo marinho e aprendi um pouco a respeito de aves marinhas. Por incrível que pareça, também estive em Santa Cruz. Trabalhei em um projeto de pesquisa no Laboratório Long Marine da UCSC.

— Sério? Não é uma loucura? Nunca nos esbarramos em Santa Cruz e, mesmo assim, ambos entramos por acaso no Marianne's Diner no mesmo instante. — Ela sorriu. — O universo é incrível.

— É, sim. — Um espaço de ciência e de mistérios ainda incompreendidos. Um lugar que a humanidade parecia determinada a destruir. Ele sabia que as pessoas muitas vezes o achavam inflexível, mas Mark não tinha paciência para aqueles que não davam a mínima para este mundo incrível.

Marianne encheu a caneca dele de café e colocou um prato diante do rapaz. Ele mal olhou para a louça, exceto para notar os dois garfos, até que Jenna o incentivou.

— Agora, isso sim é uma obra de arte.

Ele deu outra olhada. Casquinha de aparência crocante, morangos gordos e vermelhos suspensos na cobertura de açúcar, um monte de chantili. Nada mal.

Jenna disse à outra mulher:

— Neal, da oficina, me mandou para cá, e eu não podia estar mais satisfeita. — Ela pegou um garfo, depois olhou para Mark com olhos arregalados e ansiosos.

Como ele poderia dizer não para aqueles olhos?

— Fique à vontade. Eu não conseguiria dizer não para você. — Ele apenas disse a verdade, mas ela sorriu como se ele tivesse dito algo engraçado.

Ela pegou um pedaço considerável: um morango enorme e inteiro, uma parte da casquinha e um montão pesado de creme, e abriu bem os lábios cor-de-rosa para devorá-lo. Os olhos dela se fecharam e ela inclinou a cabeça para trás, e gemeu de aprovação enquanto mastigava, levando uma eternidade para consumir aquele pedaço. Os sons que ela fazia e a expressão feliz no rosto dela o lembravam de fazer amor, de forma lenta e gratificante.

O pau dele latejou e ele engoliu em seco, com vontade de ter o que ela tinha.

Por fim, ela abriu os olhos e sorriu para Marianne.

— Uma perfeição. — Aí ela franziu a testa na direção do prato e depois para Mark. — Você não vai comer?

A torta, ela quis dizer a torta.

— Eu estava... — *Vendo você chegar ao orgasmo.* — Er, esperando que você a experimentasse.

— É uma delícia. — Ela meteu o garfo na torta mais uma vez. — Aqui.

Quando ele se deu conta, aquele garfo carregado estava diante de seus lábios. Sobressaltado, ele abriu a boca e deixou que ela deslizasse aquele pedaço gigantesco para dentro.

— Feche os olhos — disse ela. — Assim, tudo fica mais gostoso.

É, se ele ficasse olhando para o rosto lindo e animado dela, não sentiria o gosto de nada, por isso a obedeceu, embora se sentisse estranhamente vulnerável ao fechar os olhos enquanto ela o observava tão ansiosamente.

Em geral, quando comia, a mente dele não se ligava na comida, mas agora ele se concentrou enquanto mastigava. Frutas maduras e suculentas, a doçura da cobertura, um sabor encorpado e amanteigado na massa, e creme sem açúcar com um toque de baunilha. Cada sabor era diferente e a forma como eles se misturavam era... perfeita.

Se toda comida fosse tão deliciosa assim, ele se viciaria do mesmo jeito que havia se viciado em café.

Ele terminou o pedaço e abriu os olhos.

— Ela tem razão — disse ele a Marianne. — É a melhor torta que já comi.

— Fico feliz que tenha gostado — disse a mulher com um sorriso, como se risse de uma piada interna, depois se virou para atender novos clientes.

Ele se virou para Jenna, que segurava o garfo vazio já preparado.

— Vá em frente, vamos dividir — disse ele.

— Obrigada. — Prontamente, ela preparou outra garfada e a enfiou na boca.

Assistir-lhe saborear a comida era tão prazeroso quanto comê-la ele próprio. Mesmo assim, ele lotou o próprio garfo e a igualou pedaço a pedaço até terminarem a torta. Quando só o que restava era uma listra vermelha no prato, ele disse:

— Não que eu me importe em dividir, mas me parece que você estava com fome o suficiente para pedir um pedaço de torta só para você.

— Não tem nada a ver com fome — disse ela de forma irônica — e tudo a ver com finanças.

Hein? Ela não tinha dinheiro para um pedaço de torta?

— Vou pedir outro pedaço para você — disse ele rapidamente. — Ou um sanduíche. O que você quiser.

— Você é um doce, mas não estou morrendo de fome. Só estou contando os centavos. Aliás, por falar em centavos... — Ela balançou a cabeça e os cachos de um dourado pálido reluziram. — Você simplesmente saiu para dar uma volta de carro ou vai mesmo para algum lugar?

— Vancouver. A cidade canadense — acrescentou ele, para que ela soubesse que ele não se referia ao estado de Washington. Ele ergueu a caneca para pedir mais um pouco de café.

— É? Por um acaso, eu também.

Ela inclinou o corpo para um lado, levantou um braço magro e descoberto e ergueu o polegar na clássica linguagem corporal dos caroneiros.

— Tem espaço para mais um? Divido a gasolina com você.

Ele quase cuspiu o café.

— Você quer uma carona até Vancouver? Vai até lá *pedindo carona*?

Ela fez uma cara feia.

— Cara, você parece meus pais. Não, eu não estou *pedindo carona.* Estou pedindo para você me levar até lá. — Um sorriso malicioso iluminou o rosto dela. — É claro que, se você negar, acho que vou ser obrigada a esticar o polegar na beira da estrada. E, sabe como é, é perigoso lá fora para uma garota desacompanhada. Nunca se sabe o que pode acontecer. Você não quer um peso desses na consciência, né? — O tom provocante esclareceu que ela não levava aquilo a sério.

Mas ele levava. Ele sempre era sério. E *era* perigoso lá fora. Ela certamente não deveria mesmo pegar uma carona.

— Como chegou até aqui?

Ela pegou a própria caneca.

— De carro, mas o alternador quebrou lá no posto de gasolina e estou presa aqui.

— Então conserte — Ele começou a falar e depois parou. — Ah. Se sua grana não paga uma torta...

Ela concordou com a cabeça.

— Exatamente.

— Jogue no cartão. — Ele não era entusiasta da ideia de acumular dívidas, mas era melhor do que pedir carona ou acompanhar um desconhecido como ele. Não que ele não fosse confiável, mas Jenna não tinha como saber.

— Não tenho cartão — disse ela despreocupadamente. — Não confio neles. Se eu não tiver o dinheiro para pagar por alguma coisa, não preciso dela.

Uma boa filosofia. E, mesmo assim, ela acreditava em pegar carona com desconhecidos. Esta era uma das mulheres mais esquisitas que ele conheceu em um bom tempo. Além de ser a mais gata e a mais fascinante.

— Como você sabe que eu não sou um *serial killer*? — questionou ele.

Ela sorriu.

— Um *serial killer* não divide tortas com suas vítimas.

Ele franziu as sobrancelhas diante de tal tolice.

— Você acabou de me conhecer.

— O seu *trailer* é fofo demais. — Ela agitou a cabeça na direção do estacionamento.

Ele teve de admitir que a Westfalia, com todos aqueles adesivos em prol do meio ambiente, parecia bastante inocente. Mesmo assim, Ted Bundy usava uma tala e parecia um rapaz comum.

Ela deu um suspiro muito sofrido.

— É, eu provavelmente teria sido uma das vítimas de Ted Bundy.

Então, você está me sugerindo que é um *seria killer*? Do tipo que lê o *Jornal de Biologia e Ecologia Marinha Experimental*?

Ele bufou.

— É claro que não.

Os olhos dela brilharam.

— Então está tudo certo, né?

Ela era incorrigível e o confundia. Ao duvidar subitamente da própria capacidade de julgamento, ele perguntou:

— Como vou saber se *você* não é uma *serial killer*?

Ela riu.

— Essa é boa. Bem quando comecei a achar que você estava aborrecido demais para conversar.

Ele estava. Mais uma vez, ela tinha interpretado mal e levado na brincadeira a pergunta séria dele. Ou será que estava evitando respondê-la?

— Você está me ofendendo para que eu não perceba que você não respondeu à pergunta.

Outra risada. Olhos dançarinos.

— Tem senso de humor e também é inteligente. Além de ter um corpaço.

Hã? Sim, ele era inteligente, mas não tinha senso de humor, e o corpo dele era... Funcional. E, no momento, repleto de luxúria. Ele baixou o olhar na esperança de que as roupas dele disfarçassem sua ereção. Ela tinha dado uma olhada no corpo dele? Ou, quem sabe, realmente fosse uma criminosa e esta fosse outra tática para pegá-lo desprevenido.

Jenna se virou para Marianne, que havia retornado com a garrafa de café.

— Marianne, qual é a sua opinião? Eu pareço uma *serial killer* para você?

A mulher madura deu uma risada.

— Querida, se você matar este rapaz, acho que não vai ser com uma faca.

— Nem todo *serial killer* usa faca — ressaltou ele. As estatísticas iam contra a probabilidade de que a bela loira fosse uma assassina, mas, mesmo assim... — E, embora a maioria dos assassinos seriais fosse masculina, existiram alguns do sexo feminino. — Na mente dele passou o pensamento de que, se ele fosse vítima de Jenna Fallon, ele bem que poderia morrer com um sorriso no rosto.

***

Capítulo 2

Enquanto Mark falava, eu sorria. A insinuação sexual de Marianne passou raspando pela mente dele, bem como o meu flerte.

O que há com esse cara? Ele não era *gay* nem indiferente. Aquela protuberância caprichada debaixo da parte inferior da regata soltinha dele, que não era uma dobra natural do tecido, me dizia isso, e também fazia todo o meu corpo vibrar de tesão e desejo.

Ele simplesmente parecia levar tudo a sério demais. Como o discurso atual a respeito de *serial killer* e seu *modus operandi*.

A voz baixa e rouca combinaria melhor com um cantor de *rock* do que com um cientista, e o corpo forte e tonificado, revelado de maneira tentadora pela camisa sem mangas e pela bermuda, era o de um atleta nato. O rosto também era esbelto, angular, masculino e impressionante. Os olhos, de um azul de veraneio, eram penetrantes, ainda mais em contraste com o bronzeado que ele ostentava. Mamãe teria dito que ele precisava de um corte de cabelo há uns meses, mas eu gostava assim comprido. O dele, com diferentes tons de castanho, estava casualmente desgrenhado, o que suavizava os traços quase brutos do seu rosto.

Ah, sim, Mark Chambers era gostoso. Mesmo assim, ele parecia não ter consciência disso ou talvez não se importasse. Ao longo dos anos, conheci todos os tipos de caras — sim, muitas vezes no sentido bíblico — e este aqui me confundia.

De um jeito bom, no entanto. Ele era intrigante. Um desafio. Ele obviamente estava excitado, mas preferia falar sobre falcões ou estatísticas a respeito de *serial killer* do que flertar. E, curiosamente, ficava bem *sexy* quando passava sermões naquela voz rouca que combinava mais com um palco do que com uma sala de aula.

— As *serial killers* geralmente matam para ganho pessoal — continuou ele —, não pela emoção de matar, e suas vítimas são pessoas conhecidas em vez de completos desconhecidos, como no caso de Bundy.

— Então você está seguro — brinquei. — Você é quase um desconhecido. Mas, humm, você tem um *trailer* muito fofo e eu preciso mesmo chegar lá. Será que jogar você para fora e roubar o *trailer* contaria como ganho pessoal?

— Seria um ganho pessoal ridiculamente pequeno. — O tom dele continuava sério. — Em geral, envolve algo financeiro ou material mais significativo. — Ele passou a dar exemplos.

— Humm — provoquei. — Você realmente fez disto uma ciência. Acho que você é fanático por *serial killers*.

Ele sacudiu a cabeça.

— Eu leio bastante e gravo as informações.

Um acadêmico, como meu pai e minha irmã mais velha. Eles provavelmente se dariam bem.

Que pensamento bizarro, eu me sentir atraída por um homem que a minha família poderia aprovar.

Quando era criança, eu desejava ardentemente a aprovação dos meus pais, mas para obtê-la eu precisaria ter distorcido os meus instintos e me tornado a filha perfeita, como minhas duas irmãs mais velhas. Não, nada feito. Então virei uma pessoa do tipo "pegar ou largar": *eu sou assim, é pegar ou largar*. Essa era a parte bacana de ser adulta. Você poderia decidir por si própria quem desejava ser.

Quanto a Mark, eu tinha esperanças de que ele percebesse que o universo tinha nos unido por uma razão e me levasse. Para Vancouver — e sabe-se lá que travessuras eróticas a gente poderia fazer pelo caminho. Humm, eu adorava pensar nas possibilidades.

Marianne trouxe as contas e eu paguei a minha, incluindo uma boa gorjeta. Mark tirou do bolso uma surrada carteira de couro marrom. Ele também deu uma gorjeta generosa, fiquei satisfeita em perceber. Eu odiava quem não dava boas gorjetas.

— Que torta fabulosa, Marianne — disse eu a ela. — Pode apostar que vou fazer uma visita se algum dia passar de novo por aqui.

— Venha em agosto. Vou ter uma de pêssego.

— Está marcado. — Soprei um beijo para ela.

— Ela não é adorável? —perguntei a Mark quando descemos dos nossos bancos.

Ele franziu as sobrancelhas.

— Er...

— E aí, qual vai ser? Vou precisar pegar carona ou você vai ajudar a garota? — Ele deixou o periódico de título chamativo em cima do balcão, então o peguei e entreguei a ele para que nossas mãos se tocassem. A tensão sexual fazia a minha pele formigar e irradiava pelo meu corpo.

Ele baixou o olhar enquanto olhava para a própria mão e a revista como se não as reconhecesse.

— Er, obrigado. — Aí ele ergueu o olhar para o meu rosto e franziu a testa. — Você não ia mesmo pegar carona, né?

Soltei um suspiro enquanto o acompanhava até a porta.

— Talvez eu consiga consertar o carro e ver até onde poderia chegar com o dinheiro que sobrou para a gasolina. O mecânico está conferindo o problema e vai me passar um orçamento.

— Então vamos ver o que ele diz. — Ele abriu a porta.

Caminhamos até o *trailer*, e ele abriu a porta do passageiro.

— Aah, vai se arriscar — provoquei. — Ou as estatísticas dizem que uma *serial killer* nunca ataca antes do primeiro quilômetro?

— Não me recordo de nenhuma estatística sobre...

— Mark! É brincadeira.

— Ah, certo. Eu sabia.

Ele obviamente não sabia. Ele era um homem tão adorável. Subi no *trailer* e me virei para olhar na parte de trás enquanto Mark sentava no banco do motorista.

— Muito fofo. — Parecia uma casa de bonecas arrumadinha. Mesa e banco inteiriço, pia, frigobar e fogão *cooktop*. Imaginei que o banco se transformava em cama.

Uma cama. De casal. Agradável e acolhedora para duas pessoas.

Conforme Mark dava a partida na Westfalia e seguia para a estrada, observei admirada as coxas musculosas e bronzeadas, seus ombros e braços esbeltos e fortes, as mãos bem torneadas no volante. Corpaço, rosto bonito. Inteligente, sério, intrigante. Um arrepio de ansiedade percorreu o meu corpo. Será que em algum momento ele relaxaria o suficiente para se divertir?

Ele parou no posto de gasolina.

— Aquele é o meu carro. — Apontei para o Mellow Yellow, que havia sido transferido da bomba para um canto do estacionamento.

O canto da boca dele se contorceu e depois voltou ao lugar enquanto ele estacionava ao lado do meu carro.

— Quantos anos tem essa coisa?

— É de 1974.

— Uns bons anos mais velho do que você.

— É. — Eu iria fazer trinta este ano, o que provavelmente me tornava alguns anos mais nova do que ele. — Foi o meu primeiro carro e a gente combina um com o outro. — Cutuquei o braço dele enquanto apreciava a pele quente e o músculo sólido por baixo dela. — Você mesmo não dirige exatamente o carro do ano.

— Ele serve para o que preciso. — Ele virou, saiu do *trailer* e, em passos largos, se dirigiu às ilhas de manutenção.

Saí aos tropeços para alcançá-lo. O mecânico com quem eu havia conversado antes usava um macaco para erguer um carro esportivo.

— Ei, Neal.

— Ei, Jenna.

Mark, de sobrancelhas levantadas, olhou para nós dois, talvez imaginando que informalidade era aquela. Tive a sensação de que ele não era uma pessoa tão sociável quanto eu. Que pena. A vida fica tão limitada quando somos retraídos e não compartilhamos com outras pessoas.

— Neal, este é Mark. Um amigo. — É claro que era um amigo. Ele dividiu a torta comigo, embora eu não tivesse deixado muita opção.

Os dois homens acenaram um para o outro com a cabeça, aí perguntei a Neal:

— Como está isso aí?

Ele tirou uma luva de trabalho e passou a mão na cabeça careca.

— Achei um alternador recondicionado em São Francisco. Se você der o sinal verde, vão mandá-lo para cá. Hoje é sexta-feira, o alternador só chega amanhã. A agenda de sábado já está lotada. Geralmente tiramos os domingos de folga, mas, se você estiver com pressa, eu poderia trabalhar no seu MGB.

— Você é um doce. Quanto sairia?

— Mais ou menos uns trezentos dólares.

Fechei a cara.

— Ai. — Aquilo iria arrasar com o dinheiro da minha gasolina.

— Desculpe — disse ele, solidário.

— Eu odeio ter de pedir para trabalhar no domingo, mas, se trabalhasse, quando o carro ficaria pronto?

— No fim da tarde de domingo.

Pensei bem a respeito. Supondo por um instante que o universo realmente fizesse chover dinheiro...

— Na melhor das hipóteses, chego em casa na quarta-feira. — A minha família iria ficar possessa. — O ensaio e o jantar são sexta-feira e o casamento, no sábado.

— Você se casa na semana que vem? — perguntou Neal, ao mesmo tempo em que Mark disse — Você vai se casar?

As expressões atordoadas deles me fizeram rir.

— Eu não. A minha irmãzinha mais nova. — Definitivamente, não eu. Ficar presa a um homem em uma instituição sufocante e paternalista, que subjuga as mulheres e discrimina os homossexuais? De jeito nenhum. No entanto, M era uma garota tradicional e sabia o que queria, e o noivo dela, Matt, era um fofo. Eles eram M&M desde o segundo ano.

Ela havia soltado a novidade apenas uma semana atrás, quando ligou para dizer que ela e Matt iam se casar dali a duas semanas e não no verão seguinte. Tree, Kat e eu — conhecidas na família como "as três marias" — dissemos que ajudaríamos a organizar o casamento.

Eu sabia que ninguém contava comigo, mas seria bacana, ao menos uma vez, não corresponder às baixas expectativas delas. Certo, talvez eu ainda não tivesse superado por completo a necessidade da aprovação da minha família. Desde que desse para consegui-la sendo eu mesma, sem me desvirtuar e me tornar a mulher irremediavelmente entediante que queriam que eu fosse.

Se eu fosse até lá com Mark, o cara *sexy* com o *trailer* de uma só cama, ia chegar em casa no domingo à noite ou na segunda-feira. Exatamente como na estimativa que fiz quando mandei um e-mail esta manhã para dizer que estava a caminho.

Era a atitude responsável a se tomar. Ei, olha só, eu conseguia ser responsável.

Balancei a cabeça. É, óbvio que era isso que o universo tinha em mente. Eu teria de deixar Mellow Yellow. Não tinha feito planos para depois do casamento, portanto, o destino claramente queria que eu voltasse para a Califórnia.

E queria que eu fosse para o norte com Mark Chambers.

Enquanto eu ponderava, Mark, bronzeado, desgrenhado e sério, perturbava o mecânico, fazendo um monte de perguntas lógicas. Para as quais Neal tinha boas respostas. Eu me meti na conversa.

— E agora você me lembra a minha mãe. — Uma litigante, as conversas dela mais pareciam interrogatórios.

— Han? — Mark se virou para mim com uma aparência confusa.

— Deixa para lá. Beleza, decidi o seguinte. Não tenho dinheiro o suficiente para o conserto e a gasolina, e não quero me atrasar para chegar em casa. — Para Neal, eu disse — Será que eu poderia deixar o carro aqui durante algumas semanas? Vou deixar o dinheiro das peças. — Eu odiava abandonar Mellow Yellow, mas confiava em Neal tanto quanto em Mark, e meus instintos com relação às pessoas eram bons. Pelo menos quando não estava apaixonada — e certamente não estava a ponto de me apaixonar de novo. Não nesta vida.

— Não precisa pagar até o trabalho estar pronto. — O mecânico sorriu. — Afinal, estou com seu carro como garantia.

— Eu te amo de paixão. — Fui abraçá-lo.

Ele, com um sorriso, estendeu as mãos para me afastar.

— Vou sujar você de graxa. Sem falar que, se a minha esposa souber que andei abraçando uma loira, vou levar uma bronca.

Eu ri, depois estendi a mão e ele correspondeu com a dele. Nós as apertamos com firmeza e selamos o acordo.

Aí me virei para Mark.

— Agora é a sua vez de decidir. Graças a todos aqueles adesivos no seu *trailer*, sei que você curte salvar o oceano e as baleias e tudo o mais. Vai salvar uma canadense encalhada?

Com uma expressão meio de estado de choque, ele murmurou:

— Parece que não tenho muita escolha.

— É! — gritei. — Obrigada! — Atirei os braços em torno dele e o apertei com força. — Ah, eu te amo, você é o melhor. — Uau. Ele era gostoso, firme e tinha o cheiro do oceano. Eu não queria soltá-lo, mas ele não me abraçava de volta, apenas olhava para baixo com uma aparência tão surpresa quanto se um falcão-peregrino tivesse se empoleirado no pau dele.

E Neal tocou no meu ombro.

— Ora, espere um minuto. Achei que vocês dois eram amigos.

Eu soltei Mark, dei um passo para trás e me virei para o mecânico.

— Sim, nós nos conhecemos no Marianne's.

Ele franziu a sobrancelha para nós dois.

— Jenna, você não pode ir embora com um estranho que acabou de conhecer.

— Foi o que eu disse a ela — falou Mark, em um tom de revanche. Ele franziu ligeiramente a testa. — Embora eu não possa dizer que sou estranho.

Lancei para os dois um sorriso maligno.

— É claro, dez por cento dos *serial killers* são do sexo feminino. — Uma estatística completamente inventada por mim.

Mark fez uma cara feia.

— Não foi o que eu disse.

— *Serial killers*? — disse Neal com as sobrancelhas erguidas. — Como é?

— É brincadeira. — Nossa, será que ninguém tinha senso de humor? — Olha só, o Neal pode anotar a sua placa, Mark, e guardar as informações das nossas carteiras de motorista. Se um de nós aparecer morto, ele vai contar à polícia quem fez isso. — A verdade era que eu teria pedido a carteira de motorista de Mark de qualquer jeito, para confirmar o meu instinto.

— Vamos dar uma boa olhada nesta carteira — disse Neal, a contragosto.

No entanto, uma vez que tinha feito um exame cuidadoso do conteúdo da carteira de Mark, ele acenou com a cabeça, satisfeito.

— Certo, dr. Chambers.

— Vou pegar as minhas coisas — disse eu enquanto seguia na direção de Mellow Yellow com Mark atrás de mim. Ele me ajudou a subir a capota conversível e fechar as janelas, depois conferi se os documentos do carro estavam trancados no porta-luvas e recolhi todos os pertences largados por ali.

Ele abriu o porta-malas.

— Esta é toda a sua bagagem?

— São todos os meus bens materiais, praticamente. — Puxei uma mochila e deixei para ele outra bolsa e a pequena sacola térmica.

— Sério? — disse ele, incrédulo.

— Além de algumas roupas velhas e outras coisas que ficam na casa dos meus pais. Penso que, se não cabe no meu carro, então não devo precisar muito.

Quando eu falava assim, um monte de caras — e a maioria das

mulheres — me achava maluca. No entanto, Mark deu um sorriso de aprovação.

— Eu entendo você. — Ele pendurou a alça da mochila em um ombro e ergueu a bolsa térmica, enquanto os músculos ondulavam de maneira deliciosamente natural. — O que tem aqui dentro?

— Queijo e biscoitos, frutas. — Apontei para os dois itens que ficaram no porta-malas: um saco de dormir surrado e um travesseiro fino. — Vou precisar disto? — Eu não iria precisar se ele dividisse a cama comigo.

— Er... — Ele olhou para mim e uma faísca de tensão sexual se acendeu entre nós. No entanto, como havia acontecido antes, ele não a reconheceu. Em vez disso, franziu a testa. — Jenna, onde você planejava dormir?

— No carro ou na praia. Quem sabe em um acampamento.

Ele sacudiu a cabeça.

— Você tem pais?

Eu ri.

— Sim. E sim, eles iriam pegar no meu pé. É por isso que geralmente não digo a eles o que faço. E aí, devo levar isso aqui?

— Não, eu tenho uma solução. A Westfalia é um luxo em comparação a isso aí. — O que poderia significar que ele contava que iríamos nos aconchegar juntos na cama — ou que ele tinha um saco de dormir sobressalente. De todos os caras que já conheci, ele era o mais difícil de interpretar. E absolutamente intrigante.

Quando deixei minhas chaves com Neal, ele me entregou o cartão dele.

— Ligue para mim ou mande um e-mail daqui a uns dias. E dê os meus cumprimentos à sua irmã.

— Obrigada. — Cravei um beijo na bochecha dele. — Você é o

melhor. — Mais uma vez, o universo tinha colocado no caminho a pessoa certa no momento certo.

Como fez com o dr. Mark Chambers. O cientista *sexy* ia fazer a viagem da vida dele. E eu também.

Eu o segui até o *trailer* e fiquei admirando a bunda dele e a flexão dos músculos enquanto ele deslizava a porta lateral para abri-la. Deixamos minhas posses no chão e eu disse:

— Pronto para pegar a estrada?

Desta vez, ele deu um aceno firme com a cabeça, como se finalmente tivesse topado a empreitada.

— Vamos lá.

Colocamos os cintos de segurança e eu sorri. Era bem íntimo, nós dois lado a lado nesta fofa casinha sobre rodas. Pena que não era um banco inteiriço em vez de dois assentos giratórios grandes. Mesmo assim, a gente ia conhecer melhor um ao outro — nos vários sentidos da expressão, eu esperava — nos próximos dias.

Poucos minutos depois, a Westfalia estava na estrada da costa, indo para o norte.

Baixei o vidro da janela e dei um suspiro de prazer.

— Amo estradas livres. — Possibilidades. Agora não havia apenas papoulas e praias, mas, quem sabe, um sexo ardente com um homem com corpo de surfista e mente de cientista. Absolutamente tentador.

— Você pretende pegar a estrada costeira o caminho todo até lá? — perguntei.

Ele baixou o vidro da janela dele também. O braço esquerdo repousava no quadro da janela e a brisa desgrenhava o cabelo castanho.

— Pretendia. Tem problema? Você está com pressa, né?

— Não o suficiente para pegar a I-5.

— Ótimo. Eu odeio rodovias. Fujo delas como o diabo foge da cruz.

— Eu também. Elas destroem a alma das pessoas. Prefiro as estradas de terra.

Ele sorriu para mim.

— Sempre. Ainda mais se forem próximas ao oceano.

— Você disse que é biólogo marinho. — Inclinei o banco um pouco mais para trás e me ajeitei. Conhecer gente — especialmente caras charmosos — era uma das minhas atividades favoritas no mundo. — É porque você ama o oceano?

— É.

Eu esperei. Como ele não continuou a falar, instiguei-o.

— Fale mais. Como você passou a amar o oceano? Cresceu perto dele?

— Não. No interior, em Oregon.

Nascido nos EUA, mas agora dirigia um *trailer* com uma placa da Colúmbia Britânica e tinha uma carteira de motorista de lá. Havia tanto a descobrir a respeito dele. Alguns homens tinham paixão em falar sobre si mesmos e outros precisavam ser forçados. Puxe um assunto científico com Mark e aposto que ele falaria sem parar para sempre, mas eu precisaria me esforçar para conhecer a história da vida dele.

— Quando foi a primeira vez em que você viu o mar? — perguntei.

— Quando tinha cinco anos.

— É como arrancar dentes — provoquei. — Vamos lá, Mark, conte mais.

— Er, por que você quer saber?

— Porque estou interessada. Chama-se *conversar*.

Ele olhou para mim intrigado, como se eu falasse um idioma estrangeiro, depois se concentrou novamente na estrada à frente.

— Vamos passar várias horas neste *trailer*, então vamos nos conhecer melhor. Agora, me conte da primeira vez em que você esteve no oceano — disse eu.

A estratégia funcionou. Um instante depois, um sorriso tocou a boca dele.

— Todos nós fomos para o litoral e foi incrível. Foi muito inspirador e, ainda assim, eu sentia que pertencia àquele lugar.

— Quem sabe você foi um marinheiro em uma vida passada?

— Não me diga que você acredita em vidas passadas.

— Sei lá. Mantenho a minha mente aberta. Tudo é possível, certo?

— Tudo? Acho que não. Algumas coisas são muito improváveis.

— Em sua humilde opinião — provoquei. — Olhe lá para fora. — Apontei para fora da janela, para o mar. — Antigamente, os cientistas zombavam da ideia absurda de que a Terra era redonda. Costumavam achar que, se você navegasse longe demais, iria cair da borda.

— Humm. Você tem razão.

Inclinei o corpo para apertar delicadamente o braço nu dele.

— Sei que vocês cientistas odeiam admitir que não sabem tudo. — No entanto, ele reconheceu meu argumento, o que me impressionou. Deixei a mão se demorar no braço dele e desfrutei do calor da sua pele, a tensão sutil dos músculos, antes de voltar para o meu lugar. Tive esperanças de que ele sentisse arrepios.

— É verdade. — O olhar dele passou da estrada à frente para o braço dele e depois voltou.

— E, no entanto, é disso que a ciência se trata, não é? Explorar o desconhecido.

— Em grande parte, sim. — Ele deu outra olhada, os olhos azuis ansiosos de curiosidade. — Você é uma ornitóloga?

Eu bufei. Tinha dito ao homem que vinha pesquisando falcões e ele achou que eu era uma ornitóloga?

— De jeito nenhum. O meu pai é o cientista da família. — Como meu velho e amado pai seria o primeiro a dizer, eu não tinha o cérebro ou a disciplina para isso.

— O que ele faz?

— É geneticista. Pesquisa as conexões genéticas do câncer e tenta encontrar uma cura.

Ele fez um gesto de aprovação com a cabeça.

— Impressionante. E a sua mãe?

— É advogada. Para o lado do bem, não do mal. Na maioria das vezes, ela representa os querelantes em ações coletivas contra grandes corporações que fazem coisas sórdidas.

— Boa gente, os seus pais. Como você escolheu o meio ambiente como seu campo de atuação?

Meu campo?

— Mark, não tenho um campo. Eu me interesso por coisas demais para me decidir por uma só. Quando algo intrigante aparece, eu faço. — Vou para onde o vento, meu humor, um cara ou um trabalho tentador me leva.

— A pesquisa dos falcões?

— Eu estava em Santa Cruz e alguém falou a respeito. Parecia bacana, então me ofereci como voluntária. Adoro pássaros, adoro estar ao ar livre. — Eu era uma ambientalista à minha própria e desorganizada maneira. Sentia uma afinidade com a natureza que era quase espiritual. Era como se ela curasse feridas e sofrimentos, e eu tinha vontade de cuidar dela em troca. No entanto, também adorava gente, então sempre revezava entre trabalhos junto à natureza e trabalhos que envolviam pessoas. Eu era versátil, aprendia rápido. Simplesmente não conseguia trabalhar em nada que exigisse formação ou habilidades especiais, porque não tinha nenhum dos dois.

— Além disso, gosto de trabalhar em horários irregulares, ter tempo para surfar — continuei. Na verdade, fui para a Califórnia por causa de um surfista charmoso, o Carlos. — A pesquisa era perfeita. — Dei um sorriso entristecido. — Exceto, é claro, pela parte da remuneração inexistente. Meu sustento era ser garçonete.

— Humm. — Apenas um ruído, mas que me dizia que ele não estava impressionado. O homem era tão sério que provavelmente não se identificava com um espírito livre.

Tirei do rosto algumas mechas desarrumadas pela brisa e, curiosa para saber mais a respeito dele, disse:

— Você falou que *todos vocês* foram para o litoral. Você quis dizer sua família?

— No sentido amplo da palavra. Eu cresci em uma comuna.

— Ah! Sério? — Olhei para ele com olhos arregalados. — Deve ter sido muito divertido. Estou morrendo de inveja.

A boca dele se contorceu.

— Que pena que não dá para a gente trocar de lugar. Eu queria ter uma família normal, uma vida convencional. — Ele diminuiu a velocidade para passar por três ciclistas. — O que acabei conseguindo, uma hora ou outra, com os meus avós.

— O que aconteceu com seus pais?

Ele acelerou e deixou os ciclistas para trás. Parecia que ele não ia responder. Será que eu estava pressionando demais? As pessoas costumavam reagir à minha curiosidade amistosa.

Lentamente, ele disse:

— Só a Alicia. — O tom era frio e distante. — Nasci na comuna e paternidade não era algo relevante. As pessoas achavam que a monogamia era arcaica e o casamento, mais ainda.

— Bem, realmente. Veja a origem dele. Alianças políticas, trocas de propriedade, a posse de uma mulher e filhos. Mulheres que precisavam de um cara forte para proteger a ela e aos seus bebês. Nada disso é relevante hoje em dia.

De maneira irônica, ele disse:

— Ao menos é um argumento lógico.

— Ao menos? Ou seja, você não concorda?

— Eu concordo que o casamento é bastante arcaico, mas não tenho certeza de que a maioria das pessoas seja evoluída o suficiente para lidar com ciúme e relações não estruturadas.

Sorri para mim mesma. Eu adorava relações não estruturadas e não havia um pingo de ciúme no meu corpo. Bem, talvez eu sentisse ciúme das minhas irmãs, mas não quando se tratava de homens. Era bom saber que eu era tão evoluída.

— Como as coisas funcionavam na comuna?

Ele bufou.

— De um jeito péssimo. O Vale da Liberdade não se organizava exatamente em torno de uma filosofia, a não ser o hedonismo.

— Não há nada de errado no prazer.

— Depende de onde ele vem.

Eu ponderei.

— Por exemplo, ninguém deveria sentir prazer em ferir outra pessoa. Ou prejudicar o meio ambiente.

Ele concordou intensamente com a cabeça.

— Concordo, mas a falta de conhecimento, de consideração e prioridades erradas podem gerar resultados tão perigosos quanto. Pegue seus falcões como exemplo. Eles não estariam em risco de extinção se não fossem os pesticidas. No início, ninguém entendia muito bem o impacto dos pesticidas no meio ambiente, e aí, durante um bom tempo, os interesses econômicos superaram os ambientais. Até que as pessoas perceberam que destruir o meio ambiente não fazia sentido economicamente. — Ele continuou a falar e eu o ouvia atentamente.

Depois eu perguntaria mais a respeito da vida na comuna. Por enquanto, ele falava sobre algo interessante e, melhor ainda, a paixão em sua voz rouca, a animação em seu rosto, o gestual dele enquanto discursava no modo cientista eram sensuais para caramba.

Mark olhou para Jenna, ciente de que tinha mudado de uma conversa para uma palestra. Discorrer sobre ciência era fácil; discutir filosofia — como os prós e os contras sociológicos da instituição do casamento — era interessante, mas falar de si mesmo era constrangedor. Não porque ele tivesse segredos profundos e obscuros, mas porque raramente o fazia.

Em geral, ele interagia com as pessoas por meio do trabalho. Mark era o líder da equipe ou o consultor especialista. Quando as outras pessoas saíam no fim do dia para comer juntas, tomar alguns drinques e conversar, ele se recolhia para meter as caras no trabalho ou se sentava em um canto afastado e ficava calado.

Sejamos sinceros: exceto pelo trabalho, ele era um dos caras mais chatos do mundo.

As parceiras dele sempre eram colegas de trabalho e, na maioria das vezes, eles conversavam sobre o projeto no qual atuavam.

Jenna olhava para ele com aparente interesse, mas provavelmente só estava sendo educada. É, lá estava ele com uma gata e matando-a de tédio. Ele deveria calar a boca naquele instante.

Não, ele tinha uma ideia melhor. Eles estavam perto de Fort Bragg e lá havia um local que o fascinava e que talvez ela curtisse. Isso os atrasaria um pouco, mas não muito.

— Você já foi à Praia de Vidro?

— Não. O que é?

— Era um depósito lixo. As pessoas largavam todo tipo de tranqueira lá, inclusive um montão de vidro. No fim das contas, a cidade caiu na real e tentou limpá-la. Conseguiram tirar tudo de grande, mas não todo o vidro quebrado. As ondas bateram no vidro e, agora, a praia está coberta de pedrinhas de vidro colorido.

— Que legal! Vamos lá.

A reação ansiosa o fez sorrir. Ela o lembrava de uma menina empolgada diante de um doce, como quando abocanhou aquela torta de morango. A garota era interessante, sem dúvida, embora não fosse o tipo de pessoa intelectual e concentrada em causas com as quais ele convivia. Normalmente, quando dirigia, ele gostava de ficar só com os próprios pensamentos, mas Jenna tornava a viagem mais interessante.

Ele virou na direção da praia. Sem dúvida, ela o havia encantado e deslumbrado. Lá estava ele, oferecendo a promessa de uma praia reluzente para tentá-la como se fosse um doce.

Ele estacionou e, antes que desligasse o motor, ela pulou para fora do carro. Ele trancou o *trailer* e, em seguida, a guiou ao longo de um caminho de terra até uma enseada ladeada por rochas pontiagudas, na qual meia dúzia de pessoas passeava. Ondas pequenas e com franjas brancas corriam até a margem e depois recuavam, enquanto emitiam um ruído baixo e contínuo, como um sussurro. À distância, a praia parecia repleta de seixos normais, embora brilhassem demais sob o sol, mas, quando se olhava mais de perto...

Jenna passou voando por ele.

— Que incrível! — Uma brisa forte sacudiu o cabelo e agitou a saia em torno das pernas dela quando ela se inclinou para recolher um punhado de pedras.

Tão linda. O pau dele começou a enrijecer de novo e até suas mãos doíam de vontade de tocá-la. Ela encostou nele algumas vezes. De maneira casual. Ele precisou de toda a força de vontade que tinha para se afastar em vez de tomá-la nos braços.

Ela disse coisas boas a respeito dele, falou que ele tinha um corpo bonito, mas será que isso significava um flerte? A amiga dele, Adrienne, disse que nunca conheceu um homem tão indiferente a uma paquera, mas como um cara iria saber? Ele certamente não queria ofender Jenna, e...

Ela correu até ele, sorrindo e estendendo os seixos que havia recolhido.

— Mark, são tão lindos!

Outro homem teria dito: "não, você que é linda". Em vez disso, ele baixou o olhar na tentativa de recuperar a compostura enquanto se concentrava nas pedrinhas dela.

Ele já havia estado ali antes, pois a história e os processos que haviam transformado um depósito de lixo naquela praia incomum atraíram a curiosidade de cientista dele. No entanto, ele nunca tinha parado para pensar a respeito da beleza dos cacos de vidro. Agora, ele analisava o punhado de pedrinhas: reluzentes e cintilando sob o sol, pedaços de vidro polidos pelo mar misturados com pedras normais e conchas. A maioria era transparente ou branca, e havia alguns pedaços cor de âmbar, outros verdes e um de um azul vívido.

— Junte as mãos — ordenou ela.

Quando ele o fez e as posicionou debaixo das dela, ela deixou os seixos escorrerem aos poucos por entre os dedos finos até as palmas das mãos dele, e o sol os fazia reluzir conforme caíam.

— Aqui está. Um punhado de magia. — Ela envolveu as mãos

dele nas dela, as palmas e os dedos quentes contra as costas das mãos dele. — A gente está segurando algo mágico.

O pulso dele disparou. Sim, os pedaços de vidro eram lindos e brilhantes, mas a magia estava nas faíscas que zuniam entre as mãos dela e as dele.

Ela deu um suspiro.

— Queria poder levá-los para casa, mas, se todo mundo fizesse isso, não existiria mais uma praia para a gente curtir. — As mãos dela se afastaram das dele. — Além disso, não seria justo trancar esses seixos lindos em uma jarra de vidro. Liberte-os, Mark.

Em vez de jogá-los no chão, ele abriu os dedos e os deixou deslizar em uma cascata lenta e reluzente até que fizessem parte da praia novamente. O único que ele conseguiu identificar foi o azul brilhante, tão distinto quanto a própria Jenna.

— Vamos caminhar — disse ela, enquanto tirava os sapatos.

— Cuidado, ainda existem algumas partes de lixo de metal. Não quero que você corte os pés.

Ela o encarou como se ele estivesse enlouquecido.

— Mark, você não pode usar sapatos na praia em um dia ensolarado.

— Não posso? — Ele teria tirado as sandálias — eram os pés dela que o preocupavam —, mas agora estava curioso para ouvir o que ela diria. — Por que não? É algum tipo de regra?

— Você costuma seguir regras? — Ela brincou.

— Se houver bons motivos por trás da regra. Caso contrário, nem tanto. — Ele não tinha escrúpulos em contornar ou quebrar uma regra sem sentido ou prejudicial.

— Sapatos são um desrespeito à praia — disse ela na mesma hora.

— Eles podem esmagar as conchas. Esta é uma área ambientalmente frágil. Você não vai querer danificá-la.

— Certo, você me convenceu. — Ele se abaixou para tirar as sandálias de couro. Sob as solas dos pés dele, as pedras formavam um tapete irregular que acumulava o calor do sol.

Jenna foi até a beira da água e deixou as sandálias para trás. Ele as recolheu, juntamente com as dele, e foi atrás dela. Ela espirrou a água do mar com os dedos dos pés, deu um suspiro de prazer, depois começou a caminhar ao longo da margem. Ele a alcançou e ficou ao lado dela, enquanto as franjas suaves das ondas se agitavam ao redor dos pés dele.

— Obrigada por me trazer até aqui — disse ela.

— De nada.

Eles caminharam em silêncio por alguns minutos. O vento grudava a parte de cima da regata no corpo dele e bagunçava o seu cabelo, o que o fez se lembrar de que precisava cortá-lo. Aquilo era raro para ele, tirar um tempo para passear na praia. Ele se sentia ligeiramente culpado por não fazer nada de produtivo. Por outro lado, o que havia de errado em simplesmente aproveitar o sol, a brisa, a praia brilhante e, não menos importante, a bela mulher ao lado dele?

— Você nunca disse o que aconteceu com, er, Alicia — disse ela, baixinho.

— Ela morreu quando eu tinha nove anos.

— Sinto muito. — Jenna apertou o braço dele de leve.

Outro toque simples e, ainda assim, mais uma vez o corpo dele estremeceu. Ela era tão atraente. Modelada e bronzeada, as mechas de um dourado pálido a flutuar na brisa, as borboletas em seu braço parecendo prontas para saírem voando. Hoje à noite, ele provavelmente não ia conseguir pegar no sono no saco de dormir sob as estrelas, ciente de que ela estava enrolada na cama dentro do *trailer*. A menos que, é claro...

— Como ela morreu? — A pergunta interrompeu os pensamentos lascivos dele.

— Ela e mais algumas outras pessoas se perderam em drogas pesadas. — Um fim idiota para uma vida bastante sem sentido. Talvez o mais triste fosse que ele não conheceu a mãe biológica o suficiente para realmente amá-la e lamentar a morte dela.

— E você estava com nove anos e não tinha pai. Nossa, Mark, que dureza. — Ela passou o braço pelo dele e o apertou. — O que aconteceu depois?

A racionalidade o abandonou. Havia algo muito intenso no efeito que Jenna exercia nele. Ela fazia esses gestos totalmente inocentes, e a luxúria se espalhava por ele. Nenhuma outra mulher jamais o deixou desse jeito.

Tinha de ser algo biológico. O que diziam os estudos a respeito de atração? Que as pessoas se sentiam atraídas pelos parceiros com base no DNA, em particular na diferença entre os principais códigos complexos de histocompatibilidade.

— Mark? O que aconteceu depois?

— Depois... — repetiu ele. Do que eles estavam falando? Ah, sim. — Uma das pessoas que morreram era o líder. Sem um líder, o Vale da Liberdade desmoronou. As mortes também chamaram a atenção do governo. De repente, as autoridades começaram a intervir, a fim de tentar vacinar as crianças e mandá-las para a escola.

— Você foi educado em casa?

Ele bufou.

— Você quer dizer aprender a plantar legumes, colher maconha e ler cartas de Tarô? Não havia muita educação por ali. Olha, sei que existiram algumas comunas grandes, mas o Vale da Liberdade não era uma delas. — Um bando de vagabundos, fracassados, gente sem foco na vida.

Um *golden retriever* saiu da água aos pulos na frente deles e se agitou loucamente, espirrando água nos dois. O chuvisco gelado era gostoso e o lembrava de como ele e as outras crianças corriam pelados pelos aspersores na comuna.

Jenna riu, um ruído tão livre quanto os giros do cão, e gotas de água reluziam nas bochechas dela. Quando uma mulher com uma coleira apareceu para prendê-lo e se desculpar, Jenna disse:

— Não tem problema. Ele é um fofo.

Enquanto ela e Mark seguiam em frente, Jenna disse:

— Então, a comuna estava se desfazendo e você não tinha pais?

Fazia tanto tempo desde a última vez em que ele falou, ou sequer pensou, sobre essa época.

— Todos os adultos cuidavam das crianças. Era responsabilidade de todo mundo, sabe como é? — É, havia alguma diversão, como correr através dos aspersores, mas, mesmo assim, ele ansiava por uma casa convencional e uma mãe que o colocasse para dormir todas as noites. — A paternidade biológica não era importante, mas, quando tudo desabou, encontraram os pais de cada criança. Dois de nós sobraram.

— Você ficou com os pais de Alicia? Você já os conhecia?

Ele sacudiu a cabeça.

— Ela tinha se afastado completamente deles. Eles odiavam a vida que ela tinha escolhido, mas me acolheram.

— Ah, Mark, deve ter sido tão difícil. — Ela puxou o braço dele mais para perto, que se esfregou no seio livre debaixo da camisa fina.

O braço dele formigava e o pau pulsava, o que o distraía.

— Sim, no início. Para todos nós.

— Me conta mais.

Ele parou de andar e ela fez o mesmo, encarando-o enquanto ele dizia:

— Er, por que você quer saber tudo isso?

O vento soprou uma mecha nos olhos dela e ela a afastou do rosto. Eles haviam deixado os óculos escuros no *trailer* e a cor e o brilho dos olhos caribenhos dela faziam inveja às pedras de vidro na praia.

— Porque estou interessada em você. Quero te conhecer.

Conhecê-lo como pessoa, não como cientista. Esse era o tipo de bate-papo social que ele geralmente evitava, exceto de vez em quando, com sua velha amiga Adrienne. No entanto, havia algo em Jenna, nesse dia, nessa praia, que o fazia ter vontade de se abrir.

Ele pigarreou e começou a andar novamente, ainda de braços dados.

— Foi difícil para meus avós. Alicia era filha única e eles não queriam que eu acabasse como ela. Disseram que ela havia arruinado a própria vida, portanto deviam ter feito algo errado. Eles são pessoas disciplinadas e educadas e pegaram pesado comigo desde o início. Ordem, organização, regras... Cara, eles tinham de tudo. Diziam que provavelmente não foram rigorosos o suficiente com Alicia.

— Uau, isso deve ter sido bem difícil para você. Sair de uma comunidade para um ambiente como esse.

— Foi difícil no começo, mas, depois de algumas brigas, percebi os benefícios. Pela primeira vez na minha vida, eu sabia o que devia e o que não devia fazer, e que existiam consequências. Minhas ações levavam a consequências, boas ou ruins. Foi uma grande lição. — Os avós dele não eram pessoas categóricas, mas suas palavras — *Estamos decepcionados com você* ou *Estamos orgulhosos de você* — eram importantes.

Ela soltou uma gargalhada.

— Somos tão opostos. Sempre odiei estrutura e disciplina.

— Talvez você gostasse mais se tivesse experimentado a vida na comuna. — Ele tinha ido do caos à segurança, de apenas mais um em um grupo de crianças ao centro das atenções de pessoas que realmente se preocupavam com o que ele fazia. Que se importavam com ele.

— Nunca pensei nisso dessa forma. Simplesmente ficava incomodada pra diabo com quão *organizada* toda a minha família era. Mamãe e papai com trabalhos importantes, minha irmã mais velha, Tree...

— Tree? — interrompeu ele, pensando ter ouvido errado.

— Theresa. Ela é dois anos mais velha do que eu. Quando eu era pequena, não conseguia pronunciar o nome dela direito. Enfim, ela é totalmente cabeçuda... — Ela parou e apertou o braço dele mais uma vez. — Você dois se dariam bem, embora o campo dela seja a sociologia. De qualquer forma, o lance dela era estudar. E Kat, a quem chamo de Kitty-Kat, era a Dona Sociável, sempre envolvida com amigos e atividades. Todas tinham seus papéis, seus *lances*.

— Qual era o seu lance?

— O mesmo de agora. Tudo. Me divertir, explorar o mundo, conhecer gente interessante. O que quer que esteja por vir.

Aquilo soava bastante sem sentido para ele. As pessoas precisavam de um objetivo, um propósito, algo para dar sentido à vida e fazê-la valer a pena.

— Como era ter duas figuras parentais e ser a única criança? — perguntou ela.

— Legal. Era como se eu fosse... Eu mesmo. Mark. Não apenas mais um em um coletivo. Faz sentido?

— Com certeza. A individualidade é importante. Eu e minhas irmãs mais velhas somos um trio, mas sempre tivemos personalidades distintas. — Um sorriso travesso iluminou o rosto dela. — Fizemos questão disso.

— Você as rotula. A cabeçuda e a Dona Sociável. Como elas te rotulam?

Ela sacudiu a cabeça, com cachos esvoaçantes, e tocou com um dedo a borboleta na parte mais superior do braço.

— Quando querem ser educadas, de espírito livre. É o que as minhas borboletas simbolizam.

Ele fez uma cara feia. Alicia usava esse termo para se descrever. Os pais dela a chamavam de devassa, libertina e irresponsável.

— E quando não são educadas? — perguntou ele, hesitante.

Ela torceu o nariz.

— Instável. Mamãe diz que sou uma *hippie* nascida na década errada.

Uma *hippie*. Como Alicia. Ele desviou o olhar em direção ao cume rochoso do qual se aproximavam e pensou nas próprias observações a respeito de Jenna. A aparência dela: o cabelo desgrenhado, a ausência de sutiã, a saia esvoaçante, a tatuagem de borboletas. O comportamento dela: dar em cima de um estranho, não ter dinheiro para consertar o carro, falar sobre ir de carona para casa. As opiniões dela: invejá-lo por ter crescido em uma comuna, pensar que a monogamia era ultrapassada, oferecer-se como voluntária para a pesquisa sobre falcões por impulso.

Quando ele a conheceu, a beleza e o peito aberto dela, sua absoluta imprevisibilidade, o haviam distraído. Ela mencionou a pesquisa dos falcões e ele supôs que ela fosse uma pessoa séria e comprometida, como ele. A maioria das pessoas que ele conhecia era, porque a vida dele girava em torno do trabalho.

Ele estava errado. E não gostava de pessoas instáveis e *hippies*, gente frívola e sem objetivo.

Ele ouviu a voz de Adrienne na própria cabeça: *Não seja tão crítico. Que direito você tem de julgar os outros?* No entanto, os avós dele o educaram com forte consciência social e aversão à futilidade.

— Um falcão! — gritou Jenna.

Ele se virou para seguir o indicador dela e o braço exposto dele se esfregou em seu seio, uma camada fina de um algodão sendo a única coisa que separava pele de pele. Ele se esqueceu de tudo o que pensava e, por um instante longo e perfeito, viu o falcão voar majestosamente pelo céu azul de verão.

Quando olhou novamente para Jenna, o rosto dela tinha uma expressão maravilhada, um sorriso alegre. Quaisquer que fossem as diferenças entre eles, o falcão tocou o coração de ambos.

Ele sentiu um solavanco no corpo e uma vontade de puxá-la em seus braços e girá-la em volta. Um desejo que, de tão incomum, o fez se virar e andar, enquanto a puxava para acompanhá-lo.

Humm. Pesquisas a respeito dos principais códigos complexos de histocompatibilidade indicavam que sentimos atração por pessoas cujos códigos são bastante diferentes daqueles dos seus pais. Era um mecanismo biológico para evitar a consanguinidade. Portanto, o perfil MCP de Jenna devia ser radicalmente diferente do de Alicia, embora elas tivessem algumas características de personalidade semelhantes, atributos que normalmente não o atraíam nem um pouco. Era intrigante.

No entanto, se não fosse por Jenna, ele não estaria aqui, nesta praia, sentindo as pedras quentes debaixo dos pés, o sol no rosto, a curva persistente do peito dela contra o braço dele. Ele não teria experimentado a torta de morango nem recebido um banho refrescante de um cão exuberante.

Talvez ele devesse relaxar pelos próximos dias. Havia uma viagem agradável pela frente, uma boa parte bem perto do mar, e uma mulher bonita ao lado dele. O artigo que ele apresentaria em Vancouver, na programação do simpósio internacional sobre mudanças globais nos sistemas socioecológicos marinhos, estava escrito. Ao menos uma vez, não havia muito que ele pudesse fazer a não ser aproveitar a vida.

Vovó e vovô não aprovariam.

— Os meus avós — disse ele, devagar —, Heather e Ken Chambers, são ótimas pessoas. — Será que esse era mesmo ele, oferecendo informações pessoais sem precisar de estímulo? No entanto, Jenna tornava falar algo fácil. Ela o fazia ter vontade de falar.

— É claro que são. Eles o acolheram. — Ele gostava da ternura e da certeza na voz dela, mesmo que ela tivesse entendido errado. — Quero dizer, provavelmente eles são meio tipo os seus pais. Fazem uma diferença no mundo. Ele é físico subatômico e ela é neurocirurgiã, mas agora apenas consultora.

— Caramba. Mais cabeçudos.

— Definitivamente. Eles têm pra lá de oitenta anos, mas não se aposentaram. Esperavam que Alicia fosse como eles, mas ela era o oposto.

— Acontece. — Ela encolheu os ombros de forma despreocupada, mas havia um toque de amargura na voz dela. — Os meus pais queriam um menino cabeçudo, e em vez disso, tiveram a mim. Foi azar deles.

Será que os pais a fizeram se sentir indesejada?

— Er, tenho certeza de que seus pais, er...

Com uma risada rápido, ela o salvou.

— Ah, claro, todos nós amamos uns aos outros, mas não somos uma combinação perfeita. E, pelo que percebo, Alicia e os pais dela também não.

— Não. — De acordo com o que disseram os avós dele, ela era rebelde desde o instante em que nasceu e nunca os deu um instante de tranquilidade.

— Pobre criança — disse Jenna. — Aquilo deve ter sido como uma prisão para ela. Não foi à toa que ela fugiu.

Humm. Ele sempre havia tomado o lado dos avós. Ele também sabia quanta dor a busca de Alicia por hedonismo podia causar. No entanto, agora, por um instante, ele se perguntava como foi crescer, para uma garota cheia de vida e impetuosa — como Jenna —, com pais decididos a impor regras e estrutura. A esmagar o espírito dela. Seria possível que ela achasse que eles a afastaram?

— Mark? — Jenna puxou o braço dele e ele percebeu que haviam chegado ao fim da praia. As rochas abrigavam piscinas naturais intrigantes, mas explorá-las significaria calçar as sandálias de volta. Além disso, eles precisavam voltar para a estrada. Em um acordo tácito, eles se viraram, ainda de braços dados, e começaram a refazer os passos.

— Parece que você e seus avós são uma boa combinação — disse ela.

Ele concordou com a cabeça.

— Sim, bastante. — Eles tinham dado a ele estrutura, segurança, atenção, aprovação, carinho. Só o que não haviam oferecido, porque não fazia parte da natureza deles, era ternura. Abraços à noite. Risadas. Com a sensação de estar sendo desleal, ele afastou esse pensamento.

— Parece que vocês têm um ou dois cérebros para aproveitar — disse ela, devagar e de maneira jocosa.

— Eu absorvia a aprendizagem. Dos meus pais, dos professores. No meu aniversário seguinte, já tinha recuperado as notas que havia perdido.

— Quantos anos você tinha quando se formou no segundo grau?

— Quinze. Por quê?

— Haha. Tree superou você. Ela tinha quatorze. — Ela deu um sorriso malicioso. — Puxa, eu te levaria para casa para conhecer a minha irmã, mas parece que ela acabou de se envolver com um cara. Um escritor de suspenses. Não é bem a cara dela. — Ela estendeu a mão livre e passou os dedos de leve pelo braço nu dele, do ombro ao cotovelo, depois seguiu para o antebraço. — Além disso, talvez eu prefira dar conta de você eu mesma.

— Er... — Ele ficou boquiaberto. Ela claramente era o oposto dos avós dele: excessivamente expansiva, dando abraços em todos à vista, dizendo a estranhos que os amava. Mas isso... Isso não parecia ser um toque casual. E o que ela quis dizer com dar conta ela mesma?

Os dedos de Jenna subiram de novo em uma carícia que acelerou a respiração dele e fez o seu pau latejar.

— Que tipo de mulher te atrai, Mark?

Neste exato momento, com certeza ela o atraía. No entanto, isto era uma aberração. Ele enfiou a mão livre no bolso de maneira casual, cerrando-a em um punho para disfarçar a ereção crescente. Ela fez uma pergunta. Ele a responderia sério, porque não conhecia nenhuma outra forma de responder.

— Mulheres que são como eu. Gente que conheço nos projetos nos quais trabalho.

— Você não acredita que os opostos se atraem?

Ele pensou a respeito.

— Em termos de perfis CMP, sim, mas não em termos de personalidade.

— Perfis CMP?

Em vez de sair dando outra palestra científica, ele simplificou.

— Tipo como os feromônios.

— Saquei. — Ela concordou com a cabeça.

Uma mulher que fosse como ele nunca teria aceitado uma explicação tão simples. Mesmo assim, ele definitivamente sentia uma atração física por Jenna. Era biologia, pura e simples.

Seria ele louco de pensar que ela também sentia atração por ele? Ele desejou que Adrienne estivesse por perto para perguntar a ela.

No entanto, mesmo que Jenna se sentisse atraída, será que eles iriam fazer algo a respeito?

Por um lado, ele era um cientista. Quem era ele para discutir com a biologia? No entanto, essa também era uma resposta conveniente. Sexo não se tratava somente de biologia, pelo menos não na espécie humana. Muitas vezes havia expectativas, emoções, complicações, especialmente por parte da fêmea.

Não que ele não desejasse emoção — amor, para ser mais específico. Em longo prazo, ele queria uma companheira e filhos, mas até ali, com suas parceiras, não importava quão compatíveis intelectual e sexualmente eles fossem, as emoções dele nunca tinham passado de um afeto intenso. Além disso, ele não fazia ideia de como poderia ter uma família e ainda viajar pelo mundo fazendo o trabalho que significava tudo para ele.

Enquanto passeava na praia, ele olhou para o oceano, a constante que dava significado à vida dele.

Quando administrava um projeto ambiental, ele sabia exatamente como chegar do ponto A ao Z. No entanto, na vida pessoal dele — que vida pessoal? —, ele não sabia nem por onde começar.

O que ele sabia era que não havia como definir uma mulher como Jenna em uma linha reta de A a Z. Portanto, seria inútil dar voltas. Ou não?

***

Capítulo 3

Por que as pessoas complicam tanto as coisas? Para mim, a vida era simples. Se você quisesse algo ou alguém, corria atrás, em vez de analisar o caso até morrer.

Eu sentia atração por Mark e sabia que o excitava — mesmo que ele agisse de modo estranho a respeito. E quem se importava se a atração existia porque a gente cheirava bem ou porque nós dois tínhamos corpos bronzeados e modelados que eu achava que poderiam proporcionar a ambos orgasmos fabulosos, ou porque éramos o oposto um do outro em termos de personalidade?

Hora de partir para cima. Parei de repente e firmei o braço que estava dado com o dele para que ele também parasse.

— Sabe do que eu estou com vontade? — Eu me virei de frente para ele e apoiei as duas mãos nos ombros dele, enquanto encobria o tecido da parte de cima da regata e espalhava os meus dedos pela pele firme e aquecida pelo sol. Ah, meu Deus, como ele era gostoso.

Os cantos dos olhos dele se enrugaram e ele sacudiu a cabeça com uma expressão perplexa.

— Jenna, eu não faço ideia.

— Disto.

Fiquei nas postas dos pés e senti todos os incríveis pedacinhos multicoloridos de vidro, conchas e seixos empurrarem suavemente a minha pele. Conforme inclinei a cabeça na direção dele em um óbvio convite, os olhos dele, tão azuis quanto o céu acima de nós, se arregalaram de surpresa.

Vamos, Mark. Você é muito alto e eu não tenho como te beijar a menos que você coopere. Entre na brincadeira, cara!

O olhar dele se avivou com consciência, com intenção. O azul dos olhos dele se aprofundou e, em seguida, ele jogou as sandálias na praia e me pegou firme pela cintura. Ele abaixou a cabeça e me beijou.

Meus olhos se fecharam para não serem ofuscados pelo sol conforme os lábios dele encontraram os meus. Hesitantes, por um breve instante, depois intensos, ferozes, exigentes. Ah, sim, agora estamos falando a mesma língua. Eu o beijei de volta com a mesma voracidade.

Um beijo e, de alguma forma, todo o meu corpo, o meu ser inteiro foi sugado, do mesmo jeito que os objetos são capturados e voam num tornado.

Pensar não era possível. Somente o calor, a paixão, a exploração de línguas e de lábios. Morangos, café, o cheiro de mar, o fulgor da luz do sol. Um rugido repetitivo que vinha das ondas que quebravam na praia ou da pulsação do meu sangue.

O sol entrou em mim e me derreteu até me transformar em algo maleável, líquido e cheio de desejo. O meu corpo amoleceu, deslizou contra o dele, as roupas se esfregando, o ímpeto da ereção rígida dele contra a minha barriga me fazendo choramingar.

Ele engoliu o som e afastou a boca da minha, ofegante.

— Jesus — engasgou ele.

Abri minhas pálpebras pesadas de maneira arrastada e, em um primeiro momento, ofuscada pelo sol e pelo beijo, não conseguia manter o foco. Quando consegui, ele olhava para mim com uma expressão atordoada.

Quantos homens eu tinha beijado? Eu não contava, mas nunca tinha me perdido tão inteiramente em um beijo.

— Mark? Isto foi... — Eu não conseguia encontrar palavras para descrever.

Ele soltou a minha cintura e passou a mão pelo próprio cabelo, já bagunçado. Um toque de humor reluziu nos olhos dele.

— Inesperado?

— Er, sim.

Agora ele dava um sorriso malicioso.

— Tenho a sensação de que esse deve ser o seu estilo.

Eu sorri de volta e adorei não somente o beijo, mas a forma como ele tinha relaxado.

— É melhor do que ser entediante.

— Esse beijo definitivamente não foi entediante.

A brisa enroscou a saia transparente em torno das minhas pernas, o que o fez baixar o olhar e me fez perceber que só o que eu usava debaixo dela era uma calcinha, e a virilha estava encharcada.

— Tem mais de onde veio esse — disse eu a ele. Se o nosso primeiro beijo foi tão desconcertante, como seria o sexo? Eu sabia que ia descobrir. Um beijo como aquele significava que o sexo era inevitável.

O olhar dele lentamente vasculhou o meu corpo e eu não precisava olhar para baixo para saber que meus mamilos despontavam feito pedras contra o tecido macio da regata.

Eu não precisava olhar para baixo para saber que ele continuava duro.

Quando o olhar dele finalmente conseguiu voltar ao meu rosto, dei um sorriso provocante e sensual para ele.

— Que pena ter tanta gente nesta praia.

Ele sacudiu a cabeça devagar, não por negação, e sim por perplexidade.

— Isso não é a minha cara.

— Então você precisa se soltar, cara.

Uma risada resfolegada.

— Talvez eu faça isso. — Ele respirou fundo, soltou o ar com firmeza. — A gente devia voltar para a estrada.

— Humm. Quanto antes a gente voltar, mais rápido vai fazer a parada da noite — provoquei.

Uma labareda estremeceu nos olhos dele. Em seguida, ele deu uma piscadela e inclinou o corpo para pegar nossas sandálias. O homem parecia mais um surfista do que um cientista enfadonho. Musculoso, com a graciosidade natural daquela forma poderosa e masculina que era incrivelmente atraente, bronzeado como se passasse mais tempo ao ar livre do que em um laboratório.

Talvez ele fosse um cientista no estilo Indiana Jones.

Conforme seguíamos até a praia, passei o braço no dele novamente e abracei seu bíceps junto ao meu seio.

— Você viaja para algum lugar realmente interessante por causa do seu trabalho?

— Eu trabalhei em projetos na Tailândia, na Papua-Nova Guiné, no Delta do Mekong, na Costa Rica.

— Uau. Fazendo o quê?

— Ajudando países subdesenvolvidos com projetos de conservação e restauração, pesquisa, educação. Na criação de ecoturismo sustentável.

Ah, é, era meio Indiana Jones.

— Que trabalho legal. — Se eu tivesse cedido à insistência obsessiva dos meus pais de que fosse para a universidade, eu também... Nah. Academia e disciplina não era meu estilo. Já as viagens... — Só saí do Canadá e dos EUA duas vezes. Para o México e para o Havaí. — México com uma amiga, e Havaí com um parceiro. — Amo viver em lugares diferentes, aprender sobre os diferentes ambientes, conhecer diferentes tipos de pessoas.

— É. Eu não sou muito de ficar em um mesmo lugar, especialmente quando se trata de uma sala de aula ou um laboratório. Gosto de estar ao ar livre. De respirar o oceano. E fico entediado se passar tempo demais em um mesmo projeto.

— Eu também curto a variedade.

Calçamos nossas sandálias de volta e pegamos o caminho para o estacionamento, nos afastando da praia. O *trailer* dele tinha esquentado, então abrimos as portas e as janelas. Ele subiu na parte de trás e voltou com água mineral, gelada pelo frigobar. Eu a bebi, agradecida.

— Todo o conforto de uma casa. — Ao olhar para a parte de dentro e pensar naquele beijo incrível, apontei para o sofá. — Aquilo se transforma em uma cama?

— Sim. É só abrir. — Enquanto a voz ficava ainda mais rouca do que o habitual, ele acrescentou — Vira uma cama de casal.

— Mal posso esperar para experimentar — ronronei, louca para ficar nua com ele. — Na verdade, por que esperar? — Eu estava de brincadeira, mas, se ele me levasse a sério, eu estaria lá com ele.

Ele olhou para mim por um longo instante, a parte de cima da regata sem disfarçar a rápida ascensão e queda do peito dele. Ah é, ele me desejava bastante também.

Uma minivan parou em uma vaga em frente à nossa. Dois adultos e o que parecia ser uma dezena de crianças se acumularam do lado de fora, todos conversando. Mark deu um apressado passo para trás.

— A gente está atrasado.

— Temos uma agenda?

Ele deslizou a porta lateral do *trailer* para fechá-la.

— Pensei em passarmos a noite no Parque Estadual Patrick's Point, perto de Trinidad. Um dos meus colegas recomendou o lugar. Se a gente chega tarde demais, não consegue uma vaga.

— Você sempre planeja com antecedência?

— Quase sempre. Pelo que entendi, você não, né?

Não, isso era mais a cara da Tree. Minha irmã mais velha tinha um planejamento até mesmo para o casamento de M&M. Sacudi a cabeça.

— O meu jeito é mais divertido. Veja as coisas que se pode descobrir. Tipo a Praia de Vidro. Que não estava na sua *agenda*, estava? Nem a torta de morango, aposto. Nem eu. — Lancei para ele um sorriso travesso. — E olhe como sou divertida.

Ele deu uma risada rouca.

— Isso é verdade. Agora suba e vamos indo.

Eu mal podia esperar para descobrir como ele era como amante. Definitivamente, o corpo dele era feito para o sexo e ele tinha um baita de um beijo. Com certeza ele não ia voltar atrás: ele precisava perceber que o sexo era inevitável. Quando partimos, um sinal sonoro ressoou de dentro da minha bolsa. O celular me alertava que eu tinha perdido uma chamada.

— Merda, eu não tinha desligado isso? — Eu sempre gastava a bateria toda. Pelo menos nessa viagem me lembrei do carregador, mas só porque vasculhei todos os meus pertences para decidir o que levar e o que dar para amigos ou doar.

Abri o telefone e ouvi a mensagem. Era Tree.

— Oi, Jenna. Você está mesmo a caminho, certo? Por favor, dirija com segurança.

— Blá-blá-blá — murmurei. Será que a minha família ficaria mais ou menos preocupada se soubesse que eu estava com Mark em vez de dirigindo Mellow Yellow?

O tom dela mudou para algo conspiratório.

— Olha, tenho novidades fascinantes. Me ligue. Você não vai acreditar!

Fechei o telefone e fechei a cara. Só porque Deus inventou o e-mail e o celular não significa que as pessoas precisam pular feito cães de Pavlov quando eles apitam. E eu com certeza não precisava ser importunada pela minha irmã.

No entanto, ela tinha instigado a minha curiosidade.

— Era a minha irmã mais velha. Eu deveria ligar para ela.

— Claro.

Disquei o número da Tree. Depois de três toques, ouvi:

— Ei, Jenna, você ligou mesmo.

— Sua tática funcionou, sua maldita — brinquei.

— Você está a caminho, certo? E fez a manutenção do carro recentemente?

— Estou na estrada e até tenho uma *programação*. — Revirei os olhos na direção de Mark. — Quanto ao carro, acho que faz apenas algumas horas que eu conversei com meu mecânico. — Uma hora ou outra eles iam descobrir a verdade. Não fazia sentido deixá-los preocupados e brigando comigo até eu estar a salvo em casa.

Mark me lançou um olhar cético, que ignorei. Perguntei a Tree:

— Que novidades são essas? — Eu continuava sem acreditar que a minha irmã cínica, uma professora divorciada, estava com um escritor de suspenses bonitão. Era mais fácil acreditar em um universo paralelo. — É sobre o seu garanhão australiano?

Um bufo de risada do meu lado me fez cobrir o telefone e fazer "Sshh" para Mark.

— Não desta vez — disse Tree. — É sobre Kat. Você não vai *acreditar* no cara que ela trouxe para casa.

— Trouxe para casa? A última notícia que tive foi de que o namorado ia pegar um voo em Montreal na semana que vem.

— Foi o que pensamos, mas ele veio com ela no trem. Nós os pegamos esta manhã. Foi um grande choque.

Eu estremeci. Tadinha da Kitty-Kat.

— Ela já levou para casa uns bons fracassados. Qual é o defeito fatal desta vez?

— Isto é que é bizarro — disse a minha irmã, admirada. — Nenhum. Ao menos nada que eu tenha sido capaz de encontrar.

— Ah, fala sério. Você sempre acha que são muito burros.

Outro bufo, desta vez abafado. Eu me encolhi de lado no assento para observar Mark ao volante. Ele parecia relaxado e confiante, dirigindo com uma mão enquanto a outra repousava por cima da janela aberta. A bermuda cargo e a regata verde eram casuais, bonitas, perfeitas para ele.

Tree dizia:

— Bem, ele não tem um doutorado, mas tem um MBA de Cambridge, o que é razoavelmente impressionante.

— Ah, sim, *razoavelmente*. Então o pobre coitado não foi para Harvard. Ela obviamente deveria dar um pé na bunda dele. O que ele faz?

— Nav é fotógrafo — disse Tree. — Ele tem o próprio negócio e é talentoso. Vai fazer uma exposição em uma galeria importante em Montreal.

— Uau. Isso é muito legal. Então ele é inteligente, educado, criativo e bem-sucedido. — Estalei os dedos. — Certo, entendi. Mais um dos ambiciosos de Kat, como o esquiador olímpico e o campeão da Nascar. Com um ego um milhão de vezes maior do que o pau.

Mark riu e eu fingi fechar a cara para ele.

— O que foi isso? — disse Tree. — Onde está você, afinal? Foi o rádio do carro? Você está dirigindo enquanto fala no celular?

Fazia sentido. A gente só poderia ser agradável uma com a outra por certo tempo. Ela tinha de voltar à irritante irmã mais velha.

— Não — disparei —, não estou dirigindo enquanto falo no celular. Caramba, Tree. — Ignorei as outras perguntas. — Agora, espere um pouco, você disse que não havia nada de errado com o cara. Então ele não é um egocêntrico?

— Não. Ele é confiante, mas daquele jeito despretensioso e cheio de charme. Entende o que quero dizer?

— Totalmente. E ele a trata bem? Esses caras ególatras dela a fazem parecer uma cidadã de segunda classe.

— Ele a respeita e parece gostar dela de verdade.

— Ele parece maravilhoso. — Até eu, que não tinha o menor interesse em um relacionamento sério, senti uma pontada de inveja. — Tem de haver alguma desvantagem. Ele parece um boboca. É baixinho, gordo, careca?

Os lábios de Mark tremeram, mas, desta vez, ele ficou em silêncio.

— Um pouco alto, magro e musculoso, com longos cabelos pretos e encaracolados. Ele é indo-canadense e tem a pele linda, olhos lindos. Jenna, o homem é maravilhoso. É quase tão bonito quanto Damien.

Damien, o australiano gatão. Olhei para Mark e pensei que ele provavelmente seria um forte concorrente a ambos.

— Tem de haver um problema. Com Kat, sempre tem. O que mamãe e papai disseram?

— Só o conheceram brevemente esta manhã, na estação de trem. Hoje à noite, vamos jantar todos juntos. Vai ser o teste. Se tem alguém que pode deixar um cara intimidado pra diabo e encontrar um defeito são eles.

— É verdade. — E se não encontrassem, Kitty-Kat faria algo para azarar as coisas. A coitada da minha irmã realmente queria se casar e ter filhos, mas tinha o pior histórico com homens. Eu esperava que, desta vez, a sorte tivesse mudado.

— Damien sobreviveu aos nossos pais. Quem sabe Nav sobreviva também.

Nenhum namorado jamais durou por muito tempo na minha casa. Achei que o australiano dela só tinha aguentado porque passou tão pouco tempo lá antes de partir na turnê de divulgação de um livro.

Eu era a única filha que não dava a mínima para o que a família pensava. Na verdade, eu era notória por trazer caras para casa apenas para chocá-los. Olhei para Mark. Ele era impressionante demais para chocar alguém. Meus pais e Theresa até aprovariam as credenciais acadêmicas e a carreira dele. Kat, no entanto, iria arrasar com ele: diria que o traquejo social dele era problemático e que ele precisava dar mais atenção à própria aparência.

— Você disse que o nome dele é Nav? — perguntei à minha irmã.

— Naveen Bharani.

— E eles estavam namorando em Montreal?

— Não tenho todos os detalhes ainda. Kat está sendo um pouco enigmática.

— Ahá. Um segredo profundo e obscuro. Fico pensando qual será.

— Não sei, mas venha correndo para casa, Jenna. Você está perdendo toda esta diversão. Perdeu até a prova dos vestidos das madrinhas.

— Eles são horrorosos?

— Nem um pouco. São lindos vestidos de verão. O seu é de um azul-petróleo lindo, o mais próximo que conseguimos chegar da cor dos seus olhos.

— Sério? — As minhas irmãs tinham realmente se importado tanto assim? — Legal. Obrigada, Tree. E aí, como vão M&M? Estão com aquele frio na barriga típico pré-casamento?

— Matt é o mesmo de sempre. Sereno e doce. Merilee está cansada de criar deveres de casa e escrever provas. Feliz em ver Kat e eu, mas um pouco incomodada por termos trazido homens para casa, como se estivéssemos tentando ofuscá-la. — Ela deu uma risada carinhosa. — Por Deus, é o casamento dela, é claro que ela deve ser o centro das atenções. De qualquer forma, ela está empolgada, talvez meio no limite, mas ela e Matt vão se sair bem. Sempre souberam que foram feitos um para o outro.

Minha irmã mais nova e o carinha dela se ligaram um ao outro — quadris, cérebros, corações — desde que tinham sete anos.

— Como está a saúde dela? — Merilee havia recebido o diagnóstico de endometriose e passado por uma cirurgia há pouco tempo, e foi por isso que ela acumulou tanto trabalho na universidade.

— Ela está bem. — Houve uma pausa. — A gente devia ter percebido que havia algo errado.

— É. — Eu não tinha muito tempo para um sentimento como culpa, mas Tree estava certa. Pelo menos ela, Kat e mamãe compartilhavam esta comigo. — Graças a Deus que Matt existe.

— Ele tentou durante anos convencê-la a ir ao médico para tratar da menstruação irregular. No entanto ela deu ouvidos para nós, as mulheres que diziam que cólicas eram normais e falavam para ela tomar ibuprofeno.

Ao menos Merilee finalmente seguiu o conselho de Matt. Foi diagnosticada e passou por uma cirurgia.

— Foi um dos maiores motivos para eles marcarem o casamento para este ano — continuou Tree.

— Eu sei. — M&M queriam ter filhos e a endometriose prejudicava a fertilidade. Desviei o olhar de Mark para observar pela janela. Estávamos no interior agora e meu olhar brilhou diante de alguns rapazes de bicicleta. — Espero que tudo dê certo e ela engravide.

— Eu também. Ela sempre quis ser mãe. Ela e Kat. Não como eu, que estou aberta à ideia, mas não sou obcecada. Ou você, que costumava falar sobre ter filhos, depois decidiu durante a adolescência que não queria mais.

Passamos pelos meninos e eu não quis me virar para vê-los. Uma pontada familiar de arrependimento percorreu o meu corpo, e envolvi o braço livre em torno da minha barriga.

— Certo. — Ou pelo menos era o que eu fazia todos pensarem, porque odiava que sentissem pena de mim. Além disso, era uma idiotice querer o que não se podia ter.

Eu nunca disse a uma alma viva que não podia ter filhos. O que a minha família e os meus amigos viram foi uma garota romântica de dezessete anos que fugiu com o namorado em um verão, depois voltou no outono dizendo que não servia para ser de um cara só e que nunca ia querer se prender a um marido e uma família. O que mais eu poderia dizer? Que eu era ainda mais desequilibrada do que achavam?

— Você, com filhos. Não consigo nem imaginar. Você mesma ainda é uma criança. — Tree riu.

A insinuação sutil me irritou.

— A melhor coisa a ser — disse eu de maneira petulante. — Se isso significar se divertir, ser otimista e ver o melhor nas pessoas, em vez de ser cínica e velha.

Houve um momento de silêncio e eu sabia que meu golpe havia atingido o alvo, assim como o dela. O que havia de errado em mim e nas minhas irmãs? Nós éramos adultas, com vidas diferentes e felizes, mas, juntas, quase sempre virávamos umas megeras.

— Jenna? Venha logo para casa. É que... Eu... Todos nós estamos com saudade. — O tom dela estava estranhamente hesitante.

Eles sentiam saudade de mim. Eu também sentia saudade deles. Ninguém conseguia me irritar como a minha família, mas compartilhávamos sangue, histórias e amor. — Eu também. Estou a caminho.

— Não dê carona a ninguém.

Se ela soubesse. Sorri para mim mesma e mandei uma das minhas características falas insolentes.

— Você me conhece, eu nasci para chocar.

Ainda assim, quando desliguei, a antiga mágoa permaneceu comigo. Mágoa pela perda da antiga Jenna, a que era cheia de sonhos. Mágoa também pelo eterno julgamento da minha família, pela Jenna adolescente não ter um lugar seguro para confessar seus erros e compartilhar seus arrependimentos mais profundos.

Normalmente, Mark prestava mais atenção às mensagens sutis do oceano do que à comunicação humana. No entanto, esta tarde, havia uma mulher encantadora ao lado dele.

Uma mulher que — quem sabe? — tivesse lhe oferecido sexo. Certamente ela o provocava. Seria um flerte? Independentemente de quão despreocupada e impulsiva ela fosse, não faria sexo com alguém que era quase um desconhecido. Será que faria?

Será que ele faria? Que diabos, com uma mulher tão linda e encantadora como ela, ele seria maluco se não fizesse, se ela quisesse mesmo.

Naquele instante, ela não parecia tão despreocupada. Apesar de ter encerrado a conversa com uma provocação para a irmã, ela estava calada e observava através do para-brisa com um braço na cintura, como se estivesse com uma dor de estômago. Era a primeira vez que ele a via de outra forma além de animada, o que o deixou curioso e preocupado.

— Você está bem?

— Humm? — Ela deu uma olhadela e concordou com a cabeça. — Tudo bem, obrigada.

— Era a sua irmã mais velha? — perguntou ele. — A cabeçuda?

— U-hum.

Mais cedo, ela estava tagarelando e o instigou a ser mais falante do que o usual. O que havia acontecido durante aquele telefonema?

Ele coçou a cabeça e se sentiu sem jeito em sua capacidade para conversar.

— Está tudo bem em casa? O casamento vai bem?

— Parece que sim.

Normalmente, ele nunca se intrometeria, mas ela com certeza fez perguntas o suficiente para ele.

— A sua outra irmã, Kat, trouxe para casa um cara novo? Você está preocupada com ela?

— Um pouco. — Depois de um instante, ela sacudiu de leve a cabeça, como se descartasse o que a preocupava. Ela dobrou as pernas por cima do banco do passageiro e debaixo da saia transparente e se virou para ele. — Kitty-Kat é tão compulsiva com a ideia de encontrar o cara certo que vive se envolvendo com os caras errados.

Ele pensou a respeito.

— Eu saí com uma mulher assim. — Foi a primeira e única vez que ele cometeu o erro de não discutir expectativas antes de dormir com uma mulher. — Ela estava no meu projeto de ecoturismo na Costa Rica.

— Ela achou que você fosse o cara certo?

Envergonhado, ele deu de ombros.

— Acho que ela queria que eu fosse. A gente trabalhava bem juntos, parecia compatível. Eu pensei — supus — que ela estivesse totalmente dedicada à carreira, mas, depois que ficamos, ela me surpreendeu dizendo que queria sossegar e ter filhos. — Ela era bem mais velha do que ele e se aproximava cada vez mais daquela época em que é tarde demais para se ter filhos com segurança. — Ela insistiu para que eu arrumasse um cargo de professor em uma universidade. — Ela chegou a dizer que o amava, mas ele sabia que não era verdade. A emoção que ele via nos olhos dela era desespero.

— Você não quer todo aquele lance de cerquinha branca, com esposa, dois filhos, um cão e um gato no quintal?

Uma pergunta difícil.

— Sim e não. Odeio a ideia de estar preso a um trabalho, um lugar, durante anos e anos. E não curto a instituição do casamento. No entanto, quero uma companheira e filhos.

— Um monte de gente quer — disse ela baixinho. Ficou calada de novo.

Não parecia normal Jenna ficar calada. Por isso ele tentou mais uma vez.

— E você? Você disse que não acredita em monogamia? — Levando em consideração que o homem das cavernas dentro dele era primitivo o suficiente para que ele jamais dividisse a companheira com outro homem.

— Não, não acho que seja natural.

— Você nunca sentiu algo tão forte por um homem para sentir ciúme se ele dormisse com outra mulher?

Uma pausa.

— Uma vez, quando eu era muito nova, mas era uma idiotice e eu estava errada.

Ele deu uma olhadela para ela e viu as sobrancelhas formarem uma carranca. Ele desejou não estar dirigindo para poder continuar a observar o rosto dela enquanto conversavam.

— Não acho que seja idiota ou errado. Acho que é... — Ele fez uma pausa enquanto refletia. Em termos evolutivos, sentir ciúme faz sentido para uma fêmea. Ela precisava prender um homem para cuidar dela e de seus filhos. Quanto ao macho, o impulso era o de reproduzir, então ele não queria que outro cara se metesse com a fêmea dele.

— Romântico? Dr. Chambers, o romântico? — provocou ela, e ele ficou satisfeito de ver que o humor dela havia melhorado.

— Meu Deus, não. Eu ia dizer que é algo programado em nossos genes. — Ele explicou o raciocínio e depois continuou. — É bom para as crianças também. Penso em como fui criado. No Vale da Liberdade, o amor livre era a regra. Não existiam casais fixos nem famílias fixas. Para mim como criança, isso significava incerteza. Quando fui morar com meus avós, eu tinha estabilidade e segurança.

— Mamãe e papai me enlouqueciam, mas definitivamente havia segurança. Ainda há. Embora as três marias raramente estejam em casa, nossos quartos estão lá à nossa espera. — Com um tom pesaroso na voz, ela disse — Mesmo que eu me dê mal, sei que sempre posso ir para casa. Mas evito isso, porque eles perturbam e criticam.

— Imagino que só façam isso porque se importam e se preocupam com você.

— Eu sei. Além disso, eles têm certeza de que sabem de tudo.

— Isso vem no pacote dos pais. Espere até você ter seus próprios filhos.

Uma longa pausa e depois, sem rodeios:

— Não vai acontecer.

É claro que nem todas as mulheres tinham instinto maternal, mas ele conseguia imaginar Jenna mergulhando no mar com os filhos, rindo das travessuras deles, apontando para um falcão-peregrino e ensinando a eles a respeitar o meio ambiente.

— Sério?

Ela sacudiu a cabeça e seus cachos esvoaçaram. Havia uma rispidez na voz dela quando disse:

— Eu disse que sou um espírito livre. Não rola ter filhos para me amarrar.

Então não se tratava de instinto maternal, mas da irresponsabilidade dela. A característica que o fazia pensar nos *hippies* da comuna. A característica de que ele menos gostava nela.

Ele não tinha o direito de julgar, Mark lembrou a si mesmo. Como sua amiga Adrienne muitas vezes lhe disse, ele com certeza não era perfeito.

Jenna apoiou a cabeça na janela e os cabelos ocultaram o rosto dela, que não disse mais nada. Depois de alguns minutos, ele percebeu que ela caiu no sono.

Algum tempo depois, ele parou em um posto de gasolina em Fortuna, pois precisava de combustível.

Ela levantou a cabeça, deu um bocejo enorme e disse:

— Onde estamos?

— A cerca de uma hora de onde eu pretendia que a gente passasse a noite. Só parei para botar gasolina. A Westfalia é híbrida, mas precisa de combustível de vez em quando mesmo assim.

Outro bocejo, menor desta vez, e ela balançou a cabeça como se quisesse clareá-la.

— Isso aqui é um híbrido? É velha demais, não é?

— Mandei converter.

— Muito legal. — Ela abriu a porta e pulou para fora. — Hora de usar o banheiro.

— Quer algo para comer ou beber? — gritou Mark para ela e recebeu uma sacudida negativa de cabeça como resposta.

Depois de abastecer o veículo e completar a água, ele entrou para comprar um café. Quando a mulher detrás do balcão, uma morena mais ou menos da idade dele, pegou o dinheiro, os dedos dela roçaram os dele e ela sorriu alegremente.

— Nunca vi você antes. Está só de passagem?

— É. Rumo ao Patrick's Point para passar a noite. — As narinas dele se contraíram por causa do cheiro desagradável do perfume forte dela.

— Um lugar lindo, mas meio solitário. — Ela deu uma piscadela ou seria um tique? — Se é que você me entende.

— Nunca me sinto solitário quando estou na praia. — Ele tomou um gole do café amargo, tão desagradável depois da deliciosa mistura do Marianne's Diner.

— Só quis dizer que Fortuna é um lugar mais amistoso. — Ela deu o troco dele e as unhas pintadas de vermelho rasparam a palma dele de maneira desagradável.

— Que bom — disse ele educadamente conforme deixava o troco no bolso da bermuda.

Quando ele tirou a mão, Jenna estava lá, entrelaçando os dedos nos dele e fazendo o sangue dele ferver.

— Ah, acho que Patrick's Point vai ser uma delícia — disse ela enquanto lançava um sorriso para a mulher mais velha.

A morena deu de ombros.

— Ninguém pode censurar uma garota.

Jenna riu.

— Sem problemas.

Intrigado e perturbadoramente excitado pelos dedos magros que agarravam os dele, ele a deixou puxá-lo para fora.

— O que vocês estavam conversando?

Ele abriu a porta do lado do passageiro e ela se virou para ele, liberando a mão.

— Você não percebeu que ela estava dando em cima de você?

— Estava? — Ele pensou na situação. A mulher disse que o mar era solitário e que a cidade era amistosa. Isso era dar em cima dele? Não era de se admirar que ele fosse tão sem jeito quando se tratava da relação homem-mulher.

— Totalmente. Eu estava folheando umas revistas do outro lado de uma prateleira atrás de você e ouvi tudo. Aposto que isso acontece muito com você, não é? — Aí a risada dela ecoou. — Não, espere, você nem se daria conta.

Ele abaixou a cabeça.

— Adrienne diz que sou bem distraído quando as mulheres, er, gostam de mim.

— Adrienne?

— Fizemos pós-graduação juntos e viramos amigos. — Ele encontrou o olhar curioso de Jenna. — Ela está na Universidade de Colúmbia Britânica agora, dando aulas e fazendo pesquisas. Mantemos contato e ela trabalhou em alguns dos meus projetos.

— Aposto que Adrienne está apaixonada por Mark — cantarolou ela com uma voz infantil.

— Não. Meu Deus, não. Ela só, er, nós temos interesses comuns. Nos damos bem. — Ela era a melhor amiga dele, a única amiga próxima que tinha.

— Ah, ela está totalmente apaixonada por você — brincou ela. — Correndo atrás de você depois de tantos anos e você nem se dá conta.

Ele sacudiu a cabeça.

— Ela está apaixonada, mas não por mim. Adrienne é lésbica, casada e está grávida.

— Cara, nesta eu errei, hein? — Ela piscou. — Acho que simplesmente não consegui entender como uma mulher poderia resistir a você.

De certa forma, a provocação dela o lembrava Adrienne, embora nunca tivesse rolado um clima sexual entre ele e a amiga, o que definitivamente rolava com Jenna. Com ela, ele entendia tão pouco.

Não era possível que ela realmente estivesse insinuando sexo, como se não fosse nada mais sério do que saborearem juntos uma torta de morango. Será que era? Sim, na verdade, era simplesmente um ato físico com base em um impulso biológico, mas que a sociedade transformou em algo muito mais complexo.

Claro, Jenna não parecia dar a mínima para o que a sociedade pensava... Confuso, ele se prendeu ao que sabia.

— Vamos pegar a estrada ou todas as vagas do acampamento estarão ocupadas.

Eles subiram no *trailer*. Ele colocou o café no porta-copo, depois pegou a estrada 101, rumo a Eureka.

Jenna tomou um gole de água da garrafa térmica e inclinou o banco para trás. Ela tirou as sandálias e apoiou os pés descalços no painel.

Até os pés da mulher eram sensuais, magros e bronzeados, como se ela passasse bastante tempo na praia. Ele não tinha percebido antes que ela tinha um anel de prata em um dos dedos.

— A gente estava conversando sobre a sua irmã, er, era Kat? — Ele recordou.

— Isso mesmo. Quando se trata de homens, ela tem um péssimo juízo e uma sorte ainda pior. Mas levou para casa um cara novo e Tree meio que aprovou. Mal posso esperar para conhecê-lo. Se ele durar até eu chegar em casa.

— Eles não costumam durar? — Olhar para os pés finos dela, com vislumbres das pernas conforme a brisa brincava com a saia, provocou nele uma reação sexual bem primária. A excitação acelerou a respiração e pulsou através do pau dele.

— Não mais do que o jantar com meus pais.

O comentário dela trouxe lembranças.

— Me identifico. Quando eu estava na universidade, levei algumas mulheres para casa. Para estudar ou namorar. Vovó e vovô nunca as aprovavam.

— Por que não?

Ele tomou um gole de café e fez uma careta. Se havia algo que o faria abandonar o vício, seria essa bebida.

— Ao que parecia, elas não eram sérias o suficiente ou se pareciam demais comigo. Os meus avós acreditam que as parcerias estabelecidas entre humanos são similares às ligações de par de bases.

— Hein?

A palavra *ligação* o fez imaginar as pernas de Jenna, nuas e enroladas em volta dele. Ele limpou a garganta e esclareceu o que havia dito.

— É biologia molecular. Nucleotídeos opostos e complementares de cadeias de DNA ou RNA que se conectam através de hidrogênio se tornam um par de base.

— Ah, sim, isso esclarece tudo.

Ele estava tão acostumado a conversar com outros cientistas que era difícil se lembrar de simplificar os termos.

— Meus avós aplicavam o conceito nos relacionamentos e diziam que é preciso ser bastante diferente, mas complementar o suficiente, para formar uma ligação forte.

— Humm — ela disse, pensativa. — Meus pais são superinteligentes, trabalham incrivelmente pesado e compartilham valores comuns. Mas papai é mais feliz em um laboratório de pesquisa e mamãe gosta mesmo é de estar com outras pessoas, ajudar os outros.

— É, acho que isso é o que eles querem dizer. Meus avós têm as mesmas coisas em comum que seus pais. São pessoas maravilhosas e comprometidas. Ambos são muito sérios, não demonstram o que sentem e não têm muito senso de humor. — Ele fez uma cara feia. — Acho que herdei isso deles.

— Ah, então essa é sua desculpa. Quais são as diferenças entre os seus avós?

— Meu avô é superintelectual e só quer saber de pesquisa. Mesmo com mais de oitenta anos, ele trabalha em um dos laboratórios de pesquisa em física subatômica mais importantes do mundo, na Universidade da Colúmbia Britânica. Vovó sempre foi mais pragmática, uma cirurgiã nata. É como se ela estivesse em guerra com as doenças e os ferimentos e determinada a vencer.

— Você é mais parecido com ela do que com ele — comentou ela.

Surpreso, ele olhou para ela.

— Sou?

— Você não curte laboratórios de pesquisa, e sim a aplicação. E você está em guerra com tudo o que destrói o meio ambiente.

— Você tem razão. Nunca pensei de verdade a esse respeito. — Muito menos conversou sobre o assunto. Havia algo em Jenna, o interesse e a abertura dela, e algo em estar lado a lado no *trailer*, a estrada que se estendia à frente deles, que revelava um lado dele mesmo que ele nunca tinha percebido que existia. Algo que o surpreendeu e, na verdade, até o agradou. Curioso a respeito dela, ele perguntou: — De qual dos seus pais você gosta mais?

Ela deu uma risada irônica.

— Nenhum dos dois. Eu vivo na expectativa de que eles admitam que fui adotada.

— Eu não tenho nada a ver com Alicia. Provavelmente nada a ver com o meu pai biológico, que tenho certeza de que era um *hippie*.

Eles pegaram a costa novamente e adentraram Eureka, uma cidade pequena.

— Vamos comprar comida para o jantar? — perguntou ele. — Tenho uma churrasqueira portátil e vai ser uma noite quente. A gente pode comer do lado de fora.

— Perfeito. — Ela estendeu a mão para percorrer, com dedos macios e carinhosos, o braço dele. — E sim, aposto que vai ser uma noite muito quente.

A pele dele se arrepiou com a percepção e ele reprimiu um *frisson* de excitação.

— Er... — Agora, isto era um flerte, não era? Ela estava sendo sugestiva, insinuando que eles fariam sexo. Será que fariam?

Ele nunca tinha dormido com uma mulher que havia acabado de conhecer. Será que o fato de ele desejar isso o tornava semelhante a todos aqueles malucos do amor livre do Vale da Liberdade? Por outro lado, nas poucas horas desde que conheceu Jenna, ele compartilhou mais assuntos pessoais do que com qualquer outra mulher, exceto talvez Adrienne. Será que essa desconhecida fascinante viraria uma amiga? E talvez, em breve, uma parceira?

— Mark, tem um mercadinho ali. — Ela apontou e o tirou de seus pensamentos. — Você não vai parar?

— Sim, certo. — Ele parou o *trailer* no estacionamento. Mais uma vez, os dois desceram, e ele levou algumas sacolas de pano que tirou de trás do banco do motorista.

Enquanto caminhavam até a loja, Jenna enroscou o braço no dele. A essa altura, ele estava quase se acostumando com a intimidade casual e o modo como o toque dela fazia o pulso dele acelerar e o sangue dele esquentar.

— Alguma preferência alimentícia? — perguntou ela. — Você é vegetariano?

Ele deveria ser, mas isso dificultava as refeições — e as viagens.

— Não, mas, quando posso, como alimentos orgânicos e evito carne vermelha. Mas comida vegetariana está bom para mim, se é o que você quer.

Ela sacudiu a cabeça.

— Que tal peixe se tiverem algo silvestre?

— Ótimo.

Enquanto passeava pela loja bem decorada, ele a deixou escolher. Um filé de salmão silvestre local, um limão, um monte de cenouras pequenas com folhas verdes e uma caixa de morangos. Ela acrescentou uma fatia de pão com casca e depois disse:

— Parece bom para mim. E para você?

Levou apenas alguns minutos e ela tinha montado uma refeição saudável, com produtos locais e fácil de cozinhar.

— Sim, ótimo. — Não, espere. Se ele ia compartilhar a refeição com Jenna, quem sabe perto de uma fogueira, faltava algo. — Uma garrafa de vinho? — sugeriu ele.

— Adorei — disse ela na mesma hora. — Mas isso não está no meu orçamento.

— É um presente.

— Obrigada.

Eles analisaram a seleção.

— Não conheço muito sobre vinhos — confessou ele. — E você?

— Conheço, fui garçonete em alguns lugares bacanas por uns anos. Me dê uma faixa de preço e eu escolho algo legal.

— Er... Vinte dólares? Está bom? — Ele não sabia nada dessas coisas.

— A gente consegue um vinho ótimo por menos do que isso. — Ela pegou uma garrafa com um rótulo intrigante de lua. — Eu gosto deste. É um *chardonnay* não envelhecido do Vale da Lua, em Sonoma. É refrescante, saboroso, e tem, tipo, notas de maçã verde. Vai combinar com o salmão sem dominar o sabor. Parece bom?

— Sim, parece. — O conhecimento dela o impressionou. Ele supôs que, com a personalidade vivaz e espontânea e a beleza dela, tinha conseguido boas gorjetas. Mas, sério mesmo, garçonete? Para uma mulher de... — Quantos anos você tem?

Ela lançou para ele um olhar surpreso.

— De onde foi que veio isso?

— Só por curiosidade.

— Você conhece aquele ditado que diz que nenhuma mulher tem mais de 29 anos?

— Isso não faz sentido.

Ela balançou a cabeça, tolerante.

— Você realmente vive com a cabeça nas revistas científicas, não é? Significa simplesmente que as mulheres são reservadas quanto à idade e que os caras não deveriam perguntar.

— Ah. Desculpe.

— Não tem problema. Não sou uma mulher comum.

— Isso certamente é verdade.

Os cantos da boca de Jenna se reviraram.

— Você sempre fala a verdade, não é? Você não é de fazer elogios, apenas fala das coisas como as vê.

— Isso é ruim?

Ela sacudiu a cabeça e os cachos quicaram.

— É revigorante. E eu *tenho* 29 de verdade. Mas me pergunte de novo daqui a três meses e vou ter trinta.

Quatro anos mais nova do que ele. No entanto, era como se tivesse uma geração entre eles quando se tratava das abordagens com relação à vida. É claro que, depois de morar com os avós, ele nunca foi *jovem*, no sentido de ser despreocupado e irresponsável como Jenna.

Quando chegaram à fila do caixa, ela pegou a carteira.

— Vou pagar a minha parte da comida e estou te devendo a gasolina.

— Guarde isso. Podemos resolver quando chegarmos a Vancouver.

— Tudo bem, mas não preciso de caridade. Se você quiser comprar o vinho, ótimo, porque não tenho como pagar e adoro vinho, mas a comida e o combustível estão no meu orçamento.

Ele concordou com a cabeça conforme seguiam em frente.

— Sem caridade. — Ele respeitava isso. Ela assumia a responsabilidade por si mesma, embora não quisesse estar amarrada a outras obrigações. O cérebro de cientista dele continuava querendo analisá-la; ela era a mulher mais intrigante que ele já havia conhecido.

Agora ela dizia para a caixa, uma jovem latina, que seu nome — Esmeralda, segundo o crachá — era lindo. Jenna notava as pessoas. Envolvia-se com elas. Enquanto ele, tímido e muitas vezes absorto em seus próprios pensamentos, raramente o fazia.

Quando a caixa desejou a eles uma ótima noite, ele agradeceu e pegou as sacolas.

Ótima. Uma palavra tão insossa. Estar com Jenna era o oposto de insosso. Quanto à noite e talvez ir para a cama juntos... O pulso dele acelerou e ele ficou tão ansioso quanto daquela vez, com dezoito anos, em que vestiu, pela primeira vez, um equipamento de mergulho e imergiu no oceano. Incerto, um pouco assustado, animado.

Aquele mergulho foi grandioso. Pela primeira vez, ele era absorvido pelo oceano que há tanto tempo o fascinava. Mark havia estado em contato íntimo com ele. A experiência foi a realização de uma paixão de longa data, o início de uma aventura para a vida toda.

— Você vai abrir a porta? — A voz de Jenna o chamou de volta.

Eles chegaram na Westfalia. Ele simplesmente estava parado, de cara para a porta lateral, não a vendo, mas tendo aquele primeiro vislumbre fascinante das profundezas do oceano. Ele sacudiu a cabeça para clareá-la e abriu a porta rapidamente. Enquanto organizava as compras na cozinha compacta, ficou intrigado pelos motivos por que pensava no mergulho e estava ansioso. Ele tinha feito sexo antes, várias vezes. Como tudo o que enfrentava, ele acreditava em fazer benfeito. Por isso, estudou a anatomia feminina e as reações sexuais, e, com cada parceira, experimentava para descobrir o que provocava mais satisfação. Se ele e Jenna ficassem juntos, ele seguiria essa linha de ação comprovada e ambos se divertiriam. No entanto, ele estava se adiantando. Um pequeno flerte não era um convite ao sexo.

Não faltava muito para que chegassem a Patrick's Point, um parque estadual que ele nunca tinha visitado e que um de seus colegas em Santa Cruz havia recomendado. Embora a passagem no mecânico de Jenna e a parada na Praia de Vidro os tivesse atrasado, não eram cinco horas ainda. O *camping* não estava cheio e eles ainda tinham duas ou três horas de luz do dia para explorar o lugar antes do jantar. Ele pagou a taxa do acampamento no portão para uma jovem de uniforme que entregou a ele um folheto. Ele o passou para Jenna.

Poucos minutos depois, ele parou o *trailer* em um espaço agradável e aberto, ladeado por abetos e pinheiros altos, e que continha a mesa de madeira para piquenique e a fogueira típicos. Ele achou o local mais plano e desligou o motor.

Jenna saltou e olhou em torno conforme ele se juntava a ela.

— Muito lindo — disse ela alegremente. — Adoro o jeito como o sol é filtrado por entre as árvores. Vamos explorar.

— Ótimo. Podemos dar uma olhada no folheto e decidir o que ver.

Ela torceu o nariz.

— Ou podemos escolher uma direção e ver aonde conseguimos chegar.

— Mas assim a gente pode perder algo que quer conhecer.

— Ou encontrar algo legal e inesperado. Vamos, Mark, confie no universo. — Ela lançou um sorriso para ele. — Vou vestir uma bermuda.

Ela abriu a porta lateral da Westfalia e entrou, sem fechá-la atrás de si.

Enquanto tentava não pensar em Jenna trocando de roupa, ele se sentou à mesa de piquenique, de costas para o *trailer*. Ele teria conferido o folheto, mas ela o levou consigo. A mente de cientista dele estava louca por informações. O colega dele havia mencionado uma aldeia indígena Yurok reformada, uma praia de ágatas e um jardim de plantas nativas.

— Preciso de um lanchinho. — A voz dela o fez se virar. — E você?

Ele esqueceu tudo sobre os Yuroks, quartzos e botânica. As pernas dela, longas e magras debaixo dos jeans rasgados, eram maravilhosas. Cada centímetro era tão lindo quanto ele havia imaginado ao vê-las através da saia transparente, até mais.

— Gostou do que viu? — provocou ela.

Ele arrastou o olhar das pernas dela para ver que ela segurava a bolsa térmica aberta, mostrando o conteúdo. Um pedaço de queijo branco, um pacote de biscoitos integrais e meia dúzia de maçãs. Era tudo o que ela planejava comer no jantar ou andava comprando mantimentos ou comendo em restaurantes? A visão da comida fez o estômago dele roncar, um lembrete de que só o que ele havia comido nas últimas horas foi a metade de uma fatia de torta.

— Sim, seria bom. — Ela era sensível quanto às suas finanças. Orgulhosa. — Se você arrumar o lanche, o jantar vai ser por minha conta.

Os olhos dela se estreitaram, depois ela concordou com a cabeça.

— Se você insiste. Aposto que você tem uma faca em algum lugar para cortarmos o queijo.

— Vou te mostrar onde fica tudo. — Ele se levantou.

— Ótimo. — Ela subiu de volta no *trailer*.

Que bunda formidável e redonda naqueles *shorts* colados. Ah, sim, ele gostou do que viu. Enquanto a seguia, as mãos formigavam de vontade de tocá-la, bem como outras partes da anatomia dele.

Mesmo quando ele estava sozinho, o espaço interior da Westfalia era apertado. Com Jenna lá também, era quase impossível se mexerem sem esbarrarem um no outro. Quando ele esticou o braço passando por ela para abrir a gaveta, a mão dele roçou no braço dela, que deu um passo para trás, encostando a bunda no quadril dele.

Um desejo primitivo fez com que ele sentisse vontade de agarrá-la pela cintura e puxá-la sobre ele para esfregar a ereção crescente naquelas curvas firmes. Droga, por que essa mulher provocava nele as reações de um homem das cavernas?

— Desculpe — murmurou ela ao se virar para encará-lo, o brilho travesso em seus olhos desmentindo o pedido de desculpas. — Não tem muito espaço aqui. — A frente do corpo dela estava a centímetros do dele. — As pessoas precisam mesmo ser cordiais.

— Er, é. — Ele desejou que Adrienne estivesse aqui para interpretar a situação.

— Eu sou cordial.

Ele pigarreou.

— Eu já notei. — Não só com ele, mas com o pessoal do posto de gasolina e com as caixas. No entanto, ele era o único que ela tinha beijado. A força daquele beijo o surpreendeu.

— Alguém já te disse que você... — Os lábios rosados se separaram como em um beijo e ela pronunciou devagar, parando entre cada palavra — pensa demais?

Na opinião dele, era praticamente impossível pensar demais. Por outro lado... Não, era melhor que Adrienne não estivesse ali. Ele conseguia lidar com isso sozinho. Ele acabou com a pequena distância entre eles, inclinou o corpo e tocou os lábios de Jenna, abandonando os pensamentos e se entregando à experiência.

À avassaladora experiência. Ela era tudo de uma vez: lábios, língua, aroma de verão. Seios, quadris, ruídos profundos na garganta. Era demais para absorver, mas, mesmo assim, não era o suficiente, porque ele a queria nua, pele na pele.

Ofegante, ele afastou a boca da dela. De alguma forma, os braços de ambos estavam enroscados em torno dos dois, os corpos bem colados. O pau dele estava duro feito pedra e as mãos agarraram a bunda dela, mas ele não se lembrava de a ter colocado lá. Beijá-la era como... Ser atingido por um raio, mas de um jeito bom. Um jeito espantosamente bom.

— Jesus, Jenna, você é...

Os olhos dela estavam vidrados e sem foco, os lábios inchados e úmidos.

— É. Isso foi...

O corpo dele pulsava com a necessidade urgente de transar, de gozar. Uma necessidade primitiva. No entanto, ele não era um cara primitivo. Nunca havia sentido esse tipo de urgência antes.

Mark se obrigou a largá-la e a se afastar. Tudo isso era muito estranho. A teoria sobre perfis CMP explicava a atração, mas ele não se lembrava de nenhum estudo que afirmasse que o impulso sexual seria praticamente um inferno virtual e quase irresistível.

— Eu preciso me acalmar. — A voz saiu rouca por causa da luxúria não saciada. — Vamos dar uma caminhada.

— Caminhada — repetiu ela. — Certo. Eu ia fazer um lanche.

— Vou esperar lá fora. — Não tinha como ficar ali sem dar seguimento à insistência do seu corpo. Ele saiu do *trailer*, com a ereção ainda dolorosamente rígida, e pegou o folheto do parque no caminho.

Enquanto andava de um lado para o outro em volta do acampamento e respirava fundo, ele leu cada palavra do panfleto, embora seu cérebro, normalmente tão astuto, tivesse dificuldade em se concentrar. Provavelmente estava com pouco oxigênio. A maior parte do sangue em seu corpo havia disparado para debaixo do cinto.

O único pensamento que conseguia prender a atenção dele era o seguinte: se beijar Jenna causava um impacto tão poderoso, como seria quando fizessem amor? Será que ambos sobreviveriam?

Mais uma vez ele tinha aquela sensação, a mesma de quando vestia o equipamento de mergulho, pronto para submergir nas profundezas do oceano pela primeira vez.

***

Capítulo 4

A minha mão tremia enquanto eu cortava o *cheddar* com a faca de Mark. O que havia naqueles beijos?

Além da ereção dele, que era absolutamente impressionante. E irresistível. A minha calcinha estava encharcada, a minha boceta pulsava com um desejo doloroso, e, se ele não estivesse lá fora, eu teria usado uns dois dedos e dado um jeito nisso.

Eu deveria estar puta com ele por ter interrompido o beijo em vez de deixar a maré nos dominar até chegarmos ao orgasmo.

Só que... Eu desejava apenas o orgasmo ou havia algo de especial no cientista *sexy*?

Fiquei satisfeita que ele tenha saído e me deixado respirar um pouco. Eu não ficava tão desconcertada desde que conheci Travis. Aos dezessete anos, eu só tinha feito sexo com um cara antes e brinquei bastante com vários, mas Travis era diferente. Fisicamente, foi uma revelação repentina do que significava ser uma mulher, sensual e sexual. Emocionalmente... Bem, foi aí que cometi o erro.

Foi o que ganhei por não ouvir a minha mãe. Quando eu e minhas irmãs tínhamos dez ou onze anos, ela conversou com cada uma de nós de um jeito entediante e científico sobre se tornar uma mulher, sexualidade, controle de natalidade, doenças sexualmente transmissíveis, blá-blá-blá. Já tinha ouvido tudo aquilo na escola, sem falar de Tree e

Kat, então a ignorei. Voltei a prestar atenção quando ela disse que a gente sempre se apaixona um pouco pelo homem que desperta a nossa sexualidade, mas não se deve cometer o erro de acreditar que o primeiro amor seria para sempre.

Por outro lado, dos dez aos dezessete havia decorrido muitos anos e não existia sermão materno que me preparasse para Travis. Ele tinha vinte anos, era lindo de um jeito sombrio e taciturno, e andava de moto. Ele tinha toda aquela vibração de garoto malvado e sensual, e o sexo com ele foi uma revelação, mas, mais do que isso, ele disse que me amava, e eu acreditei que ele me achava especial.

Na minha família, nunca estive à altura das minhas duas irmãs mais velhas nem de Merilee, a bebê meiga e perfeita. No entanto, com Travis eu acreditava ser o centro do mundo de alguém e o tinha tornado o centro do meu. E veja como a minha idiotice me deixou: com uma infecção e infértil, com meus sonhos de amor e filhos despedaçados.

Sim, havia a possibilidade de adoção. No entanto, eu não conseguia pensar nela, ou começaria novamente a ter esperanças, a sonhar, e sonhar seria uma idiotice. Sejamos sinceros: como eu poderia cuidar de crianças se não havia cuidado de mim mesma? Além disso, eu sinceramente não tinha vontade de me fixar em um lugar, com um único trabalho — e nunca mais me permitiria me apaixonar novamente. Havia vários caras bacanas no mundo com quem eu podia me divertir e continuar com o coração inteiro e livre de paixões.

— Jenna? Está tudo bem?

Olhei em volta e vi um deles espreitando dentro do *trailer*.

— Tô indo. — Eu estava fatiando o *cheddar* no automático e tinha cortado demais. Enfiei em um saco plástico o queijo que sobrou e coloquei na geladeira, depois embrulhei as fatias e os biscoitos em algumas toalhas de papel. Entreguei um embrulho para Mark e joguei uma maçã Fuji para ele, que a pegou com um gesto certeiro com uma mão só. Depois peguei o meu próprio lanche e pulei para fora do *trailer* para me juntar a ele.

Minha pequena viagem nostálgica tinha colocado tudo em perspectiva. Não importava quão impressionantes eram os beijos dele, eram apenas feromônios, como ele mesmo havia dito. Mark era apenas mais um cara para me divertir. Ele não iria mexer com os meus sentimentos mais do que qualquer um dos homens com quem saí desde Travis.

A luz do sol, o cheiro de pinho, um cara fascinante: o que mais uma garota poderia querer? Com um sorriso, fechei os olhos e girei em um círculo.

— Vamos... — Eu parei, apontei e abri os meus olhos — ... Naquela direção.

Esperto o suficiente para não protestar de novo, Mark me acompanhou. Encontramos uma trilha aberta com uma placa de madeira entalhada que dizia que íamos para a aldeia Sumeg. Humm. A gente estava na floresta, perto do oceano. Por que haveria uma aldeia? Aonde meus instintos me levariam desta vez?

Enquanto mastigávamos queijo e biscoitos cheios de grãos e sementes, seguimos em um ritmo relaxado por um caminho de lascas envelhecidas emoldurado por árvores altas. O cheiro de salsichas e hambúrgueres de churrasco se espalhava pelo ar, vindo do acampamento próximo, e se misturava com o aroma verde da floresta.

Eu adorava estar na natureza, parecendo respirá-la por todos os poros.

— Temos sorte por estar fazendo sol — comentei. — Chove muito por aqui.

— É. Como você sabe disso?

— Pela altura das árvores, pela quantidade de plantas, pela densidade de tudo por aqui. Árvores e arbustos que crescem em troncos podres. Isso me lembra de BC, com seus abetos Sitka, abetos Douglas, pinhos, amieiros vermelhos, cicutas.

— Você conhece bem as árvores.

— Fui amiga de um guarda-florestal há alguns anos. — Embora eu não tivesse nada além do diploma de ensino médio que meus pais me obrigaram a conseguir — imagine só ficar de castigo um *ano* inteiro! —, eu tinha vários interesses e aprendia as coisas com facilidade. Terminei o lanche e enfiei o papel toalha usado no bolso quando Mark fez o mesmo.

Eu estava prestes a dar uma mordida na maçã quando chegamos a uma clareira gramada com algumas construções antigas e aparentemente desabitadas. Aldeia Sumeg, dizia a placa, e uma canoa esculpida em uma sequoia contava a história.

— É nativo da América. — Havia uma sensação de paz e atemporalidade que me fez abaixar a voz por instinto.

— Yurok. — A voz dele também estava baixa.

— Não são originais? — As poucas construções de madeira estavam envelhecidas, mas não pareciam arcaicas.

— Uma reconstrução feita vinte anos atrás por Yuroks locais com funcionários do parque. Um projeto cultural e educacional.

Ele deve ter lido a respeito quando planejou a viagem. Acenei com a cabeça e caminhei até uma estrutura baixa feita de tábuas rústicas e pedras grandes.

— Que estranho.

— É um suadouro.

— Humm. Tipo uma sauna. — Caminhamos a esmo enquanto analisávamos as residências, a canoa e o que Mark disse ser uma arena de dança da vassoura.

— Dança da vassoura — repeti. — É uma dança para curar crianças, não é?

Ele me olhou com surpresa.

— Como você... Ah, deixe-me adivinhar. Você saiu com um cara das Primeiras Nações[1]?

— Sim, e me ofereci para fazer trabalho pesado em uma escavação arqueológica. Foi fascinante.

Uma família surgiu, barulhenta e animada, e nos afastamos.

— Vamos por aqui. — Apontei ao acaso e seguimos outra trilha, caminhando em silêncio e comendo as maçãs crocantes e doces. Os troncos altos e o dossel de ramos verdes faziam o lugar parecer uma catedral natural. O canto de vozes ou tambores indígenas combinariam com o local, mas não uma conversa trivial.

O rugido surdo das ondas que quebravam combinavam perfeitamente com o lugar e ficava cada vez mais alto. Logo chegamos em um espaço acima da dramática e rochosa costa. Para além dos pontais, havia uma coluna de pedra com um farol irresistível. Enquanto íamos naquela direção, eu disse:

— Parece um penhasco. — Os sensacionais penhascos se espalhavam pela costa oeste — grandes pedaços de rocha escarpada cortadas da costa e erodidas pelas ondas e pelo vento. Quando nos aproximamos eu falei: — Ah, olha, ainda está ligado à terra. Vamos até lá para alcançar o topo.

Mark atirou o resto mordido da maçã no mar, onde as ondas espumantes o pegaram. Fiz o mesmo, em um lançamento respeitável, mas não tão forte quanto o dele. Revigorada pela brisa refrescante, apertei a mão dele e o apressei pela trilha afora, enquanto curtia a força quente da mão dele na minha. Sensual e excitante de uma maneira gostosa e arrepiante, mas sem o impacto poderoso e perturbador daqueles beijos.

O caminho e os degraus eram íngremes, mas conseguimos subir o penhasco rochoso sem precisar fazer pausas e recuperar o fôlego. Em

---

[1] Termo usado pelos canadenses para se referir aos povos indígenas que ocupam o Canadá. (N. T.)

uma plataforma, alguns rapazes de aparência séria observavam através de binóculos. Mark e eu continuamos até chegar ao topo.

O vento soprava descontroladamente o meu cabelo, e os cachos pinicavam meu rosto. Isso sim é revigorante, e que vista fabulosa do mar aberto e da costa espetacular para o norte e para o sul.

— Você sabe o que é isso? — perguntou Mark, com a voz elevada para que eu conseguisse ouvi-lo em meio às ondas.

Sacudi a cabeça e achei que ouviria uma palestra sobre geologia.

— A Pedra do Casamento.

— Desculpe, o que foi que você disse?

Ele repetiu.

— As pessoas vêm aqui para se casar.

— Você inventou isso. — Não que ele parecesse ser um tipo imaginativo ou romântico.

— Ao que parece, é verdade. — Ele tirou algo do bolso, com cuidado para não deixar que voasse com o vento, e vi que era o folheto do parque, todo dobrado.

Eu ri.

— Você andou estudando.

— Uma vez cientista, sempre cientista. Além disso, eu não queria que a gente se perdesse.

Revirei os olhos.

— É um parque e não a natureza selvagem. — Pensei no que ele tinha dito. — Para as pessoas que acreditam em votos, este seria um bom lugar para fazê-los. — Inclinei a cabeça na direção dele. — Em especial para alguém como você, que curte o meio ambiente, apaixonado pelo oceano.

Será que ele se casaria? Ele queria uma companheira e filhos. A rota convencional seria o casamento, mas ele falou *companheira*, não *esposa*. Pelo que tinha percebido até ali, ele era uma mistura interessante de tradicional e não tradicional. Com que tipo de mulher ele acabaria ficando?

Uma dor estranha pulsava no meu peito e esfreguei no local. Azia por ter comido enquanto caminhava? Não eram ciúmes. Nunca fui possessiva com os caras com quem dormia, e Mark e eu nem sequer éramos amantes. Ainda.

Uma rajada de vento soprou meu cabelo para trás e provocou arrepios. Ele passou o braço pelos meus ombros lentamente, quase com cautela. Inclinei o corpo na direção dele e curti o calor e a solidez no topo da coluna, com suas rochas e seu vento, e passei o braço em volta da cintura dele. Ele era tão firme, puro músculo por cima dos ossos.

— Parece um bom lugar para se beijar — disse eu a ele. — Mas... — Aquele tornado poderia nos alcançar e nos derrubar desta rocha.

O corpo dele estremeceu quando riu.

— Sim, é melhor a gente não se arriscar.

Dois adolescentes subiam as rochas se arrastando e se juntaram a nós no topo. Nós nos cumprimentamos e um deles sorriu e disse:

— Vocês vão se casar aqui?

Pisquei para ele.

— Casar? Por que estragar algo bom?

Ele ficou ruborizado e os dois meninos riram.

Em um acordo tácito, Mark e eu entregamos o cume para eles e começamos a descer. Quando parou na plataforma de observação, agora deserta, ele disse em tom de brincadeira:

— Isso é que é ensinar moral para as novas gerações.

— Ha ha. Moralidade se trata de coisas como respeito e honestidade, não de regras e instituições sociais.

— Sim, mas como as pessoas desenvolvem a moral? Isso não surge do nada, precisa ser ensinado. — Desta vez foi Mark que pegou a minha mão — o cara estava progredindo — enquanto descíamos da plataforma de observação. — E, mesmo assim, leis ainda são necessárias.

— Leis, regras, podem ser tão restritivas.

— Sim, algumas são imbecis, mas outras têm valor. Tipo, no caso do meio ambiente. Pessoas — e empresas — não vão fazer a coisa certa. É preciso que existam leis para punir quem produz poluição e incentivos para recompensar as políticas verdes. O mesmo princípio vale para as relações pessoais.

— Tipo?

Começamos a refazer os nossos passos, a percorrer a trilha pela qual viemos.

— Violência — disse ele. — Abuso.

— As leis não são muito eficientes em proteger as pessoas. Eu trabalhava em um abrigo para mulheres. Alguns caras acham que a certidão de casamento é uma licença para abusar das esposas.

— Eu sei, e é horrível. — Ele sacudiu a cabeça. — Quase faz a gente acreditar em uma justiça primitiva, tipo olho por olho.

— Faz mesmo. Exceto pelo fato de que isso também causa problemas. — Eu gostava de conversar com Mark. Por mais que amasse a ciência, ele compreendia que algumas questões não tinham explicações ou respostas científicas bonitinhas.

Beleza, então ele era inteligente, ponderado e um homem decente, além de ser maravilhoso e atraente. Nada disso o tornava especial. Eu saí com outros caras como ele. Ao menos alguns. Claro que nenhum deles nutria essa paixão por salvar o meio ambiente ou tinha viajado para locais exóticos para isso. Nenhum entrava no modo de professor *sexy*, falava sempre a verdade ou deixava de entender brincadeiras ou o fato de que as mulheres davam em cima dele de maneira tão fofinha.

Ele nos guiou para uma trilha que não havíamos explorado antes. Dei um sorriso malicioso para mim mesma, com a impressão de que ele havia decorado o mapa do parque e tinha um destino em mente. Ah, é, ele era muito fofo.

Tudo bem, então talvez o dr. Mark Chambers fosse especial. Todas as pessoas eram especiais à sua maneira. Ele continuava a ser só mais um cara. Um cara que era melhor não beijar...

— Pesquisar falcões — disse ele —, ajudar em uma escavação arqueológica, trabalhar em um abrigo para mulheres. Que outras coisas que você fez, Jenna?

— Manutenção de parques — foi quando conheci o guarda-florestal. Programas de arte com crianças autistas. Passeios terapêuticos com crianças deficientes. Esse tipo de coisa. Tive alguns dos trabalhos mais fascinantes que se possa imaginar.

— Por que tantos diferentes?

Dei de ombros.

— Gosto de variedade, como você.

— Mas a minha variedade gira em torno de um tema. Uma causa com a qual me comprometo. — O tom dele não era exatamente de aprovação.

Nenhuma surpresa, se levarmos em consideração quanto ele se parecia com a minha família. Cada louco com a sua mania, é justo, mas ele não tinha o direito de me julgar.

— Pessoalmente, não entendo o valor de se prender a só uma coisa quando há tantas outras ótimas a fazer.

Caminhamos em silêncio por alguns minutos. Aí ele disse, quase a contragosto:

— Você já abraçou algumas causas bacanas.

Apertei a mão dele.

— Obrigada.

— Trabalhei com um homem que tinha síndrome de Asperger. Ele era inteligentíssimo e muito eficiente no trabalho dele, análise estatística.

Asperger era uma forma de autismo.

— Mas não era muito de trabalhar em equipe? Não curtia fazer a social no bar depois do trabalho?

— Não. — Ele fez uma pausa. — Embora se pudesse dizer o mesmo de mim. Nunca fui muito de socializar.

— Depois de aquecer, você não é de todo mal — provoquei enquanto o cutucava delicadamente com um cotovelo nas costelas.

Os lábios dele se curvaram.

— Ao que parece, você me aquece.

Ao lado do caminho, alguns pedaços de pinha — frescas, que tinham acabado de ser descartados — chamaram a minha atenção.

— Esquilos — disse eu, e nós dois paramos para olhar para cima, à procura da criatura que comia as nozes e descartava o que não queria. — Ali. — Apontei bem na hora em que um esquilo cinza, empoleirado em um galho com o rabo peludo enrolado por cima da cabeça, chilreou e nos repreendeu.

Trocamos um sorriso, depois seguimos em frente.

— Sério mesmo, você se sai muito bem conversando depois que começa. Mas você fica mais à vontade falando de ciência do que de assuntos pessoais, né? — disse eu.

Ele concordou com a cabeça. — É com o que eu estou acostumado. A vida dos meus avós gira em torno do trabalho deles. Em casa, a gente conversa principalmente a respeito de trabalho ou de meus estudos.

— E até mesmo as conversas sobre assuntos pessoais eram científicas — adivinhei.

— Er, tipo isso. Por que diz isso?

— Essa coisa de biologia molecular aplicada a relacionamentos.

— Sim, isso era típico. — Os dedos dele apertaram os meus por um instante. — Gosto de conversar com você. Você me tira do modo cientista aos chutes, me faz pensar de forma diferente sobre as coisas.

— Obrigada. Também gosto de conversar com você. Você é interessante e ponderado.

A trilha chegou a uma área acima de uma faixa de praia repleta de troncos e pedras, e atingida por ondas vigorosas.

— Vamos descer — disse Mark.

— Claro.

Quando começamos a descer os degraus que davam início à trilha íngreme que levava à praia, ele disse:

— Esta é a Praia de Ágata.

A Praia de Vidro antes e agora a Praia de Ágata. Ele tinha um jeito de encontrar lugares interessantes, mesmo que fosse a pesquisa, em vez de instinto, que o levasse até eles.

— Me fala sobre as ágatas. Só sei que são um tipo de pedra.

— São um tipo de quartzo, normalmente provenientes de rochas vulcânicas ou lava.

Ouvi uma palestra de Introdução às Ágatas, feita naquele modo professor surpreendentemente sensual. Carlos, o surfista, o último cara com quem fiquei, era lindo e atlético, um peso-pesado entre as coxas, mas peso-pena entre as orelhas. Era uma delícia estar com um homem inteligente.

Não que Mark não estivesse à altura no quesito entrecoxas, pelo que pude sentir. Eu estava ansiosa para uma exposição mais íntima.

Quando chegamos à praia, tirei as sandálias e comecei a procurar as pedras. Ao contrário do vidro da praia, as lindas ágatas bonitas eram escassas. Era divertido procurar por elas e surgia uma alegre vitória cada vez que encontrava uma. Mark parecia satisfeito em seguir meu rastro sinuoso, de mãos nos bolsos, admirando os tesouros que eu mostrava para ele.

— Você não está procurando — reclamei.

— É mais divertido observar você. Você parece uma criança, Jenna.

Já me haviam dito isso várias vezes, algumas com desdém e outras com aprovação. O sorriso de Mark o colocava na segunda categoria, ainda bem.

Eu estava perto da margem da água, com o cabelo esvoaçando para trás por causa da brisa enquanto eu respirava o ar salgado e penetrante e via o sol afundar cada vez mais no céu. Aí me virei para olhar a outra excelente vista: o cientista gostoso. O vento apenas desgrenhava o cabelo dele, mas chicoteava a parte de cima da regata contra seu corpo e grudava o algodão macio contra aqueles músculos firmes.

— A vida existe para a gente aproveitar, então por que não mergulhamos? — Eu recolhia as ágatas com toda a intenção de atirá-las de volta na praia quando a gente terminasse o passeio. Não queria roubar a beleza daquela praia linda. Então dividi as pedras e entreguei a metade para ele. — Aposto que consigo atirar pedras na água melhor do que você.

Um sorriso malicioso tocou os lábios dele e depois desapareceu. Ele deixou cair os dois pares de sandálias que carregava e me deixou colocar as pedras na mão dele.

— Quanto quer apostar?

— Quanto? Você tem uma mente tão convencional. Vamos apostar algo mais divertido. Tipo... Quem perder tem de tirar a roupa e nadar pelado.

— Jenna! Esta é uma praia pública. E a água é gelada e as ondas podem ser perigosas.

— Ai, nossa, você não é nada divertido. E é um covarde, Dr. Chambers. Você sabe que vai perder.

O ligeiro sorriso reapareceu.

— Na verdade, tenho certeza de que vou ganhar.

Eu gostava daquele raro toque de arrogância masculina.

— Ah, sei. Então você não quer me ver pelada.

— Droga. — Ele passou a mão pelo cabelo e depois esfregou a nuca. — Sim, claro que quero. Sou homem, não sou?

Ah, é! Dos traços angulares aos ombros largos e à cintura fina exibida pela camisa regata, as pernas musculosas de bermuda, o ímpeto poderoso do pau que senti quando nos beijamos.

— Então entre na brincadeira. Jogue as pedras. — E eu esperava que ele perdesse, porque queria que ele ficasse nu quanto antes.

A petulância daquela mulher era atraente — muitas coisas nela eram atraentes —, e Mark quase se sentia culpado por levar vantagem. Ele tinha passado várias horas próximo ao oceano em todo o mundo para monitorar medições, supervisionar funcionários e voluntários, refletir sobre pesquisas ou artigos nos quais trabalhava. Rochas de todos os tamanhos foram parar nas mãos dele e ele adquiriu proficiência em atirar pedras.

Quando ele ganhasse, ela não iria mesmo tirar a roupa, iria? Será que ele queria que ela tirasse? Vestida, ela era praticamente irresistível. Nua então...

— Melhor de seis? — sugeriu ela.

Ele concordou com a cabeça.

— Você primeiro.

— Quer avaliar o meu desempenho?

— Pretendo fazer isso depois que você perder. — Ele não estava flertando, mas dizendo a verdade.

Ela deu um gritinho divertido.

— Vai sonhando, seu cientista.

Ela escolheu uma das pedras reunidas na própria mão. Arqueou o corpo, enquanto os seios ficavam total e livremente pressionados contra a regata, e a atirou com um zunido na superfície escura e agitada da água. Ela escolheu bem o momento, entre as ondas, e atirou longe o suficiente para que a pedra atingisse uma superfície quase plana. A ágata quicou quatro vezes e depois afundou. Ela aplaudiu vigorosamente a si mesma.

— Vamos ver se você consegue superar essa.

Ele estudou a seleção que tinha em mão. Pedras lisas e achatadas quicavam melhor, as que tinham algum peso, mas não eram pesadas demais. Poucas ágatas atendiam a esse critério. Para a primeira tentativa, a fim de aquecer o braço e sentir a água e o vento, ele escolheu uma das piores. Ele queria guardar as melhores para as três últimas tentativas.

Ele atirou baixo e tranquilamente, mas o formato não ajudou e ela só quicou três vezes.

Jenna soltou uma vaia e depois atirou uma pedra que quicou cinco vezes, o que a fez sair aos pulos, eufórica.

O sol mergulhou na direção do horizonte, uma enorme bola de ouro, que deslumbrava os olhos e lançava faixas de luz e sombra sobre a água, o que aumentava o desafio.

Eles se revezaram, e as pedras de ambos quicaram entre três e cinco vezes. A pontuação dela começou a cair conforme gastava as pedras boas. O último lançamento resultou em dois saltos, acompanhado por um lamento:

— Que droga.

Mark segurou a última pedra diante dos lábios e a soprou, como os jogadores faziam com dados. Era a melhor pedra. Seria fácil conseguir seis saltos. Ele estava prestes a jogar quando ela disse:

— Ao que parece, vai rolar um empate.

Se ele conseguisse quicar a pedra seis vezes, ela perderia. Se quicasse cinco vezes, daria empate. O que iria acontecer nesse caso?

Não havia como ambos tirarem a roupa e correrem para a água. Será? A respiração dele acelerou e o pênis pulsou diante do pensamento.

A coisa racional a fazer caso empatassem — ou mesmo se ele ganhasse — era rir e cancelar a aposta. Se Jenna realmente começasse a tirar a roupa, o que ele faria?

— Mark? Você vai atirar a pedra ou vai jogar a toalha?

Ele respirou fundo, depois atirou. A pedra quicou cinco vezes. Exatamente como ele pretendia.

Cheio de expectativa, ele encarou Jenna.

— Parece que deu empate.

— Ora, ora, não funcionou direitinho? — Sob a luz fraca, os olhos dela brilharam e, pela primeira vez, ele se perguntou se esse tinha sido o plano dela o tempo todo.

— O sol está quase desaparecendo — apontou ele. — Está esfriando.

— Então é melhor a gente se apressar. — Ela alcançou a bainha da regata.

Ao afastar o olhar de Jenna, ele examinou a praia. Estava quase deserta agora e as pessoas, sem dúvida, se dirigiam para os acampamentos a fim de jantar. Os únicos que ficaram eram um grupo na outra extremidade, reunidos em torno de um abrigo de madeira que tinham construído. Àquela distância, com essa luz, ele só conseguia distinguir silhuetas.

Quando se virou para Jenna, ele engasgou e ficou imóvel, de olhos fixos nela.

Ela estava nua da cintura para cima e jogava a regata na praia.

Impressionante. Sensual. Primitiva, como uma deusa da natureza, com seus cabelos compridos e selvagens refletindo os últimos raios de sol, os ombros e os braços magros e tonificados e os seios encantadores e perfeitos. Com os bicos rosa. Exatamente como ele tinha imaginado. Caramba, será que ele tinha morrido e ido para o céu?

Ele aspirou o ar, com o peito arfante, o pau pulsante e crescente, e deu um passo na direção dela.

— Jenna. — A voz dele saiu ainda mais rouca que de costume e só o que ele conseguiu falar foram estas duas sílabas.

A risada dela percorreu o ar da noite, iluminada e dourada como os dedos de luz do sol que douravam as ondas.

— Você está ficando para trás. — Ela estendeu a mão para pegar a bainha da regata dele. Quando a levantou, os dedos dela roçaram a pele dele em um toque que pensou que era proposital.

Eles iam fazer aquilo. Iam mesmo.

Ansiedade e desejo percorreram as veias dele e ele tirou a mão dela da regata e a arrancou. Ele respirava rápido, como se tivesse corrido, e o peito dele arquejava por ar.

Jenna sorriu com aprovação e estendeu a mão até a cintura da própria bermuda.

Ele imitou os movimentos dela e abriu os botões, depois o zíper. Debaixo do zíper, uma protuberância crescente pressionava com insistência e exigia liberdade. Ele agarrou a cintura da bermuda, puxou-a para baixo e, um instante depois, estava nu, exceto pela cueca de algodão.

Jenna... Puta merda. Se ela usava calcinha, tirou-a com a bermuda, pois, quando se endireitou, estava nua. Completamente nua.

Tão linda que a visão tirou o fôlego dele.

Ela era magra, mas tinha curvas delicadas e femininas, e um minúsculo V de mechas douradas entre as coxas. Ele queria enterrar o rosto entre as pernas dela, passar os dedos naqueles pelos e depois na maciez daquelas coxas. Sentir o cheiro dela, o gosto dela, explorar cada centímetro íntimo e erótico com os dedos, os lábios, a língua.

Quando se concentrou no rosto dela, viu o sorriso sagaz de uma mulher consciente do efeito que causava.

Sem dizer nada, ele tirou a cueca e observou enquanto o olhar dela descia e ela via o impacto que causava nele. Será que era a imaginação dele, naquela luz fraca, ou a garganta dela ondulou quando ela engoliu em seco?

No que ela pensava? Será que ela também queria tocar e sentir o gosto?

Quando pensou nos lábios rosados dela envolvendo o membro dele, ele mal conseguiu reprimir um gemido.

Ela agarrou a mão dele com os dedos um pouco gelados.

— Vamos juntos. No três. Um... Dois... Três!

Juntos, eles correram pela praia de seixos. A água gelada beliscou os dedos dos pés dele conforme atravessavam as ondas. A ereção de Mark diminuiu rapidamente à medida que seguia em frente, com a água até os joelhos primeiro, depois até as coxas. O mar atingiu os genitais e eles se encolheram. Será que ele voltaria a vê-los algum dia?

— Jesus, está congelando!

— Mais rápido! Se a gente não correr, vamos ficar com muito frio.

E se eles continuassem a correr e mergulhassem, iam ficar com hipotermia. Mesmo assim, ele a deixou puxá-lo para frente até que ela soltou um grito e se atirou em uma onda enquanto o levava consigo.

O choque fez com que soltassem as mãos e, quando ele mergulhou, a viu ao lado dele, tirando o aglomerado de cabelo molhado do rosto e rindo, mesmo enquanto arrepios a devastavam.

Por mais que ele amasse o oceano, agora não era a hora de estar nele. Ele agarrou a mão dela e a puxou de volta em direção à costa, correndo o mais rápido que suas pernas, cada vez mais dormentes, conseguiam.

Quando saíram do mar e chegaram à praia, ela se enrolou em torno dele, um amontoado de membros e seios gelados e tremendo. No início, ele estava com tanto frio que mal se deu conta do contato, mas depois os corpos deles começaram a esquentar.

O sangue corria nas veias dele, quase dolorosamente, conforme ele passava de gelado para aquecido. Aquecido ao menos onde a pele dele encostava na dela.

Ela sacudiu o corpo e se aproximou ainda mais, com os braços apertados em volta dele, e ele devolveu o abraço enquanto apertava a bunda dela. Os seios eram tão macios encostados no peitoral dele, e os pelos da boceta pinicavam a virilha dele. Ufa, o encolhimento não era permanente. O pau congelado começou a inchar e ele afastou um pouco os corpos para deixá-lo se erguer até a barriga, depois preencheu o espaço de novo, prensando a ereção entre eles.

— Meu Deus, Jenna, eu quero você.

Com a voz ofegante e provocante, ela disse:

— Bem, já não era sem tem...

O beijo interrompeu a última palavra e ambos se entregaram a ele, bocas abertas, lábios desejosos, línguas que impulsionavam e acasalavam. O desejo e a necessidade eram agora irresistíveis. Quem se importava se fazia sentido? Eles precisavam fazer sexo.

Agora.

De alguma forma, ele teve presença de espírito o suficiente para lembrar que eles estavam abraçados e nus em uma praia pública. Ele se obrigou a se afastar dela, pegou as roupas dele e olhou desesperadamente em volta à procura de um local reservado. Ela apontou.

— Acho que eles foram embora.

Esforçando-se ao máximo para enxergar, ele viu que o pessoal que havia construído o abrigo tinha abandonado a estrutura de troncos improvisados. Ele seguiu Jenna enquanto ela corria em direção ao local, as costas pálidas e o cabelo esvoaçante sob a luz esmaecida, a bunda sedutoramente curvilínea.

Os troncos e as tábuas de madeiras de tamanhos variados, empilhados frouxamente com muitas lacunas entre si, formavam quatro lados e um telhado. Não havia uma entrada de verdade, apenas um espaço maior entre dois troncos. Ela se inclinou e deslizou para dentro.

Ele jogou as roupas e as sandálias para dentro e entrou atrás dela. A estrutura não era alta o suficiente para que ficassem de pé e, além do mais, não era essa posição que ele tinha em mente. Felizmente, os construtores tinham escolhido um dos raros trechos de areia da praia, portanto, quando ele a pegou pela cintura e derrubou ambos no chão com ele por baixo, as costas dele se esfregaram na areia áspera em vez de pedras.

Enquanto ria baixinho, ela ficou de joelhos, um de cada lado das coxas dele.

— Ah, Mark. Eu sabia que você tinha potencial.

O membro inchado dele se ergueu entre eles e ela o agarrou com uma mão enquanto ronronava.

— Humm, que gostoso.

O pau dele estava mais duro do que ele conseguia se lembrar. Os dedos dela, que o acariciavam e provocavam a glande, eram mais do que ele conseguia aguentar. Os anéis causavam um provocante atrito a mais. Ele ia explodir na mão dela como um garoto se ela continuasse. Normalmente, ele era um bom amante e entendia de preliminares, e faria o possível para satisfazer a mulher. No entanto, esse lance com Jenna, desde que a viu a caminho da lanchonete horas antes, era diferente. Era primitivo.

— Jenna, agora — disse ele, enquanto tentava não implorar. — Preciso de você agora.

— Sim, eu também — sussurrou ela com urgência. — Agora mesmo.

Graças a Deus.

Ela o soltou, mudou de lugar, e de repente ele se lembrou.

— Merda, não tenho camisinha.

A risada rouca que ela soltou provocou nele arrepios de desejo.

— E eu que pensei que você era o tipo de cara que estava sempre preparado.

Ele era, mas não para o sexo. Não para Jenna Fallon. Ela pegou a bermuda que tinha deixado de lado e remexeu o bolso.

— Você trouxe um mapa do parque, Dr. Chambers. Eu trouxe... Arrá! — Ela ostentou uma camisinha. — E agora, quem é o mais preparado?

— Você, graças a Deus. — Ele a pegou da mão dela e abriu a embalagem enquanto o sangue corria por suas veias, a intensa pressão dentro dele exigindo liberdade. Ainda montada nele, ela recuou e, de algum jeito, ele desenrolou a camisinha no pau duro. Então a culpa o atingiu. Ele nunca havia sido tão egoísta, tão guiado pelo desejo. — Você tem certeza?... — Ele tentou interpretar a expressão dela, mas a luz era muito fraca.

A voz era divertida, porém, cheia de certeza.

— Seu bobo, é claro que tenho. E sim, estou pronta. Sente só.

Ela pegou a mão dele e a guiou para o ápice entre suas coxas. Os corpos deles ainda estavam molhados do mar, mas essa umidade era diferente. Mais quente, mais espessa, e, conforme ele acariciava as dobras exuberantes, o aroma sensual da excitação dela se espalhava pelo ar da noite, o que o inflamou ainda mais.

— Agora — disse ela. — Você e eu. — Ela agarrou de novo o pau dele e ficou de joelhos, erguendo o corpo acima dele.

Ele a abriu com os dedos enquanto ela o guiou para a própria abertura. A umidade efervescente dela banhava a cabeça do pau dele e ele a provocou de modo ansioso com o membro, abrindo os lábios, relaxando-a.

Ah, ela era uma delícia, macia e quente, uma sensação tão maravilhosa que ele quase não conseguia aguentar. O desejo de meter profundamente, de socar, aumentava cada vez mais dentro dele, mas ele lutava contra essa vontade.

Em vez disso, ele ficou parado enquanto ela erguia o corpo e o ar frio roçava a pele úmida, um agradável contraste com o calor dela. Com as mãos apoiadas no peito dele, ela se inclinou para frente, os quadris curvados para mudar o ângulo de modo que, quando deslizasse novamente para baixo, ela o acolhesse ainda mais profundamente.

— Ah, assim, Mark — sussurrou ela, com os olhos brilhando sob a luz sombria.

Com vontade de beijá-la, ele tentou puxá-la para frente, mas em vez disso ela resistiu e se curvou para trás, endireitando o corpo enquanto subia e descia. O cabelo molhado caía pelos ombros e emoldurava o belo rosto, e os seios firmes e pequenos saltavam enquanto ela se mexia para cima e para baixo.

Apesar do ar gelado da noite, o sangue dele estava quente e espesso, o pau tão inchado que chegava a doer, e a necessidade de liberação se acumulava na base da sua coluna.

— Jenna, meu Deus, que gostoso.

Ele não conseguia se conter. As bolas dele se encolheram.

Ela gemeu e retorceu o corpo contra o dele, e ele deslizou a mão entre os corpos, encontrou o botão inchado do clitóris e o pressionou com delicadeza.

— Ah, assim — gritou ela. — Isso, continua.

Ofegante e precisando gozar, ele pressionou novamente, um pouco mais forte, depois o orgasmo percorreu o corpo dele e dominou tudo, exceto uma sensação tão intensa em que felicidade e dor se misturavam.

Jenna gritou mais uma vez, uma nota aguda de prazer, enquanto ele mergulhava intensa e profundamente nela. Os espasmos internos do clímax dela explodiram em ondas em torno dele, acariciando-o conforme ele metia novamente, mais devagar. E mais uma vez, até ele não ter mais nada para oferecer.

O coração dele batia tão forte no peito que ele mal conseguia recuperar o fôlego, e a cabeça dele chegava a doer de tanta pressão.

— Meu Deus — disse ele entre suspiros.

Ela caiu para frente, como se não tivesse força para se manter ereta. Ele não conseguia enxergar o rosto dela.

— Jenna, você está bem? — Ele apoiou as mãos na cintura dela e sentiu a leve ondulação dos quadris.

Lentamente, ela se endireitou, como se a força voltasse para seu corpo. Novamente na posição vertical, enquanto ele continuava dentro dela, ela jogou os cabelos úmidos para trás dos ombros.

— Tudo bem? — Um sorriso se abriu em um vislumbre de olhos brilhantes e dentes brancos. — Ah, sim, estou ótima.

— Quero dizer, não só por, er, ter gozado, mas bem com relação a tudo isso? Com relação à gente fazer isso? — Normalmente, ele tratava a decisão de fazer sexo como algo racional, que ele e a parceira discutiam antes que acontecesse e comparavam expectativas.

— Fazer sexo? Nossa, é claro. Não passei o dia inteiro atrás de você? — Ela ergueu o corpo para se afastar dele e estremeceu.

Ele também estava gelado, agora que o calor do corpo de Jenna havia acabado e o impacto ardente do clímax começava a desaparecer.

Pelo menos agora que ele tinha quase recuperado o fôlego, a dor de cabeça tinha sumido.

— Bem, er, talvez. Mas mesmo assim, é algo íntimo e eu...

— É só sexo, Mark — disse ela, parecendo um pouco irritada. Ela vestiu uma calcinha minúscula e a bermuda. — São duas pessoas se divertindo. Não fique tão encanado.

Beleza, essa era uma declaração bastante clara de como ela via as coisas. Não era uma grande surpresa que Jenna, tão pouco convencional como era, descartaria todas as complicações que a sociedade ligava ao sexo e o despisse à sua essência.

Quando ela passou a regata pela cabeça, ele começou a vestir as próprias roupas.

Não que ele quisesse compromisso, emoção, todo esse lance de relacionamento com Jenna. O modo deles de ver a vida era diferente demais, a vida de cada um seguia caminhos opostos, e esse momento era só diversão.

Ele já tinha feito sexo casual antes, embora conhecesse as mulheres em questão há semanas ou meses. Esta noite não era tão diferente. Talvez a situação o lembrasse um pouco demais da filosofia de amor livre do Vale da Liberdade. Quem sabe fosse por isso que ele sentia um leve desconforto no peito.

Já vestidos, ele e Jenna saíram do abrigo de madeira, calçaram as sandálias e caminharam de volta na direção de que vieram. Uma lua crescente e algumas estrelas ofereciam luz o suficiente para encontrarem o caminho, mas talvez tivessem dificuldades quando entrassem no parque, onde as trilhas eram cobertas pelas árvores. Foi uma besteira ficarem na praia depois do pôr do sol.

No entanto, para Jenna, ele não teria feito isso. Ela o transformou em um homem que ele mal reconhecia. Ele entrelaçou os dedos nos dela.

— Quando a gente estava conversando sobre trabalho — disse

ele, hesitante, sem querer ofendê-la, mas tentando compreender —, você disse que existem muitas coisas interessantes e que você gosta de variedade. É assim com os homens também?

— Claro — disse ela de imediato. — Com as pessoas em geral. Você gosta de alguém, então passa um tempo com a pessoa. Se alguém te excita, vocês fazem sexo. Divertido, simples, sem complicações.

Sim, era como Alicia e as outras pessoas da comunidade. Para Jenna, ele era apenas mais um em uma série de caras com os quais ela tinha dormido. Se tivesse pedido carona para outro homem, teria feito sexo com ele esta noite.

A ideia não era exatamente lisonjeira. Uma dor latejou novamente no peito dele. Uma dor residual por causa do sexo vigoroso? Ou uma pontada de ciúme masculino primitivo?

Que ridículo. Jenna não era sua companheira. Por mais fascinante e divertida que ela fosse, ele queria uma mulher que levasse a vida mais a sério, mais comprometida com uma causa que valesse a pena. Ela tinha um bom coração, mas era diletante. Além disso, havia o ponto principal. Por mais ultrapassado que fosse, quando ele achasse a companheira com quem passaria a vida, ele iria querer que ela fosse fiel.

Ele iria querer que ela *desejasse* ser fiel. Que o amasse tão profundamente a ponto de nunca sentir vontade de fazer amor com outro homem. Mark queria uma mulher que ele pudesse amar assim também.

Qual era a possibilidade de encontrar algo assim? Ele não tinha certeza sequer do que era o amor. Ele e os avós raramente falavam a palavra e, quando o faziam, ela significava segurança, laços de sangue, afeto, mas não uma emoção poderosa.

Alicia jogava a palavra aqui e ali por impulso, bem parecido com o que Jenna fazia. Jenna até tinha dito isso a ele quando finalmente conseguiu convencê-lo a lhe dar carona. *Eu te amo, você é o melhor*. Poucos minutos antes, ela disse praticamente a mesma coisa para o mecânico.

Um pensamento estranho o atingiu. Talvez ela não tivesse mais noção do que ele em relação à profunda emoção que dava à palavra tanto poder. O tipo de emoção que ele sabia que Adrienne sentia pela esposa e pelos filhos que ainda teriam.

— Você acha que sexo é diversão e que a monogamia é arcaica — disse ele. — Então, o que acha do amor?

***

Capítulo 5

Amor? A minha mão estremeceu involuntariamente junto à de Mark. Sem querer que ele percebesse que tocou em uma ferida antiga, brinquei:

— Por que você pergunta? Está se apaixonando por mim, cientista?

— Eu mal conheço você. — O tom dele não era de ofensa, mas daquele jeito factual que ele tinha de afirmar o que achava que era verdade. — Eu estou... curioso.

O amor era perigoso. Mais perigoso do que o oceano obscurecido pela noite que quebrava na praia atrás de nós.

— O amor é ótimo — disse eu de maneira irreverente. — Pense em todas as coisas que há para se amar. Torta de morango, um grande mecânico, o homem certo que apareceu para me dar uma carona, a Praia de Vidro, atirar pedras e nadar sem roupa e...

— Não esse tipo de amor — interrompeu ele. — O sério.

— Ora, aí está a sua resposta. Eu não *curto* nada sério. — Antes que ele pudesse insistir, estremeci de maneira dramática — e sincera. — Estou morrendo de frio.

Depois do sexo sensacional, o frio residual do mar gelado penetrou os meus ossos. A bermuda e a regata não ajudavam muito a me aquecer.

— É uma trilha íngreme. — Mark apontou para frente. A gente já tinha quase chegado ao fim da praia e o caminho colina acima se assomava diante de nós. — A subida vai nos aquecer, depois vamos correr de volta para o *trailer* e pegar nossas coisas para tomar banhos quentes.

— Banhos? No plural? — provoquei. — A gente não deveria ser ecológico e dividir o mesmo chuveiro? — Isso sim seria divertido. Água corrente — água quente —, um Mark nu, bolhas de sabão... A excitação me agitou novamente. Fazer sexo com ele foi bastante incrível.

Os dedos dele apertaram os meus e fiquei imaginando se ele pensou a mesma coisa. Secamente, ele disse:

— Os banheiros de homem e mulher são separados.

— Você é um medroso.

— Com as crianças que os usam também?

— Sim, sim, você tem razão. Que pena.

Continuamos a caminhar depressa, na direção ao topo da colina, agora em silêncio.

Sim, eu o queria mais uma vez e, ainda assim, sentia uma estranha incerteza. O que havia em Mark? Talvez aquela química esquisita quando nos beijamos fosse apenas um lance de feromônios. Evitei beijá-lo quando fizemos sexo naquele abrigo de madeira, com medo de que... Sacudi a cabeça. Medo de quê? De que a gente pegasse fogo e incendiasse o abrigo?

Eu estava sendo boba. Talvez ele tivesse o beijo mais delicioso que já experimentei, mas era apenas mais um cara. Só o que qualquer um deles era.

Mesmo assim, talvez fosse mais seguro não beijá-lo de novo. Beijos não são necessários para uma ótima trepada.

Começamos a seguir um caminho e andamos o mais rápido que conseguimos, mas o parque estava tão escuro que mal conseguíamos distinguir a trilha. Acima das nossas cabeças, os ramos farfalhavam ao vento. Fazia frio o suficiente para provocar arrepios e talvez algumas pessoas achassem assustador, mas sempre me senti à vontade ao ar livre. Deixei que Mark escolhesse a rota, confiando na sua memória para mapas, até que acabamos chegando ao acampamento.

Pegamos toalhas, sabonetes, xampu e roupas limpas bem depressa e corremos até a área de serviço onde ficavam os banheiros e chuveiros. O acampamento parecia estar cheio, alguns espaços repletos de veículos e barracas. Conforme a gente passava, víamos as pessoas se movimentar ou se sentar nas mesas de piquenique, com vozes relaxadas e felizes. A fumaça das fogueiras subia e o cheiro de fumaça de madeira e de carne sendo cozida flutuou até nós, e fiquei contente por termos lanchado antes — e que o salmão não levasse muito tempo para ficar pronto. Aqui e ali, a música soava, mas não alto o suficiente para incomodar os vizinhos. Quando chegamos ao prédio com os chuveiros, Mark disse:

— Falando nisso, os chuveiros são pagos. Li no folheto.

— Agora que você me diz. — Eu não tinha levado nenhum dinheiro. Estiquei a mão. — Me dá um banho?

Quando ele me passou algumas moedas, aceitei agradecida.

— Encontro você no acampamento. Talvez eu demore um tempo aqui.

— Tem certeza de que consegue encontrar o caminho de volta?

Revirei os olhos e brinquei:

— Se não conseguir, vou ter de ficar com outra pessoa.

Ele me analisou como se não tivesse certeza se devia me levar a sério.

— Todas as suas coisas estão na Westfalia.

Eu pestanejei.

— Sem falar naquela cama de casal. E na garrafa de vinho. — Abri a porta do banheiro feminino. — Vejo você já, já.

— Quer um café? Vou fazer quando voltar.

— Não, obrigada. — Eu bebia café de vez em quando, mas gostava mais de chá.

Lá dentro, tirei rapidamente as roupas e entrei no chuveiro. Pena que não dava para a gente tomar banho juntos, mas, ao mesmo tempo, era pura felicidade ficar debaixo da água quente e ensaboar o corpo para tirar o sal do cabelo e da pele. Depois que me aqueci, me senti fantástica.

O que poderia ser mais revigorante do que mergulhar nua no mar gelado, seguido de um sexo ardente? Meus instintos definitivamente acertaram no alvo quando me mandaram para Mark.

Eu me enxuguei vigorosamente até a pele formigar. Hoje à noite teríamos uma ótima refeição, mais uma rodada de sexo delicioso e amanhã estaríamos na estrada novamente. Simples e divertido. Fiz uma pausa. Ele deve achar isso também, não deve? Eu detestava quando os caras vinham cheios de seriedade para cima de mim e Mark tinha perguntado sobre amor...

Não, era pura curiosidade científica. A companheira perfeita que ele idealizava com certeza não se parecia comigo. Ela era toda séria e dedicada, nem um pouco divertida e, provavelmente, nem um pouco atraente.

Ah, cara, isso era meio babaca. Eu gostava de Mark. Ele merecia tudo o que o coração dele desejasse. Uma mulher dedicada, divertida e atraente. É claro, era o que eu desejava para ele.

Meu corpo começou a esfriar de novo, então rapidamente vesti minha calça jeans e uma camisa de mangas compridas, e juntei minhas coisas. Eu tinha me esquecido de trazer um pente e meu cabelo estava muito embaraçado para pentear com os dedos.

Quando voltei ao acampamento, Mark, de calça jeans e camisa jeans solta em vez de enfiada na calça, estava de costas para mim. Ele colocava gravetos e troncos na fogueira, absorto na tarefa, e não percebeu quando cheguei. Uma lamparina iluminava a mesa de piquenique e também havia uma caneca em cima dela.

Dentro do *trailer*, vi a toalha úmida dele esticada por cima do encosto de um dos bancos da frente, então fiz o mesmo com a minha. Havia uma cafeteira francesa, cheia pela metade de café recém-moído, em cima do balcão. O armário acima dela estava quase sem comida, mas continha um saco plástico lotado de café moído. Não havia saquinhos de chá.

Passei creme de pentear no cabelo, depois peguei meu pente de dentes largos e saí de novo. Mark estava perto da fogueira, tomando café e observando as chamas do fogo lamberem os gravetos, o que os fazia reluzir e crepitar. Ele sorriu para mim.

— Não ouvi você voltar. Curtiu o banho?

— Humm, foi ótimo. — Sentei na extremidade da mesa de piquenique mais próxima da fogueira e apontei para a obra dele. — Que bacana. Eu amo fogueiras.

— Achei que gostasse.

Comecei a passar o pente no cabelo danificado pelo vento, pelo sol, pela água e pelo sal. Ele me observou tão atentamente que eu disse:

— O que foi?

— É uma imagem bonita. Você penteando o cabelo sob a luz do fogo e da lamparina.

— Obrigada. — Algo que acabei percebendo a respeito desse cara: ele não era de elogiar, simplesmente falava o que via. Eu gostava disso.

— Está com fome? — perguntou ele.

— Morrendo. Eu poderia comer um... Humm, que tal um salmão?

— Vou pegar a churrasqueira.

Ele entrou no *trailer* e, alguns segundos depois, ouvi:

— Merda!

— O que houve? — gritei.

Ele meteu a cabeça para fora com uma aparência chateada.

— Faz um tempo que não uso a churrasqueira e tinha certeza de que tinha um galão cheio de combustível. Acontece que está vazio. Acho que guardei esse aqui para reciclagem e... Bem, não interessa como aconteceu. Vou até a loja mais próxima e comprar mais.

Rá. Então o Sr. Organizado não era perfeito. O coitado parecia tão irritado consigo mesmo que eu disse:

— Ou então a gente podia comer sashimi.

— Não, a gente não sabe se o peixe é fresco e salmão tem uma tendência especial a transmitir parasitas.

— Estraga-prazeres. — Mesmo assim, não havia dúvidas de que ele tinha razão. — Você tem papel alumínio?

— Er... Vou ver. — Ele desapareceu e depois reapareceu. — Tenho sim. Por quê?

— Dá licença para eu brincar na sua cozinha. — Eu me afastei da fogueira. Na porta da Westfalia, eu disse — Seja homem, cuide da fogueira. Mulher cozinha.

Ele riu.

— Sim, definitivamente consigo ver você como alguém que se encaixa em estereótipos de gênero.

Quando ele saiu do *trailer* e passou por mim, apertei a bunda dele e senti o músculo rígido debaixo do jeans desgastado. Ah, não, ele não era o típico cientista de laboratório ou escritório, nem por um instante.

Lá dentro, rasguei uma folha de papel alumínio de bom tamanho e joguei o salmão nela com o lado da pele para baixo. Depois de abrir algumas portas do armário, achei o sal e a pimenta e salpiquei no peixe, depois cortei o limão e coloquei as fatias por cima.

Achei o *chardonnay* no frigobar e um saca-rolhas em uma gaveta.

Essa cozinha em miniatura era muito divertida. Depois de abrir o vinho, despejei alguns mililitros no salmão, depois juntei as pontas do papel alumínio para fechar.

Lavei as mãos e, em seguida, levei o belo pacote de papel-alumínio para Mark.

— Você pode afastar o fogo para um canto da fogueira? Deixe as brasas e cinzas.

Quando ele fez o que pedi, coloquei o pacote no lugar.

— Salmão *en papillote*. Ou salmão escondido, o que você preferir.

— Hein?

— O prato francês de comida embrulhada em papel-manteiga com ervas, especiarias e um pouquinho de líquido. *En papillote*. Na Grécia, os guerrilheiros faziam a mesma coisa. Carne, batatas, legumes, tudo embrulhado em papel-manteiga, com caldo o suficiente para cozinhar tudo. Eles não queriam que o cheiro da comida levasse os inimigos até eles.

— Por isso escondido. Fascinante. Como você sabe disso tudo? Não, me deixe adivinhar. Você namorou um *chef*?

Dei uma risadinha.

— Você está começando a me conhecer. Não, foram dois caras diferentes. O francês era um *chef*. O grego era um marinheiro cuja avó contou a história.

— Estou quase com medo de perguntar. Com quantos homens você namorou?

O tom de julgamento havia voltado à voz dele. Ergui o queixo e inclinei a cabeça a fim de olhar para ele.

— Namorou? Quer dizer, com quem fiz sexo, saí por um tempo ou o quê?

Ele transferiu o peso do corpo e parecia tenso.

— Er, com quem fez sexo.

— Não fico na seca. Na maioria dos lugares para onde vou, há um ou dois caras divertidos com quem ficar.

— Dois? Não, er, ao mesmo tempo? — Ele parecia quase chocado.

Eu levantei as sobrancelhas.

— A gente já estabeleceu que monogamia não é a minha.

— Desculpe. Estou te julgando. É uma espécie de hábito.

— Um péssimo hábito. Quem te elegeu Deus?

— Sim, você tem razão. Você acabou de botar o dedo em uma ferida, me lembrou de Alicia, da comunidade. Pode acreditar, não é divertido ter uma mãe que prefere dormir com um monte de caras do que passar tempo com o filho. — Ele balançou a cabeça. — Você não é ela. Desculpe. Mas fico curioso. Você é tão diferente de mim.

Peguei mais leve. Um homem que conseguia admitir um erro.

— Não tem problema ficar curioso. Vou pegar o vinho e a gente pode conversar enquanto o jantar fica pronto.

Alguns minutos depois, estávamos um diante do outro na mesa de piquenique, sentados na extremidade mais próxima da fogueira, com os copos de vinho na nossa frente. As mangas da camisa dele estavam enroladas de qualquer jeito até o cotovelo e havia botões soltos o suficiente para exibir um V de peitoral forte. A pele parecia escura em contraste com o jeans azul pálido.

Ele ergueu a taça de vinho. As mãos eram grandes e os dedos, longos, mas ele não era desajeitado. Um cientista precisa ser jeitoso. Eu tinha a esperança de experimentar mais daquele toque depois do jantar.

— Esta viagem acabou sendo mais interessante do que eu esperava — disse ele, em uma espécie de brinde.

Eu sempre esperava que as coisas — especialmente viagens —

fossem interessantes. E sempre eram. Esta tarde era mais uma para guardar na memória. Ao tilintar meu copo no dele, eu disse:

— Você precisa ter mais expectativas.

Bebi o *chardonnay* e curti as notas de maçã verde e kiwi, mais ácido do que a maçã Fuji docinha que tinha comido mais cedo.

— Acho que não gosto de me decepcionar. — Ele fez uma pausa, depois disse baixinho, como se falasse consigo próprio. — Isso acontecia muito quando eu era criança.

Tão baixinho quanto, eu disse:

— Mas não com seus avós, aposto.

— N-não.

— Mark? Isso não foi convincente. Achei que sua avó e seu avô eram totalmente confiáveis.

— Ah, eles eram. E, depois que eu descobria o que esperar, eles nunca me decepcionavam.

— Então por que a hesitação quando você me respondeu?

Ele tomou um demorado gole de vinho.

— No começo, eu esperava por algo... Bem, as pessoas só podem dar o que conseguem, certo?

Se ele achava que eu ia deixar por isso mesmo, com certeza não me conhecia.

— O que eles não conseguiam dar?

Ele suspirou e, depois de um instante, disse:

— Ternura. Abraços. No Vale da Liberdade rolavam muitos abraços, mas era algo indiscriminado. Quando fui morar com meus avós, eu tinha toda a atenção deles, mas não... — Ele parou de falar aos poucos e deu de ombros, sem jeito. — Nem sei o que estou tentando dizer.

— Você não se sentia amado?

Ele soltou um suspiro demorado.

— Sei que eles me amavam, mas não eram pessoas emotivas, que demonstravam as coisas. A conexão deles é intelectual até mesmo um com o outro. Raramente os vi se beijarem.

Sacudi a cabeça.

— Entendo o que você está falando. Meus pais são um pouco mais afetuosos com a gente e com as outras pessoas. Mas também não são pessoas muito carinhosas.

— Mas você sabe que eles te amam.

— É, mas comigo o amor é mais no estilo *eu te amo, mas*.

— Como assim?

— Tipo, *Jenna, a gente te ama, mas você bem que podia arrumar um emprego de verdade*. Sabe como é. A gente te ama, mas você não está à nossa altura.

Ele concordou com a cabeça, mas um vislumbre da expressão dele me fez acusar:

— Você concorda com eles. Você é igual a eles.

Ele apertou os lábios, depois finalmente começou a falar.

— Sim e não. Você tem o direito de viver a própria vida, me parece que você não está prejudicando ninguém e você ajuda um monte de gente. Isso sem falar de falcões-peregrinos.

Mark disse isso com muita seriedade, então segurei a risada que surgiu nos meus lábios.

— Até aqui, tudo bem. Agora fale sobre o *mas*.

— Suas escolhas são incomuns. Seus pais provavelmente acham que você estaria mais segura se vivesse uma vida mais tradicional.

— Mas não mais feliz. Eles deveriam se importar com a minha felicidade.

— Sim, mas talvez eles não consigam se identificar com o que te faz feliz. Talvez você seja diferente demais deles.

— Exatamente por isso eu achava que era adotada.

— Veja os meus avós e Alicia. Os filhos não são, necessariamente, parecidos com os pais. Isso dificulta a situação para todo mundo.

— Eu deveria ter sido filha da Alicia e você deveria ter ficado com os meus pais. Todo mundo teria sido mais feliz. — Antes que ele pudesse protestar, fiz um gesto com a mão. — Eu sei, eu sei. Se Alicia fosse a minha mãe, eu a teria perdido quando era só uma criança, aí ficaria presa com os seus avós e isso não teria dado nada certo. — Eu me levantei. — Acho que o jantar está quase pronto. Vou pegar o resto da comida.

Na cozinha em miniatura do *trailer*, lavei e ralei as cenouras, lavei os morangos, peguei pratos, talheres e pão francês, depois saí de novo. Mark tinha tirado o pacote de salmão da fogueira e depois empilhado mais lenha, que já começava a ser consumida. Ele também tinha enchido mais uma vez as nossas taças de vinho. Percebi que ele não tinha falado nada sobre o *chardonnay*. Talvez não tenha gostado da minha escolha, mas era educado demais para falar.

Juntos, arrumamos a comida e nos servimos. Antes de comer, analisei meu prato sob a luz da lamparina e curti a cor rosa intensa do peixe, o laranja radiante das cenouras, o vermelho vivo dos morangos, tudo tão dramático ao lado do pão crocante, e realçado pela cor creme da louça simples de cerâmica.

Enquanto isso, Mark provava alguns pedaços do salmão.

— Está gostoso? — perguntei.

— Er... — Ele pegou outro pedaço e mastigou mais devagar desta vez. — Está sim —disse ele, surpreso.

— Você duvidou de mim.

— Só nunca tinha cozinhado nada deste jeito. — Ele deu uma risadinha. — Na verdade, eu evito cozinhar. Em geral, faço um sanduíche ou como algumas bolachas e um pedaço de queijo. Comida não é uma das prioridades da minha vida.

— Mark, tudo tem de ser prioridade. Você tem de estar no momento presente. Se for comer, coma de verdade. Curta as cores, as texturas, o cheiro, o sabor.

Um olhar ponderado atravessou o rosto dele.

— Você me obrigou a fazer isso com a torta de morango.

— E?

— Foi uma das melhores coisas que já comi.

— Era uma torta de fato fabulosa, mas você provavelmente já comeu toneladas de outras coisas ótimas. — Me debrucei na mesa e apoiei nela os cotovelos. — Meu Deus, Mark, você já morou na Tailândia, na China, em outros lugares que devem ter uma comida sensacional. E você perdeu, porque não estava prestando atenção. Aposto que perdeu a música também, e as roupas e joias e obras de arte e... — Atirei os braços para o céu noturno. — Tudo. Você perdeu tudo, menos o oceano. Estou certa?

— O oceano — meu trabalho — é o importante.

— E as pessoas. E você. Você é importante. Você pode salvar o oceano e ainda se divertir ao mesmo tempo.

A expressão dele me dizia que aquela ideia nunca tinha passado por sua cabeça e, agora que eu a tinha plantado lá, não iria ser aceita com facilidade. Tudo bem. Quando uma semente se abre na primavera, espalha brotos e raízes e remexe a terra em torno de si até que, finalmente, mete a cabeça para fora na direção do sol, cresce e vira algo lindo. Quem sabe, dentro do cérebro genial de Mark, aconteceria a mesma coisa.

Quando voltei novamente a atenção para o jantar, peguei uma garfada de salmão. Humm, a combinação de suco de limão, vinho, sal e pimenta era um clássico, e o peixe estava molhadinho, desmanchando na boca.

— Você gostou do vinho? — perguntei a Mark.

Os lábios dele formaram uma careta e ele fez um espetáculo ao levantar a taça, tomar um gole e girar o vinho na boca antes de engolir.

— Muito bom. Parece que tem uma fruta nele.

— Dã, é feito de uvas — provoquei. Depois me arrependi. — Maçã verde, certo? Mais ácidas do que a que a gente comeu mais cedo?

— Er...

Beleza. Ele provavelmente sequer tinha percebido que estava comendo uma maçã, quanto mais se dar conta do sabor que ela tinha.

Mastiguei uma cenoura, depois peguei um pedaço de pão e o juntei a outra porção do salmão. Cada mordida tinha um sabor diferente.

Como os homens. Todos eram únicos. Muitos possuíam algumas características excelentes, a maioria era um pouco decepcionante, e alguns eram verdadeiros derrotados.

Analisei-o com curiosidade e percebi que, agora, ele comia mais devagar, como se estivesse prestando atenção.

— Impressão minha ou você ficou chocado com a ideia de eu dormir com dois caras ao mesmo tempo? Quer dizer... — acrescentei depressa — não como um *ménage à trois*, não curto isso. Mas, sabe como é, não uma monogamia.

As sobrancelhas dele se ergueram ao ouvir "*ménage à trois*", depois baixaram novamente.

— Chocado? — Ele testou a palavra. — Não, precisa de muito para me chocar. Só me confunde, eu acho. Mas, espera, o que há de errado com *ménage*?

Nossa, quem diria. Realmente subestimei o cara.

— Você curte *ménage*? Sério?

— Meu Deus, não.

Mark nunca tinha conversado desse jeito sobre sexo com alguém, homem ou mulher. Era absolutamente fascinante. Do ponto de vista científico, é claro. No Vale da Liberdade, toda e qualquer prática sexual existia. Pessoalmente, como adulto, ele curtia apenas um homem, uma mulher, mas não via problema na ideia de sexo puramente casual, sem a cobrança de futuro. Se visse, ainda seria virgem.

— Só quis dizer que todo mundo tem os próprios limites — explicou ele. — É meio fascinante. Como você: você fica com dois homens ao mesmo tempo, então o que tem contra o *ménage*?

— Não é uma objeção moral — respondeu ela de imediato. — Mas gosto de me concentrar em uma pessoa, um lance, de cada vez.

Como ela havia falado sobre viver no momento presente, ele refletia enquanto mastigava um pedaço de salmão e sentia o sabor penetrante do limão, a pontada de sal, a sutileza da pimenta. Ele precisava admitir que curtiu mais a comida e o vinho desde que ela o obrigou a ir mais devagar e sentir o sabor deles. E ele gostava de Jenna. De todos os momentos com Jenna, quer estivessem explorando a praia, discutindo suas filosofias de vida ou fazendo sexo incrível.

Ela estava linda com aquela luz dourada e vacilante no rosto e mechas brilhantes no cabelo, com uma expressão dedicada enquanto o analisava por cima da borda do copo de vinho.

Agora, ela estava concentrada nele. Totalmente. Na semana seguinte, quem sabe no dia seguinte, ela se concentraria do mesmo jeito em outro homem. Sim, aquilo feria o ego dele. Além disso, ele não conseguia se identificar com a situação. Se Jenna fosse namorada dele, ele não quereria outra de jeito nenhum.

Outro motivo pelo qual eles nunca seriam algo mais do que um caso passageiro. Ele queria fidelidade e isso seria como tentar dominar uma borboleta.

— Quanto tempo leva para mudar? — perguntou ele. — Tipo,

você precisa de alguns dias entre um e outro ou você dorme com um homem à tarde e o outro à noite, ou...

— Mark. — Ela ergueu as mãos para interrompê-lo, enquanto sacudia a cabeça e seus cachos balançavam. — Por que todas essas perguntas?

— Só estou tentando entender.

Ela balançou a cabeça de novo e riu.

— Desculpe, não sou uma equação matemática. Não tenho regras, ajo de acordo com o momento. — As sobrancelhas dela se juntaram e ela o analisou. — Certo, minha vez. Normalmente você só dorme com alguém quando está em um relacionamento sério?

— Er... Não tenho certeza se já estive em um relacionamento sério. — Ele namorou uma mulher durante um ano na pós-graduação, mas eles concordaram desde o início que aquilo não tinha futuro. Ela sabia que ia voltar para casa, na Índia, e se casar com um homem que os pais aprovassem. Eles aproveitaram a companhia um do outro, faziam sexo gostoso, mas nenhum dos dois nutria sentimentos românticos. De certa forma, era o mesmo que Jenna fazia com os inúmeros carinhas dela, embora fosse muito mais rápida do que ele quanto ao sexo. — Mas não durmo com uma mulher até que a gente se conheça.

— Sexo é a melhor maneira de conhecer outra pessoa.

— Não necessariamente.

— Você está defendendo conversar? Achei que nunca tinha sido muito falante.

— Nunca fui. — Ele franziu a testa e a esfregou. Ao menos não até hoje. — Nossa, você me confunde.

— É meu objetivo de vida.

Ele precisou sorrir diante daquilo.

— Acho que, por conversa, eu quis dizer interesses em comum. Interesses científicos.

— E como se conhece alguém assim?

Você a conhece na condição de cientista, mas não na de pessoa.

— Você não acha que — continuou ela —, depois que as pessoas ficam mais íntimas sexualmente, elas falam mais? Dividem mais? É quando você realmente as conhece?

— Você teve aulas com a sua mãe, a advogada? Você é boa de interrogatório — disse ele, irritado.

— Ah, sou a intelectual peso-pena da família.

Ele refletiu sobre tudo o que ela disse e sacudiu a cabeça.

— Acho que não. — Talvez ela fosse peso-pena na carreira por não querer se prender a uma ocupação, mas... — Você definitivamente não é boba.

Os olhos dela se arregalaram por um instante e uma expressão satisfeita atravessou o rosto dela. Em seguida, os lábios se curvaram.

— Ora, Dr. Chambers, você sabe como bajular uma garota.

Ele fez uma cara feia.

— Desculpe, isso foi tosco. Quis dizer que acho você inteligente e atenciosa.

Ela fez um gesto com a mão.

— Na verdade, você se saiu bem de primeira. Foi uma das coisas mais legais que alguém já me disse.

Ele bufou.

— Não acredito nisso nem por um segundo. Não consigo imaginar que não despejem sobre você elogios muito mais poéticos do que eu jamais conseguiria sonhar. Você provavelmente é a mulher mais linda que já vi, é uma companhia divertida e me desafia a pensar.

Os lábios formaram uma curva suave e os olhos dela brilhavam conforme ela se debruçava sobre a mesa e tocava o braço dele.

— Você ganha pontos pela sinceridade.

Ele tinha arregaçado as mangas da camisa enquanto cuidava da fogueira e não as desenrolou de volta, então a mão dela estava apoiada na pele nua.

— Que prêmio vou ganhar com esses pontos? — Ele não tinha certeza se ela falava sobre sexo ou se era outro dos jogos malucos dela, como atirar pedras.

— O que você quiser. — Um vislumbre de sorriso sedutor. — Diga, Mark, o que você mais quer de mim?

Ele queria que ela fosse outra pessoa. Que tivesse a mesma curiosidade intelectual, a mesma percepção e o mesmo senso de diversão, mas que fosse uma mulher comprometida com uma causa e com um homem. Pois assim ela seria uma mulher com quem ele poderia se importar.

Ora, de onde saiu essa ideia?

— Uau — provocou ela —, você realmente está pensando bastante. Beleza, talvez você precise se contentar com uma coisa só. Que tal a gente fazer *tudo*? — Ela murmurou a última palavra enfaticamente e depois passou a língua de maneira sedutora pelos lábios.

Tudo? Ele desconfiava que, quando se tratava de sexo, ela sabia de coisas que ele nunca tinha sequer ouvido falar.

— Você provavelmente vai me matar — disse ele com sinceridade.

Uma risada esplêndida irradiou dela.

— Como Marianne disse. Mas qual seria a diversão nisso?

Marianne? A mulher da lanchonete? Ele forçou a própria memória. Eles discutiam *serial killers* e Marianne disse algo para Jenna, como, *se você matar este rapaz, acho que não vai ser com uma faca*.

Ele fechou os olhos com força. Agora se lembrava. Uma insinuação sexual. E ele a levou a sério e saiu falando sobre assassinas. Ele realmente não tinha jeito.

Que merda Jenna, tão inteligente e sensual, estava fazendo com um cara chato feito ele? Bem, pedindo carona para Vancouver. E oferecendo sexo. Ele franziu a testa para o rosto exultante.

— Essa não é a sua maneira de me pagar pela carona, é?

Ela fechou a cara, perplexa, depois disse:

— Sexo? Você está perguntando se estou trocando sexo por uma carona? Caramba, Mark. — Ela sacudiu a cabeça e parecia ter se divertido mais do que se aborrecido. — A gente merece mais do que isso.

— Mas eu realmente não entendo por que você sente atração por mim — confessou ele.

Ela ergueu os olhos para o céu e depois os baixou novamente. Em seguida, ela se levantou de onde estava na mesa de piquenique e deu a volta até o lado dele. Ela tirou os pratos, agora vazios, da mesa, com as sobras, a garrafa de vinho e os copos.

Depois de abrir espaço, ela subiu no banco, em seguida se movimentou cuidadosamente para se sentar de frente para ele na mesa, com os pés no banco, um de cada lado do quadril dele. O jeans desgastado se agarrava às coxas, e as pernas abertas tornavam impossível não olhar para a virilha dela.

Inevitavelmente, a respiração dele se acelerou e o sangue começou a pulsar. Algumas horas antes, ele estava dentro dela. E agora, o que ela estava fazendo?

— Jenna?

— Você não entende por que sinto atração? Como pode um cientista ser tão desatento?

Ele não estava acostumado a provocações e, normalmente, elas o deixavam perturbado e o faziam se sentir despreparado. No entanto, quando ela o provocava, era divertido e sedutor.

— Não sei — confessou ele. — Eu sou bom em observar o oceano. Não tão bom com as pessoas.

— Então vou esclarecer as coisas. — Ela inclinou o corpo para frente e mostrou uma folga no colarinho da camiseta solta de mangas compridas, e ele conseguia ver os seios macios e firmes, a pele vários tons mais clara onde ela usava um biquíni.

Debaixo do zíper, o pau dele ficava cheio de sangue. Ele se obrigou a desviar o olhar dos seios para o rosto dela. E descobriu um sorriso.

— Você pode ser um biólogo marinho sofisticado, mas é tão masculino.

— É automático. — Mostre seios femininos a um cara hétero e ele vai olhar. Especialmente quando são tão bonitos quanto os de Jenna.

— Bem, não são só os homens que olham. A primeira coisa que notei em você? Bem, você está sentado nela.

A bunda dele? Ela ficou de olho na bunda dele? Não, ela devia estar de brincadeira.

— Mas depois — disse ela —, me sentei ao seu lado e olhei para seu rosto. É um rosto muito angular e masculino. — Em uma carícia delicada, ela passou a ponta dos dedos da testa dele até a têmpora, depois desceu pelo rosto e acariciou a bochecha.

A sensação irradiou pelo corpo dele. Como se fossem arrepios, porém quentes, espessos, sexuais.

Ela traçou a linha do nariz dele.

— O nariz de um falcão.

— Falcões têm bicos. Bicos curvados. — Aonde ela queria chegar?

— Admito meu erro. — Havia humor entremeado na voz dela. — Você não tem um bico curvado, e sim um nariz grande e reto que é quase arrogante. Mas não acho que seja da sua natureza ser arrogante.

Ele foi acusado algumas vezes de ser arrogante por parte dos funcionários das equipes de projetos. Ele contou a Adrienne e ela disse que eles estavam errados: ele era confiante, crítico e indiferente. Como se isso fosse melhor.

Mesmo assim, ele era como era. Assim como Jenna. Na idade deles, provavelmente nenhum dos dois mudaria.

— Humm, e estes lábios — murmurou ela. Com uma única unha, ela traçou o contorno do lábio superior dele.

Jesus, aquela devia ser uma zona erógena sobre a qual ele nunca ficou sabendo. A sensação era intensa, quase tanto quanto se ela tivesse tocado o pau dele, que agora estava dolorosamente duro.

Ela traçou a linha de baixo.

Ele nunca pensou antes que lábios fossem grande coisa, nem beijos. Beijos eram apenas algo que se fazia com a mulher com quem saía. Nenhum deles se destacava na mente dele. Não até hoje.

— Lábios muito sensuais — disse ela em tom de aprovação, enquanto, com a ponta do dedo, brincava com o vinco entre eles.

Ele abriu a boca, na intenção de chupar o dedo dela, mas ela o afastou e riu.

— Ah, não, ainda não acabei o inventário. Mas, para terminar, preciso chegar um pouco mais perto.

De repente, ela deslizou o corpo para frente e passou o peso da mesa de piquenique para o colo dele, com as costas na mesa e a virilha bem encostada na dele. Na ereção debaixo do zíper.

O calor percorreu o corpo dele e mais ainda quando ela rebolou em cima dele e disse:

— Ah, sim, esta é uma razão bem grande. E também seus ombros largos e os músculos enxutos e fortes. Quadris estreitos, pernas bonitas, braços sensuais. Definitivamente notei tudo isso. Você está todo coberto agora, mas posso dar um jeito nisso. — Ela se afastou dele o suficiente para conseguir esticar as mãos e começar a desabotoar a camisa dele. — Com certeza, vale a pena olhar para você.

Embora o corpo dele o incitasse a agarrá-la e seguir em frente, o cérebro não havia desligado por completo e ele estava curioso. Quando viu Jenna pela primeira vez — sem saber nada sobre ela —, ele sentiu desejo. Ao que parecia, o mesmo tinha acontecido com ela.

— Então, a atração inicial entre nós foi física. Do ponto de vista biológico, faz sentido — refletiu ele. — A fêmea corre atrás do macho forte e protetor, o macho escolhe a mulher saudável, que pode ter muitos filhos.

Os olhos dela se arregalaram e os dedos paralisaram a um ou dois botões do fim.

— Então, a sua *biologia* fez uma má escolha, né? — A raiva na voz dela dizia que, desta vez, ela não estava provocando.

— Desculpe, só estava falando em um sentido mais abrangente, no instinto biológico. Não sobre, er, você e eu. Quero dizer, é claro que eu não acho que a gente...

Meio sem jeito, ela desceu do colo dele sem olhar em seus olhos. Ele pegou a mão dela.

— Jenna, espera aí. Sei que você é independente, que não quer um protetor, e sei que você não quer ter filhos.

Ela puxou a mão e olhou para ele. O rosto estava nas sombras, então ela não conseguiu ver a expressão dele.

— Acertou em cheio. Grande biologia. — Ela deu as costas e caminhou até a fogueira.

Ele estragou o clima, aborreceu-a com as suas reflexões científicas. Que idiota. Mark se levantou e foi ficar ao lado dela.

— Desculpe por ter chateado você. Não foi a minha intenção. — Embora ela parecesse mais triste do que aborrecida, agora que ele analisava o perfil dela à luz da fogueira agitada. — Como disse antes, sou daquele tipo que não tem noção quando se trata de mulheres.

Ela respirou fundo, alto o suficiente para que ele conseguisse ouvir apesar do crepitar suave da fogueira que enfraquecia, e depois soltou novamente o ar.

— Eu reagi mal. Você estava só sendo você mesmo, o cientista. — Com as mãos cruzadas atrás das costas, ela observava o fogo. Reservada. Bem parecido com o modo como ficou depois de conversar com a irmã e quando eles conversaram sobre se queriam ou não ter filhos.

Filhos. Ao que parecia, algo no assunto a deixava magoada. Será que as pessoas a criticavam por não querer ter filhos? Se ele confiasse ao menos um pouco na própria capacidade de tranquilizá-la, faria uma tentativa, mas era mais provável que ele simplesmente piorasse a situação.

— Desculpas aceitas, então? — perguntou ele enquanto ousava colocar alguns cachos dourados atrás da orelha dela.

Ela se virou para ele e um sorriso tocou seus lábios.

— Sim. E sinto muito por ter reagido mal. E estragado o clima. Eu vou compensar isso. — Agora havia um brilho no olhar dela.

— Er... Como?

— Ponha um pouco mais de lenha na fogueira enquanto eu arrumo os pratos, e aí eu te mostro. — Resoluta, ela foi até a mesa de piquenique.

Ele alimentou a fogueira, depois olhou em volta e viu que Jenna tinha tirado tudo de cima da mesa, exceto a lamparina e os copos de vinho. Um ruído de água corrente vinha de dentro do *trailer*.

Ele pegou o copo e foi para perto da fogueira novamente. Quando se lembrou do conselho dela, tomou um gole de vinho e o deixou descansar na boca, depois deslizar lentamente pela garganta, enquanto apreciava a complexidade do sabor. Com o olhar na fogueira, ele admirou todos os tons de amarelo e laranja das chamas, o cheiro de fumaça no ar frio da noite, o toque de calor contra seu peito nu entre as partes abertas da camisa. Uma ligeira explosão de risos ressoou vinda de um acampamento nas proximidades.

Se estivesse sozinho aqui, ele teria passeado por todo o parque esta tarde, com o mapa na mão, até a luz sumir. Talvez ele não tivesse se preocupado em fazer uma fogueira ou, se a tivesse feito, teria se esquecido de continuar a colocar lenha nela. Teria comido um sanduíche pronto, comprado em um posto de gasolina, e lido o *Jornal de Biologia e Ecologia Marinha Experimental*.

— Mark?

A voz dela o fez se virar e vê-la andar na direção dele. Ela trocou a calça jeans pela saia longa e transparente que estava usando antes.

— Vem se sentar de novo — disse ela com olhos dançantes e um tom sedutor, enquanto pegava a mão dele e o puxava até a mesa.

Ela apontou para a extremidade de um banco e ele se jogou de maneira obediente, com as pernas na direção da fogueira em vez de debaixo da mesa. Quando ele colocou o copo de vinho em cima da mesa, viu uma camisinha lá. A mera visão daquilo fez o corpo dele ficar tenso.

Sexo aqui? Ao ar livre, de novo? Foi por isso que ela trocou a calça jeans por uma saia? Embora o acampamento deles fosse isolado, não era reservado. Será que o risco de ser descoberta a excitava?

Será que o excitava? Ele nunca tinha pensado nisso antes, mas não tinha como negar o arrepio que percorreu o corpo dele e a pressão que sentia enquanto o pau crescia detrás do zíper.

Jenna tomou um gole de vinho, depois se sentou no colo dele novamente, de frente para ele.

— Agora, onde estávamos? Ah, sim, botões.

Ela desabotoou os dois últimos botões da camisa e terminou

o trabalho que tinha começado. Os dedos dela passaram de leve na protuberância da braguilha e ele sabia que não tinha sido sem querer. Em seguida, percorreram o corpo dele, passando por costelas, peitoral, perambulando em torno dos pelos espalhados ali, provocando um mamilo. Agitando-o a cada leve toque e irradiando excitação em seu sangue.

Ele deveria levá-la para dentro, transformar o sofá em cama, fazer amor com ela devagar, do jeito que ela merecia. No entanto, aqueles dedos sensuais e habilidosos teceram um feitiço que o mantinha ali, incapaz de se mover ou até de falar.

Quando ela desabotoou o botão na cintura da calça jeans, ele estava duro de desejo, ansioso pelo toque dela.

Ela afastou a bunda para trás, mais próximo dos joelhos dele, e abriu o zíper.

Ele ficou tenso e prendeu a respiração.

Ela meteu a mão lá dentro, deslizou-a pela abertura de cueca e envolveu os dedos em torno do membro. Uma pressão firme e quente rodeou a carne inchada e ele soltou um gemido de prazer.

Ela tirou delicadamente o pênis dele de dentro da roupa e depois, para sua surpresa, tirou a mão e simplesmente ficou olhando.

Ele olhou para baixo, além da cabeça inclinada e seus cachos dourados, a fim de ver o pau nu ereto e rígido, nem um pouco intimidado pelo ar gelado da noite. O primeiro impulso dele foi cobri-lo, mas Mark lutou contra ele, sem querer parecer ingênuo.

— Jesus, Jenna, eu me sinto...

— Exposto?

— É.

— Humm. Exposto e tão sensual. Que pau lindo você tem, Mark.

Lindo? Ela só podia estar de brincadeira. Seios eram lindos. Pênis eram... funcionais.

— Ele me dá vontade de... — Ela desceu do colo dele. — Tire as calças e a cueca.

Aí ela pegou algo — uma toalha? um casaco? —, colocou no chão e se ajoelhou diante dele.

Atordoado e ansioso de desejo, ele tirou a roupa.

Ela abaixou a cabeça e, em seguida, colocou o pau dele na boca.

— Ah, Deus. — Um prazer erótico disparou por dentro dele com tanta intensidade que ele precisou lutar contra o desejo de meter sem parar, forte e rápido até conseguir relaxar. Em vez disso, como ela havia ensinado, ele se concentrou no momento presente e prestou total atenção.

A língua dela, ágil e insistente, lambia o pau dele para baixo e dava a volta nele, depois subia e girava em torno da cabeça, e então descia novamente. Os lábios o circulavam, subindo e descendo, carnudos, firmes e úmidos. Os dedos brincavam e acariciavam a base do pau, se enredavam nos pelos pubianos e brincavam com o saco. Uma centena de sensações individuais vibravam pelo corpo dele, o que o fez inchar ao ponto de uma rigidez impossível.

Ele observava a cabeça curvada, os cachos que brilhavam e dançavam conforme ela o agradava. Incapaz de falar, ele passou a mão no cabelo dela em um agradecimento e encorajamento sem palavras.

Ela mudou de posição e recuou para que a cabeça não bloqueasse a visão dele. Agora ele conseguia ver o próprio pau desaparecer entre os lábios dela conforme ela o chupava.

Raramente as mulheres o chupavam, e ele nunca tinha observado. Era insuportavelmente sensual e ele precisava lutar contra o desejo crescente e quase irresistível de meter bem forte e gozar na sua boca.

Naquele instante, ela o largou e o ar frio atingiu a pele dele, nua e superaquecida, um alívio agradável. Sem colocá-lo dentro da boca, ela roçava os lábios ao redor dele em lambidas quentes e úmidas sobre a pele resfriada pela noite, cada toque uma chama que alimentava o fogo dentro dele. Observar a língua rosa dela percorrer a sua pele mais íntima era tremendamente erótico.

Enquanto se segurava por um fio de sanidade, ele se lembrou que ela tinha trazido uma camisinha. Ela tinha planejado a trepada. Queria que acontecesse. E, por mais maravilhoso que fosse aquela chupada, ele queria se enterrar dentro dela.

Incapaz de afastar o olhar dela, ele tateou a superfície da mesa à procura da embalagem da camisinha, pegou-a e conseguiu encontrar a própria voz.

— Aqui — disse ele, baixinho, quando a ofereceu a ela.

Ela olhou para cima e passou a língua pelos lábios de maneira provocante.

— Tem certeza?

De algum lugar, ele achou outra palavra e grunhiu:

— Juntos.

Ele tinha uma vaga consciência de que deveria acariciar os seios dela, sugar os mamilos, passar a mão nas coxas, explorar as dobras íntimas com a língua, estimular o clitóris dela — fazer todas as coisas que uma mulher desejava e necessitava. No entanto, o corpo dele estava fora de controle, desesperado para se fundir com o dela.

Quando os dedos dela desceram a camisinha no pau dele, ele agarrou a madeira áspera do banco para se impedir de empurrar o quadril.

Jenna se ergueu com agilidade, ergueu a saia e montou nele. Ah, meu Deus, ela estava nua debaixo da saia, e a carne que ela pressionava contra a base do pau dele estava molhada de excitação.

Ele ia colocar a mão debaixo das dobras do tecido que cobria o colo dele para acariciar a boceta lisa e quente, mas ela havia se adiantado.

Ela esticou a própria mão debaixo de si para agarrar o pau dele e guiá-lo, e um instante depois, ele deslizou para dentro dela, suave, firme e profundamente.

— Ah, sim — suspirou ela enquanto fechava os olhos. Ela os abriu novamente com um sorriso. — É gostoso pra caramba.

Gostoso era eufemismo. Ele passou a mão por entre o cabelo dela, na intenção de segurar a parte de trás da sua cabeça e puxá-la na direção dele e beijá-la.

Ela resistiu por um instante.

— Mark, não tenho certeza de que é uma boa...

Os lábios dele interromperam o resto.

Doce, salgado, almiscarado, ela tinha o sabor do sexo enquanto ele se deleitava com a sua boca. Ela soltou um suspiro, leve e quase desesperado, depois reagiu com a mesma voracidade, e ele foi varrido por uma onda de paixão.

A língua dele mergulhou em sua boca, o pau metia forte em seu âmago, e ela o sugava e se contorcia e emitia sons necessitados e ofegantes que traziam à tona o animal dentro dele. Tudo no mundo desapareceu, exceto os corpos deles, fundidos em uma espiral de sensações pulsantes e efervescentes, que consumia e satisfazia ao mesmo tempo, até que tudo terminou em uma explosão que arrancou dele um gemido de puro êxtase e o libertou, esgotado e exausto.

Ele tinha uma vaga consciência de que havia parado de beijá-la. Que a própria bunda nua estava sentada em cima de um banco duro de madeira. Que os braços flácidos estavam em torno de Jenna, que havia dobrado o corpo contra o peito ofegante dele, e que seu queixo estava apoiado em cima da cabeça dela. Pesadamente.

Caramba, o que tinha acontecido?

Bem, sexo, claro, porém mais do que isso. O sexo era um ato físico. Normalmente, ele estava ciente de tudo o que acontecia, consciente de cuidar da parceira, mas isso... Isso o tinha devastado. Ele não conhecia nenhuma explicação científica para isso.

Todo mundo no acampamento poderia ter assistido e ele jamais teria notado.

Conforme as batidas do coração dele se desaceleravam, ele obrigou as palavras a saírem da garganta seca.

— Você está bem?

***

Capítulo 6

Se eu estava bem?

Meu impulso foi dizer que não. Eu estava quebrada em um milhão de pedaços, mas esses pedaços ainda vibravam de prazer e, antes de quebrar, eu senti as sensações mais incríveis.

— Sim — sussurrei, quase surpresa em descobrir que minha voz funcionava. O sexo, o orgasmo, foram tão poderosos que parecia que todas as partes do meu corpo tinham sido abaladas e reorganizadas. Eu nunca tinha experimentado nada parecido com isso. O mais próximo que havia chegado foi quando tinha dezessete anos e estava apaixonada por Travis.

Um pensamento desconcertante.

Com Travis, eu era uma jovem inexperiente, que começava a despertar sexualmente. Confundi orgasmos e juras de amor com algo para valer.

Com Mark... Sacudi a cabeça contra o peito nu, tão quente e forte sob o meu rosto. Foram doze anos de sexo desde Travis. Dezenas de parceiros, muitos bastante talentosos. Clímaces impressionantes que me fizeram gritar, orgasmos múltiplos que me seguraram no ápice até eu não aguentar mais, mas nada tão... Profundo. Será que foi porque nos beijamos? Algo muito estranho acontecia sempre que a gente se beijava.

Que diabos estava acontecendo? Consegui reunir forças o suficiente para levar as mãos ao peito dele e me afastar para conseguir olhar para ele.

— Existe uma explicação científica para isso, certo?

O rosto dele refletiu a luz da fogueira, que iluminou sua expressão perplexa.

— Er, bem, os códigos MCP... Feromônios são... — Ele balançou a cabeça. — Não, não que eu saiba.

Fiz uma careta para ele.

— Você deveria conseguir dar uma palestra científica sobre qualquer assunto.

O humor amoleceu a boca dele.

— Desculpe. Sexo não é a minha praia.

— Você está tão errado. — Soltei um suspiro. — Talvez você não conheça toda a ciência por trás, mas, quando se trata da aplicação, cara, você é muito bom. — E acredito totalmente que existe uma explicação científica para o modo como eu me senti, porque... porque tinha de ser assim.

Ele sacudiu a cabeça e disse com aquela voz rouca de cantor de rock:

— Na verdade, sou bom de cama, mas...

— Eu que o diga.

— Quero dizer, sei o que é preciso fazer, mas, com você, esqueço tudo isso e algo toma conta de mim e... — Outra sacudida da cabeça. — Todas as minhas boas intenções vão por água abaixo e eu me transformo em alguma espécie de animal.

— Um animal muito *sexy* — provoquei.

Ele sorriu de volta.

— Ainda bem que funciona com você. — Em seguida, ele tocou

meu rosto, colocou mechas de cabelo para trás e acariciou minha orelha. — Da próxima vez, prometo que haverá preliminares.

— Por mim tudo bem. — Ainda mais se afastar os lábios dele dos meus. Eu tinha um espírito aventureiro, mas o instinto — instinto de sobrevivência — me dizia que beijar Mark era perigoso.

Saí de cima do colo dele e deixei que ele lidasse com a camisinha enquanto eu ajustava a saia.

— Vou usar o banheiro.

— Eu também. Vou com você.

Juntamos nossas escovas de dente e outros itens necessários e, de braços dados um com o outro, andamos pelo acampamento. A maioria das pessoas tinha ido dormir, mas em alguns locais os grupos ainda se reuniam em torno da fogueira ou da mesa de piquenique.

— Será que algum deles está aprontando? — murmurei.

— Nunca mais vou pensar em acampamentos do mesmo jeito.

Seguimos nossos caminhos separados quando chegamos aos banheiros. Dentro do feminino, fiquei conversando com uma senhora da Nova Inglaterra que disse que, quando ela e o marido se aposentaram no ano anterior, compraram um *trailer* e agora viajavam por todo o país.

— E são guiados pela vontade de vocês? — perguntei enquanto colocava pasta de dente na minha escova.

Ela concordou com a cabeça.

— Após décadas de despertadores e escritórios, estamos gostando de ser ciganos. E descobrimos que merecemos isso.

— É claro que merecem. — Eu não disse que as pessoas não deveriam trabalhar como escravos durante anos e anos em algum trabalho maçante para *merecer* liberdade. Será que ela nunca tinha lido a constituição do país? — Faça uma viagem fantástica.

— Você também. Boa-noite.

Desejei boa noite a ela, depois escovei os dentes e saí para encontrar Mark. Sim, o primeiro dia da viagem definitivamente foi impressionante. E a gente não tinha sequer chegado na cama de casal.

Caminhamos de volta até o *trailer* e ele disse:

— Tem tão pouco espaço lá dentro. Por que você não fica perto da fogueira enquanto eu arrumo a cama?

— Tudo bem.

Por alguns minutos, vi as chamas morrerem e quis que a gente tivesse pensado em comprar *marshmallows*, aí ele me chamou, baixinho:

— Tudo pronto.

Lá dentro, a cama ocupava boa parte do espaço. Ele a arrumou com dois lençóis e travesseiros e um saco de dormir aberto jogado por cima, como um edredom.

— Muito mais confortável do que dormir no meu carro — disse eu, agradecida. Lancei uma piscadela para ele. — Sem falar que a companhia é ótima.

— Não fechei as cortinas. Tudo bem? Gosto de ver o sol da manhã.

— Eu também. — Tirei depressa a camiseta de mangas compridas e o sutiã, depois a saia, e deslizei entre os lençóis, tremendo um pouco. Em meados de junho, as noites ainda estavam bem frias.

Mark se despiu despreocupadamente e sem arrepios. Que corpo masculino perfeito, e ele parecia não ter a menor ideia do quanto era atraente.

Ele apagou a luz do teto e o mundo ficou preto. A cama se moveu e depois ele deslizou ao meu lado, com os joelhos batendo em mim.

Mais uma vez eu tremi, aí fiquei de lado e aninhei a minha bunda contra o corpo dele.

— Brrr, está frio, me abrace.

Ele mudou de posição e depois me encaixou na curva do seu corpo. A parte da frente do corpo dele aquecia a parte de trás do meu e o braço agarrava o meu corpo bem pertinho. Os joelhos dele roçavam a parte de trás dos meus, e os dedos faziam cócegas nas solas dos meus pés, o que me fazia rir.

Durante alguns minutos, ele simplesmente me abraçou enquanto meu corpo se aquecia. Era tranquilo e acolhedor, mas, encostado na minha bunda, o pau dele se contorcia e inchava, e o meu sexo reagia latejando e ficando úmido. Não, a gente não iria dormir tão cedo.

Ele aproximou o rosto a fim de passar o nariz nos meus cabelos e soprar ar quente por toda a minha nuca. Em seguida, vieram lambidas e mordidinhas, provocantes e sensuais. A mão dele acariciou meu braço, onde passava pela minha cintura, depois alisou a curva do meu quadril, para baixo e depois novamente para cima, e para baixo de novo.

Murmurei em aprovação.

A mão dele subiu para apalpar meu seio, acariciá-lo, e apertar o mamilo com delicadeza, o que provocou arrepios quentes na minha boceta.

— Que gostoso, Mark. Continue.

— Eu prometi preliminares e, desta vez, nada vai me distrair.

— Nada? — Pressionei a bunda contra o pau que endurecia.

— Pare com isso. Você *quer* que eu me distraia?

— Quando você coloca as coisas dessa forma... Não, eu quero as preliminares.

O calor dele se afastou do meu corpo e, antes que eu pudesse protestar, as mãos firmes me deitaram de costas. Quando ele se debruçou sobre mim, meus olhos se ajustaram à luz fraca, mas, ainda assim, eu mal conseguia distinguir o vulto dele.

Ele afastou o lençol para expor o meu torso.

— Me diga se ficar com frio. — A mão dele envolveu o meu seio e o apalpou, e ele lambeu em torno da minha aréola. Voltas e mais voltas, a língua quente depois o ar frio, depois a língua de novo, acumulando a excitação e centralizando-a. Em seguida, a língua estalava no meu mamilo, para frente e para trás.

Quando ele finalmente sugou o mamilo com a boca, contive um grito de prazer.

— Nada frio. Definitivamente, nada frio. — A boca dele estava quente e o jeito sensual com que ele provocava a minha pele com a língua e os lábios me aqueceu por dentro e por fora.

Quando ele terminou de esbanjar atenção em um dos seios, eu esperava que ele fosse para o outro, mas, em vez disso, ele passou os lábios para cima, na curva superior do meu peito, na clavícula. A língua dele brincou na base do meu pescoço, depois deu beijos mordiscados na pele macia. Uma lambida tocou em um ponto particularmente sensível, um ponto em conexão direta com meu sexo, e soltei um "ah" surpreso. Ele continuou lá, sugando a pele, enquanto meus quadris se erguiam involuntariamente e os músculos ficavam tensos de expectativa e desejo. Se o toque dele era assim tão excitante no pescoço, como seria quando finalmente abrisse caminho entre minhas pernas?

Do pescoço ele seguiu para o outro seio, sem parecer ter pressa apesar da ereção grossa que acariciava a minha perna. Eu me deitei novamente e me refestelei em cada sensação deliciosa, sensível, dolorida, desejando o clímax, mas satisfeita que isso se prolongasse para sempre.

Certamente ele sabia como lidar com o corpo de uma mulher. Era difícil de acreditar que este era o mesmo homem que dizia não ter traquejo social. Eu me lembrei de algo que um namorado, um projetista de softwares, me disse: "Os *nerds* se esforçam mais". Ao que parecia, os cientistas também.

Mark beijou a curva inferior do meu seio, toda a minha cintura e a extremidade do meu quadril, depois voltou para a minha barriga. Sempre que eu suspirava ou me contorcia de prazer, ele se demorava, lambendo, sugando e provocando.

Quando ele chegou à linha do biquíni, meus quadris se contorceram de desejo. O acúmulo de excitação dentro de mim estava em seu limite, minha respiração estava ofegante e eu, desesperada para chegar ao auge. Abri as pernas e implorei:

— Por favor, não consigo mais esperar. Me faça gozar.

Ele segurou meus quadris e mergulhou entre as minhas pernas, onde, àquela altura, eu estava encharcada, e, com movimentos rápidos e firmes, lambeu meu néctar.

— Ah, meu Deus, assim.

A língua dele estalava em meu clitóris e eu gemi. Ele parou bem ali e brincou com a saliência intumescida na boca sugando com delicadeza. Todas as terminações nervosas naquela protuberância sensível dispararam ao mesmo tempo, e o orgasmo me abalou e me fez gritar.

Ainda com meu sexo na boca, ele desacelerou, depois soltou o clitóris e voltou a me lamber, primeiro com toques suaves e quase ausentes. Depois com mais firmeza e, conforme um gozo desaparecia, senti outro começar a se aproximar.

— Ah, Mark — gemi, agarrando o lençol debaixo de mim enquanto pressionava o corpo contra o rosto dele.

A língua dele continuou a me provocar, e um dedo deslizou para dentro de mim, depois outro se juntou ao primeiro e ele continuou a bombear enquanto circulava, explorava. A ponta de um dedo se esfregou no meu ponto G e soltei um suspiro.

Ele o tocou de novo, e a boca voltou para o meu clitóris. O prazer percorreu meu corpo a partir de ambos os pontos, o que provocou outra explosão.

Meu corpo ainda tremia, relaxado, quando ele tirou os dedos e, alguns instantes depois, expôs o pau e o meteu, duro, em mim.

O corpo dele se ergueu acima do meu e eu agarrei seus ombros, depois a bunda, enquanto ele me penetrava, implacável.

A excitação se acumulava em mim mais uma vez conforme eu tensionava e relaxava os músculos internos, para agarrar e soltar o pau dele alternadamente.

— Jenna — murmurou ele, a primeira palavra que dizia desde que começou a explorar meu corpo.

Ele baixou a cabeça, depois seus lábios tomaram os meus antes que eu pudesse pensar se isso seria inteligente. Antes que pudesse impedi-lo.

Assim que nossas bocas se fundiram, não havia como me afastar, eu tinha de corresponder. Ofegantes, nos beijamos, nos lambemos, e provei meu próprio gosto na boca dele.

Senti o meu sabor, o sexo, algo obscuro e doce e intenso. Poderoso.

Um fio de sanidade me disse que era perigoso, que eu precisava me afastar. No entanto, eu não era mais eu, não tinha mais controle sobre meu corpo. Eu fazia parte de algo maior, algo que absorvia tudo, como se Mark e eu não fôssemos dois seres separados, mas um *nós* que se fundia em um mundo de paixão e prazer para formar algo inteiramente novo.

Com nossas bocas ainda coladas, ouvi o grito primitivo dentro da minha cabeça, senti o orgasmo dele como se fosse o meu. No entanto, *era* meu. Eu também estava explodindo em ondas impressionantes de prazer.

Estremecendo, nos agarramos um ao outro enquanto nossas bocas se descolavam e nós puxávamos o ar em grandes suspiros dolorosos. Com a sensação de não ter ossos, minhas pernas e meus braços se jogaram na cama. Mark caiu em cima de mim, mal conseguindo aguentar o próprio peso nos braços.

Conforme o tremor esvaecia em ondas, comecei a sentir pânico. Presa. Pelo peso dele, pelo seu corpo e por seja lá o que fosse que tinha acontecido entre nós. Quando saiu de cima de mim para tirar a camisinha, rapidamente virei para o lado, de costas para ele, o mais próxima da beirada da cama que consegui.

Ele se deitou de novo e tocou o meu ombro.

— Jenna?

— Foi ótimo. Agora eu quero dormir.

— Você está bem?

— Pare de me perguntar isso — disparei. — É claro que estou bem. É sexo, só sexo. Eu gosto de sexo.

Houve um silêncio pesado, como se ele ponderasse se deveria dizer mais alguma coisa. Então ele suspirou, tirou a mão do meu ombro e se virou de costas para mim.

Fiquei deitada no escuro, tensa, consciente de que o sono estava muito longe de chegar, mas tudo bem, porque eu precisava entender tudo isso. A situação em si já era estranha. Normalmente, eu não era nem um pouco analítica. Levava a vida como ela era e gostava disso. No entanto, o Dr. Mark Chambers me desorientou.

Moral da história: o sexo com Mark era incrível. O melhor que já tive. Por que deveria me assustar? Sim, aquilo virava o meu mundo de cabeça para baixo e eu me perdia de um jeito que nunca tinha acontecido antes, mas depois voltava a ser eu mesma. Eu deveria me sentir bem feliz por estar com ele e fazer um sexo tão surpreendente. E, além disso, ele era inteligente, interessante e um bom homem. Era divertido sacudir a gaiola científica dele, era divertido provocá-lo para deixar de ser tão conservador e regrado.

Então por que eu estava abalada?

Cara, será que isso tinha algo a ver com o fato de que vou fazer trinta anos em breve? Será que eu estava na crise da meia-idade, analisando tudo até a morte e com receio de novas experiências?

Nada bom, Jenna. Definitivamente, nada bom.

Ah, pelo amor de Deus, eu estava obcecada. Deveria fazer o que sempre fiz: viver o momento presente e escolher o que parecia certo. Se a ideia de beijar Mark me incomodava por algum motivo maluco, então eu não o beijaria, mas, se tivesse vontade, o beijaria. Simples, como eu gostava que as coisas fossem.

Decidida, respirei fundo, inalei o ar fresco e perfumado com o cheiro das árvores e do mar verde, e me deixei cair no sono.

***

Quando era criança, Mark desenvolveu a habilidade de dormir quando e onde quer que precisasse. Dormir bem à noite não era uma surpresa. Acordar com os braços em torno de um corpo quente e feminino, com uma ereção matinal cutucando a bunda macia, era bem mais raro.

Quanto à noite anterior, raro não era a palavra. *Singular*, *especial*, *incrível* eram termos mais adequados. Pelo menos para ele. Ela classificou a situação como "só sexo".

Jenna era mais experiente e provavelmente sabia do que estava falando, mas, no tocante a ele, a evidência apontava para uma direção diferente. Ele teve *só sexo* no passado. Teve bom sexo, até mesmo ótimo sexo. No caso dele com Jenna, era toda uma nova categoria de experiência. O que ele não sabia era o que isso significava ou por que ela queria negar a situação.

Talvez ele pudesse dar uma escapada e ligar para Adrienne, obter alguns conselhos femininos.

Ele estudou as características da luz oblíqua que atravessava as janelas da Westfalia. Mais ou menos seis horas, ele pensou. Está cedo demais para ligar em uma manhã de sábado. Além disso, se ele se levantasse, provavelmente iria acordar Jenna.

Esta era a primeira vez em que ele a via completamente imóvel. Acordada, ela era animada, cheia de vida. Estar perto dela era estimulante e, ainda assim, ele se sentia tão à vontade com ela, de uma maneira incomum para ele. Agora, enrolada no próprio corpo relaxado, ele percebeu quão pequena ela era e quase sentiu necessidade de protegê-la.

Um sentimento ridículo. Ela seria a primeira a dizer que podia cuidar de si mesma.

Ela se mexeu, suspirou, e ele percebeu o corpo dela enrijecer, como se tivesse acordado e precisasse se encontrar.

— Bom dia — sussurrou ele junto a um emaranhado de cachos macios.

— Humm. Já está de manhã? — Ela sacudiu a bunda contra o pênis intumescido. — Alguém está acordado, já percebi.

— Você pode ignorar. — Ele não queria forçar a barra só porque tinha acordado de pau duro.

— E se eu não quiser ignorar? — Outra sacudida. Que pressão deliciosa.

Ele empurrou o quadril para frente uma vez.

— Não vai me ouvir reclamar. — O braço dele estava junto ao dela e agora se mexia para apalpar um seio macio e apertar delicadamente o mamilo, enquanto o sentia enrijecer com o toque.

Ela enrolou o corpo ainda mais e estendeu a mão entre as pernas para encontrá-lo e agarrá-lo. Ele inclinou o quadril para ajudá-la enquanto ela o guiava, até que o membro se encaixou na boceta, onde a pele começava a ficar molhada.

Ele o deslizou devagar para frente e para trás, enquanto o corpo dela derramava mais umidade e revestia o pênis dele, o que o deixava escorregadio. Enquanto dava um beijo no ombro exposto, ele apertou o mamilo mais forte.

— Quer se virar?

— Não, vamos fazer assim. É tão gostoso. — Ela deu batidinhas delicadas no pau dele, um movimento parecido com bater os dedos em cima de uma mesa, o que fez com que pulsos de excitação se irradiassem pelo seu corpo. — Tem uma camisinha?

— Bem aqui. — Ele havia deixado a caixa ao lado da cama na noite anterior, e se afastou rapidamente para achar uma e vesti-la. Em seguida, ele se ajeitou de volta entre as pernas conforme ela inclinava os quadris e mudava o ângulo para que desta vez ele pudesse deslizar para dentro do calor acolhedor do seu canal.

Ele gemeu de prazer ao mesmo tempo em que ela disse:

— Ah, assim.

Enquanto a penetrava lentamente, ele brincou com o seio dela e, em seguida, acariciou a barriga lisa e segurou o monte de vênus.

Ela pressionou o corpo contra o dele no mesmo ritmo e depois acelerou um pouco.

Estava ótimo, mas algo faltava. Eles não tinham se beijado e ele não conseguia ver o rosto dela. Esta manhã, ela nem sequer havia dito o nome dele. Ele beijou o ombro dela de novo, a única parte do corpo dela que os lábios dele conseguiam alcançar, com o desejo de tornar a situação mais pessoal. Com o desejo de que, enquanto soltasse gemidos delicados de prazer, ela chamasse o nome dele.

Ele nunca foi o tipo que fala durante o sexo, mas murmurou naquele instante:

— Jenna, isso é tão gostoso. Tem certeza de que não quer se virar?

A cabeça dela sacudiu.

— Assim. Eu quero isso assim.

Isso. Uma palavra impessoal. Que droga, ele não deveria ter perguntado, ele deveria ter simplesmente dominado a situação e tê-la virado para poder beijá-la. No entanto, agora que havia perguntado, ele se sentia obrigado a respeitar o desejo dela.

Ah. Ele estava sendo analítico, como normalmente era durante o sexo. Em vez de se deixar levar, do jeito que havia feito na noite anterior. O prazer sexual era intenso, mas ele não sentiu a mesma sensação de fusão e perda de si mesmo.

Talvez tivesse sido um golpe de sorte. Ou talvez só acontecesse quando eles se beijavam.

Talvez, apesar da intimidade do ato, ela o estivesse afastando.

Mesmo assim, o corpo dele estava completamente envolvido, e o clímax se aproximava. Ele esfregou o dedo de leve no clitóris dela, e ela se sacudiu. O gemido de prazer dela o incentivou a continuar.

Quando ele a ouviu suspirar e o corpo dela enrijeceu, ele a soltou e liberou o próprio prazer dentro dela.

Depois disso, ele a abraçou até que a respiração deles se acalmasse e aí se afastou. Colocou a mão na cintura dela e a puxou com delicadeza.

— Venha me dar um beijo de bom-dia.

O corpo dela estremeceu. Então ela disse:

— Bafo da manhã — e saltou para fora da cama enquanto lançava para ele um sorriso rápido e superficial. — Preciso escovar os dentes, tomar banho. — Enquanto ela falava, vestia as roupas aleatoriamente e se movimentava, desajeitada, no espaço apertado.

Ele poderia ter esticado o braço e a agarrado, mas se conteve. Embora não fosse um especialista em interpretar o comportamento feminino, aqueles sinais diziam muito claramente que ela queria espaço.

Ela terminou de se vestir em um lampejo, depois pegou a bolsa e disse:

— Te vejo daqui a pouco — e foi embora.

Ele fechou a cara diante da porta que ela tinha trancado atrás de si, depois se levantou, vestiu uma cueca e achou o celular. Que pena que estava cedo. Ele precisava de ajuda.

Primeiro, ele colocou água para ferver a fim de fazer o café, depois discou um número. Adrienne atendeu depois do terceiro toque.

— Mark? São sete da manhã de sábado.

— Desculpe, você estava na cama? Preciso conversar com você.

— Não, a gente está acordada, decidindo o que fazer para o almoço. — De maneira tolerante, ela disse — Certo, deixe-me adivinhar. Você leu algum periódico obscuro, ficou acordado a noite inteira e descobriu alguma ligação fascinante entre... Não, não consigo nem imaginar.

— Não, não é isso. É, er, uma mulher.

— Ah, é? Diga. — Ele a ouviu dizer à meia-voz: "Ele encontrou uma mulher".

— Diga oi para Laura — disse ele com certo atraso. — E como você está, afinal? Os enjoos matinais já passaram?

— Sim, graças a Deus. Estou ótima. Agora me conte a respeito dessa mulher.

Com a mão livre, ele abriu a embalagem de café e usou uma colher para colocar um pouco na cafeteira francesa. — O nome dela é Jenna. Ela é inteligente, divertida e bonita.

— Você não teria me ligado se não houvesse um problema.

— O sexo é esquisito.

Uma pausa. Depois, de modo cauteloso, ela disse:

— Esquisito? Tipo, pervertido? Não tenho certeza se quero ouvir isso. Ouvidos inocentes e tudo mais.

Uma vaia dizia que Laura discordava.

— Não, nada pervertido. — Então ele pensou no sexo na praia dentro do abrigo de madeira e Jenna o beijando intimamente no acampamento. — Bem, talvez um pouco pervertido, mas não é esse o problema. — O aroma esplêndido do café o deixou impaciente. — Quanto mais, er, pessoal a coisa fica — tipo, quando a gente se beija —, é como... Bem, é ótimo, muito intenso, mas... — Ele era analítico, tinha de encontrar uma maneira de descrever a situação. — É como ser atingido por um raio. Não, é mais como o efeito de um tornado. Sou sugado para o redemoinho e ambos nos deixamos levar. Não tenho controle e não consigo sequer pensar. Faz algum sentido?

Ela soltou um assobio baixinho.

— Meu amigo Mark finalmente se apaixonou.

Ele quase deixou cair a caneca que tirava do armário.

— Apaixonado? — Não, era impossível. Ele tinha acabado de conhecer Jenna e eles eram pessoas diferentes.

— Ela trabalhou com você no Laboratório de Long Marine? Ela também é bióloga marinha?

— Não, ela é... Espere um minuto. — Ele apertou o êmbolo da cafeteira, encheu cuidadosamente a caneca e tomou o primeiro e delicioso gole. — Ela não é cientista. Acho que agora ela não tem nenhum trabalho. Ela foi voluntária em uma pesquisa sobre falcões-peregrinos e agora está fazendo uma pausa para ir ao casamento da irmã. — Ele não mencionou que ela trabalhava como garçonete. — Depois disso, não faço ideia do que ela pretende fazer. — E, muito provavelmente, nem Jenna.

— Sério? Ela não parece ser exatamente o seu tipo.

— Não, ela não é, na verdade. — Ele se sentou ao lado da cama.

— Certo, hum... Ela não é o seu tipo, mas o sexo é incrível. Humm. Há quanto tempo vocês se conhecem?

— Eu a conheci ontem.

— *Ontem*?! — A voz dela saiu tão alta que ele afastou o telefone da orelha e quase derramou o café.

— É. Eu estava dirigindo até Vancouver para o simpósio e a conheci em uma lanchonete. Ela precisava de carona, então eu dei.

— Ela é uma *caronista*?

— Não exatamente.

— Por Deus, Mark, o que você está pensando?

— Eu, er... Jenna tem um jeito muito próprio.

— Estou percebendo. — Ela ficou calada por um bom tempo e ele bebeu o café enquanto esperava. — Ela te seduziu. Então o que ela quer de você? — disse ela, por fim.

Ele gostava de achar que tinha uma participação na sedução, mas talvez isso fosse uma fantasia masculina.

— Só a carona. O carro dela quebrou e ela precisa ir para casa. Ela insiste em pagar a parte dela da gasolina e da comida. — Ele deu de ombros. — O que mais ela poderia querer? Não é como se eu fosse um ricaço com um carro de luxo e roupas caras.

— Não, com certeza não é. — Outra longa pausa. — Conte mais sobre ela. Não a parte do sexo — acrescentou ela depressa. — Você gosta dela?

— Em vários aspectos. É fácil conversar com ela.

Um bufo.

— Mark, a sua ideia de conversa é falar de ciência. Ela não é uma cientista, então vou chutar que ela está fingindo interesse.

Mais de uma vez, ele deu palestras inteiras para ela. Ela parecia prestar atenção. Além disso...

— A gente conversa sobre outras coisas, além de ciência.

— Tipo, ela fala e você fica de olhos vidrados, fingindo prestar atenção?

— Meus olhos não ficam vidrados — disparou ele. — Tenho interesses além da ciência.

Ela deu uma risadinha.

— Certo, é verdade. Talvez apenas não tenha tantos interesses assim.

— De qualquer forma, eu não fico só ouvindo. Jenna me faz falar.

— Arrá! Ela está tentando tirar informações de você, como quanto você ganha?

— Não esse tipo de conversa. — Cara, Adrienne realmente era pessimista em relação a Jenna. — Mais sobre assuntos pessoais. A comunidade, Alicia, como era ser criado pelos meus avós.

— Alicia?

— Minha mãe biológica.

Após uma longa pausa, ela disse:

— Acho que você nunca me disse o nome dela. Porque você não fala sobre essas coisas, nem mesmo comigo, sua melhor amiga. O que essa mulher fez com você?

Enfeitiçou.

— Ela está interessada em mim.

— Eu também, caramba.

— Desculpe. Mas você e eu temos outras coisas para conversar. Somos colegas. E, quando eu namorava, sempre eram colegas também.

— É verdade.

— De qualquer forma, Jenna faz perguntas e torna fácil respondê-las. Estamos lá no *trailer*, lado a lado, a estrada à nossa frente. Parece quase natural falar com ela.

Como ela não disse nada por um bom tempo, ele falou:

— Adrienne? Você ainda está aí?

— Sabe, isso é tão especial quanto o sexo incrível. De alguma forma, essa Jenna, em um dia, rompeu uma barreira que nenhuma outra mulher conseguiu abalar. Talvez você realmente esteja apaixonado — disse ela, em um tom admirado.

Com uma sensação pulsante no coração, ele fez uma careta para a caneca, agora vazia. Seria completamente ilógico se apaixonar — especialmente por uma mulher como Jenna, que nem sequer era uma cientista, muito menos uma bióloga marinha — em um único dia.

— Me perguntei se poderia ter a ver com códigos de MCP.

— Isso poderia explicar a atração imediata e o bom sexo — ponderou ela. — Você está sentindo um barato de endorfina, vendo só as boas qualidades dela e achando que ela é perfeita?

— Não, ela não é perfeita. Ela é uma andarilha. Para ela, a vida é só diversão.

Outro assobio.

— Isso não é nada a sua cara. Certo, sem romantismo barato, e ela com certeza não parece a pessoa certa para você.

— Não. — Que ridículo sentir uma pontada de tristeza. Ele se levantou e serviu o resto do café antes que ficasse amargo por passar tanto tempo misturado aos grãos. — Ela não para de dizer que é só sexo e às vezes acho que ela evita me beijar. Mas, quando nos beijamos, sinto que ela está ali comigo. É tão intenso para ela quanto para mim.

— Humm. Não existem prostitutas que evitam beijar? Porque acham que é mais íntimo do que o sexo?

— Jenna não é uma prostituta! — É claro que ele não tinha certeza, mas todos os instintos diziam a ele que a Jenna despreocupada e alto astral tratava o sexo como um ato divertido de se dividir e não como fonte de renda. — Jesus, Adrienne.

— Desculpe, não foi isso o que eu quis dizer. Mas é que, se ela não quer te beijar, será que poderia estar evitando intimidade? Intimidade é um tipo de compromisso e, pelo que você disse, ela não curte compromissos.

— Não mesmo. Ela não acredita em monogamia.

— Humm. Quem sabe ela nunca tenha se apaixonado, então nunca sentiu necessidade da monogamia. Ou talvez o amor a assuste.

— Por que a assustaria?

— Por uma centena de motivos. O que o amor simboliza para ela?

— Er... — Como é que ele ia saber disso?

Um movimento chamou a atenção dele do outro lado da janela. Era Jenna que retornava.

— Preciso ir agora — disse ele. — Vejo vocês em Vancouver. — Aí ele desligou o telefone. Cara, esse negócio de amor era complicado.

Quando ela abriu a porta, ele lavava a caneca.

— Fiz café a mais — disse ele casualmente.

— Obrigada. — Ela ficou do lado de fora enquanto o observava quase com cautela. Esta manhã, ela usava a bermuda de ontem e uma camiseta verde. — Você vai tomar banho?

— Sim, agora. — Acostumado ao pouco espaço dentro do *trailer*, ele se vestiu com eficiência, pegou algumas coisas, depois pulou para fora e deixou a cama desmontada.

Imerso em pensamentos, ele caminhou até o banheiro e seguiu sua rotina matinal automaticamente. Será que Jenna tinha medo do amor? Será que ela estava se apaixonando por ele e resistindo a isso? Será que ele estava se apaixonando por ela? Como diabos alguém saberia disso?

Se Adrienne estivesse minimamente certa, o que ele ia fazer a respeito? Jenna não fazia o tipo dele, tanto quanto ele não fazia o dela.

Um cientista teorizava, experimentava, observava, registrava e analisava, refletiu ele enquanto caminhava de volta para o acampamento. Normalmente, era melhor examinar uma teoria por vez, mas ele tinha duas e elas eram interligadas. A dele, que dizia que Jenna evitava beijá-lo, e a de Adrienne, de que Jenna estava com medo do amor.

Um cientista projetava experimentos e testava hipóteses, ele observou e analisou.

Por exemplo, Jenna evitou duas vezes os beijos da manhã, fugiu do *trailer* bem depressa após o sexo e evitou dividir espaço com ele quando voltou do banho. Agora, conforme retornava ao acampamento, ele viu que ela tinha posto pratos, canecas e comida em cima da mesa de piquenique. Quando olhou para dentro do *trailer*, ele percebeu que ela havia feito a cama e a transformado de volta em um sofá, o que indicava que ela não estava interessada em outra rodada de sexo.

Jenna estava na pia e, antes que ele pudesse entrar, ela lançou um sorriso fulgurante e empurrou a caixa de morangos na direção dele.

— Pode colocar isso em cima da mesa? Preparei o pão e o queijo, e fiz uma garrafa de café fresco.

— Claro. — Ele pegou os morangos, mas não se afastou quando ela saiu do *trailer* com a jarra na mão. — Bom dia, mais uma vez — disse ele baixinho, depois se inclinou na direção dela com a intenção óbvia de lhe dar um beijo rápido.

Ela virou a cabeça para que os lábios dele tocassem na bochecha, em vez da boca, mas beliscou a bunda dele casualmente.

Nenhum beijo, e ela já não tinha a desculpa do bafo matinal, mas não teve problemas com a intimidade casual e sensual de um beliscão na bunda. Sim, ela tratava a situação como "só sexo", mas por quê? Por que, para ela, era só o que era ou por que evitava algo mais significativo?

— Aposto que você tem uma programação para hoje — disse ela despreocupadamente. — Quer falar a respeito?

Ele a seguiu até a mesa. Ela organizou os pratos um em frente ao outro, como no jantar da noite anterior, e ele se sentou automaticamente no espaço em frente a ela. Enquanto ela servia o café, ele cortava pedaços de torrada.

Ele pulava o café da manhã com frequência e o substituía por duas ou três xícaras de café. Agora, ele mordia um morango, grande e doce como os lábios que Jenna parecia não querer que ele beijasse.

— Qual é a programação de hoje? — perguntou ela.

— Pensei em dirigir pela costa de Oregon, depois cruzar a fronteira para Washington. Tem um parque na Península de Long Beach.

— Parece bacana. Então não vai ser difícil chegarmos a Vancouver amanhã.

— Eu preciso fazer uma parada em algum lugar onde haja internet.

— Outro dominado pela tecnologia. — Ela revirou os olhos.

Ele deu de ombros.

— Tenho coisas em andamento. Planos para um projeto futuro, pesquisas para supervisionar. — Responsabilidades. Um conceito que ela não parecia curtir.

E isso levantava a questão: por que ele estava testando teorias sobre beijos e amor? Eles dois eram diametralmente opostos. Não seria mais inteligente simplesmente desfrutar da companhia e do ótimo sexo?

***

Capítulo 7

Enquanto Mark descia lentamente a rua principal de Crescent City, uma pequena cidade da Califórnia próxima à fronteira do Oregon, observei as vitrines em busca de um cibercafé.

— Ali, à direita.

Ele encontrou uma vaga e pegou um laptop preto e surrado na parte de trás do veículo. Como achei que era melhor entrar em contato com minha família — eles iam ficar completamente impressionados por eu ter falado com eles dois dias seguidos —, fui com ele até o café.

Lá dentro, ele pediu um café e me disse:

— Chá de camomila?

— Eu adoraria. Obrigada.

— Não sei como você consegue beber isso. Tem gosto de grama cortada.

Eu sorri para ele.

— Nossa, nunca provei grama cortada. Obrigada por dividir a sua experiência pessoal.

Os lábios dele se curvaram.

— Beleza, você me pegou. Tem um gosto que acredito que seja parecido com o de grama cortada.

Levamos nossas bebidas para as estações de trabalho ao lado. Ele colocou de lado o computador que estava lá e ligou o laptop em um cabo de rede. Ao perceber o meu olhar questionador, ele disse:

— É o meu escritório portátil. Talvez eu precise consultar alguns arquivos aqui.

Concordei com a cabeça, depois abri meu e-mail e descobri mensagens de Merilee, da minha amiga Anna e de alguns colegas. Eu queria lidar com os assuntos casuais primeiro.

Cliquei em uma mensagem do marinheiro grego, Milos. A gente mantinha contato irregular havia alguns anos. No inverno passado, ele voltou para Creta porque o pai estava doente, e Milos precisava ajudar a gerenciar a pequena pousada da família. Ele escreveu:

> Para minha surpresa, sou muito mais homem de negócios do que pensava. No entanto, agora que voltei para casa, minha mãe diz que preciso pensar em me casar. Você deveria vir me visitar antes que ela consiga me arrumar uma noiva.

Creta. Como eu adoraria. Digitei em resposta:

> Posso chegar aí de carona? rs. Ou embarcar clandestinamente em um cargueiro? Se você ficar sabendo de algum voo barato — muito, muito barato —, me avise.

Se eu conseguisse ir, a gente provavelmente ficaria de novo. Ele foi um bom parceiro. O sexo era... Um pouco parecido com a transa com Mark esta manhã. Muito satisfatório, mas nada explosivo e intenso como era quando Mark e eu olhávamos um nos olhos do outro e nos beijávamos.

Dei uma espiada e vi meu parceiro, concentrado na leitura de um e-mail, com a xícara de papelão perto da boca. Por que o sexo com ele era diferente? Se eu evitasse beijá-lo, talvez nunca descobrisse. Era mais seguro assim. Eu não sentiria aquela força intensa que me dominava e me fazia me perder de mim mesma.

Que abalava as minhas estruturas como um milhão de fogos de artifício explodindo ao mesmo tempo.

Sempre gostei de fogos de artifício...

Peguei o chá e tomei um gole volumoso, depois abri a mensagem seguinte. Elizabeth, uma estudante universitária da Inglaterra que trabalhou no programa de arte-terapia quando eu estava lá, tinha agora terminado a pós-graduação e organizava um programa semelhante na cidade natal dela, em Yorkshire. Da mesma forma que com o marinheiro, a gente manteve contato por e-mail. Agora ela me colocava em dia com as novidades dela e dizia que eles estavam quase prontos para começar e que ela precisava de uma equipe. Ela me ofereceu um emprego, caso eu quisesse trabalhar para ela.

Crianças, arte, Inglaterra, para não mencionar trabalhar com — não, para — uma amiga. Parecia ótimo para mim, exceto por esse mesmo problema irritante das passagens aéreas.

Tanto Milos quanto Elizabeth eram divertidos. Agora, ele tinha raízes e responsabilidades familiares, e ela criava um programa que beneficiaria centenas de crianças ao longo dos anos. Aposto que as famílias deles estavam orgulhosas.

Reprimi uma pontada de inveja. Sim, se eu fizesse coisas assim, a minha também ficaria orgulhosa. No entanto, os caminhos que eram bons para Milos e Elizabeth se mostravam muito estreitos e apertados para mim. Percorri a nuvem de borboletas no meu ombro com o dedo.

Depois de enviar uma resposta rápida para Elizabeth, abri uma mensagem de Anna, uma menina de quatorze anos, alguém muito especial na minha vida. Ela tinha tido aulas terapêuticas de equitação quando tinha seis anos, depois de perder as duas pernas em um acidente de carro terrível que matou seus pais. Aquela menina tinha mais bravura do que qualquer adulto que já conheci. Trabalhei com muitas crianças e muitos adultos ao longo dos anos, mas Anna e eu tínhamos um vínculo de verdade. Quando a tia dela a levou para sua nova casa, em uma pequena cidade no norte de Alberta, Anna chorou. Eu disse que ela poderia me mandar e-mails e ela enviou.

A irmã bem mais velha do pai, uma solteirona, parecia bem-intencionada, mas não entendia as crianças de verdade. Com certeza eu não era nenhum modelo para as crianças, mas pelo menos Anna podia dividir comigo seus pensamentos e sonhos e sabia que eu sempre a apoiaria.

Eu acompanhei o crescimento dela durante oito anos, através de e-mails. Ela fez quatorze em janeiro, uma idade difícil para uma menina que usava próteses e tinha receio de que nenhum menino jamais se interessaria por ela. Nos últimos dois meses, ela sentia uma quedinha por um garoto que mal a notava. Ela escreveu:

> Lembra como você disse que eu deveria pensar quando comecei a cavalgar? Sobre como eu queria cavalgar, mas tinha medo, mas jamais iria conseguir fazer o que queria se só ficasse olhando para os cavalos feito uma boboca?
>
> Bem, enfim, adivinha??
>
> Lawrence é, tipo, muito ruim em matemática. E eu tiro dez direto. Então eu disse que o ajudaria a estudar para as provas finais, se ele quisesse.
>
> E ele olhou para mim como se não me conhecesse. Ah, claro, só estou sentada na frente dele há quase dez meses! E ele diz: "Você está de brincadeira, né?".

Eu estremeci. Coitada da Anna. Que idiota era esse garoto.

> Então eu disse: "Só estou tentando ajudar. Porque sou muito mais INTELIGENTE do que você!!!!".

Eu ri alto.

— Essa é a minha garota — murmurei.

> E ele só disse: "Tanto faz" e saiu pisando duro. Mas eu estou

> bem, Jenna. Sinceramente ;-) Como você disse, se alguém é idiota comigo, azar o dele. Ele provavelmente vai repetir em matemática e eu vou tirar dez.
>
> De qualquer forma, o verão está quase chegando e este ano começo a ajudar no acampamento de equitação! Mal posso esperar até crescer e poder ter meu próprio acampamento! Beijos e mais beijos, abraços e mais abraços! P.S.: J + A = poder feminino! [É matemática!]

Poder feminino. É. Eu adorava ver Anna ficar mais confiante. Respondi:

> Você fez muito bem, Anna. Muita coragem, querida. Quanto a Lawrence, é, ele perdeu a oportunidade de conhecer uma menina maravilhosa. Sem falar que ele provavelmente vai sair da escola e acabar trabalhando no McDonald's pelo resto da vida! Eu chamo isso de PERDEDOR! rs

Quando tinha a idade de Anna, eu era bonita e popular. Todos os meninos queriam me namorar e eu tinha muitas amigas também. Meu problema eram os deveres de casa. Vir depois do gênio de Theresa e da muito brilhante Kat foi difícil, porque eu não era tão inteligente quanto elas. Quanto mais os meus pais e professores falavam para eu me dedicar, menos eu tinha vontade. Sempre odiei que me dissessem o que fazer.

No entanto, descobri, depois de sair da escola e viver a minha vida, que realmente gostava de aprender o que me interessava.

Anna, porém, era uma aluna perfeita, inteligente e motivada. Durante anos, ela sabia o que queria ser quando crescesse. Ter esse objetivo a fazia feliz, aumentava a autoconfiança dela e lhe dava um sentido na vida. Quem sabe, um dia talvez eu trabalhasse para ela. Anna provavelmente se daria bem em seu campo, como Mark no dele.

Ao meu lado, ele se levantou e perguntou:

— Quer mais chá?

— Não, obrigada. Estou bem.

Ele atravessou a sala para pegar mais café e eu o observei, enquanto pensava como ele ficava bem de bermuda. Quando ele se virou e olhou na minha direção, lancei para ele uma piscadela sensual e depois voltei a me concentrar na tela.

Terminei o e-mail para Anna e depois abri a última mensagem, a de Merilee. Minha irmãzinha mais nova, que daqui a uma semana atravessaria o corredor verde em VanDusen Gardens.

> Ei, Jenna. Theresa disse que falou com você e que você está na estrada, então talvez não confira seus e-mails, mas espero que o faça. Está uma loucura aqui em casa agora que quase todo mundo chegou, e Theresa e Kat estão muito enroladas com os novos namorados. Bem, não é justo, elas definitivamente estão ajudando com o casamento, mas... Acho que as duas estão apaixonadas. Sério!!!
>
> No caso de Theresa, não é como quando ela estava com Jeffrey, o babaca. Não que eu me lembre muito dele. Eu era muito nova quando eles se casaram. No entanto, já ouvi todas as histórias e sei que ele era um babaca pretensioso que só a usava.
>
> Damien parece legal. É confiante e bem-sucedido, mas não pretensioso, e ele e Theresa têm falado em fazer uma parceria para escrever um livro. Ele parece realmente louco por ela e ela liga para ele todas as noites, enquanto ele está em turnê com o livro. (Sexo por telefone!!!) E já falei que ele é bem gostoso? Bem, acho que aquela história de ele estar na lista dos dez homens solteiros mais atraentes da Austrália dá uma pista, certo?
>
> Quanto a Kat, ela também se envolveu com um gostoso que tem um sotaque britânico divino. Nav a adora, fica na cara toda vez que ele olha para ela, e a paixão entre eles chega a fazer barulho. Ele é um fotógrafo incrível e, adivinha só, vai fazer as fo-

tos do casamento como um presente para M e para mim! Muito legal, além de um grande alívio, porque todos os fotógrafos que Theresa tentou estavam ocupados no sábado que vem.

Sábado que vem. Vou me casar no sábado que vem. Dá para acreditar?

Agora que está tão perto, estou meio chocada. De um jeito bom, é claro. Quero dizer, é o Matt. Eu o amo desde sempre. E todas as noivas passam por um nervosismo pré-casamento, certo?

Enfim, mal posso esperar para te ver, mana.

(Não me diga que você vai trazer para casa um cara incrivelmente atraente por quem se apaixonou perdidamente, tá?? Dois são o suficiente! rs. Eu sei, eu sei. Você nunca leva nenhum cara a sério. Você se diverte o bastante experimentando os aperitivos.)

Abraços e mais abraços,

M

Fechei a cara diante da tela enquanto pensava que havia algo estranho no e-mail de M.

Nervosismo pré-casamento? A Merilee? Por essa eu não esperava. E será que era imaginação ou ela parecia estar com uma certa inveja de Tree e Kitty-Kat? Ela mal falou de Matt e, geralmente, ele aparecia a cada duas frases; estava firmemente incorporado à vida dela. E ela não queria que eu levasse um homem incrivelmente atraente para casa.

Dei uma olhada no homem que estava ao meu lado, distraído com um documento na tela que parecia ser algo técnico. Não, claro que eu não ia levar Mark para casa — embora ele se encaixasse melhor na minha família do que eu.

Olhei para a tela. O que eu poderia dizer para Merilee? Ela não pedia conselhos. Ninguém além de Anna me pedia conselhos. No entanto, senti que ela precisava de... Algo. Tranquilidade? Quanto ao quê? Certamente eu não era a mais indicada para conselhos sobre relacionamentos para uma mulher que acreditava em "felizes para sempre". Lentamente, comecei a escrever.

> Ei, M, obrigada pelas notícias. Agora não me sinto tão de fora e estou muito curiosa para chegar em casa e ver tudo isso com meus próprios olhos. Ainda estou meio convencida de que não é a Tree de verdade, mas algum impostor australiano. E é difícil de acreditar que Kitty-Kat finalmente encontrou um cara bacana.

Ao meu lado, Mark digitava depressa enquanto olhava fixamente para a tela. Sim, existiam caras bons. Por que as minhas irmãs irritantemente fabulosas não poderiam encontrar alguns? Quanto a M, Matt nasceu para o rótulo de cara legal.

> É claro que você arrumou o cara bacana original. Mande um abraço extragrande para o Matt por mim. Você sabe que eu o amo demais. Ele é a pessoa mais legal na nossa família. Bem, ele é o mais legal para MIM, de qualquer maneira. E para você também, o que é quase tão importante quanto. rs. Acho que, na verdade, talvez ele seja bacana o suficiente para a minha irmãzinha.

Eu adorava o namorado dela, embora ele fosse quase perfeito demais. Um cara precisa ter algumas falhas, uma aspereza aqui e ali, uma certa imprevisibilidade, para deixar a vida emocionante.

O cientista Mark era emocionante, uma estranha mistura de características conservadoras, como ter um cronograma, e não convencionais, como basear a própria vida em um laptop e em um pequeno *trailer* Westfalia, e viajar pelo mundo inteiro. Ele também era apaixonado, pelo oceano e pela própria missão de protegê-lo. Ele era uma espécie de Indiana Jones, com um forte senso de responsabilidade, mas o trabalho de Mark era muito mais importante do que recuperar alguns artefatos empoeirados.

Além disso, ele era muito mais sensual do que o Indiana.

Ele me cutucou com a perna e o toque do joelho nu contra o meu fez o meu corpo estremecer.

— E aí, Jenna? Já está pronta?

— Sim. Só mais um segundo. — Digitei depressa:

Relaxe e aproveite a vida, M. Sei que Tree tem um plano de casamento meticulosamente organizado, e ela e Kat vão fazer o impossível para que tudo esteja pronto. Assim que eu chegar em casa, vou ajudar no que puder, mesmo que seja só te levar para tomar sorvete e dar uma distraída. Beijos, Jenna.

Fechei minha conta de e-mail quando Mark desligou o computador dele, depois voltamos para o *trailer*, ambos carregando os copos de bebida.

— Alguma crise relacionada ao oceano? — perguntei conforme ele pegava novamente a estrada.

— Nenhuma crise. Só algumas coisas para fazer no meu próximo projeto.

— Qual é o próximo? É em Vancouver e é por isso que você está voltando para lá?

Ele balançou a cabeça.

— Não, vou para Vancouver participar de um simpósio internacional sobre as mudanças globais nos sistemas socioecológicos marinhos.

Aí estava uma frase com um monte de palavras grandes. Eu as organizei na minha cabeça.

— Você quer dizer tipo o efeito do aquecimento global, da poluição, do excesso de pesca, da introdução de espécies não nativas?

— Sim, exatamente. Vou apresentar um trabalho sobre o estado atual da reabilitação do ambiente marítin o após o *tsunami* na Tailândia.

— Um projeto no qual você trabalhou?

— Hum-hum.

Ah, sim, a reconstrução após um *tsunami* era algo muito mais significativo do que caçar artefatos. Aposto que os avós de Mark estavam muito orgulhosos dele.

— Você vai ficar nos seus avós? Acho que vai ser bom vê-los.

— Sim, mas não por muito tempo. Vou para a Indonésia na quinta-feira. Montei uma equipe para irmos a vários locais e ajudar os moradores a consertar e reconstruir os recifes de coral.

— Uau. Outro grande projeto. E um lugar legal para visitar. — Soltei um suspiro. — Hoje recebi dois convites por e-mail, para ir a Creta e Yorkshire, e eu adoraria ir para qualquer um dos dois, mas não tenho como pagar as passagens.

Ele me lançou um olhar de soslaio com os olhos semicerrados. Com uma certa rispidez na voz, ele disse:

— Deixe-me adivinhar: o marinheiro grego e um inglês que você namorou em alguma época.

Deixe-me adivinhar: ele não aprovava. Ele realmente se encaixaria na minha família. Sem alterar a voz, eu disse:

— Mark, eu nunca iludo os homens. Sou sempre sincera e quase sempre nos tornamos amigos. Qual é o grande problema?

A cara fechada passou de desaprovação à perplexidade.

— Er, não sei com certeza. Desculpe.

Concordei com a cabeça, satisfeita por ele ter entendido o meu ponto.

— Sim, o grego é o cara de quem falei antes. A pessoa na Inglaterra é uma mulher com quem trabalhei uma vez, que está criando um programa de arte-terapia para crianças autistas.

— Bom para ela.

— Sim, não é legal? — Observei a vista. A estrada tinha entrado no interior e eu sentia falta da visão do oceano. Bebi o chá de camomila, agora morno, mas tão saboroso quanto quando estava quente. Grama cortada. Sinceramente. Ele realmente conseguia ser crítico.

— Algum outro e-mail interessante? — perguntou ele. — Ouvi você dizer: "Esta é a minha garota". Era sua irmã mais nova?

— Não, uma amiga. — Pensar em Anna me fez sorrir. Contei a Mark um pouco a respeito dela e de seu triunfo em relação a Lawrence. — Tenho tanto orgulho dela.

— Ela parece ser uma criança ótima. Há quanto tempo você a conhece?

— Oito anos. Ela era só uma menina e agora ela é uma jovem mulher.

— Vocês vêm trocando e-mails todo esse tempo? Você a vê de vez em quando?

Balancei a cabeça.

— O programa de equitação terapêutica acontecia em Kootenays. As crianças vinham de todas as partes. Ela vive em uma cidadezinha no norte de Alberta. Então, não, não a vejo desde então, mas trocamos e-mails mais ou menos uma vez por semana. — Na verdade, Anna era o meu motivo principal para checar e-mails.

— Ao que parece, vocês são muito próximas.

Sacudi a cabeça, dei um sorriso rápido.

— A gente se dá melhor do que eu e as minhas irmãs.

— Talvez porque você não é irmã dela, está mais para uma orientadora.

— Uma orientadora? Eu? — Eu não tinha as características típicas de uma orientadora. — Não, sou só uma boa amiga.

— Humm. — Depois de um instante, ele disse — Alguma notícia da sua família?

— Parece que todos voltaram para casa apaixonados. — Franzi o nariz. — É como se fosse uma epidemia.

— Epidemias se referem a doenças.

— Sim, senhor cientista, sei disso.

Ele riu. Depois, de maneira hesitante, disse:

— Perguntei antes o que você sente em relação ao amor e você disse que não curte nada sério. Então isso significa que você não acredita no amor?

— Como eu disse, nossa espécie não foi projetada para ser monogâmica. Então, qual é o sentido?

— Quer dizer que você acha que os relacionamentos das suas irmãs estão condenados? E quanto aos seus pais? Pelo que você disse, eles são felizes juntos. Os meus avós também, e eles estão casados há cinquenta anos.

— Bem, eu acho que, para algumas pessoas — as convencionais de verdade — a monogamia funciona. Os meus pais, os seus avós. Talvez funcione para as minhas irmãs, pelo menos por um tempo. — M&M estavam juntos há quase quinze anos... — Quem sabe, se ambas as pessoas quiserem muito, consigam se comprometer com a fidelidade a longo prazo. — Quando eu era nova, acreditei nesse ideal. Aí percebi que estava sendo ingênua. Criei uma nova filosofia de vida e não me decepcionei.

— Mas é um desperdício, você não acha? — continuei. — Há muito mais na vida para se experimentar. Seria como... Bem, azul é a minha cor favorita, mas será que eu quero passar o resto da minha vida usando só azul? — Ou com Milos ou Carlos, ou com qualquer outro dos homens com quem me envolvi? Se eu tivesse me prendido a um deles, não estaria com Mark agora.

— Pessoas são mais complexas e interessantes do que cores.

— Há vários tons de azul — retruquei.

Os lábios dele se retorceram em um sorrisinho.

— Você já se apaixonou alguma vez, Jenna?

Eu criei um monstro. Quando o conheci, era preciso incitá-lo para fazê-lo falar. Agora ele me interrogava e me lembrava da minha mãe.

— Uma vez achei que estivesse apaixonada — disse eu superficialmente. — Foi um erro meu.

— O que aconteceu?

— Fiz uma tentativa de ser fiel. Ele não.

— Sinto muito. Dá para entender que algo assim te deixe fria.

— Fria, não. Realista.

— Humm. Quantos anos você tinha?

— Dezessete. Por quê?

— Era um namorado da escola?

— O que é isso, vinte perguntas?

— Não, chama-se *conversa*.

Dei uma risada quando ele repetiu de propósito as palavras que eu tinha atirado nele no dia anterior.

— *Touché*. — Vou contar o básico. — Tudo bem. Eu estava no segundo ano quando conheci Travis. Ele tinha vinte anos e já havia saído da escola. Sensual e emocionante. Em junho, alguns amigos dele iam passear em Kelowna e ele me pediu para ir junto. A ideia era ficarmos de bobeira, irmos à praia, a festas. Os meus pais nunca me deixariam ir, então eu meio que fugi de casa. Eu disse a eles que estava bem e mandei cartões-postais de outras cidades, porque não queria que eles se preocupassem ou mandassem a polícia me procurar.

— Como se eles não fossem se preocupar. Jesus, Jenna, você tinha dezessete anos!

— Dezessete anos e rebeldia. Em casa, eram só regras, críticas, toques de recolher. — Olhei pelo para-brisa. — Eu amava Travis. Ele disse que me amava. Eu tinha ilusões loucas e românticas sobre o amor.

— Você tinha ilusões românticas sobre o cara errado. Não sobre o amor. Você disse que ele traiu você. Ao que me parece, se uma pessoa ama a outra, não tem vontade de fazer sexo com mais ninguém.

— Ah, por favor, não seja tão conservador. Sexo não te deixa cego. Você vê as outras pessoas, sente atração, por que não faria sexo com elas? Por que se amarrar?

— É Travis quem está falando ou você?

— Sou eu! Eu sempre... — Merda. — Beleza, talvez ele tenha dito coisas assim, mas ele tinha razão.

— Ele tinha vinte anos e era controlado pela cabeça de baixo, não pela de cima.

— Ah, obrigada, agora você está dizendo que sou imatura porque saio com mais de um cara ao mesmo tempo.

— Eu disse que, se você encontrasse um homem que ama, não ia querer ficar com mais ninguém.

— Então agora você é o grande especialista em amor? — provoquei. — Você por acaso se apaixonou alguma vez?

Ele virou a cabeça, me lançou um olhar de avaliação, depois se voltou para a estrada.

— Talvez não, mas gosto de pensar que, embora o amor não te deixe cego em relação a outras pessoas, você não corre atrás de qualquer atração que sente. Porque tem algo mais importante e profundo com a pessoa por quem é apaixonado. Você quer construir algo com ela e, se continuar se distraindo com outras pessoas, isso não vai acontecer. Vai simplesmente ser sempre algo superficial.

Eu sabia que ele usava a palavra *você* em um sentido geral, sem se referir pessoalmente a mim. Ainda assim, o discurso dele me recordava que, um dia, eu sonhei em encontrar esse tipo de amor.

No entanto, já fazia muito tempo e eu não era mais aquela garota. Baixinho, eu disse:

— Talvez isso funcione para algumas pessoas. Quem sabe para você, mas eu, eu gosto de variedade. Gosto de experimentar muitas pessoas e coisas.

— Mas nunca investe de verdade em nenhuma delas.

— Talvez eu não tenha muito a investir — retruquei, com a dor de repetir uma das críticas que ouvi da minha família.

— Acho que tem sim.

A certeza na voz dele me emocionou, mas também me incomodou.

— Mark, você parece a minha família. Não dá para entender que não quero ser como todas as outras pessoas, com objetivos tradicionais e uma vida chata e convencional?

***

Mark fechou a cara enquanto observava a estrada à frente. Agora ela passava de novo pela costa, então a vista era maravilhosa, mas o carro inteligente na frente dele seguia caminho muito abaixo do limite de velocidade. A Westfalia não era muito potente, mas, se houvesse uma oportunidade para ultrapassá-lo, ele a aproveitaria.

Ele queria ter uma ideia mais clara de para onde levar a conversa. Jenna era uma adulta e parecia perfeitamente feliz sem lenço e sem documento. É, ele achava que entendia a situação. Só não gostava muito dela.

Sim, ele gostava de Jenna. Ou ao menos poderia gostar, mas não se ela continuasse a viver a vida do jeito que vivia, voando para lá e para cá, sem nunca se comprometer com nada nem ninguém. Ela tinha o direito de ser assim, mas esse não era um estilo de vida que ele respeitava. E com certeza Mark não conseguiria amar uma mulher que precisava trepar com outros caras.

Será que havia alguma esperança de que ela mudasse?

Um movimento rápido no retrovisor chamou a atenção dele e, em seguida — Merda! — Um esportivo preto zuniu pela esquerda, correndo demais, um cara com cabelo espetado e preto no volante, nenhum passageiro. Em vez de entrar na frente da Westfalia, ele passou voando pelo carro inteligente também e se meteu bruscamente na frente dele com um guincho de pneus para evitar o choque com um utilitário que se aproximava.

Automaticamente, Mark freou antes mesmo que as luzes de freio do carro inteligente se acendessem e o *trailer* se sacudiu até quase parar.

Ao conferir o retrovisor para ter certeza de que ninguém se aproximava, ele acelerou de novo e ultrapassou o pequeno carro.

— Caramba. — Jenna, que segurava o copo de chá de papelão, esfregou um pouco de chá que havia caído na coxa. — Esse cara é maluco. Vai provocar um acidente.

— A gente devia denunciá-lo antes que isso aconteça. Não consegui pegar o número da placa, você conseguiu?

— Foi rápido demais. — Ela bebeu o último gole do chá depressa e colocou o copo vazio no chão, depois vasculhou a enorme bolsa que carregava e sacou o celular. — Ops, está descarregado. É velho e a bateria acaba rápido.

— Use o meu. — O dele estava conectado ao carregador no painel.

— Onde estamos? — perguntou ela enquanto abria o celular. — Na 101, mas...

— Quase na fronteira com o Oregon.

Ela ligou, descreveu o veículo e a localização, depois fechou o telefone.

— Eles deveriam caçar a habilitação dele e...

Um barulho horrendo — gritos, batidas, esmagamentos — estraçalhou a manhã tranquila.

— Porra! — Um dilúvio de adrenalina o fez pisar fundo no acelerador até o chão naquele trecho em linha reta.

— Ah, meu Deus, Mark. Que barulho horrível!

Ele subiu uma pequena colina, desacelerou a fim de parar no acostamento e depois soltou mais palavrões diante da visão à sua frente. O cérebro dele absorveu toda a imagem de uma só vez e ele percebeu o que tinha acontecido.

O apressadinho tentou ultrapassar de novo, desta vez um Toyota antigo vermelho. No entanto, uma caminhonete que vinha na outra pista estava próxima demais ou se aproximava muito depressa. Quando o esportivo preto cortou o Toyota, o motorista apressadinho calculou mal, ou talvez tenha derrapado, e bateu no lado do motorista do Toyota. Em seguida, a caminhonete bateu no carro do motorista apressado e quase esmagou o esportivo entre a caminhonete e o Toyota. Os três veículos bloquearam a estrada inteira, em uma grande confusão de metal retorcido.

Mark levou a Westfalia para o acostamento.

— Ligue para a emergência! — Assim que o *trailer* parou, ele começou a correr e analisar os estragos enquanto se aproximava da cena.

Uma mulher de cabelos grisalhos saiu do lado do passageiro do Toyota, com as pernas bambas, enquanto se agarrava à porta para se equilibrar. O motorista da caminhonete estava preso no *airbag*. Mark não conseguia sequer ver os motoristas do Toyota e do esportivo, pois os dois veículos estavam retorcidos demais.

Enquanto ele corria, a mulher, ainda agarrada à porta e com lágrimas escorrendo pelo rosto, gritou:

— O meu marido está lá. Ajude-o!

— Vou ajudar. — Ele a pegou pelo ombro enquanto percebia que os olhos dela estavam vidrados, havia sangue no rosto e no braço, mas nada que parecesse oferecer risco de morte. — Sente-se e eu vou fazer o que puder. A gente ligou para a emergência.

Ele a afastou da porta, depois se inclinou e olhou para dentro do carro. Merda, que caos. O lado do motorista do carro estava amassado para dentro, a janela estava quebrada e havia vidro por toda parte. O motorista foi esmagado pela lateral do carro e caiu para a frente, com a cabeça no volante e o cinto de segurança preso. Não havia *airbags* nesse modelo mais antigo de veículo.

Provavelmente uma concussão, talvez uma lesão medular. Não deveriam movê-lo.

O cheiro de gasolina se espalhava pelo ar, o que indicava uma ruptura no tanque de combustível. Carros não explodiam mesmo em chamas depois de acidentes, não é? Não, a gasolina não ia explodir sem uma fonte de combustão. É claro que, se as baterias estivessem rompidas...

Droga, onde estavam os paramédicos?

Mark entrou pelo lado do passageiro e pressionou os dedos no pescoço do homem. Mais uma vez, que merda. O pulso estava acelerado, o que indicava ferimentos mais graves do que aparentavam.

— Como ele está? — A mulher gritava desesperadamente atrás dele. — Você consegue tirá-lo daí?

— É melhor não mexer nele. — Ele se inclinou para ver melhor. — Ah, que merda! — O antebraço esquerdo do rapaz, preso entre o corpo e a porta, jorrava sangue. Sangue vermelho vivo. Uma hemorragia arterial. Ele poderia sangrar até morrer antes que a ajuda chegasse.

Mark tirou a camiseta e a enrolou. Ainda não havia sirenes.

— O que você está fazendo? — A mulher gritou. — O que há de errado?

A única maneira de alcançar o braço e aplicar pressão era chegar o homem para trás e afastá-lo do volante. O que significava um risco de piorar a lesão no pescoço. No entanto, era melhor do que sangrar até morrer. Agora era torcer para que o combustível não pegasse fogo e o carro não explodisse em chamas...

O mais delicadamente que pôde, ele afastou o homem — um idoso de cabelos brancos, com pequenos arranhões no rosto, mas sem nenhuma outra grande hemorragia — para trás a fim de que a cabeça dele ficasse apoiada no encosto acolchoado.

— Ele está sangrando — gritou ele para a mulher do rapaz. — Ele cortou o braço. Você precisa voltar e se afastar do carro. — Ele não quis mencionar o risco de incêndio, com medo de que ela entrasse ainda mais em pânico.

— Ajude-o!

Sim, essa era a ideia. Ele se debruçou sobre o homem e segurou a camisa contra a ferida enquanto aplicava o máximo de pressão que conseguia naquela posição complicada. O melhor que ele conseguiu entender da situação foi que o homem provavelmente levantou os braços por instinto enquanto o carro se arremessava na direção dele, aí a janela quebrou e um pedaço de vidro cortou a artéria que corria no antebraço dele.

— Aguente firme — sussurrou ele. — A ajuda vai chegar logo. — Merda, se o homem morresse bem na frente dele... Não, ele não podia pensar nisso, só precisava continuar a pressionar.

A esposa chorava, gritava e ignorava o pedido dele para se afastar. Ele conseguia compreender, mas a voz estridente dela somente piorava a tensão. Ele se perguntou como estavam as outras vítimas do acidente, mas não havia nada que ele pudesse fazer para ajudá-las. Nem para abafar o cheiro de sangue fresco e gasolina.

Qual era a probabilidade de que ocorresse um incêndio com três veículos destruídos, vazamentos e derramamentos, freios superaquecidos e as pessoas que se acumulavam em volta?

— Mark — disse Jenna atrás dele, e uma mão agarrou a perna exposta. — O que está acontecendo? Alguém disse que há um vazamento de combustível e que os carros podem explodir.

Ele engoliu em seco.

— Não posso sair daqui. — Ele não se virou nem aliviou a pressão. — Ele está com uma hemorragia arterial. Não deixe ninguém fumar lá fora. E fique afastada, Jenna. Mantenha todo mundo afastado, só por segurança.

— Merda. — Ele a ouviu respirar fundo, depois dizer — Sim, tudo bem. Posso ajudar? Estou com o seu kit de primeiros socorros.

Ela tinha encontrado o kit de primeiros socorros debaixo da pia?

— Só toalhas, preciso de toalhas. — A camiseta dele já estava encharcada de sangue.

Alguns minutos depois, ela estava de volta e ofereceu várias toalhas para ele. Enquanto ele trocava a camiseta encharcada por uma toalha, Jenna disse:

— O motorista da caminhonete está aqui fora e andando de um lado para o outro, confuso, mas bem. O motorista do esportivo está preso lá, inconsciente. Ninguém consegue chegar até ele. A emergência disse que um caminhão de bombeiros e ambulâncias estão a caminho.

— Obrigado. — O relatório o fortaleceu.

Ele a ouviu dizer à mulher:

— Mark está fazendo o possível pelo seu marido. Venha comigo, você precisa se sentar aqui. Deixe-me dar uma olhada nesses cortes. E a gente devia ligar para a sua família.

O choro da esposa desapareceu aos poucos e ele abençoou Jenna por cuidar dela. Ao que parecia, sua companheira de viagem era boa em lidar com crises.

Uma sirene soava cada vez mais alto. Quanto tempo havia se passado?

Talvez menos de cinco minutos, mas parecia uma eternidade. Tempo suficiente para que um homem sobrevivesse ou morresse. Ele apenas tinha esperança de que o homem sobre o qual estava debruçado sobrevivesse.

A hemorragia começou a diminuir. Mark esperava que isso fosse algo bom e não um sinal de que ele tinha falecido. Ele não conseguia medir o pulso do rapaz, pois precisava de ambas as mãos para pressionar a toalha.

A sirene soou mais perto, berrou, morreu.

Segundos depois, um paramédico se debruçou no lado do passageiro para tentar ver além de Mark.

— O que temos aqui?

— Hemorragia arterial no antebraço esquerdo. Apliquei pressão e diminuiu bastante. Tive de mexê-lo, a cabeça estava no volante e eu não conseguia alcançar o braço.

— Tudo bem, mantenha a pressão, mas chegue para lá para que eu possa conferir o pulso.

Meio sem jeito, Mark mudou de lugar, sentiu o vidro cortar seu joelho nu e deixou o paramédico esticar o braço para avaliar a condição do homem.

— O pulso estava rápido quando medi.

O homem colocou os dedos no pescoço dele, depois no pulso.

— Ainda está, mas você fez a coisa certa. — Ele foi para trás. — Você está bem? Estava envolvido no acidente?

— Não, eu estava dirigindo logo atrás deles. Estou bem.

— Você consegue aguentar mais alguns minutos? Fomos os primeiros a chegar e precisamos avaliar as outras pessoas. Tem outra ambulância e um caminhão de bombeiros a caminho. Alguém vai assumir o seu lugar em alguns minutos.

— Claro.

Quando o paramédico foi embora, Mark voltou para a posição inicial enquanto sentia o vidro moer seu joelho.

— Não vai demorar muito — disse ele ao homem inconsciente, enquanto se acomodava para esperar.

Mais sirenes, vozes urgentes lá fora, depois o mesmo paramédico estava de volta.

— Vou assumir agora. Segure firme enquanto eu entro.

De maneira desajeitada, eles fizeram malabarismos para mudar de posição no espaço apertado e uma troca rápida e sem jeito. Aí Mark se afastou e, lentamente, se ajeitou e respirou fundo. O ar estava insuportável por conta do cheiro de combustível, mas com certeza era bom se esticar e sentir o sol nos ombros nus. Ele não tinha percebido quanto estava apertado e claustrofóbico.

Outro paramédico se juntou ao primeiro conforme Mark se afastava do carro. A esposa do motorista estava sentada na beirada cheia de grama, com o rosto branco a olhar para ele de maneira interrogativa. Jenna estava ao lado dela com um braço em volta dos ombros, o rosto também pálido.

— Mark? — Ela deu um abraço rápido na mulher e depois foi até ele.

Com delicadeza, ela disse:

— Você está coberto de sangue. A esposa dele já está preocupada demais. Ela não precisa ver isso. — Ao pegar uma toalha que ele não tinha percebido que estava segurando, ela limpou rapidamente as mãos dele.

— É. — Ele baixou o olhar para o sangue e reprimiu uma onda de náusea.

Após o choque inicial do acidente, ele agiu de maneira instintiva e a adrenalina percorreu suas veias. Agora, o alívio e a reação tomavam conta e o exauriam. Ao olhar em torno, ele se assegurou de que o pessoal da emergência tinha tudo sob controle. Em seguida, com as pernas bambas, ele foi se sentar junto à mulher.

Jenna veio se acomodar do outro lado.

— O paramédico disse que o Sr. Watkins está razoavelmente bem — disse ela.

Ele concordou e disse para a esposa:

— A hemorragia está sob controle e ele se encontra em boas mãos. Ele é um cara forte, o seu marido. — Ele queria assegurar que o idoso ficaria bem, mas não tinha certeza e não conseguiria mentir para ela. — Como você está? — Ele observou os pequenos curativos em meia dúzia de cortes e arranhões.

— Estou muito abalada. — A voz dela estava rouca. — Tudo aconteceu tão de repente, aquele carro surgiu do nada.

Algo ardeu no joelho dele e ele percebeu que Jenna tinha aberto o kit de primeiros socorros e passava antisséptico nos cortes causados pelo vidro. — A gente ligou para os filhos deles — disse Jenna. — A ambulância vai levar a Sra. Watkins e o marido para o hospital mais próximo, e o filho deles, que mora por perto, vai encontrá-los lá.

Ela tinha acabado de enfaixar os joelhos dele quando uma paramédica se aproximou.

— Ei, você quer me fazer perder o emprego? — brincou ela. — Primeiro a Sra. Watkins e agora ele?

Jenna sorriu de volta.

— Achei que você já tinha trabalho o suficiente.

— Você está bem, senhor? — perguntou a paramédica.

— Sim, são só alguns arranhões. — Ele olhou para as mãos, onde os restos do sangue do Sr. Watkins tinham secado. — Eu preciso me limpar, vestir uma camisa limpa.

— Faça isso — disse ela. — Eu fico com a Sra. Watkins. — Ela sorriu para a idosa como se fossem amigas. Mark supôs que ela tinha passado ali antes para avaliar a condição dela.

— No entanto, a polícia vai precisar do seu depoimento — disse a paramédica. Ela virou as costas para a Sra. Watkins e murmurou baixinho. — O meu colega Tom disse que você salvou a vida do marido dela. Bom trabalho.

— Fico satisfeito de poder ajudar.

Enquanto seguia para o *trailer* e continuava um pouco inseguro, Jenna o alcançou e pegou a mão dele, aparentemente sem se importar com o sangue. Ele apertou os dedos dela e perguntou:

— Como estão as coisas? Não sei o que aconteceu com ninguém a não ser com o senhor e a senhora Watkins.

— O motorista da caminhonete foi protegido pelo *airbag*. Ele voltou a si e saiu pelo lado do passageiro, embora alguns de nós tenhamos dito que ele não deveria se mexer. — A mão dela apertou a dele. — Ele disse que sentia o cheiro de gasolina e ficou com medo que tudo explodisse.

— Eu também sentia o cheiro. Fiquei dizendo a mim mesmo que nada explodiria se nada provocasse uma explosão. — Ele parou ao lado do *trailer*. — E quanto ao imbecil que causou tudo isso? — Por mais que o cara merecesse o que aconteceu, Mark não queria que ele morresse.

— Eu não sei. — Ela estremeceu. — Ninguém conseguiu chegar até ele. Acho que vão precisar de um guincho para tirá-lo de lá.

Enquanto subiam na traseira do *trailer*, uma ambulância que ia embora berrou atrás deles.

Jenna colocou o kit de primeiros socorros debaixo da pia.

— Fico feliz que você tenha encontrado isto.

— Achei que você teria um — disse ela enquanto se jogava no sofá, com o rosto ainda pálido e os braços em torno do corpo.

Ele percebeu que ela também sofreu uma onda de adrenalina enquanto fazia o possível para ajudar as vítimas do acidente, e agora o choque e reação a dominavam. Ele queria abraçá-la, mas primeiro precisava se livrar do sangue e dos pedaços de vidro quebrado que estavam presos nele.

Com movimentos lentos e a sensação de ser muito mais velho do que realmente era, ele abriu a água quente, ensaboou as mãos e as esfregou. Pegou uma toalha e limpou os braços e o tronco, esfregando sangue seco e suor, e catando cuidadosamente fragmentos minúsculos de vidro, que jogou no lixo.

Enquanto ele se enxugava, Jenna se levantou e lavou as mãos cuidadosamente, depois as secou com a toalha que ele havia usado.

Depois disso, ela passou os braços em torno dele e apoiou o rosto no peito nu.

— Fiquei apavorada, Mark — disse ela, baixinho e com um tremor na voz. — Você estava lá dentro do carro e o motorista da caminhonete não parava de falar que tudo poderia ir pelos ares a qualquer minuto.

Ele apoiou o queixo nos cachos macios, com ódio por tê-la preocupado. No entanto, ele ficou comovido por saber que ela se preocupava com ele.

— Sinto muito. Não tinha outro jeito. Eu não podia mexer o cara. Precisava manter a pressão no braço dele.

— Eu não podia fazer nada — sussurrou ela. — Me senti tão impotente. Só o que eu conseguia fazer era tentar acalmar a Sra. Watkins, quando, na verdade, eu estava tão preocupada quanto ela.

— Você a ajudou do mesmo jeito que eu ajudei o marido dela.

Ela se afastou para olhar para ele.

— Você salvou a vida dele.

Era verdade. E talvez fosse o motivo pelo qual as pernas dele continuavam a tremer. Se ele e Jenna tivessem chegado alguns minutos mais tarde ou se o carro estivesse tão amassado a ponto de ele não conseguir entrar, uma senhora teria virado viúva hoje.

Um arrepio percorreu o corpo dele. Não, ele não conseguia suportar a ideia.

Jenna olhou para ele fixamente, com os olhos azuis-esverdeados brilhando, depois se ergueu até a boca ficar a um centímetro da dele.

— Você mandou bem hoje, Dr. Chambers. — Os lábios dela tocaram os dele.

Ele a agarrou e segurou firme o corpo quente e sólido dela, e deixou que os lábios dela afastassem tudo o mais no mundo. Eles acariciaram a boca um do outro delicadamente, provando e aproveitando, e algo se infiltrou nele — como a luz do sol, quente e curativa, quase brilhante conforme se espalhava pelo corpo dele. A essência da alma meiga de Jenna se espalhava através dele e fazia todo o resto sumir.

Este beijo não era como os anteriores: não se tratava de paixão e sexo, mas de algo tão profundo quanto. Talvez até mais.

Ele estava tão perdido no beijo que levou um tempo para perceber que alguém batia na porta. Por fim, ele se afastou de Jenna, depois de perceber que as bochechas dela não estavam mais tão pálidas, e olhou além dela para ver uma policial com um sorriso no rosto.

— Desculpe, gente. Preciso pegar o depoimento de vocês.

— Entre — ofereceu ele. — A gente pode se sentar e você pode usar a mesa.

Quando ela entrou, o olhar ficou fixo no peitoral dele.

Jenna deu uma risada leve e divertida, e ele rapidamente encontrou uma camisa limpa para vestir.

Dar o depoimento levou apenas alguns minutos, pois ele e Jenna não tinham visto o acidente. Jenna perguntou sobre o motorista do esportivo e a policial disse que a equipe de emergência conseguiu soltá-lo, mas ele continuava em estado crítico.

— Vamos rebocar os veículos rapidinho e liberar a estrada revezando a direção do trânsito enquanto limpamos o resto da bagunça. Vocês poderão seguir caminho em breve.

— Obrigado — disse Mark enquanto ela saía, aumentando a voz para ser ouvido apesar do barulho de outra sirene de ambulância.

Quando ela se foi, Jenna, sentada ao lado dele, o cutucou com o ombro.

— Lá se vai o seu cronograma. — Ela se levantou e pegou garrafas de suco de fruta da geladeira. — Toranja ou laranja?

— Laranja. Obrigado. — Teria sido conhecimento ou instinto o que a fez perceber que ambos provavelmente estavam com pouco açúcar no sangue naquele instante? Ele abriu a garrafa e tomou um gole grande. — Como você está?

— Estou bem. Depois que percebi que não havia muito que eu pudesse fazer por ninguém, simplesmente acompanhei a Sra. Watkins.

— Obrigado por acalmá-la. Os gritos dela estavam me enlouquecendo.

— Ela estava apavorada.

— Eu sei. Eu mesmo também estava meio apavorado. Não parava de pensar que o velho poderia morrer na minha frente.

— Não morreu. — Ela olhou fixamente nos olhos dele. — Ele vai ficar bem.

Ele respirou profundamente.

— Espero que sim.

— Pode acreditar — disse ela com firmeza. — Eu acredito. — Um sorriso passou pelos lábios dela. — Sabia que eles estão casados há 45 anos? E têm dois filhos e cinco netos?

É, Jenna tinha "acompanhado" aquela senhora. O que significava que ela a fez se sentar, colocou curativos nos arranhões e a impediu de entrar em pânico ao conversar sobre a própria família.

— E você ainda diz que não tem muito para investir nas pessoas ou nos projetos.

— Hein?

Ele sacudiu a cabeça, pois não tinha energia para explicar agora. Nem para ressaltar que o Sr. e a Sra. Watkins eram daqueles casais que tinham encontrado um amor para a vida inteira.

Naquele momento, só o que ele queria era ficar ali com a coxa encostada na dela, nua e quente.

***

Capítulo 8

Quando a polícia liberou a estrada, eu disse a Mark:

— Quer que eu dirija? — Depois do que ele passou, provavelmente precisava de um descanso.

Na verdade, eu mesma estava insegura por causa do choque do acidente, depois do terror em ver Mark dentro daquele carro enquanto a gasolina vazava pelo asfalto e aquele motorista idiota da caminhonete dizendo que tudo poderia ir pelos ares.

Então fiquei aliviada quando Mark respondeu:

— Não, obrigado. Dirigir é relaxante para mim. Pelo menos quando ninguém provoca um acidente.

— Bate na madeira. — Sentei no lado do passageiro e deixei o assento macio cuidar do meu corpo abalado pelo nervosismo enquanto os policiais guiavam os veículos a contornar o local do acidente. A caminhonete foi rebocada, mas a visão do esportivo e do velho Toyota retorcidos me fizeram tremer.

Mark estava vivo, lembrei a mim mesma. Bem como o Sr. Watkins, graças ao meu bravo parceiro.

Ele me deu uma olhadela e depois tocou na minha perna, um modo breve e afetuoso.

— É bom estar vivo.

— É mesmo.

— Quer ouvir música?

— Claro. — Liguei o rádio e passei por várias estações, rejeitando o *rock* e alguns programas de entrevistas, parando por um instante no sertanejo e passando depois para uma estação de músicas antigas que tocava "California Dreaming". Outra canção que a minha mãe costumava tocar para a gente quando eu era criança. — Assim está bom?

— Boa música para dirigir perto do mar.

Boa música para acalmar nervos também.

— Quando eu era criança e ouvi esta música, perguntei à mamãe onde ficava a Califórnia. Ela me contou e eu jurei que iria lá algum dia. — Eu ri baixinho. — É outra dessas situações *eu devo ser adotada*. Sou a única pessoa da minha família que tem sede de viajar.

— Uma das suas irmãs não mora em Montreal?

— Sim, Kat, e Tree mora em Sydney, na Austrália. Era só o que a gente precisava para ficar longe de casa, abrir as asas depois de adultas. No entanto, elas estão estabelecidas, felizes onde estão agora.

— Você não se vê fazendo o mesmo?

— Não sou o tipo que constrói ninhos. Existem vários lugares ótimos para conhecer.

— É, e coisas legais para fazer.

A música seguinte foi "Good Vibrations", outro clássico que eu ouvia de vez em quando.

Quando os Beach Boys cantaram o refrão, Mark disse:

— Essa música me faz pensar em você.

Então eu passava boas vibrações para ele, é? Era difícil contra-argumentar.

— *Exci-ta-tion* — cantei junto enquanto exagerava a palavra.

Ele riu.

— Sim, com certeza, mas também pelas roupas coloridas, pela luz do sol no seu cabelo. Como da primeira vez em que a vi. E também o que acontece quando olho nos seus olhos.

— Acontece? — Eu sabia que meus olhos tinham uma cor bonita, mas não entendi o que ele queria dizer.

Ele me deu uma olhadela.

— É como mergulhar no oceano. O reflexo e a refração da luz. Todos os tons de verde e azul, faíscas de luz do sol, sombras secretas. Tudo isso me atrai, tipo, há tanto para explorar e eu só quero nadar ali para sempre.

— Uau — murmurei. Que elogio maravilhoso. E, vindo do Mark, eu sabia que era sincero.

Agora, ele observava a estrada, mas os cantos dos lábios dele se contraíram. Talvez ele não estivesse acostumado a me ver sem palavras. Teria soado piegas elogiar os olhos dele, mas a verdade é que eram muito impressionantes também. Como o céu mais puro, mais azul, mais vivo.

Quanto a olhar para eles... Era um pouco assustador. Como nos beijos, havia algo poderoso demais, irresistível demais.

O rádio me chamou a atenção, uma daquelas músicas de uma banda de garotas. A vocalista perguntava como saber se o homem dela a amava. E a resposta era: *It's in his kiss.*[1]

Que bizarro essa música tocar bem na hora em que eu pensava sobre o beijo de Mark. Eu deveria mudar de estação até encontrar "What's love got to do with it?".[2]

Irritada, cruzei os braços e tentei ignorar a música idiota.

Mark esticou a mão e desligou o rádio.

Agradeci a atitude dele em silêncio.

---

1 "Está no beijo dele", em inglês. (N. T.)

2 "O que o amor tem a ver com isto?", em inglês. (N. T.)

— Antes do acidente... — disse ele.

Parecia fazer tanto tempo.

— Sim?

— A gente estava conversando sobre o amor.

Ah, certo. E discutindo os méritos da variedade contra os da monogamia. Curiosamente, esse parecia ser um dos assuntos favoritos do cientista.

— Esse cara, o Travis... — disse ele.

Virei a cabeça.

— Olha, eu era idiota. Não quero mais falar disso.

— Você tinha dezessete anos. Todo mundo tem direito a cometer um erro.

Não aquele erro.

— Você o amava.

Dei de ombros.

— Era o que eu achava.

— Você não queria ficar com mais ninguém. Você curtia a fidelidade.

— Eu era uma boba romântica.

— Conte-me a história.

— Eu contei. Uma menina boba foge de casa com um rebelde de moto, ele a trai e a troca por outra garota, ela volta para casa mais triste, porém mais experiente.

— Não, me conte a versão longa.

Apertei ainda mais os braços. Nunca contei a ninguém. Nem a uma alma.

— Deixa para lá, Mark. Eu deixei há muito tempo.

— Estamos na estrada e não temos nada para fazer além de conversar. Eu quero te conhecer.

Por que ele continuava a usar as minhas próprias palavras contra mim? Mesmo assim, era meio fofo ele se interessar. Será que foi por isso que senti uma estranha compulsão em finalmente dividir a história?

— Ei, eu te contei sobre o meu engano com a mulher que achava que eu era o cara certo. Fale sobre o seu.

— Ah, o meu foi toda uma série de erros.

— Pegue leve consigo mesma.

Como? Não havia solução, uma vez que eu convivia com uma dor profunda dentro de mim que nenhum lugar, homem ou trabalho emocionante conseguiu apagar.

— Jenna? — disse Mark baixinho.

Será que era a persistência dele ou a minha própria necessidade que finalmente me impeliu a falar? Descruzei os braços deliberadamente, depois joguei o cabelo para trás, peguei a garrafa de água e tomei um grande gole.

— A gente foi para Kelowna na moto dele. Os amigos dele alugaram metade de um duplex caindo aos pedaços. O lugar estava bem acabado, mas eu achava tudo tão legal. As outras pessoas eram alguns anos mais velhas do que eu e era divertido não ter regras. Fazer o que a gente queria, quando queria. — Fiz uma pausa. — Embora não fosse tão divertido ninguém nunca limpar o banheiro e todos passarem metade do tempo completamente chapados.

— Você também usou drogas? — O tom dele era neutro.

— Eu queria me entrosar, então experimentei algumas coisas. Mas gosto de experimentar a vida, e as drogas distorcem tudo. Os outros me aceitaram mesmo assim. O lance deles era meio viva e deixe viver. — Na verdade, os amigos de Travis foram mais legais do que ele. — Travis disse que me amava, mas aí eu fiquei doente e ele me abandonou.

— Doente?

Bebi mais água e olhei para fora da janela, não para Mark, dividida entre dizer e não dizer.

Ele tocou na minha perna.

— Jenna?

Olhei para ele da mesma maneira que ele olhava para mim, e vi a preocupação nos olhos dele antes de voltar o olhar para a estrada. Respirei fundo.

— Acreditar nele, me apaixonar por ele, foi o meu primeiro erro. Número dois: ele não queria usar camisinha. Disse que me amava, que só ficávamos um com o outro. Eu tomava pílula, confiava nele. — Engoli em seco contra a antiga dor e disse categoricamente — Ele me passou gonorreia.

— Jesus. Sinto muito.

Eu poderia parar ali, mas agora, depois de tantos anos de silêncio, algo dentro de mim não deixava.

— Eu não tinha percebido, só sabia que não me sentia muito bem. Tipo, como se estivesse gripada. Meu estômago doía, e... Bem, não vou entrar em todos os sintomas repugnantes, mas, quanto mais eu piorava, menos tinha vontade de fazer sexo ou ir à praia, ou sair para beber. Simplesmente ficava deitada na cama e me sentia um lixo.

— Você não foi a um médico?

— Uma série de erros, lembra? Não, fiquei com medo de que um médico ligasse para os meus pais. Pensei que fosse gripe e que ia melhorar. Mas Travis... Ele disse que eu não era uma companhia divertida. Ele estava dormindo com outra garota e eles iam de moto para Alberta.

— Que merdinha.

— É. Eu disse: "Mas você me falou que me amava" e ele respondeu: "Foda-se, é só o que os caras dizem para trepar com as garotas".

Enfim, depois que ele foi embora, me senti cada vez pior, mesmo assim não fui ao médico. Eu era tão estúpida. No fim das contas, o pessoal com quem eu estava hospedada me levou para um pronto-socorro.

— E o hospital ligou para os seus pais.

Sacudi a cabeça.

— Eu me recusei a passar o contato deles. Dei o meu endereço de Kelowna para o hospital e disse que uma das meninas era minha parente mais próxima.

— Uma situação complicada de se passar sozinha — disse ele, solidário. — Imagino que eles tenham te dado antibióticos.

Eu poderia dizer que sim, e não seria mentira.

Ele tocou os meus braços cruzados e percebi que, sem querer, tinha abraçado novamente a minha barriga.

— Tem mais, não tem, Jenna?

Foi por isso que nunca contei essa história. Porque não se tratava só de Travis, da perda do meu primeiro amor, dos meus erros estúpidos. Tratava-se do que esses erros me custaram no fim das contas.

Fechei os olhos para reprimir a dor que me corroía a alma. Devagar, eu disse:

— Sim. Naquela altura, eu tinha uma DIP — doença inflamatória pélvica — muito grave e um abcesso que havia rompido. Foi preciso uma operação para fazer a drenagem. E...

Ele me apertou de leve.

— E?

Eu nunca disse estas palavras a ninguém. Elas ficavam dentro de mim, pesadas e repugnantes, mais dolorosas do que aquele maldito abscesso. Quem sabe, se eu falasse sobre isso, diluiria o poder delas.

— As sequelas foram tão graves que eu nunca vou poder ter filhos.

A mão dele estremeceu.

— Que merda.

— Não esperava por essa? — disse eu com amargura. — Nem eu.

— Sinto muito, muito mesmo.

Olhei para ele, vi a sinceridade em seus olhos, senti as lágrimas se acumularem.

— Eu também senti — admiti. Em seguida, contive as lágrimas e dei de ombros. — Mas, ei, veja o meu estilo de vida. Filhos teriam me prendido, de qualquer maneira. — Era verdade: eu criei uma vida maravilhosa que não incluía filhos — e, mesmo assim, isso não evitava o sofrimento.

Ele deu seta para entrar à esquerda, depois dirigiu pela estrada até um recuo acima de um trecho de praia bastante deserto. Uma placa dizia: cabo Sebastian.

— Mark?

— Desce.

Ao ver que não me mexi, ele soltou o cinto de segurança, saiu pelo lado do motorista e deu a volta para abrir minha porta. Ele até esticou o braço para soltar meu cinto, uma manobra dificultada pelos meus braços ainda cruzados. Depois de me pegar com firmeza pelo braço direito, ele me puxou até eu sair do *trailer*.

— O que foi? — Uma brisa forte soprava meu cabelo no rosto. Não tirei os fios, os deixei machucar meus olhos para que, desta vez, as lágrimas escorressem.

Ele me abraçou apertado e colocou a minha cabeça contra o peito enquanto passava os braços em volta de mim.

— Não ignore isso, Jenna. Era algo importante. Você sofreu. Você tem direito de sofrer.

— Isso seria chorar sobre o leite derramado — murmurei encostada no calor macio da camiseta dele, enquanto deixava o tecido absorver as lágrimas, e me sentia consolada pelos braços fortes em torno de mim.

— Foi isso que seus pais te disseram? — perguntou ele com a voz rouca.

Sacudi a cabeça contra o peito dele, ergui os braços para abraçar sua cintura e funguei para conter lágrimas.

— Não, mas esta era uma das frases da minha mãe, por isso achei que se encaixava na situação. Mamãe é muito pragmática.

— Mas o que ela disse quando você contou para ela?

— Eu não contei. Não contei para a minha família.

Os braços dele me apertaram.

— Meu Deus, por que não?

— Porque... — Suspirei enquanto me recordava. Eu estava tão magoada, tão confusa, e não queria ser daquele jeito. Queria me reinventar, esquecer os velhos sonhos e começar de novo, nem sequer reconhecer a antiga Jenna. — Porque eu tinha estragado tudo de novo.

Eu me afastei do círculo formado pelos braços dele e continuei a abraçá-lo, aí olhei para ele. Os olhos dele estavam mais azuis, mais ferozes, do que o céu reluzente atrás dele.

— Eu fugi, me apaixonei pelo cara errado, fiz sexo sem proteção, não tive o bom-senso de procurar ajuda médica quando deveria. Eu não precisava de uma bronca. E não precisava da pena de ninguém. — Eu estreitei os olhos em advertência.

Ele acariciou meu rosto delicadamente.

— E de carinho? E de amor? Disso você precisava?

O sol brilhante, a brisa... Meus olhos se encheram de lágrimas mais uma vez.

— Eu sabia que a minha família me amava.

— Você disse isso antes. Que é um lance de *eu te amo, mas*. Tipo, *eu te amo, mas você deveria ter pensado melhor antes de fugir com aquele garoto?*

— Sim, tipo isso. — E eles teriam razão.

— *Eu amo você e sinto muito pelo que aconteceu contigo*. Era o que eles deveriam ter dito.

Aquelas palavras, o tipo de palavras que não me lembrava de ouvir dos meus pais ou das minhas irmãs, fizeram as lágrimas escorrerem. Enterrei o rosto no peito dele e disse, na tentativa de um tom jocoso:

— Isso teria sido bom.

Mark olhou para os cachos de um dourado pálido que reluziam ao sol e sentiu uma dor no peito, na região do coração. Ele queria voltar ao passado e mudar tudo, corrigir tudo aquilo para que Jenna não se magoasse.

Impossível, fantasioso, nem um pouco a cara dele.

Durante sua vida adulta, a única mulher para quem ele havia dito "eu te amo" foi a avó dele, e as palavras, embora verdadeiras, pareciam estranhas. No entanto, fluíram da boca dele um minuto antes. Ele falava o que a família de Jenna deveria ter dito a ela, e mesmo assim... As palavras caíam bem.

Ele não poderia estar realmente se apaixonando por Jenna, poderia?

Analise a hipótese. Por que não poderia? A princípio, ele aceitou a imagem que ela apresentou, a de uma viajante de espírito livre que não se comprometia com nada nem com ninguém. A de alguém que não queria ter filhos. Agora ele não caía nessa. Ela tinha se comprometido durante oito anos com uma criança deficiente. Ela amou um garoto que a traiu.

A mãe dela disse para não chorar sobre o leite derramado e Jenna decidiu parar de beber leite. Para fingir a si mesma que não desejava amor, que não queria ter filhos.

Ou ao menos essa era a teoria atual dele.

Se ele e Jenna realmente se apaixonassem, poderiam ter filhos se quisessem. Havia várias crianças no mundo que precisavam de pais.

Ele olhou por cima do ombro para a vista do oceano azul-escuro repleto de rochas escarpadas, ondas cobertas de branco que faziam espuma no caminho até a praia. Ele estava se precipitando ou o quê? Aquela foi uma senhora manhã perturbadora. Era hora de dar um tempo, literal e figurativamente.

Ele conseguia perceber que Jenna estava vulnerável depois de compartilhar informações tão pessoais e delicadas. Ela não queria despertar pena e tentava brincar, então ele aceitou o tom que ela procurava definir e disse:

— Pais. Com certeza a gente não os escolhe, né?

Uma risadinha.

— Nem eles escolhem a gente. — Um instante depois, ela levantou a cabeça para olhar para ele. — Obrigada, Mark. Obrigada por me dar este apoio.

A expressão *sempre que precisar* ficou presa na garganta dele. Ela queria sair voando, mas ele não poderia fazer essa promessa. Quem sabia o que ia acontecer entre eles ao longo dos próximos dois dias daquela viagem? Em vez disso, ele disse:

— O prazer é meu. — Ao olhar para aqueles olhos de cílios úmidos, olhos muito mais brilhantes e bonitos do que o oceano profundo abaixo deles, ele teve a mesma sensação de mergulhar e se perder. Muito feliz em se perder.

— E agora a gente está bem atrasado — disse ela. Jenna declarou um fato — sim, eles estavam umas boas três horas atrasados —, mas ele começava a aprender a interpretá-la. O brilho nos olhos dela dizia que ela o provocava.

— Acho que vou ter de aprender a me adaptar. — Ele olhou para a faixa de areia tomada por ondas lá embaixo. — Você quer descer até a praia e dar um passeio?

Ela se soltou dos braços dele e olhou para a vista, enquanto os cachos loiros sacudiam por causa da brisa.

— Sim, mas não. Eu realmente preciso estar em Vancouver amanhã à noite.

E aí, o que aconteceria com os dois?

— Eu também. Não deve ser complicado. — Ontem, o carro dela quebrou. Hoje, um acidente os atrasou. Certamente não haveria outros grandes contratempos.

Eles foram até o *trailer* e ela disse:

— Está na hora do almoço e estou com fome. Quer comer enquanto dirigimos?

— Claro.

Ela foi para a parte de trás a fim de preparar um lanche e logo eles estavam de volta à estrada. Uma estrada tranquila e adorável, que se concentrava à margem do oceano e oferecia vistas deslumbrantes, papoulas californianas de um laranja brilhante, pouquíssimas cidades e o cheiro da maresia que passava pelas janelas abertas. Amistosamente, eles comeram pão e queijo, biscoitos, cenouras e fecharam com maçãs vermelhas.

— Bem que eu queria que a gente comesse uma fatia da torta da Marianne — disse Jenna. — Era a melhor.

— Pena que não pensamos em trazer um pouco.

— Planejamento não é o meu forte.

— E qual é? — Ele tinha os próprios palpites, mas queria ouvir dela.

— Me divertir. Viver no momento presente.

— Ajudar as pessoas. Mulheres vítimas de violência, crianças com deficiência, autistas, uma menina sem pernas que não tem pai nem mãe, uma senhora depois de um acidente de carro. Ajudar falcões, ajudar na manutenção de um parque. Tenho certeza de que tem mais.

— Já tive outros empregos, fiz um trabalho voluntário aqui e outro ali. Mas é só... Sabe como é. Estou de passagem. Sou mais uma entre vários pares de mãos.

— A sua mãe é só uma advogada, a sua irmã é só uma socióloga.

Uma risadinha.

— E eu que pensei que elas iam gostar de você.

— Bem, estou certo?

Ela balançou a cabeça.

— Você não conheceu a minha família. Sim, todo mundo lá meio que me irrita — exceto M, na maior parte do tempo, porque ela é muito fofa para irritar alguém —, mas, na verdade, tenho orgulho deles.

— Fale mais sobre eles. — Ele começava a delinear uma imagem dos pais dela e os via de maneira não muito diferente dos avós dele. Pessoas que esperavam que os filhos fossem estudiosos e organizados. Para ele, aquilo funcionou perfeitamente, porque combinava com sua personalidade natural. No entanto, Jenna foi uma criança parecida com Alicia. Extrovertida e divertida. Quando os avós dele viram essas características em Alicia, tentaram eliminá-las, e ela se revoltou.

— Ah, mais *conversa*, para fazer os quilômetros voarem — disse ela.

— Alguém me disse que era uma boa ideia. — Quanto mais ele conhecia Jenna, mais se interessava por ela. Além disso, ele tinha teorias para analisar. Será que o comportamento desapegado era a rebelião dela? Se os pais a compreendessem melhor, será que poderiam ter incentivado os talentos singulares dela em vez de tentar reprimi-los? Será que poderiam tê-la ajudado a perceber e alcançar seu verdadeiro potencial, em vez de dizer a Jenna que ela tinha pouco a investir?

Ela tomou um grande gole de água, inclinou o banco um pouco mais para trás e colocou os pés descalços em cima do painel.

— Beleza, vamos começar pelos meus pais.

Ele olhou com admiração para as longas pernas bronzeadas. Pernas bem-torneadas que o faziam pensar em membros nus e enroscados, de quando ela envolvia aquelas pernas ao redor dos quadris dele enquanto ele a penetrava. Em seguida, ele desviou o olhar e se concentrou na estrada e nas palavras dela.

— Papai se formou em Harvard e foi para a Universidade da Colúmbia Britânica fazer o doutorado, orientado por um geneticista importante. Mamãe estava se preparando para fazer faculdade de direito quando eles se conheceram. Ambos eram sérios, disciplinados, inteligentes pra caramba. — Ela lançou um sorriso para ele. — Bem parecidos com você. Eles se casaram no verão anterior ao início da faculdade dela. Eles tinham tudo planejado.

— Tenho certeza de que sim. — É, eles eram exatamente como ele havia teorizado.

Ela deu um risinho maroto.

— Os planos não incluíam filhos até que ambos fossem bem-sucedidos em seus campos, mas a natureza tem os próprios caminhos. Mamãe tomava pílula, mas engravidou no segundo ano da faculdade.

— Da sua irmã Theresa? Eles não pensaram em tirar?

— Aposto que sim, não que eles fossem nos contar. Em vez disso, eles reformularam todo o planejamento. Mamãe pensou que um deles deveria ficar em casa durante o primeiro ano, e meu pai, bem... Era o típico professor distraído, você não iria querer que ele cuidasse de um bebê. Eles queriam ter dois filhos, um menino e uma menina, e logo, para que mamãe pudesse voltar à carreira dela.

— Faz sentido. Mas vocês todas são meninas, certo?

— A natureza os frustrou novamente. Como continuavam a querer um menino, fizeram mais uma tentativa. E lá vim eu. Uma grande decepção.

— Tenho certeza de que você não foi uma decepção. — No entanto, em alguns aspectos, provavelmente foi: uma borboleta que nasceu em uma família de abelhas operárias. Eles não saberiam o que fazer com ela, a não ser tentar moldá-la à própria imagem.

Ela bufou.

— Ah, claro.

Ele só podia imaginar quanto aquela situação era difícil para ela, e percebeu que não só começava a compreender Jenna, mas também a ter mais compaixão por Alicia. Pais e filhos: talvez sempre tenha sido uma relação difícil. Se ele tivesse filhos, queria fazer melhor.

— Enfim, mamãe voltou para a faculdade de direito. Você disse que ela é só uma advogada? Não, ela se tornou uma das melhores advogadas especialistas em ações coletivas do país.

— Humm. Difícil estar à altura de pais assim.

— Não foi difícil para Tree, a criança genial. Foi para Harvard e para a New School for Social Research, em Nova York, tem um Ph.D. em sociologia. Ela é especialista em povos indígenas. Quando fez 22 anos, dava aulas no programa de estudos nativos da Universidade de Saskatchewan.

Ele assobiou. Outro rumo difícil de acompanhar.

— Mas, coitadinha da Tree, embora tivesse um QI acima da média, sua experiência com homens era zero. Ela se apaixonou por um professor adjunto, se casou e o babaca roubou a pesquisa dela.

— Que merda.

— Ela se afastou dos homens.

Interessante que a reação de Theresa à traição fosse o afastamento enquanto Jenna caminhasse na direção oposta: quanto mais, melhor, desde que ela nunca se apaixonasse. Mecanismos de enfrentamento em ambos os casos, nenhum deles particularmente saudável. Na humilde opinião dele. O que diabos ele sabia sobre relacionamentos, afinal?

— Ela já está em Sydney há um bom tempo — dizia ela. — É professora titular. Ela apresenta artigos em todos aqueles simpósios internacionais, como você.

— Ela se especializou em aborígenes australianos?

— É. E em nativos do estreito de Torres.

— A vida é difícil para os aborígenes independentemente do país em que se está. Foi o que vi em todos os lugares para onde viajei.

— Tree iria gostar de conversar com você. — Havia uma sugestão de algo negativo — ciúme? — no tom dela.

— Eu também iria gostar de conversar com ela — disse ele com cautela.

— Vocês, pessoas inteligentes, falam a mesma língua.

Ela sutilmente se desvalorizava, como tinha feito uma ou duas vezes antes. Ele apostava que ela estava repetindo a opinião dos pais.

— Os intelectuais tendem a falar a mesma língua — corrigiu ele —, embora, em grande parte, a linguagem seja específica de cada disciplina. Tenho certeza de que você já percebeu isso com seu pai e sua irmã. Ambos são acadêmicos, mas de campos muito diversos.

— É verdade. Acho que todo mundo na família aprendeu um pouco da linguagem de cada um ao longo dos anos.

— Como você.

— Eu? — zombou ela. — Certamente não sou nenhuma intelectual acadêmica.

Quando a conheceu, ela parecia tão animada e confiante, mas agora ele percebia que havia rachaduras naquele exterior alegre. Vulnerabilidades. Que a tornavam ainda mais atraente.

— Talvez não, mas a maioria das pessoas simplesmente diria aborígenes e ponto.

— Tree me mataria. — Ela deu de ombros. — É, absorvi um pouco do jargão. E não quero ser uma intelectual. Eles conseguem ser bem chatos.

— Desculpe, faço sermões demais — disse ele, cheio de culpa.

Ela riu e, quando ele olhou para ela, seus olhos brilhavam.

— Na verdade, você é bem interessante. Posso não curtir esses lances acadêmicos, mas gosto de aprender.

De repente, ela apontou pela janela.

— Ei, você já foi lá?

Ele olhou para uma placa da estrada que anunciava uma futura atração turística chamada Jardins Pré-históricos.

— Parece brega.

— É, totalmente, e é uma piada. *Educativo* também — ridicularizou ela. — Pena que não temos tempo para parar.

Jardins Pré-históricos? Sério? Ainda assim, se ela gostava do lugar...

— A gente compensou o tempo perdido quando não paramos para almoçar, e o trânsito está tranquilo. Além disso, é bom se esticar de vez em quando.

O rosto dela se iluminou.

— Sério?

Passou pela cabeça dele que ele faria praticamente qualquer coisa para colocar aquele brilho nos olhos dela.

— Por que não? — Ele saiu da rodovia e seguiu as placas.

Agora, eles estavam na floresta tropical, um pequeno vale protegido por colinas, e deixaram o sol atrás deles. Quando entrou no estacionamento dos Jardins Pré-históricos, o cobertor de nuvens cinzentas e pálidas combinava com a atmosfera quase selvagem.

Eles desceram do carro e Jenna pegou a mão dele.

— Obrigada, Mark. Vai ser divertido. Vai despertar a criança que existe em você.

Havia uma criança dentro dele? Os avós de Mark o levaram a museus e centros de ciência, mas não a lugares como a Disneylândia. Quanto às *action figures* e aos videogames com as quais outras crianças brincavam, ele foi educado para acreditar que eram um desperdício de tempo. Brincar era um desperdício de tempo.

E agora aqui estava ele, entrando em um ponto turístico que era uma espécie de Jurassic Park brega, onde os modelos de criaturas pré-históricas pintados em cores berrantes se escondiam em meio à folhagem da selva.

— Olha o bebê Tricerátops — gritou Jenna ao puxá-lo para ver pequenas criaturas que ele tinha de admitir que eram fofas, supostamente saindo de cascas de ovos partidos.

— Eles se parecem um pouco com o lagarto-de-gola, embora muito mais encorpado — disse ele.

Um menino, com talvez quatro anos de idade, veio correndo e gritando:

— Olha, olha! — O garoto calculou mal o tempo até parar e estava prestes a esbarrar nas pernas de Mark, que se curvou e rapidamente o pegou pelos ombros para equilibrá-lo.

— Ei, rapazinho, você está tentando me derrubar?

— Dinossauros? — disse o garoto, hesitante, enquanto apontava para além de Mark e olhava para Jenna.

Na família do menino, a mãe devia ser a fonte de toda a sabedoria.

Jenna sorriu de volta.

— São bebês de dinossauro. Não são fofinhos? Se chamam Tricerátops.

— Eles vieram de ovos! Como pintinhos.

— Vieram sim. — Ela se agachou no chão ao lado dele. — Mas não terão penas como as galinhas. — Ela olhou ao redor. — Onde estão seus pais?

— Mamãe! — gritou o garoto a plenos pulmões. Depois disse a Jenna — Não sei.

— Eles provavelmente te ouviram — disse ela, indiferente. — Vão chegar logo. Venha, vou ler para você o que dizem sobre o bebê Tricerátops.

Mark ficou parado, encantado com a dupla, enquanto Jenna reproduzia as informações na placa descritiva e o menino a ouvia com atenção. Ela poderia dizer que não queria filhos, mas tinha um instinto maternal. Será que ela tinha pensado na possibilidade de adoção?

Por um instante, ele imaginou passeios em família como este: ele, Jenna e um casal de filhos. Crianças da Ásia ou da África, a pele escura delas em contraste com seu cabelo brilhante loiro. Ele sempre achou que queria ter filhos, mas, pela primeira vez, o desejo tomou conta do coração dele.

Uma mulher e um homem de aparência exausta apareceram correndo, pararam e sorriram quando perceberam que o filho deles estava bem.

Jenna se levantou e tirou a poeira do bumbum enquanto conversava com os pais e o menino em seu jeito amigável. Quando a família seguiu para outra exposição, Mark pegou a mão dela.

— Certo, e agora?

Eles seguiram um caminho ladeado por cercas de madeira e analisaram o Estegossauro. Um monstro de corpo grande e cabeça pequena, ele tinha saliências rígidas e pontiagudas que saíam da coluna vertebral.

— Olha, raias de corrida — brincou Jenna, enquanto apontava

para as listras azuis e amarelas, quase fluorescentes, que decoravam a lateral do dinossauro.

Eles seguiram em frente.

— Os Bradissauros parecem meio amigáveis e curiosos — disse Mark —, como se quisessem um cafuné. E mesmo que ele decida me atacar, vou correr mais que ele. — A placa dizia que o nome da criatura significava "lagarto lento".

— Todos eles me parecem muito lentos — disse ela. — Eles têm o porte de elefantes.

— Depois que um elefante começa a correr, consegue alcançar mais de sessenta quilômetros por hora.

Ela o cutucou com o cotovelo.

— Não está mais aqui quem falou, cientista.

Eles passearam pelo parque inteiro e ele se esqueceu do cronograma. Ele estava aprendendo e se divertindo. Jenna era uma companhia agradável e era bacana ver famílias com crianças se divertindo juntas em um sábado à tarde. Mais uma vez, ele sentiu uma pontada de desejo. Será que existia a possibilidade de que ele e Jenna fossem um deles um dia?

— Nunca fiz esse tipo de coisa com meus avós — disse ele enquanto observava o Braquiossauro, tão alto quanto muitas daquelas árvores.

— Eu fiz. Vovó costumava levar todas nós para passear aos domingos. A gente chamava de "expotições", como o *Ursinho Puff*. Parques, praias, Science World, aquários, cinemas, sempre era algo divertido e diferente. — Ela estava sorrindo, mas o sorriso se transformou em melancolia. — Ela teria adorado isto aqui.

— Ela já morreu? — Eles passaram para outro dinossauro, um Pteranodonte alado.

— Não, mas tem Alzheimer. Ela está em uma clínica, pois fica fora de si a maior parte do tempo. É tão triste vê-la assim.

— Deve ser. Eu tenho sorte: meus avós estão lúcidos como sempre. — Ele sacudiu a cabeça. — Acho que o pior que eles poderiam imaginar seria um diagnóstico de Alzheimer.

— Vovó reagiu bem quando foi diagnosticada. Ela foi corajosa, manteve o senso de humor. Vovô tinha morrido um bom tempo antes, então ele não precisou ver o declínio.

— Os pais da sua mãe ou do seu pai? — perguntou ele enquanto seguiam o caminho.

— Da mamãe. Os de papai estavam em Maryland. Faleceram faz uns anos. A gente não os via muito.

— Que pesado para ela ver a própria mãe desse jeito. Que pesado para todos vocês.

— É. Mas vou te dizer o que penso. — Ela o puxou para um canto coberto de mato fora do caminho e parou na frente dele. Com a cabeça erguida, ela sustentou o olhar nele. — Acho que vovó vai sair dessa para o casamento de Merilee. Acho que ela tem... *Alguma coisa* dentro dela, o suficiente para ver M&M se casarem.

A expressão dela era provocadora, como se ela o desafiasse a discordar. Ela provavelmente sabia que não havia embasamento científico para acreditar que isso aconteceria.

— Sou otimista — disse ela, em um tom quase desafiador. — O universo tem um jeito próprio de oferecer o que é certo na hora.

Não havia ciência por trás dessa teoria. E, no entanto, o universo o tinha enviado ao Marianne's Diner e mandou Jenna na sua cola. O universo os colocou na hora certa na rodovia naquela manhã para salvar a vida do Sr. Watkins. Aos poucos, ele disse:

— Acho que sim, às vezes. Espero que você esteja certa quanto à sua avó. Ela parece ser uma grande mulher.

O sorriso dela o encantou.

— Ela é. — Em seguida, ela se ergueu e deu um beijo nos lábios dele.

Provavelmente, esse era o agradecimento rápido dela, mas, ainda se recuperando daquele sorriso, com as emoções ainda enlouquecidas depois de tudo o que havia acontecido durante o dia, ele pegou a cabeça dela com as duas mãos e a segurou. Ele a beijou de volta com toda a sua alma. O choque do acidente, o medo de que o Sr. Watkins pudesse morrer, o alívio quando o paramédico assumiu o controle. A incerteza dos sentimentos dele por Jenna e dos dela quanto a ele. A diversão da brincadeira despreocupada em um parque infantil com uma garota bonita em uma tarde de verão. Jenna. Tudo isso com Jenna.

Algo surgiu entre eles, boca a boca, corpo a corpo — aquela força, aquela chama, aquela coisa os dominava e libertava.

Ele tinha uma teoria quanto ao beijo, e agora ele não fazia a menor ideia de qual era.

Em algum espaço vago e distante, ele tinha consciência das vozes, das pessoas que se aproximavam. Ele desgrudou os lábios dos dela e, ofegante por causa da força de seja lá o que fosse que tinha acabado de acontecer, as palavras escaparam.

— Eu preciso de você. Quero fazer amor com você.

O sol se escondeu por trás das nuvens, mas o rosto dela se iluminou inteiro, como se tivesse uma fonte interna de luz.

— Eu também — sussurrou ela.

***

Capítulo 9

Cinco minutos depois, Mark e eu estávamos no *trailer* com as cortinas fechadas e o sofá desmontado. Olhos nos olhos, sem dizer uma palavra, arrancamos nossas roupas. Nunca senti uma necessidade tão urgente de estar com um homem.

De fazer sexo com um homem que fazia o meu corpo explodir, derreter, formigar, pegar fogo, dissolver, tudo ao mesmo tempo, de alguma forma. Um homem que me fez compartilhar segredos que nunca contei a nenhuma outra pessoa. Um homem cujos olhos, cujos lábios, alcançavam lugares dentro de mim que eu nem sequer sabia que existiam. Lugares que nunca haviam sido tocados antes.

Lugares nos quais eu não podia pensar agora, porque nós estávamos nus e ele me atirava na cama.

Mark. Seus lábios ansiosos, o corpo firme, as mãos exigentes, o pau saliente, tão ardente que quase queimava a minha mão quando eu o agarrava.

Eu. Agarrando, acariciando, precisando tocar cada centímetro dele que conseguisse alcançar. Meus mamilos dolorosamente tensos enquanto ele os lambia e chupava. Minha boceta que pulsava com um desejo desesperado de agarrá-lo e cavalgar nele até o clímax.

Nós. Bocas que se fundiam novamente, corpos que voavam e se fundiam. Metendo forte e rápido. Ele profundamente em mim, no meu âmago, acariciando o meu ventre, me fazendo sentir como se fosse me despedaçar, me fazendo sentir...

— Ah, meu Deus, Mark! — Atrás dos olhos fechados, o mundo pegava fogo enquanto nossos corpos se despedaçavam juntos.

Êxtase, enquanto ondas de orgasmo se espalhavam pelo meu corpo, espumando e quebrando.

— Jenna. Meu Deus, Jenna. — A voz dele rouca, quebrando também.

Finalmente, finalmente, o calor por trás das minhas pálpebras esfriou, as ondas dentro de mim desapareceram aos poucos. Delicadas. Reconfortantes. Eu podia tentar voltar a respirar.

O peso dele estava em cima de mim, a cabeça enterrada na curva entre meu pescoço e meu ombro. O peito dele arfava em contato com o meu.

Uma das minhas mãos estava apoiada no ombro dele, a outra na curva da bunda. Eu não conseguia mexê-las, nem mesmo para fazer carinho.

La petite mort, a pequena morte. O *chef* francês me disse que é como os franceses se referem ao orgasmo. Eu nunca tinha entendido antes. Para mim, sexo tinha a ver com vida, não com morte. No entanto, hoje eu me sentia meio morta — e ainda assim, de alguma forma, renascida.

Mark fez esforço para erguer o peso de cima de mim, depois caiu ao meu lado na cama.

— Caramba, o que foi isso?

— Er, sexo gostoso? — arrisquei.

Ele virou a cabeça e olhou para mim com as sobrancelhas levantadas.

— Não. Isso não foi só sexo gostoso. Foi outra coisa.

Ele estendeu a mão e depois um choque atravessou o rosto dele.

— Merda, não usei camisinha.

Eu me sentei, ereta, enquanto redescobria músculos que até pouco tempo eram tenros como mel.

— Merda! Merda, merda, merda. Eu *nunca* esqueço. — Nunca, desde Travis.

— Eu também. — Ele balançou a cabeça. — Jenna, eu estou limpo, juro. Antes disso aqui, eu não fazia sexo há uns cinco ou seis meses. E sempre usei camisinha.

— Eu também. — Não a parte *sem sexo há seis meses*. Para mim, não faziam mais do que seis dias. No entanto, camisinha sim, sempre. Com um tom irônico, eu disse — E a gente sabe que eu não vou engravidar.

A compaixão nos olhos dele me fez virar a cabeça. Ele adivinhou a verdade, que um dia eu tinha sonhado em ter filhos.

Leite derramado. Sem lágrimas.

Se eu pudesse ter filhos, não haveria genes melhores para um pai do que os de Mark. Inteligente, valente, sensível, bonito, consciente. Depois do que ele passou quando era menino, ele faria um esforço a mais para ser um pai maravilhoso.

E ele teria filhos um dia. Ele encontraria a mulher certa, uma cientista brilhante, uma ambientalista como ele. Eles dividiriam uma vida como parceiros — tanto no trabalho quanto na família.

Coisas que eu não queria, lembrei a mim mesma, enquanto uma tristeza se infiltrava em mim aos poucos. Mais daquele lance da pequena morte, foi o que imaginei. Melancolia pós-coito. Não era muito a minha cara, mas este havia sido um dia fora do comum.

Virei para me afastar de Mark.

— A gente precisa voltar para a estrada.

O sêmen dele estava grudento entre as minhas pernas e escorria pelas minhas coxas. Estranho. Um lembrete de quão irresponsável eu tinha sido. Eu me lavei depressa e vesti as roupas enquanto ele continuava deitado, observando.

Quando terminei, fui lá fora deixar espaço para ele se vestir.

E para me dar espaço. Essa jornada de volta a Vancouver se revelou uma viagem um tanto frenética. Desconcertante demais até mesmo para mim.

Assim que voltamos ao caminho, eu disse:

— Vou tirar uma soneca. — Dentro dos limites do cinto de segurança, me virei para o lado, pés descalços em cima do banco, e apoiei a testa na janela do lado do passageiro.

Ele apertou meu tornozelo.

— Que seja uma das boas.

Ele era encantador. Tão absurdamente encantador. Na verdade, ele era quase perfeito. Para outra mulher. Uma mulher que quisesse um cara sério.

Que injusto, uma voz sussurrou na minha cabeça. Sim, ele levava o meio ambiente e o trabalho a sério, mas cedia à tentação de sair e curtir. Ele *precisava* ser tentado. Os avós dele quase destruíram seu senso de diversão. Às vezes, ele até parecia se sentir culpado por simplesmente se distrair. Se ele ficasse com uma mulher como ele, será que os dois algum dia brincariam? Será que incentivariam os filhos a brincar?

O ruído dos pneus, o calor da janela no meu rosto, o conforto do grande assento giratório, toda aquela combinação era como um narcótico, e peguei no sono.

Acordei quando Mark parou em um posto de gasolina. Com um bocejo, me estiquei, conferi o relógio e descobri que tinha dormido por mais de uma hora. Enquanto ele começou a encher o tanque, saí do *trailer*.

— Onde estamos?

— Na baía Coos.

— Desculpe por ter dormido tanto tempo. É hora de fazer uma pausa para ir ao banheiro. Quer que eu pegue um café? — Ele obviamente era viciado.

— Obrigado.

Uma rápida olhadela ao redor me mostrou um café do outro lado da rua. Com certeza eles faziam um café melhor do que o lodo do posto de gasolina, e provavelmente teriam um interessante chá de ervas também.

Fui até lá, pedi as bebidas e usei o banheiro. Quando voltei ao *trailer*, Mark apareceu do posto.

Entreguei a ele uma xícara descartável de café.

— Tome, café de livre comércio.

— Sério?

— Da cafeteria do outro lado da rua.

— Boa ideia. Preciso me lembrar de conferir esses lugares no futuro, não me contentar com café de postos de gasolina. — Ele tomou um gole, depois sorriu. — Ah, sim. Obrigado, Jenna. — Ele olhou para o meu copo. — Isso não é camomila.

— *Rooibos*. Varetas vermelhas em vez de grama cortada.

Ele fez uma careta e eu ri.

De volta ao *trailer*, perguntei enquanto ele saía do posto:

— A gente compensou o tempo perdido?

— Não muito. Podemos pegar a estrada costeira por boa parte do Oregon, mas, como nós dois precisamos chegar a Vancouver domingo à noite, vamos precisar pegar a I-5 por dentro de Washington.

— Eca. Que porcaria.

— Tem um parque estadual chamado Cabo Lookout a sudoeste de Tillamook, que fica a mais ou menos uma hora de Portland. Nunca fiquei lá, só vi as placas.

— Claro.

Ele me lançou uma olhadela.

— Acho que você prefere um hotel pequeno, que sirva café da manhã, ou algo assim, né? É por minha conta.

— Hein? Como assim?

— O acidente. Dia estressante. Seria mais confortável para você.

Eu sorri e balancei a cabeça delicadamente.

— Você é um fofo, mas não sou esse tipo de garota. Um acampamento está de bom tamanho para mim, especialmente se tiver uma praia. E um banheiro e um chuveiro de verdade.

— Tenho certeza de que lá tem tudo isso. — Ele olhou para o relógio no painel. — Agora estamos no meio da tarde e temos cerca de quatro horas de estrada até chegarmos ao cabo Lookout. Hoje vai ser um dia meio comprido, mas chegaríamos em Vancouver em um horário razoável amanhã. Ou poderíamos parar em outro lugar daqui a mais ou menos uma hora, mas precisaríamos dirigir mais. Você é quem sabe.

— Por que simplesmente não continuamos e vemos no que dá?

— Podemos fazer isso, mas se chegarmos tarde em um acampamento em um sábado de verão, talvez não consigamos vaga. Se tivermos certeza de que vamos ficar no cabo Lookout, temos de ligar e reservar.

Ele realmente precisava se soltar. Metade da diversão da vida era quando o inesperado acontecia.

— Se nosso destino for ficar lá, vai dar certo. Se não, achamos outro lugar.

— O universo vai dar um jeito?

— É isso aí. Falando nisso... — Abri a sacola que trouxe da cafeteria. — Olha o que ele nos trouxe quando fui pegar o café. — As barras de limão eram irresistíveis.

— Obrigado. — Ele deu uma olhada quando segurei uma barra amarela e brilhante coberta com açúcar de confeiteiro. — Mas parece um pouco bagunçado.

— Tome. — Segurei a barra na frente da boca dele para que ele pegasse um pedaço.

Enquanto ele mastigava, dei uma mordida no mesmo doce. Humm, eu adorava o gosto radiante e ensolarado do limão.

Não conversamos muito nos quilômetros seguintes, só nos revezamos nas mordidas até as barras acabarem. Com a ponta de um dedo, passei açúcar no lábio inferior dele. Um lábio tão quente e sensual.

Ele abaixou a cabeça, tentou morder o dedo, mas me afastei a tempo, rindo.

— Fale mais a respeito de alguns dos seus projetos — sugeri.

Com um pouco mais de insistência, ele concordou, e eu o ouvia com interesse. Ele realmente tinha feito coisas incríveis.

Enquanto a gente conversava, percebi que ele girava os ombros e fazia uma pequena careta.

— Você está bem?

— Só dei um mau jeito quando estiquei o braço para alcançar o braço do Sr. Watkins.

— Vou fazer uma massagem em você quando pararmos. — Depois da última rodada de sexo, certamente eu não queria correr o risco de beijar aquele homem de novo, mas tê-lo de bruços na cama, aquele corpo bronzeado e musculoso esparramado diante de mim, não soava nada mal. — Por enquanto, por que você não me deixa dirigir? Sou uma boa motorista, juro. Não me diga que você é um daqueles homens das cavernas que se recusa a se sentar no banco do passageiro.

— Se eu fosse, certamente não confessaria agora, não é? — Ele deu um sorriso preguiçoso. — É, seria legal.

Ele parou assim que teve oportunidade e saímos do carro, nos esticamos, depois trocamos de lado. Eu ajustei o banco do motorista e os espelhos, saí com o carro e dirigi com cuidado enquanto pegava o jeito de um veículo muito maior do que o Mellow Yellow. Depois que tomei confiança, eu disse:

— É a sua vez de tirar um cochilo, se quiser.

— Por mim, tudo bem. Me acorde se precisar de alguma coisa. — Ele inclinou o banco e se esticou. Alguns minutos depois, os fôlegos suaves e lentos me diziam que ele tinha caído no sono. Ao que parecia, a cafeína não fazia efeito nele.

Sempre gostei de dirigir e aquela situação era muito agradável, com Mark cochilando confortavelmente ao meu lado, uma casa inteira em miniatura viajando com a gente.

Casualmente, observei as placas que passavam. Dunes City, Florença. De volta à costa e a vistas mais bonitas do mar. Heceta Head, onde existia um farol. Yachats, uma cidade bonitinha, espremida entre as montanhas e o mar.

Quando chegamos a Newport, eu precisava de um intervalo para fazer xixi, então parei em um posto de gasolina. Pulei para fora do *trailer* a fim de abastecer, e aí percebi que não sabia qual tipo o *trailer* híbrido aceitava. Enquanto eu pensava, a porta do passageiro se abriu e Mark surgiu com um bocejo, enquanto passava a mão pelo cabelo e o bagunçava.

Por um instante, criei a imagem do menino adorável que ele deve ter sido. E dos bebês maravilhosos que ele produziria. Senti uma pontada ao pensar que Mark e outra mulher realizariam um sonho que era impossível para mim.

— Ei, olá — disse ele ao dar um beijo no topo da minha cabeça e esticar a mão para apertar um dos botões da bomba.

— Ei.

Quando ele olhou em volta, eu disse:

— Newport.

— Ótimo. Falta só mais cerca de uma hora até o cabo Lookout.

Do posto de gasolina, fomos para um supermercado, onde, mais uma vez, o universo nos ajudou lindamente, com espetos de camarão-rosa recém-pescados do mar, cogumelos, pedaços de cebola e pimentão verde e vermelho. Uma vitrine de framboesas frescas locais me atraiu. Em seguida, Mark me pediu para escolher o vinho, e selecionei um *pinot gris* do Oregon.

— Sempre achei um desperdício de tempo se dar ao trabalho de fazer comida — disse ele.

— Isso não vai dar mais trabalho do que pegar queijo e biscoitos ou arrumar um sanduíche pronto, e vai ficar muito gostoso.

O lábio superior dele se contraiu, como se ele escondesse um sorriso. — Sempre achei que era um desperdício de tempo saborear a comida.

Esbarrei no ombro dele.

— Aprenda algo novo todos os dias. É um desperdício de tempo fazer algo e não aproveitar a experiência.

— Bom argumento.

— Será que a gente deveria pegar algo para o café da manhã?

Concordamos na escolha de bolinhos de farelo de trigo e fechamos as compras.

Quando voltamos ao *trailer*, fiquei com as framboesas enquanto ele guardava os outros mantimentos na parte de trás. Peguei novamente o banco do motorista, meti uma framboesa na boca e passei a caixa para ele.

— Elas gritam, pedindo para serem comidas.

Os morangos que comemos no café da manhã eram doces e cheirosos, mas à sua maneira o sabor penetrante mais escuro e sofisticado das framboesas era tão delicioso quanto. Conforme seguíamos a estrada para o norte, Mark dividiu as framboesas uma a uma, até a caixa ficar vazia.

A sensualidade espontânea era puro prazer: ele roçava os dedos nos meus lábios, depois os complexos sabores explodiam na língua.

A gente dirigiu praticamente em silêncio, com comentários ocasionais sobre a vista, as cidades ou as atrações que passavam. Aí eu pedi a ele que me contasse sobre o artigo que ia apresentar no simpósio em Vancouver e o ouvi, impressionada. Ele realizou muita coisa muito cedo.

Era uma espécie de lição de humildade estar perto desse tipo de pessoa, mesmo que ele não parecesse ter um pingo de ego, apenas aquela iniciativa e aquele compromisso poderosos. E uma tendência a julgar as pessoas que não compartilhavam da mesma paixão obcecada.

Chegamos ao Parque Estadual Cabo Lookout, segui até o portão e lancei um sorriso para o atendente, um menino de mais ou menos dezessete anos cheio de espinhas e com óculos de armação grossa.

— Olá. Queremos uma vaga para passar a noite.

Ele ficou ruborizado.

— Sinto muito, mas estamos lotados.

Ah, que merda. Sim, o universo poderia achar outro lugar bacana para pernoitarmos, mas aquele havia sido um dia longo e cansativo.

Eu estava prestes a pedir sugestões quando Mark se debruçou e disse ao garoto:

— E quanto a uma reserva para Chambers?

— Ah, vocês fizeram uma reserva. — Ele ficou ainda mais vermelho. — Deixe-me dar uma olhada.

— A gente fez uma reserva? — Olhei para Mark. — Quando você fez isso?

— Da última vez em que fizemos uma parada. Eu estava ficando cansado e achei que talvez o universo precisasse de uma ajudinha.

Lá se foi a diversão do inesperado, mas eu também estava cansada e pronta para passar a noite descansando.

Mark pagou o menino, que nos passou o número da nossa vaga e como encontrá-la.

— É uma vaga legal — disse ele. — Bem perto da praia. Vocês vão gostar. — Agora, ele estava quase tão vermelho quanto as framboesas que a gente comeu.

Eu o agradeci e segui na direção que ele havia indicado.

— Coitadinho. Não dava para ele ser mais tímido.

— Aposto que mais ainda com garotas bonitas como você.

— Tenho idade o suficiente para ser... Bem, definitivamente uma irmã muito mais velha.

— Você é uma gata. Sempre vai ser uma gata, Jenna.

Ele também. O tipo físico, a vida ativa e a estrutura óssea facial iriam garantir isso.

Desde que transamos, eu fiz o possível para manter a espontaneidade, mas hoje a gente ia dividir de novo a cama no *trailer*. Esta ideia era irresistivelmente atraente e um pouco assustadora.

Isso não era muito a minha cara, me preocupar com o que aconteceria no futuro. O que aconteceu com a minha filosofia de viver no presente?

Deixei a janela aberta e agora respirava fundo e prestava atenção ao ambiente.

— Ouça as ondas. — À nossa esquerda, havia uma duna e o mar

provavelmente ficava logo atrás dela. Vagas menores pontuavam a estrada à nossa direita, todas ocupadas até pegarmos a que Mark tinha reservado. Não teríamos muita privacidade, mas, se deixássemos as janelas do *trailer* abertas, conseguiríamos ouvir o oceano a noite inteira.

Parei o carro, desliguei a ignição e dei um suspiro de cansaço e alívio.

— É bom estar aqui.

Ele teve o bom-senso de não dizer *eu avisei*. Ou talvez o pensamento nem sequer tenha passado pela cabeça dele. Mark não me parecia o tipo de pessoa que perdia tempo na tentativa de se sentir superior às outras pessoas.

Lentamente, nós dois saímos do *trailer* e nos espreguiçamos. Aí ele estendeu a mão.

— A praia.

Em uma concordância perfeita, peguei a mão dele.

— Aposto que não vamos precisar de sandálias. Só temos de atravessar a rua, passar pela duna e estaremos em uma praia cheia de areia.

— Você já esteve aqui antes?

— Não, mas confie em mim. — Tirei as sandálias.

Ele dobrou o corpo para tirar as dele também, depois deixamos ambos os pares lá e atravessamos a rua estreita até a duna.

A areia quente era esmagada debaixo das solas dos meus pés e entre meus dedinhos, e eu sorri para Mark.

Ele sorriu de volta.

— É.

Quando a gente estava no topo da duna, vi que estava certa quanto à praia: areia deliciosa com duas ou três dezenas de pessoas espalhadas por todo o espaço, emoldurada pelo mato escarpado do Noroeste do Pacífico.

— Temos excelentes praias mais ao norte — disse eu. — Definitivamente não tão civilizadas quanto as da Califórnia.

— E também não tão boas para nadar.

— É verdade.

— Não existe isso de praia ruim — disse ele, certo do que falava. — Não consigo contar quantas já vi na vida e todas são incríveis.

— Sinto inveja de você. Eu poderia passar a vida explorando praias. — Claro que, para ele, se tratava menos de explorá-las do que de estudar, curar, salvar as praias, o mar e a vida selvagem.

Ele apertou a minha mão com a dele.

— Você poderia fazer o que eu faço.

— Ah, claro, *Dr.* Chambers.

— Você não precisa de um doutorado para trabalhar em um projeto ambiental — disse ele. — Só precisa ser inteligente, aprender depressa e se importar com o que faz. Há trabalho para todo mundo. Você sabe disso. Olhe para a pesquisa dos falcões.

Ouvi sem muita atenção, porque o oceano me chamava. Soltei a minha mão da dele.

— Preciso colocar os pés na água. Aposto que chego antes de você.

Antes que ele conseguisse reagir, desci a duna correndo o mais rápido que consegui, em meio à areia que grudava e se remexia nos meus pés. Aí cheguei à praia, com sua areia mais compacta, e corri em direção à orla das ondas, que largavam uma espuma de renda branca por toda a margem.

Mark saiu em disparada logo depois dela. As ações puramente físicas — o esforço de correr pela areia macia, sentir a musculatura das pernas bombar, correr com o corpo inteiro — eram exatamente do que ele precisava agora.

Ele alcançou Jenna e eles chegaram à água juntos, ambos sem fôlego e às gargalhadas.

Eles diminuíram a velocidade e pararam quando a água chegou aos joelhos deles. A corrida, as risadas, a água fria, a visão do oceano que se prolongava e a mulher linda ao lado dele — de repente, nada existia além da euforia pura. Quando ele sorriu para Jenna, o sorriso brilhante dela reluziu de volta.

— Vamos nadar pelados? — perguntou ela, cheia de maldade nos olhos maravilhosos.

— Haha. — Dado o número de pessoas na praia, ele tinha certeza de que ela estava de brincadeira desta vez. Como se para pontuar essa ideia, uma menina de cabelos escuros e com um poodle preto passou correndo pelos dois antes de chegar à água. — Vamos caminhar.

Eles deram as mãos e continuaram o passeio com água até os tornozelos.

— Fico me perguntando como será que estão o Sr. e a Sra. Watkins. — Ele expressou o pensamento que esteve em sua mente pelas últimas horas.

Ela apertou a mão dele.

— Eles estão muito bem. Tenho certeza.

Ela também tinha certeza de que eles conseguiriam arrumar uma vaga no acampamento. Ele sorriu para si mesmo. E conseguiram mesmo.

Eles não falaram mais depois disso, nada além de apontar para um falcão, rir dos passarinhos que enfrentavam as ondas à caça de insetos, trocar saudações com outras pessoas que passeavam pela praia.

O lugar dele era no mar. Mark tinha consciência disso em algum nível instintivo desde a primeira visita, quando era criança. O oceano o curava, desestressava-o, revigorava-o.

Ele estava nervoso desde o acidente, com aquele senhor sempre no fundo da mente. A dor nos ombros era um lembrete constante. Ele também se perguntava o que estava acontecendo com Jenna, que estava com um humor estranho. Ele não tinha certeza se era devido ao acidente, à revelação emocional ou ao sexo intenso. Agora, ele sentia os ombros começarem a relaxar e deixar as preocupações desaparecerem na brisa do oceano.

Jenna, que erguia o rosto para o céu do início da noite, parecia igualmente em casa, à vontade.

Ele sentiu uma onda de afeto, de uma sensação de correção. Será que isso era amor?

Ele conseguia imaginá-los fazendo isso — passear em praias ao fim da tarde — em diferentes países ao redor do mundo, após um longo dia gasto em um projeto que valia a pena.

Humm. Se combinassem o conhecimento e a experiência dele com a criatividade e o traquejo social dela, eles poderiam formar uma excelente equipe.

— Estou ficando com fome — comentou ela.

— Eu também, mas daqui a pouco o sol vai se pôr e eu odiaria perder isso.

— A gente podia trazer a churrasqueira para a praia.

— Não tenho certeza de que isso é permitido.

— Então, vamos cozinhar os espetos e trazê-los até aqui.

— Boa ideia.

Eles deram a volta e começaram a caminhar mais depressa, enquanto argumentavam amistosamente em relação a onde precisariam cortar o caminho para atravessar a duna. Eles exageraram um pouco e cruzaram o topo da duna até estarem em frente ao acampamento.

Mark tirou a churrasqueira e conectou a lata nova de propano, enquanto Jenna trouxe os espetos de camarão e legumes e um par de pratos. Quando ele começou a cozinhar, ela colocou a garrafa aberta de vinho na mesa de piquenique. Embora ele não conhecesse as leis estaduais de Oregon, beber direto de uma garrafa de vinho aberta na praia poderia deixá-los em apuros.

— A gente não devia... — começou ele.

Ela tirou uma garrafa de água vazia das costas. Depois de passar o vinho de uma garrafa para a outra, ela disse:

— Tudo bem?

— Para mim está ótimo.

Os camarões e os vegetais ficaram prontos em poucos minutos. Logo ele e Jenna, que ainda vestia uma bermuda, marchavam de volta para o outro lado da estrada, carregando comida, a garrafa cheia de vinho e um tapete antigo de cor castanha.

Outras pessoas estavam espalhadas ao longo da praia, a uma boa distância umas das outras, algumas em cima de toalhas ou cangas, algumas sentadas em troncos, outras em cadeiras dobráveis de *camping*.

Ele e Jenna ocuparam um tronco desgastado e esticaram o tapete, apenas alguns tons mais escuro do que a areia. Eles se sentaram com as costas apoiadas no tronco, pratos no colo, e começaram a comer.

— Uma mesa com a melhor vista da casa — disse ela, satisfeita.

Ele tirou a tampa da garrafa, ofereceu a ela e depois tomou um gole ele mesmo. Vinho seco, refrescante na língua e com um gostinho de frutas. Em seguida, ele pegou um camarão. Eles tiraram toda a comida dos espetos e a colocaram nos dois pratos, e não se incomodaram em trazer garfos.

Ele enfiou o camarão em sua boca enquanto segurava a cauda e a mordia. Uma carne firme e suculenta, com o sabor do oceano. Em seguida, um cogumelo, terroso e almiscarado. Um pedaço de pimentão verde macio, suave e crocante. Cebola roxa... Ele fechou os olhos e saboreou a porção delicada.

Ele abriu os olhos e viu Jenna olhar para ele.

— O que foi? — perguntou ele.

— Você realmente está saboreando a comida.

— Está gostosa. Uma delícia.

Ela deu um sorriso satisfeito.

— É. Agora, estou imaginando que tipo de apresentação o sol vai fazer para nos entreter.

— Nada dramático demais, uma vez que não há nuvens nem poluição. — Eles sempre colaboravam com um pôr do sol espetacular.

— Dourado, é o que acho. Em vez de vermelho ou laranja.

— Mais vermelho para começar, depois dourado quando o sol se aproximar do horizonte.

Ela pegou a garrafa de plástico e tomou um gole.

— Deixe-me adivinhar; tem um motivo científico nisso.

— Comprimentos de onda diferentes para cores diferentes. Por exemplo, o azul é mais curto e o amarelo é longo. Conforme o sol desaparece, os comprimentos de onda mais longos são os que continuam visíveis.

— Que pena. Gosto de pensar que é por mágica.

Ele olhou para ela enquanto o sol moribundo intensificava o dourado dos cabelos dela e escurecia a pele bronzeada.

— É mágica. Só porque existe uma explicação científica não significa, er... — Ele procurava as palavras.

— Que a experiência é menos mágica — terminou ela. — Tipo, existe uma razão para que os passarinhos disparem como fazem, uma razão para as cores do oceano, uma razão pela qual os falcões fazem ninhos nas áreas mais remotas. Mas, quando você os vê, lá está o toque de mágica.

Ele concordou com a cabeça. Quando olhava para ela, lá estava o toque de mágica.

Ela apontou para o sol enquanto protegia os olhos.

— Você ganhou, que surpresa.

Os tons de vermelho infiltravam o azul do céu. Enquanto observava, ele pegou outro camarão e o combinou a um pedaço de pimentão vermelho. Outra coisa que Jenna tinha lhe ensinado: dava para tornar cada mordida uma experiência diferente.

Ele nunca desistiria do planejamento. No entanto, depois que o planejamento era compensado, ela realmente vivia o presente e o aproveitava.

Conforme o sol mergulhava cada vez mais, lançava traços de laranja e dourado para se juntarem ao vermelho. Ele e Jenna acabaram de comer e deixaram os pratos de lado. Quando ele esticou o braço para pegar a garrafa de plástico, fez uma careta por causa de uma pontada no ombro.

— Eu prometi uma massagem — disse ela enquanto se equilibrava graciosamente nos próprios pés.

Um instante depois, ela estava sentada no tronco atrás dele, uma perna de cada lado. Jenna apoiou as mãos nos ombros durante um ou dois minutos, e ele sentiu o calor atravessar a camiseta. Em seguida, ela enfiou os polegares e os dedos na pele e começou a trabalhar os músculos doloridos.

Ele suspirou com uma mistura de dor e prazer.

— Obrigado. Agora, que tal uma história para acompanhar?

— Uma história? Que tipo de história?

— Você me contou a respeito dos seus pais e suas irmãs mais velhas. Que tal falar da irmã que vai se casar?

— Merilee. Bem, depois das três marias, mamãe e papai acharam que não queriam mais ter filhos. Mas aí, mal dá para acreditar, oito anos depois de mim, eles cometeram outro erro no controle de natalidade, após o qual, a propósito, eles consertaram as coisas para que nunca mais acontecesse de novo. De qualquer forma, quando M nasceu, todos nós precisamos nos adaptar um pouco, mas, para nossa sorte, ela era uma criança tranquila.

— Ela deve ser muito nova para se casar.

— Vinte e um. Mas ela e Matt estão juntos desde que tinham sete anos. Sempre foi inevitável.

O vermelho e o laranja começaram a desaparecer, e o céu agora exibia um brilho mais dourado.

— Ao que parece, ela é o seu oposto.

— Ah, é. Ela é antiquada. Sempre brincou de casinha com as bonecas dela. — As mãos vigorosas trabalhavam com habilidade os nós nos ombros dele.

— Do que você brincava?

— Eu levava as bonecas para o jardim e vivíamos aventuras.

Ele sorriu diante daquela imagem e a imaginou fazendo o mesmo com os próprios filhos. Não, ela não era convencional como a irmã. Nem ele.

— Merilee vai ficar em casa e criar os filhos?

— Ela quer ter filhos. — As mãos dela se paralisaram por um instante e a tristeza atingiu a sua voz. — Mas ela deu azar nessa também, coitada. Ela sofre de endometriose, e vai ser difícil engravidar. Mas eles vão tentar.

— Eles poderiam adotar. — *E você também.*

— É, mas eles sempre tiveram esse lance, esse laço muito próximo — M&M, como chamamos —, e realmente querem gerar os próprios bebês.

— Acho que é algo essencial — refletiu ele. — O imperativo biológico de passar o DNA para a frente.

— Acho que sim. — Ela se inclinou para frente, pegou a garrafa de vinho e tomou um gole.

— O que não quer dizer que seja o único caminho, no entanto. Há tantas crianças no mundo que precisam de pais.

— Há mesmo. E M&M seriam dos bons. — Ela ofereceu a garrafa para ele.

— Você também.

A mão dela estremeceu e ela quase deixou cair a garrafa antes que ele a pegasse.

— Eu? É, nos momentos divertidos. No entanto, crianças precisam de estabilidade, de pais responsáveis. Essa não é a minha.

Que droga havia de tão errado com a responsabilidade? Com a responsabilidade de tempo integral e de longo prazo, não apenas encarada em pequenos pedaços aqui e ali?

— De qualquer forma — disse ela ao colocar as mãos de volta nos ombros dele e depois começar a trabalhar os músculos do pescoço —, M tirou um diploma de magistério e pretende dar aulas no primário, e Matt vai ser professor do ensino médio.

— E Kat? Ela é a que você disse que teve azar com os homens, certo?

— Sim. Ela é o oposto de Tree. Também é inteligente, mas muito centrada nas pessoas, com traquejo social, sempre o centro das atenções. Ela quer se casar e ter filhos, mas tem um péssimo juízo quando se trata de homens.

O sol pairava na linha do horizonte e afundava cada vez mais enquanto ele observava.

— O sol quase desapareceu — disse ela.

— Meu pescoço e meus ombros estão muito melhores. Obrigado. Venha se sentar ao meu lado e assistir.

Ela o fez e, juntos, eles assistiram conforme a bola ardente sumia de vista. As pessoas começaram a arrumar as coisas em todos os lugares da praia, mas ele sabia que o sol continuaria lá e cores crepusculares encantadoras surgiriam. Ele conhecia a explicação científica, mas, se Jenna quisesse saber, ela perguntaria.

— Que tipo de trabalho Kat faz?

— Ela é diretora de relações públicas em um hotel de luxo em Montreal.

— Sério?

— É. — Com um tom irônico na voz, ela disse — Ela garante que os ricos tenham todos os luxos a que acham que têm direito. — Em seguida, ela acrescentou rapidamente — Kat é uma boa pessoa.

— Tenho certeza que é. — Talvez ele não achasse que o trabalho dela tinha muito valor social, mas, se Jenna dizia que a irmã era uma boa pessoa, ele acreditava.

— E você disse que suas duas irmãs mais velhas, as que tinham passado por más experiências com os homens, se apaixonaram recentemente?

— Hu-hum. Tipo, nos últimos... Quanto tempo faz que Merilee anunciou o casamento? Oito ou nove dias?

— Você está de brincadeira. — Espantado, ele desviou o olhar do céu, um vermelho-alaranjado escuro na linha do horizonte, que se fundia aos roxos e azuis profundos mais acima.

— Não, é bizarro. É como se houvesse algo no ar. — Então ela riu. — Um ar bastante rarefeito, para ir de Vancouver até Montreal e Sydney.

E talvez até mesmo para a rodovia costeira da Califórnia.

Essa teoria do ar rarefeito não era tão ruim assim. Ele passou o dedo em uma das borboletas no ombro dela.

— Uma borboleta agita as asas no Brasil... — Será que ela entendia o que ele queria dizer?

Ela ergueu a cabeça para olhar para ele.

— Teoria do caos?

Sim, ela entendia a referência.

— A ideia nem sequer é exagerada, como uma borboleta que bate as asas no Brasil e causa um tornado no Texas. Aqui, uma moça em Vancouver decide se casar e essa decisão coloca suas irmãs distantes em trajetórias que não tinham planejado. Trajetórias que se cruzam com as de homens que, de outra maneira, nunca haveriam conhecido.

— Acho que sim.

— E, com o casamento chegando, o amor está na mente das irmãs e, quem sabe, talvez emitam feromônios mais fortes e estejam mais sensíveis aos feromônios masculinos.

As sobrancelhas dela se ergueram e ela disse secamente:

— Vou me lembrar de explicar isso a Tree e Kitty-Kat.

Ou pode me levar para casa com você e eu mesmo faço isso. Jenna não parecia fazer ideia de que ele a incluía entre as partes afetadas pela batida das asas de Merilee.

O céu começava a escurecer e o vinho havia acabado. Agora, quase todo mundo tinha deixado a praia e o ar começava a esfriar. Ele abraçou Jenna ainda mais apertado.

Desde que fizeram amor mais cedo, ela tinha mantido as coisas leves. Em uma praia pública, com outras pessoas ao redor, isso caía bem para ele. Agora, porém, satisfeito pela comida e pelo vinho, ele esperava por mais.

Ele acariciou o ombro dela. Jenna via aquelas borboletas tatuadas como um símbolo da própria abordagem despreocupada à vida, mas agora, para ele, elas simbolizavam outras coisas a respeito dela. Será que ela tinha pensado sobre a importância do trabalho desses insetos encantadores ao polinizar as flores entre as quais flutuavam? Ou sobre quão forte eles eram, para sobreviver a migrações longas e acidentadas?

A cabeça dela estava aninhada no ombro dele, o rosto quente contra a pele, os cachinhos fazendo cócegas conforme a brisa os sacudia. Ela bocejou, depois se afastou e se espreguiçou, graciosa e com os movimentos de um gato, e relaxou ao se deitar no tapete. Enquanto olhava para o céu, ela disse:

— Venha se deitar, Mark. Há uma lua quase cheia e a Estrela do Norte. Já já vamos ver cada vez mais estrelas.

Ele se mexeu para se deitar ao lado dela e olhou para cima. Não há nada como um céu noturno límpido perto do oceano.

— Pena que não podemos dormir na praia.

— Ah, eu adoraria. Podíamos trazer o saco de dormir e os travesseiros.

— E um guarda florestal nos acordaria com uma bronca. As alegrias de estar em um país teoricamente civilizado.

— Você já dormiu muito na praia?

— Bastante, sim.

— Você tem razão, é difícil dormir na praia por aqui. É necessário estar em uma propriedade privada ou encontrar um lugar isolado de verdade.

Ele odiava pensar que ela tinha dormido em praias com outros homens, embora ele tivesse feito o mesmo com algumas parceiras. Sim, ele era completamente primitivo e ciumento.

Embora as estrelas agora iluminassem o céu noturno, ele desviou o olhar delas, se apoiou em um cotovelo e olhou para Jenna. No crepúsculo, o corpo e as roupas dela quase se fundiam ao tapete. Ele não conseguia ver a expressão dela, mas seus olhos brilhavam. Ele inclinou o corpo para dar um beijo na testa dela. Ele não se atreveria a fazer mais do que isso nessa praia pública.

No entanto, ele sentia fome por ela. Estava ansioso para tomar um banho que levasse consigo a tensão do dia e ser totalmente convencional ao subir na cama de casal com ela. De alguma forma, ele sabia que, com Jenna, até o convencional seria especial.

— Acho que está na hora de irmos para a cama — disse ele.

***

Capítulo 10

Eu me permiti viver o presente nas últimas horas e aproveitei a noite maravilhosa e a companhia tranquila de Mark. Agora, um arrepio de ansiedade percorria toda a minha pele.

Cama. Juntos. A cada vez, era uma experiência diferente e surpreendente. O que aconteceria entre nós esta noite?

Ele se levantou, alto e forte, enquanto estendia a mão para mim.

Eu a peguei e o deixei me erguer. Por um instante, fiquei de frente para ele e os nossos corpos quase se tocaram. Nenhum de nós se moveu e eu mal conseguia ver o rosto dele, mas havia certa tensão entre nós, uma corrente de energia quase tangível.

— Vamos — disse ele, a voz ainda mais rouca que o habitual.

Juntamos nossas coisas depressa e voltamos para o *trailer*. Lá, ele disse:

— Eu realmente preciso de um banho. O acidente... — Ele deu de ombros.

— Vá em frente. Vou arrumar as coisas por aqui.

— Obrigado. — Ele deu um beijo no meu rosto e me deixou no *trailer*.

Enquanto eu arrumava tudo e preparava a cama, imaginei-o debaixo de uma chuveirada quente e forte, lavando as memórias do sangue de um senhor idoso que encharcaram as mãos dele.

Que dia impressionante. Mark arriscou a própria vida para salvar a de outra pessoa, depois foi meu companheiro de brincadeiras nos Jardins Pré-históricos, um amante alucinante, um companheiro tranquilo quando assistimos ao pôr do sol. Ele era... Demais. Muito mais do que qualquer outro cara com quem saí.

No entanto, eu não podia deixar as coisas assim. O que ele queria, eu não queria. A gente não tinha futuro. Quando me apaixonei por Travis, perdi o juízo e acabei de coração partido e com marcas irreversíveis. O amor não era uma emoção com a qual eu conseguia lidar.

Abri algumas janelas, não só para que o ar fresco entrasse, mas para que a gente conseguisse ouvir a maré, e não afastei as cortinas.

Uma noite e um dia. Fiquei sentava na beirada da cama. Era só o que Mark e eu ainda tínhamos. Embora a ideia me provocasse uma pontada de tristeza, eu também sentia alívio. Eu conseguiria manter meu coração a salvo durante esse curto período de tempo e ainda colheria os benefícios da companhia dele.

Ele entrou no *trailer* e fechou a porta atrás de si. Ele estava com uma bermuda e uma camisa desabotoada na frente, apesar do frio de junho no ar. O cabelo estava molhado e despenteado, e exalava um cheiro delicioso de algo masculino e com um aroma leve do oceano.

Meu olhar percorreu a pele exposta: bronzeada, com poucos pelos, magra e sensual. Por todo o caminho até o cós baixo da bermuda soltinha. Ah, é, com Mark havia muitos benefícios.

Ele parou na minha frente e dobrou o corpo para pegar as minhas duas mãos. Ele me colocou de pé.

— Jenna. — Na luz suave e fraca, o azul céu dos olhos dele ficava mais intenso, mais parecido com as misteriosas profundezas do oceano.

Com a respiração tensa, eu esperei. Com outro homem, seria simples. Eu teria dado início à ação, me jogado alegremente para cima dele e o derrubado na cama. No entanto, com Mark, nada era normal. As minhas reações físicas, as emocionais, ficavam enlouquecidas.

Ele também parecia incerto, apenas segurando as minhas mãos e olhando para mim. Em seguida, ele abaixou a cabeça e fiquei tensa, sem saber se queria beijá-lo. Sem saber o que aconteceria quando nossos lábios se tocassem.

Ele deu um beijo rápido no meu nariz e me surpreendi ao dar um sorriso. Ele sorriu de volta, depois estendeu a mão para pegar a barra da minha camiseta e lentamente a passou por cima da minha cabeça.

Eu estava sem sutiã por baixo e meus mamilos imediatamente enrijeceram diante do olhar admirado. Ficaram ainda mais duros quando ele tirou a minha bermuda e a desceu pelos meus quadris.

Eu a deixei cair, passei os pés para fora dela e esperei para ver se ele tiraria a minha calcinha.

Ele não o fez.

— Vá para a cama. Está frio.

Talvez estivesse, mas não senti o frio quando o olhar morno dele acariciou a minha pele nua. Mesmo assim, obedeci e deslizei para entre os lençóis e o observei conforme ele tirava a camisa e a bermuda. Quando ele vestia somente os músculos magros e uma cueca azul, cuja parte da frente estava esticada por um pau duro, dei um sorriso sedutor e entortei o dedo a fim de chamá-lo para perto.

— Você sabe que é um gostoso, certo, Dr. Chambers?

— Não sei nem o que é um gostoso — disse ele, sentado ao meu lado na beirada da cama.

— Como você pode ser tão alheio a tudo que não seja ciência? — Passei os pés para cima e para baixo na coxa firme.

Ele tocou a palma da minha mão.

— Não sou alheio a isto.

— Graças a Deus.

Com delicadeza, ele levou minha mão até a boca e deu um beijo de leve na palma, os lábios macios provocando mais excitação. Ele colocou a minha mão de volta na própria coxa, depois fez uma leve carícia no meu braço, e o percorreu até o ombro.

— Alheio, não.

Ele inclinou o corpo para dar beijos leves nas minhas borboletas, depois de tirar meu cabelo do caminho. Em seguida, ele enrolou uma mecha longa no dedo.

— Não, nada alheio. — Ele a colocou para trás para revelar a minha orelha, pegou o lóbulo entre os dentes e mordeu de leve, o que fez com que uma faísca de erotismo disparasse até o meu sexo. Quando ele a seguiu com um beijo, suspirei de prazer. Com estes beijos eu definitivamente conseguia lidar.

— Bem, definitivamente não sou alheia a isto. — Mergulhei a mão na parte da frente da cueca dele e senti o impulso do pau dele por baixo.

Com vontade de beijá-lo ali, de libertá-lo daquele algodão fino e colocá-lo na boca, eu comecei a me sentar.

Ele pegou meus ombros e me segurou.

— Ah, não, não vai ser rápido e intenso desta vez.

— Eu poderia te fazer mudar de ideia se tentasse — provoquei, curtindo a ideia de estar no controle.

— Você poderia. — Os olhos dele dançaram. — Mas nós dois vamos nos divertir mais se você não tentar.

Humm. Como eu já tinha aprendido, o homem era ótimo nas preliminares.

— Um argumento excelente, Dr. Chambers. — Eu relaxei enquanto esperava para conferir o que ele faria em seguida.

Mark se deitou enquanto a boca se aproximava da minha e, automaticamente, fiquei tensa, ainda na dúvida quanto a beijá-lo. Talvez ele tenha visto a incerteza nos meus olhos ou talvez não tivesse a intenção de beijar meus lábios de qualquer maneira, pois, em vez disso, ele deu um estalinho na minha bochecha. Depois na minha testa, nas sobrancelhas, na minha outra bochecha. Beijinhos rápidos e suaves.

— Humm, que gostoso.

Mais beijos tocaram meu queixo, depois os lábios dele encontraram os pontos sensíveis no meu pescoço e os lábios e a língua se firmaram para falar mensagens eróticas que fizeram meu corpo zunir de desejo.

Respondi com gemidos tenros de prazer. E o observei, o corpo magro de um marrom dourado, músculos que se deslocavam sempre que ele se mexia.

Ele não falava, somente murmurava ruídos de excitação e aprovação, baixinho o suficiente para que eu ainda conseguisse ouvir o rugido abafado do oceano.

Ele seguiu o caminho até a parte de cima do meu peito, depois afastou o lençol para beijar meu seio, o que me fez suspirar quando ele lambeu a aréola e depois chupou o mamilo. Passei os dedos pelos cabelos dele e me preparei para a aventura conforme ele descia o lençol pouco a pouco e o seguia com beijos sensuais, chupadas e mordiscadas — nas minhas costelas, no meu umbigo, na minha barriga —, todas fazendo meu sexo formigar e alimentando o meu desejo.

Quando ele chegou à minha boceta, eu me contorcia com a dor deliciosa da excitação concentrada, com a necessidade de gozar.

Quando ele lambeu meu clitóris, eu explodi.

Ele recuou um pouco, mas não parou, e lambia o meu sexo, metia e tirava os dedos, lambia e sorvia meu clitóris, até que o clímax surgiu em ondas, uma atrás da outra.

— Ah, meu Deus, Mark — suspirei, de olhos bem fechados, perdida em um mundo de sensações de êxtase. Ah, sim, ele era diplomado em preliminares.

Ele tirou a cueca de algum jeito, pois agora deslizou para dentro de mim, o membro muito mais grosso do que os dedos, tão brusco e primitivo e concentrado, enquanto me penetrava profundamente.

Tão profundamente, suspirei.

Em seguida, os lábios dele capturaram os meus e, desta vez, eu não pensava em me segurar. Quando nossas bocas se fundiram, senti uma mudança. Antes, eu estava no meu corpo, totalmente consciente de cada deliciosa sensação sexual que ele gerava. Agora, de alguma forma, era diferente. Não era eu, éramos nós.

Nossas bocas falavam uma língua secreta, uma de carinho, de pertencimento, de fusão. Eu tinha uma vaga consciência de que nossos braços estavam esticados acima das nossas cabeças, os dedos emaranhados enquanto os corpos se entrelaçavam e se fundiam. Conforme a ternura e a paixão se misturavam em uma dança erótica, nossas bocas prendiam e saboreavam gritos suaves e gemidos.

O que quer que isto fosse, não era como qualquer outro tipo de sexo que experimentei antes. O orgasmo me pegava, me derrubava, me rolava, depois me sugava até que outra onda me balançava.

O grito rouco de Mark vibrou em meus ouvidos e ecoou em algum lugar remoto onde palavras já não existiam, somente sensações e emoções.

E aí, finalmente, a onda nos libertou e nos atirou delicadamente, ainda agarrados um ao outro, na costa.

Deitados e ofegantes, vazios e repletos de maneiras que eu jamais tinha imaginado. Quando abri os olhos, ele olhava para mim com uma expressão de espanto no rosto, mas não disse nada.

Nem eu. Não havia palavras para o que havia acontecido.

Conforme a nossa respiração finalmente desacelerou, ele saiu de cima de mim e me levou junto de si para que nos deitássemos lado a lado. A maré cantarolava uma canção de ninar através das janelas abertas enquanto Mark apagava a luz e puxava o lençol e o saco de dormir.

Eu sabia que deveria me preocupar com o que era isso entre nós e para onde ia nos levar, mas eu estava muito cansada, muito satisfeita.

Um beijo sussurrou de leve na minha testa, como asas de borboleta, e eu caí no sono.

Mark acordou com a luz do amanhecer que se infiltrava no *trailer*. Por um instante, ele ficou deitado, de olhos fechados, enquanto sentia o calor suave de Jenna ao lado dele e ouvia o mar e os silvos e trinados dos pássaros que despertavam. Que jeito perfeito de começar o dia.

Ele abriu os olhos e a manhã ficou ainda melhor. Jenna dormia de lado, virada para ele, com uma expressão tranquila e inocente no rosto. A perna dele estava em cima da dela e o braço de Jenna passava pela sua cintura. Inconscientemente, eles desejavam ficar enlaçados, mesmo durante o sono.

Fazer amor com ela na noite anterior foi... Não havia palavras. Ele nunca tinha experimentado nada parecido. Ele sabia que ela também sentia o mesmo. Ela teve muitos outros amantes, por isso a expressão de admiração e espanto na noite anterior dizia a ele que os dois juntos eram especiais.

O coração dele, até mesmo sua mente, dizia que sua amiga Adrienne tinha razão e que ele definitivamente estava se apaixonando. Ele carregava pouca experiência com emoções fortes, mas o que mais aquele sexo incrível poderia significar? Feromônios ou principais códigos complexos de histocompatibilidade não conseguiriam explicar uma ligação tão profunda, que ia muito além do plano meramente físico. Ele e Jenna não eram completamente compatíveis, mas os avós dele falavam sobre pares de bases e como um forte vínculo exigia que fossem complementares e diferentes.

Ele tinha certeza de que Adrienne estava certa também quanto a Jenna ter medo do amor. Quando ela era uma adolescente vulnerável, foi magoada por esse menino, Travis. Ela isolou o próprio coração para que nunca mais se machucasse novamente. Agora, Mark precisava convencê-la de que nunca, nunca a magoaria, e aí eles poderiam explorar o que o futuro poderia lhes oferecer. Ela tinha de perceber que estava na hora de mudar de vida: de se permitir amar e ser amada, de encontrar um foco e um propósito, de deixar de estar sempre à deriva.

Ela se mexeu, suspirou e os cílios marrons se agitaram conforme os olhos dela se abriam aos poucos. Ela concentrou o olhar nele, um sorriso curvou os lábios dela e uma faísca acendeu os olhos azuis-esverdeados.

Aqueles olhos. Ela carregava um oceano nos olhos. Se ele fosse romântico, aquele seria o único sinal do qual ele precisaria.

— Bom dia — disse ela, sonolenta.

— É mesmo. — E talvez todos os dias pudessem ser. O futuro ficou subitamente claro. Depois que o casamento da irmã dela acabasse, ela poderia seguir com ele para a Indonésia. Eles trabalhariam juntos, dormiriam na praia, fariam amor na areia. Fariam amor no oceano tropical. Será que havia algo mais sensacional do que amar Jenna com o oceano em volta deles?

— Você parece... — Ela o analisou, ainda com um sorriso.

— O quê?

— Feliz. Satisfeito. Quase orgulhoso.

— Tudo isso. — Será que ele deveria dizer a ela que estava se apaixonando? Ele não tinha certeza de que ela estava pronta para ouvir isso. Nem de que ele sabia como dizer essas palavras, para ser sincero. Por enquanto, ele a beijaria e deixaria seu corpo falar por ele.

Ele tocou os lábios nos dela e ela reagiu ao beijo, desta vez sem ficar tensa, sem hesitação. Mais uma vez, ele teve a sensação das duas bocas se tornarem uma só, como um coração pulsante que fazia o sangue circular depressa pelas veias e dizia às pernas e aos braços para se entrelaçarem, fazia com que os corpos se movessem, pressionassem, se integrassem, até que a pele deles não tivesse mais limites. Até que eles se fundissem de paixão, felicidade e amor.

Eles escalavam, se remexiam, murmuravam, sussurravam na boca um do outro, escalavam de novo, gemiam. A ondulação de prazer se tornou uma onda que ficava cada vez maior e formava uma franja de espuma. Em seguida, ela se quebrava e se espalhava, e eles a conduziam juntos, caindo quando ela os atirava com gritos de alegria. Finalmente, ela os deixou na praia em ondas suaves.

Depois, ainda presos pela magia, eles não disseram uma só palavra, apenas ficaram agarrados por longos minutos, os corpos entrelaçados.

Lá fora, o mar cantava, o chamado da sereia para que fossem caminhar na praia da manhã. Enquanto lamentava o fato de que precisavam pegar a estrada, Mark disse:

— Se quisermos chegar a Vancouver em um tempo razoável...

Ela suspirou e murmurou com o rosto semienterrado no peito dele:

— Neste exato momento, não quero voltar nunca mais. Não seria bom se pudéssemos ficar aqui? Dar uma volta na praia, tomar um café da manhã preguiçoso, fazer sexo outra vez...

— Fazer amor — corrigiu ele.

Os músculos dela enrijeceram. Aí ela ergueu a cabeça e olhou para ele com olhos arregalados e vulneráveis.

— Sim.

Era pouco além de um suspiro, mas talvez fosse a sílaba mais importante que ele já tinha ouvido na vida.

Em seguida, ela piscou e, quando abriu os olhos de novo, não olhou nos olhos dele. Depressa e desajeitadamente, ela desenroscou o corpo do dele.

— Preciso de um banho e você também. Depois tomamos um café da manhã rápido e você tem razão, temos de pegar a estrada.

Ela se afastava mais uma vez. Ele ponderou se tentaria impedi-la, mas sabia que eles passariam horas dirigindo. Eles conversaram bastante nos bancos da frente da Westfalia. De alguma forma, parecia mais fácil para ele e Jenna se abrirem quando a rodovia se revelava sob os pneus do *trailer*.

Ela se vestiu e juntou suas coisas. Quando ela abriu a porta do *trailer*, ele disse:

— Vou fazer café. Quer um pouco?

— Claro, obrigada.

Quando ela saiu, ele pulou da cama e começou a fazer o café, usando a cafeteira francesa e os grãos pré-moídos que tinha trazido consigo. Enquanto preparava o café, ele se perguntou como estariam o Sr. Watkins e sua esposa. Ele deveria ter descoberto para qual hospital o senhor foi levado.

Quando o café estava pronto, ele serviu uma caneca e foi para o chuveiro.

Ele voltou e encontrou Jenna na mesa de piquenique bebendo uma caneca. Ela usava uma camisa branca de mangas arregaçadas até os cotovelos por cima de uma saia longa em tons de amarelo e azul. Em cima da mesa estava o saco de bolinhos e um par de guardanapos.

Ela sorriu quando ele se aproximou.

— Temos tempo para tomar o café da manhã na praia, certo?

— Claro. Vou só colocar as coisas no *trailer* e pegar mais café.

Poucos minutos depois, com a comida e as canecas na mão, eles atravessaram a duna e observaram o oceano. Estava calmo, uma manhã quase sem vento, o que era raro na costa. Um casal de idosos caminhava depressa ao longo da areia compactada perto da margem da água e, mais adiante, algumas crianças começaram a construir um castelo de areia.

Ele e Jenna se sentaram em um tronco e abriram o saco de bolinhos. O café e um bolinho de farelo de trigo eram uma combinação perfeita, especialmente quando acentuados pelo cheiro penetrante da maresia e pela companhia tranquila da linda mulher ao lado dele.

Quando o sol da manhã começou a esquentar, Jenna tirou a camisa e revelou uma blusinha amarela com viés de rendas na borda superior. O cabelo brilhante, a pele levemente bronzeada e a blusinha eram todos dourados, e o pensamento fantástico e incomum de que ela trazia luz do sol para a vida dele passou pela sua cabeça. Sol e brincadeiras, algo que ela mostrou para ele que era bom. Será que ela estaria igualmente disposta a compreender que a vida deve ser vivida com propósito e compromisso?

A voz dela invadiu os pensamentos dele.

— Hoje à noite nós dois estaremos com as nossas famílias.

— Você está ansiosa para ver a sua? — Ele não tinha certeza por causa de tudo o que ela disse. Ele definitivamente ouviu afeto, mas também percebeu uma contradição.

Ela deu um sorriso rápido.

— Ah, sim. Mas vai ser o mesmo de sempre.

— Como assim? Aquela história de *eu te amo, mas*?

— Sim, e dizer que sou instável. Eles são todos tão superiores, sabe como é?

A mãe dele era instável. Irresponsável e, sejamos sinceros: inútil. Ela escolheu o hedonismo do amor livre, das drogas e da diversão da comunidade. Embora ele achasse que Jenna deveria ser mais centrada e séria, ela de fato não era nada parecida com Alicia.

Ele meteu a última dose de café na boca e disse devagar:

— Me parece que você fez tanto bem ao mundo quanto uma das suas irmãs.

— Eu? — Ela virou os olhos arregalados e surpresos na direção dele.

— Sim. — Ele tocou uma das tatuagens dela. — Como uma borboleta.

Ela sacudiu a cabeça e estreitou os olhos, confusa.

— Hein? Quer dizer, porque sou bonita?

Ele riu.

— Bem, por isso também, mas eu quis dizer algo mais concreto. Onde quer que a borboleta pouse, ela poliniza uma flor. Você voa, pousa e ajuda crianças com problemas, mulheres que sofreram abusos, espécies ameaçadas de extinção.

Ele estava prestes a continuar falando e ressaltar que ela poderia fazer ainda mais caso concentrasse sua energia em um campo quando ela disse:

— Mark, esta é a coisa mais bonita que alguém já me disse. — O brilho nos olhos dela era terno e surpreso.

— Sério?

— Meus pais e minhas irmãs sempre dizem que eu deveria voltar a estudar e *aprender algo útil*, mas você está dizendo que eu já sou útil.

— Sim, e se a sua família não vê isso, não te conhecem muito bem. — Eles deveriam reconhecer a contribuição dela para o mundo e então incentivá-la a escolher uma área e voltar a estudar.

— Obrigada — disse ela baixinho, enquanto pegava a mão dele e a apertava.

Aquele instante que eles compartilhavam era tão doce que o instinto dizia a ele que não era o momento para ressaltar os méritos da educação especializada.

Três crianças se atiraram duna abaixo, correndo na direção do oceano, seguidas mais lentamente pelos pais, que gargalhavam.

— Hora de pegar a estrada — disse Mark com pesar.

Eles caminharam de volta ao *trailer* e fizeram uma pausa no topo da duna para dar uma última olhada na vista. A rota os levaria dali para o interior, para Tillamook e Portland. Depois, para chegarem a Vancouver até o fim do dia, eles teriam de dirigir pela I-5.

Alguns minutos depois, eles deixaram o acampamento com Mark no volante, uma terceira xícara de café no porta-copo.

— Espero que os idiotas fiquem fora da estrada hoje — disse ele. — E eu gostaria muito de saber como o Sr. Watkins está. Você não perguntou para qual hospital eles iam levá-lo, né?

— Sinto muito. Mas quantos podem existir naquela área?

Ele apontou para o celular.

— Quer tentar descobrir?

Ela concordou com a cabeça e pegou o aparelho.

— Qual você acha que era a cidade mais próxima?

— Tente Brookings.

Poucos minutos depois, ela falava com alguém em um hospital.

— Não, não sou parente dele — disse ela. — Será que a esposa dele não está por aí? — Enquanto cobria o celular com a mão, ela disse a Mark — Eles não dão informações a menos que você seja um parente. — Depois, de volta ao celular — O filho dele? Perfeito, eu gostaria de falar com ele.

Depois de uma pausa de um ou dois minutos, ela conversou com o filho do Sr. Watkins, explicou quem ela e Mark eram e perguntou pelos pais dele. Enquanto o ouvia, ela sorriu e acenou com a cabeça para Mark. Alguns momentos depois, ela disse:

— Muito obrigada. Deseje muitas felicidades para os dois por nós.

Ela desligou o celular.

— O filho disse que eles têm uma dívida eterna com você. O Sr. Watkins está bem. O braço está ótimo. Ele sofreu uma distensão e vai precisar de fisioterapia durante um tempo, mas deve se recuperar completamente.

— Graças a Deus.

— Graças a Deus você estava lá. — Ela esticou o cinto de segurança para conseguir se debruçar e dar um beijo no ombro dele. — Você é um bom homem durante uma crise, doutor, mesmo que não seja um médico de verdade.

Ele estendeu a mão para acariciar o rosto dela e depois pôs a mão de volta no volante.

— Você também não é de todo mal. Como está a Sra. Watkins?

— Exausta e em choque, mas bem. Depois que ela ficou sabendo que o marido ia ficar bem, eles a mandaram para casa com a nora. — Jenna se acomodou no assento e enrolou a saia esvoaçante nas pernas, tentando ficar à vontade para as horas de estrada.

— Eu preciso conferir meus e-mails — disse ele. — Vamos achar algum lugar na próxima cidade.

— Beleza.

— Seus pais esperam que você chegue em alguma hora específica? Tipo, para o jantar?

Ela riu.

— Não, eles sabem que horários não são a minha praia. Mamãe vai estar em Ottawa, de qualquer maneira.

— Ottawa?

— Ela vai apresentar um recurso no Supremo Tribunal do Canadá amanhã. Ela tem se ocupado em prepará-lo e M tem feito os trabalhos e as provas que perdeu enquanto estava doente, por isso que as três marias foram designadas para organizar o casamento.

— E Merilee e Matt só decidiram há pouco mais de uma semana que iam se casar?

— Eles planejavam se casar no próximo verão, depois de se formarem, mas não querem adiar as tentativas de ter filhos. Aí Matt recebeu a proposta de uma oferta de última hora para um cruzeiro na Riviera Mexicana e tudo se encaixou. — Ela sorriu. — Uma decisão por impulso, olha que legal! Mas é muito pouco a cara de M, que planeja o casamento desde os sete anos.

— Acho que dá muito trabalho preparar um casamento.

— Pergunte a Tree, é ela quem está no planejamento, mas, sim, eles fizeram os convites, escolheram os vestidos, o namorado de Kat vai fazer as fotos. Eles reservaram o local e estão tentando encontrar um bufê.

— Um casamento na igreja?

— Não, eu disse para a Tree que tinha de ser no VanDusen Gardens.

Quando ele sacudiu a cabeça, ela disse:

— Tenho certeza de que você passou por lá, só não estava prestando atenção. Fica na Oak Street. Um jardim botânico encantador e com paisagismo natural. Era uma das nossas expotições do *Ursinho Puff* aos domingos com a vovó, e uma das favoritas de M.

— Espero que sua avó esteja bem o suficiente para comparecer.

— Eu também. — Aí ela jogou os cachos para o lado. — Ela vai estar. E vai fazer sol, mesmo que Tree esteja obcecada em alugar tendas, por via das dúvidas.

— Er, a reserva no Parque Cabo Lookout não foi ruim. Às vezes, um plano de contingência vem a calhar.

— Você soa *exatamente* como a minha irmã. — O tom dela dizia que ela estava revirando os olhos.

— Vou considerar isso como um elogio. — Quando eles chegassem na casa dela, será que ela o convidaria para entrar? Ele estava curioso para conhecer a família dela, mas a situação poderia ser bem esquisita. Como ela o apresentaria? Ele se lembrou da fala que ela soltou enquanto conversava com a irmã no celular: *eu nasci para chocar*. Ele definitivamente conseguia imaginar os pais dela chocados com o relacionamento deles.

— Vai ser bizarro — ponderou ela — me envolver nesses lances de casamento, quando não acredito em nada disso. Mas acho que é bom para M&M. Eles sempre pensaram assim. — Ela lançou para ele um olhar de soslaio. — E você? Quando falou sobre o futuro, você usou o termo *parceira*, não esposa, e você concordou que casamentos são arcaicos.

— Sim, não sou um grande fã da instituição. Mas acredito em compromisso. Quero encontrar uma companheira, que nos comprometamos um com o outro e com a monogamia, planejar nossa vida juntos, ter uma família. — Será que Jenna poderia ser essa pessoa? Se não fosse, qual era a possibilidade de que ele algum dia encontrasse uma conexão tão poderosa com outra mulher?

— Fico feliz em ouvir que você não é *totalmente* convencional — brincou ela.

Ele viu a placa que sinalizava uma cidade próxima.

— Tomara que tenha internet lá.

— Você não sabe? Esse pequeno detalhe não faz parte do seu cronograma impecavelmente planejado? — provocou ela.

— Eu consigo ser flexível. — Ele se defendeu.

Ela riu.

— Já tive provas disso, Dr. Chambers, mas principalmente na cama. Quanto ao cronograma de hoje, quando você precisa estar de volta a Vancouver? Seus avós vão te esperar para o jantar?

— Não. Acredite se quiser, deixei a possibilidade em aberto. O simpósio começa amanhã, então eles sabem que vou chegar ainda hoje. Mas não faria mal ligar e dar notícias.

— Quanto tempo vai durar o simpósio?

— Dois dias. Tenho quarta-feira para arrumar algumas bugigangas lá e depois, na quinta-feira, vou voar até Bali e reunir a equipe para o projeto na Indonésia. — Deixar Vancouver e deixar Jenna. A menos que a fantasia da manhã se tornasse uma realidade. Na luz revigorante da manhã, o caminho à frente parecia tão nítido.

— Sorte sua. Na minha casa, a gente vai pirar com os preparativos finais para o casamento. Eu e as minhas irmãs nos saímos muito melhor separadas à distância. — Ela fez uma expressão de cachorro pidão. — Acho que você não consegue me encaixar na sua mala.

— Não. — Ele suspirou. Examinou a mente, o coração. Como eles poderiam descobrir se era amor se vivessem cada um de um lado do planeta? — Mas eu poderia arrumar uma passagem para você.

Ela ficou paralisada e depois inclinou a cabeça.

— O que você quer dizer?

— A equipe vai passar seis meses na Indonésia, talvez mais. Você poderia se juntar a nós. Mas — advertiu ele — todos os envolvidos precisam se comprometer com o projeto. Se você ficar entediada, não pode pular fora. — O que ele estava fazendo, falando sobre o projeto quando, na verdade, queria muito mais dela?

Talvez fosse um teste. Ele abordava Jenna do mesmo jeito que pessoas cautelosas entravam no mar. Um passo de cada vez e depois uma pausa para avaliar como se saíam. Ele não precisava expressar seus sentimentos para que fossem esmagados. Ele queria ver os sinais de que ela sentia o mesmo. De que ela estava pronta para crescer e se comprometer: a uma causa e a um homem.

Se ela estivesse, então ele queria estar com ela, para explorar a... Magia que havia entre eles. Porque era isso o que aquilo era, ele se deu conta. Pura magia, sem explicações científicas.

— Mas... — Ela balançou a cabeça e, com uma aparência intrigada, disse — Não entendi. Não sou uma cientista. O que eu faria?

— Você poderia ajudar os outros integrantes da equipe com tarefas como medições, registro de dados, fazer a conexão com os locais. Você é boa em lidar com gente.

— Eu sou — murmurou ela, com a voz entremeada de empolgação. — E a pesquisa dos falcões tinha a ver com registro de dados.

Eles chegaram à cidade e ele procurou por uma lanchonete que tivesse internet.

— O projeto não pagaria muito. Cobriria os custos e algum dinheiro para gastar. — A equipe do projeto já estava completa e o orçamento era curto, mas ele sacrificaria alegremente uma boa parte do próprio salário miserável. Alguns dos trabalhos nos quais ele atuava, como o do Laboratório de Long Marine, da UCSC, pagavam um valor decente. Outros tinham salários de fome. Ele não precisava de muito para viver e tudo dava certo.

— Eu realmente não ligo para dinheiro — disse ela. — Eu só... — Ela sacudiu a cabeça mais uma vez e deu uma risada nervosa. — Uau. Essa é uma oferta incrível, Mark. Não consigo, er, entender muito bem a ideia. Precisamos conversar mais...

— Sim — interrompeu ele ao ver um cibercafé e uma vaga para estacionar. — A gente conversa quando voltar para a estrada.

— Certo. Tudo bem. — Ela soltou o cinto de segurança. — Eu estou... Uau. — Ela se debruçou e deu um grande beijo no rosto dele, e ele não fazia a menor ideia do que ela estava pensando, além de estar atordoada.

Enquanto eles desciam do *trailer*, ele refletiu que nunca em sua vida adulta havia feito algo tão espontâneo e... Bem, precipitado. Era precipitado. Será que ele tinha feito a coisa certa? Por que não analisou a situação e bolou um plano como sempre fazia, em vez de simplesmente falar sem pensar duas vezes?

Ele havia se afastado tanto da própria zona de conforto que quase queria voltar atrás na oferta. Precisando de algum tempo sozinho, ele disse:

— Entre você. Eu preciso ligar para os meus avós.

— Tudo bem. — Ela agitou os dedos em um gesto de "vejo você em breve" e foi até o café.

Ele discou o número dos avós e, depois do segundo toque, ouviu a voz da avó, ainda cheia de vida na casa dos oitenta.

— Mark, eu estava preocupada para saber de você. Onde você está?

— Em Oregon, ao norte de Tillamook. A sete ou oito horas de Vancouver, dependendo da fronteira.

— Você vai chegar em casa a tempo do jantar?

— Talvez, mas não conte com isso. Você e vovô podem ir comendo. Guardem as sobras para mim. Esta viagem não saiu conforme o planejado até agora e vai saber como o dia de hoje vai ser.

— Você teve algum problema?

Será que ele deveria contar a ela sobre Jenna? Os sentimentos dele eram tão enormes, tão especiais, que ele explodia de vontade de contar, mas raramente discutia emoções com os avós. E essas emoções eram tão confusas, o futuro com Jenna tão incerto. Indeciso, ele disse:

— Ontem aconteceu um grande acidente que fechou a estrada por algumas horas.

— Você não estava envolvido, estava? — perguntou ela rapidamente.

— Não, foi bem na minha frente.

— Ótimo. Isso não teria acontecido se você tivesse pegado um avião.

Os avós dele sempre queriam que ele viajasse de avião, porque era mais eficiente. Eles apoiaram a escolha de biologia marinha como carreira, mas não entendiam o caso de amor dele com o oceano.

— Você tem razão — concordou ele. — Mas, mesmo assim, a viagem foi ótima.

— Você vai apresentar um artigo em um simpósio importante. Não era nisso que você deveria trabalhar, em vez de apreciar a paisagem? — Ah, é, ele aprendeu a filosofia "só trabalho, nada de brincadeiras" com ela e com o avô.

— O artigo está escrito. Estou preparado. — Talvez fosse por isso que ele gostava de dirigir: era o único momento na vida em que não trabalhava. Por mais que ele adorasse a própria carreira, certo tempo de ócio não era um crime. Ele costumava se sentir culpado, mas Jenna o tinha feito pensar de maneira diferente.

Enquanto a avó contava a ele a respeito de uma operação para a qual havia prestado consultoria, ele ouvia sem prestar muita atenção, imaginando como ela e o avô reagiriam se ele levasse Jenna para conhecê-los. Na opinião dele, ele e Jenna poderiam formar um vínculo sólido de acordo com a teoria dos seus avós, que afirmava que cada parceiro precisava ser diferente o suficiente e complementar o suficiente. No entanto, ele tinha receio de que olhassem para ela e vissem o caso Alicia todo de novo.

Sim, Jenna era superficialmente como a mãe dele, mas ela contribuía com a sociedade e era mais responsável, mesmo que não reconhecesse isso como uma virtude. Ela dedicava mais atenção a uma garotinha que conheceu em um acampamento de equitação do que Alicia jamais havia dedicado a ele. No entanto, as filosofias de vida de Jenna entrariam em conflito com as dos avós dele.

Era melhor ainda não contar sobre ela para a avó. Se Jenna realmente não ligasse para ele, se não quisesse se comprometer, então o relacionamento deles não iria mesmo adiante. O pensamento fez com que ele se sentisse oco e frio por dentro.

Não, ele seria otimista. Tudo daria certo entre ele e Jenna e os avós dele a veriam além das excentricidades encantadoras e enxergariam o verdadeiro valor dela. Senão... Desde que eles o acolheram, ele nunca os contrariou em nenhum assunto importante. O orgulho que sentiam dele foi a maior motivação da sua vida, exceto pelo próprio oceano.

Vovó concluiu a história e disse:

— Tente chegar a tempo do jantar. Você estará ocupado com o simpósio nos dois dias seguintes, o que só deixa a quarta-feira livre antes que você viaje para a Indonésia.

Na linguagem dos avós, isso significava que eles sentiam saudade dele e queriam passar algum tempo em sua companhia.

— Vou fazer o possível, vovó. Mesmo que eu não chegue a tempo do jantar, vou chegar cedo o suficiente para que a gente possa conversar durante algumas horas antes de dormir.

Eles conversariam sobre trabalho. Dos três. Era praticamente só o que discutiam e, até agora, ele nunca tinha percebido quão limitante era essa situação.

Ele fechou o celular e levou o laptop até o café, onde parou na porta. Jenna olhava para a tela de um computador e parecia totalmente concentrada.

Quando descobriu a biologia marinha, ele sentiu a emoção de ter um propósito na vida. Com Jenna, experimentou uma emoção semelhante. Se pudessem resolver suas diferenças, eles poderiam viver bem juntos. Mas com certeza havia disparidades, caso contrário ele teria dito a sua avó sobre ela.

Ele caminhou em direção a Jenna e se sentou ao lado dela. Ela se agitou e lançou um olhar incerto para ele. Ele se obrigou a sorrir. A conversa seria interessante quando eles voltassem à estrada.

Quando ele abriu a caixa de entrada e examinou as mensagens novas, uma de Adrienne, enviada na noite anterior, chamou a atenção dele. A mensagem não estava classificada como urgente, mas ele a abriu primeiro.

E aí? O sexo continua "esquisito"? HAHAHA.

Ele sacudiu a cabeça com tristeza. Sim, ele realmente tinha usado esse termo, não tinha? Por outro lado, não havia uma palavra perfeita que descrevesse o que acontecia quando ele e Jenna se beijavam e faziam amor.

> Sério, como vão as coisas com Jenna? Já descobriu se ela tem medo do amor? E por quê? E você? Está se apaixonando, apaixonando, apaixonado? E quando vou conhecê-la?

Ele virou o computador rapidamente, para ter certeza de que Jenna, sentada ao lado dele, não conseguiria ver a tela. Ele digitou:

> Certo, foi uma péssima escolha de palavras. Vamos tentar "incrível". Apaixonado? É, ao que parece, pelo menos para mim. Já ela... Não tenho tanta certeza assim. Estou tentando entendê-la. Somos pessoas realmente diferentes, mas temos uma conexão. Perguntei se ela quer ir para a Indonésia.

Ele olhou fixamente para a última frase e depois a excluiu. Não, isso não poderia ser dito por e-mail. Adrienne também estaria no simpósio e eles conseguiriam ter momentos em particular para conversar. Até lá, ele teria uma ideia muito mais clara de como estavam as coisas entre ele e Jenna.

Merda, até lá eles poderiam planejar um futuro juntos ou poderiam ter decidido nunca mais se encontrar. Era difícil acreditar que, quando ele saiu de Santa Cruz, sua vida não tinha nenhum conflito.

Ele lançou um olhar para Jenna, que olhava fixamente para um e-mail aberto. Sim, a vida não tinha nenhum conflito, mas era bem menos interessante. Em seguida, ele se obrigou a prestar atenção aos próprios e-mails, a maioria relacionada à Indonésia. Um projeto que o entusiasmava tanto e que agora pareceria um tanto vazio se Jenna não o acompanhasse.

***

Capítulo 11

Cliquei em um e-mail da minha jovem amiga Anna para abri-lo, mas me peguei olhando cegamente para a tela, incapaz de pensar em qualquer outra coisa além da incrível oferta que Mark havia proposto: ir para a Indonésia durante seis meses e fazer parte da equipe dele. Morar em um paraíso exótico e trabalhar intensamente em um projeto interessante.

Ver Mark todos os dias.

Eu me obriguei a não olhar mais para ele, e não tentar ver o que ele digitava sem parar.

Mark, o homem que, em dois dias, me fez sentir sensações que jamais acreditei serem possíveis. Física e emocionalmente.

No entanto, eu não queria me envolver emocionalmente. De jeito nenhum. Era perigoso, arruinava a minha capacidade crítica.

Talvez não fosse isso o que ele queria, no entanto. Ele me convidou para ser uma integrante da equipe dele. Será que ele queria dizer que eu ia trabalhar para ele, mas a gente não ia fazer sexo? Ou iria? Era difícil imaginar estar com ele e não querer pular em cima dele.

Eu me dei conta de que estava agitando o pé de nervosismo. A gente precisava conversar e, até lá, não fazia sentido eu me preocupar. Determinada, li a mensagem de Anna e mandei uma resposta.

Em seguida, li um e-mail de Kat. Na maior parte da mensagem, ela não parava de falar sobre como Nav era incrível, e aí disse:

> E Theresa se tranca no quarto todas as noites para fazer sexo por telefone com Damien. Sinceramente, Jenna, é como se outra pessoa tivesse invadido o corpo dela. Você ficou sabendo que eles treparam na praia de Waikiki, né?

— Não é possível! — As palavras escaparam da minha boca. Olhei ao redor rapidamente e balbuciei um "desculpe" para Mark e para as outras pessoas que estavam por perto. Com a Indonésia fora da minha cabeça, ao menos temporariamente, digitei uma resposta.

> Você está de brincadeira, né?? Um universo paralelo, com certeza! Dez dias atrás eu dizia a Tree que ela precisava tirar as teias de aranha de lá e colocar o cavalinho na chuva, mas ela nunca me ouviu antes. Hahahaha. Sério, eles só deram uns amassos ou coisa do tipo, certo? Ou fizeram sexo em um quarto de hotel com vista para a praia?

Será que eu deveria dizer a Kitty-Kat que eu mesma tive alguns momentos ardentes na praia com um biólogo marinho muito gostoso? Sim, eu me divertia chocando a família, mas já teria de aguentar muitas críticas quando aparecesse sem Mellow Yellow. Era melhor deixar Mark fora dessa, ao menos por enquanto. Em vez disso, terminei com:

> Mal posso esperar para ouvir a história inteira. E conhecer Nav. Não dá para acreditar que papai e mamãe não encontraram um defeito fatal ainda, mas posso encarar o desafio.
>
> Ainda estou DENTRO DO PLANEJADO para chegar em casa hoje à noite. Vejo todos vocês logo.
>
> Abraços.

Olhei para Mark e vi que ele estava concentrado em uma planilha. Sim, ele se daria bem com a minha irmã, Tree.

Em seguida, mandei um e-mail rápido para a minha mãe.

Mamãe, arrase no Supremo Tribunal.

Eu sabia que, para um advogado, era um lance superimportante apresentar um recurso ao Supremo Tribunal do Canadá, mesmo que ela já tenha feito isso umas dez vezes antes. Eu também sabia que, se houvesse alguma possibilidade de que o lado dela ganhasse, a minha mãe inteligente e determinada faria isso se tornar realidade.

Eu mal tinha enviado a mensagem quando um e-mail dela apareceu na minha caixa de entrada.

Onde você está?

Cheguei mais para a frente e escrevi depressa:

Em Tillamook. E você?

Ela disse:

No aeroporto. Vou te ligar.

A bateria do meu celular acabou.

Jenna, um celular é inútil se não estiver carregado.

Soltei um gemido. Na verdade, eu não estava muito feliz de conversar com ela, especialmente com Mark ao lado, olhando fixamente para a tela do laptop. Era mais fácil suportar as críticas dela por e-mail do que por telefone.

Como está o carro? (Ela perguntou.)

Mellow Yellow está legal e eu também.

Eu tinha certeza de que o carro estava bem, agora que estava sob os cuidados de Neal. Quanto a mim, legal não era a palavra certa. Mais para animada e absolutamente confusa.

Lembrei o que a minha mãe me disse vários anos atrás, sobre se apaixonar um pouco pelo homem que desperta a sua sexualidade, mas não cometer o erro de acreditar que aquele amor era para sempre. Eu tinha cometido exatamente esse erro quando tinha dezessete anos. Desde então, havia tido bom sexo com caras de quem gostava de verdade, mas sem ameaçar meu coração.

Agora, com o Mark, o sexo acontecia em uma dimensão totalmente diversa. Eu sentia... Eu não fazia ideia do que sentia.

Tirei as mãos do teclado e as deixei cair no meu colo. Ao olhar para baixo, vi que a perna dele estava somente a alguns centímetros da minha. A pele nua e bronzeada por baixo da bermuda cáqui me tentava a chegar o joelho mais perto e cutucá-lo.

Entrelacei os dedos para evitar esticar a mão e tocar nele. Eu não poderia estar me apaixonando. Eu não me permitiria. A minha vida era perfeita como estava.

O e-mail seguinte da minha mãe chegou.

Não fique tão louca a ponto de deixar de prestar atenção ao tráfego.

Revirei os olhos e coloquei as mãos de volta no teclado.

Eu estou bem e sou uma motorista cautelosa.

Depois, digitei mais devagar:

Mamãe, você se lembra de quando eu tinha mais ou menos onze anos e você veio ter A CONVERSA SOBRE SEXO, você disse algo sobre se apaixonar pelo primeiro cara que desperta a sua sexualidade?

Eu cliquei em ENVIAR e depois tirei a mão do mouse em um solavanco, desejando poder voltar atrás na mensagem. A resposta dela chegou.

Não me diga que você está dando carona para alguém.

Soltei um gemido.

Não estou falando sobre carona. Deixa pra lá!!

Ela disse:

Aquele surfista? O mexicano? Por Deus, Jenna, um surfista vagabundo?

Não, um senhor biólogo marinho. Engula essa, mamãe. No entanto, eu não estava pronta para dividir a minha vida pessoal, ainda mais com a minha mãe.

Não, não o Carlos. É uma hipótese. Como você usa o tempo todo em direito.

Ela sempre fazia isso na mesa de jantar, dizia:

— Deixe-me levantar uma hipótese — e aí estabelecia um padrão de fatos e observava como todos nós reagíamos.

Hipóteses não surgem do nada. Mas tudo bem, sim, eu lembro. Acho que eu disse que a maioria das meninas se apaixona um pouco pela pessoa que desperta a sexualidade delas. É natural, mas isso não significa que é a pessoa certa para você ou que vai amá-la por muito tempo.

Mark despertou um lado diferente de minha sexualidade. Então talvez o fato de eu sentir emoções estranhas e inesperadas fosse natural. Não significava que durariam. E, claro, eu não queria que durassem. Eu não deixaria um cara bagunçar a minha vida de novo de jeito nenhum. Ou melhor, não me permitiria estragar a minha vida por causa do que sentia por um cara.

Li as palavras da minha mãe mais uma vez. Quando eu era criança, o comentário dela não foi muito importante para mim, porém agora que eu realmente pensava a respeito dele, o que ele dizia sobre ela e papai? Eu sabia que ela o amava. Ele era o "cara certo" dela, não era? No entanto, se era, então ele não foi seu primeiro amor? Fiquei morrendo de vontade de saber, mas eu não ia perguntar a ela de forma nenhuma. Em vez disso, digitei:

Você realmente acredita que existe um "cara certo"? Como diabos saber que é ele quando o encontrar?

Ela demorou mais do que o normal para responder.

Achei que você não acreditava no amor. Nem o desejava.

Opa. Eu nunca deveria ter começado essa conversa com minha mãe. Ela sacou demais.

Encarei aquelas palavras na tela. Acreditar no amor? Bem, eu sinceramente achava que mamãe e papai se amavam, bem como M&M. Quanto a desejá-lo... Depois de Travis, decidi que era mais fácil não desejar o amor do que correr o risco de perder o juízo, agir feito idiota, não cuidar de mim mesma. Me machucar. Eu disse a mim mesma que existiam vários caras legais por aí e que não havia motivo para ficar só com um.

Será que eu realmente acreditava nisso? Mark perguntou se era realmente eu quem o dizia ou se eu repetia as palavras de Travis. Eu achava que a filosofia era minha. Baseava a minha vida nela e me divertia muito.

No entanto, agora... Será que eu começava a querer outra coisa? A desejar uma pessoa no mundo com quem realmente poderia me conectar, que me amaria como eu era?

Digitei devagar:

Talvez eu não saiba mais no que acreditar.

Fiquei encarando as palavras por algum tempo também, sem

clicar em ENVIAR. Menos de dez palavras simples e, ainda assim, as minhas mãos suavam frio.

Chegou outro e-mail da minha mãe.

Desculpe, meu voo está sendo chamado. Preciso ir. Vamos continuar quando eu chegar em casa. Dirija com segurança. Te amo.

Aí ela foi embora e eu continuava a olhar para as palavras que não tinha enviado. E me dei conta de que tinha começado uma conversa que teria uma continuação, embora eu realmente não quisesse tê-la com mamãe.

— Jenna? — A voz de Mark me interrompeu, me fazendo pular. — Já está acabando?

Ah, meu Deus, eu estava tão concentrada que não fazia a menor ideia de se ele estava me observando, quem sabe lendo a minha tela. Fechei a mensagem depressa e não a salvei. Esfreguei as mãos rapidamente nos braços para espantar o frio, o desconforto.

— Sim, já acabei.

Quando saímos do cibercafé e subimos na Westfalia, perguntei:

— Conseguiu falar com seus avós?

— Sim. — Ele olhou para mim com olhos azuis perturbados.

Talvez ele tenha falado de mim. Haha, isso seria interessante. Algum diabinho me obrigou a dizer:

— Você falou de mim?

As sobrancelhas dele se juntaram.

— Não. — Uma pausa enquanto ele arrumava o laptop na parte de trás e depois, quando nós dois estávamos sentados na frente: — Deveria?

— Por que deveria? — disse eu, despreocupada, enquanto apoiava os pés em cima do painel.

— Você, er, escreveu sobre mim para a sua família? — perguntou ele, hesitante.

— Por que deveria?

— Beleza. — Outra pausa quando ele deu a partida no *trailer* e começou a dirigir. — Se você for para a Indonésia, podem querer me conhecer.

Você acha?

— Por quê? É a minha vida. Eles nunca conheceram nenhum dos meus outros *chefes*. — Eu estava sendo arrogante, mas não conseguia me segurar. — Se eu fosse, você não iria me apresentar aos seus avós, iria? — Não olhei para ele, só para fora da janela, como se as lojas de beira de estrada fossem fascinantes.

— Er... Não sei.

— Eles não aprovariam, não é? Me achariam *irresponsável*. — Usei deliberadamente a mesma palavra que a minha família. — Como Alicia. — Não, eu não tinha espaço na vida de Mark a longo prazo, então é claro que eu não seria idiota de me apaixonar por ele.

— Er...

Soltei um bufo irado e lamentei:

— E, na verdade, a minha maldita família provavelmente *aprovaria* você.

— Você diz isso como se fosse um pecado.

Um traço de humor na voz dele me fez olhar em sua direção. Ele parou em um semáforo e me encarava, as sobrancelhas erguidas, uma curva alegre nos lábios.

Eu estava tendo um ataque sem motivo nenhum e ele não estava acompanhando. Aquilo neutralizou meu mau humor como que por mágica. Respirei fundo e dei um suspiro entristecido.

— Sim, um pecado mortal. Lembre-se — ponderei de forma provocativa —, eu vivo para chocar, e levar para casa um cara a quem eles aprovam seria o maior choque de todos os tempos.

O sinal ficou verde e ele seguiu em frente.

— Fico feliz em ajudar.

No entanto, ele não disse que iria me apresentar aos avós. E por que deveria? Embora ele usasse palavras pomposas como *fazer amor*, nós dois sabíamos que a nossa relação era apenas sexual.

Mais uma vez, fiquei imaginando como seriam as coisas se eu fosse para a Indonésia. A ideia de ir para lugares como Bali era tão empolgante, e o trabalho parecia fascinante. No entanto, a situação era diferente dos empregos e cargos voluntários dos quais participei no passado. Mark queria um compromisso de seis meses. Será que eu conseguiria? E, no mesmo nível de importância, e quanto a nós? Será que ele achava que seríamos amantes lá ou eu apenas ia trabalhar para ele?

Cara, eu realmente estava chegando aos trinta! Eu costumava tomar decisões por impulso, mas agora queria mais informações.

— Me fala mais sobre a Indonésia e sobre o projeto.

Como Mark era Mark, ele não começou pelas pessoas, foi direto para a ciência.

— Os recifes de coral estão em perigo, em parte porque o aquecimento global tem aumentado a temperatura dos oceanos e isso prejudica os corais. — Ele estendeu o assunto no modo cientista sensual.

— Então, seu projeto se trata de combater os efeitos do aquecimento global?

— O aquecimento global é o grande problema, mas há outras coisas que também prejudicam os corais. Práticas ruins de pesca, turistas que levam lembrancinhas e mergulhadores que simplesmente são descuidados.

— Tudo isso é mais fácil de mudar do que o aquecimento global.

— Isso mesmo — disse ele enquanto cruzávamos a ponte sobre o rio Columbia, que nos levava para Washington. — Educação é uma grande parte do projeto. Primeiro para ajudar a população local a compreender que, embora a captura de peixes tropicais exóticos para venda no mercado internacional e o incentivo ao turismo ofereçam retornos financeiros imediatos, as práticas atuais destroem os recursos nos quais estão baseados.

— Então você vai ensinar a eles o jeito certo?

— Sim. No caso da pesca, geralmente é um retorno a práticas mais tradicionais. Redes de pesca, em vez de cianureto, por exemplo.

Fiquei boquiaberta.

— Cianureto? Ah, meu Deus, eles usam cianureto?

— Em alguns lugares, sim. A substância atordoa os peixes e facilita a captura, mas a taxa de sobrevivência é menor e ela destrói o coral do qual os peixes dependem para sobreviver.

— É claro que destrói — refleti. — E, no caso do turismo, é preciso ensiná-los a respeito do ecoturismo, e imagino que tentar promulgar leis para que os turistas não possam levar corais para casa, não?

— Sim. A gente também ensina os moradores como tratar e replantar o coral, a reconstruir os recifes. — Ele discorreu a respeito das atividades envolvidas.

— Você os ajuda a criar uma economia sustentável que protege, em vez de destruir o meio ambiente — disse eu.

— Exatamente. — Ele me deu um sorriso enorme e depois continuou a falar. — Os integrantes da nossa equipe também ajudam nos aspectos econômicos. Os membros de uma comunidade podem criar o próprio negócio de exportação de peixes ou de ecoturismo.

O entusiasmo dele era contagiante e senti um desejo cada vez maior de fazer parte das coisas maravilhosas que ele e a equipe iriam realizar. O compromisso de seis meses não era grande coisa. Com um trabalho envolvente, o tempo iria voar.

Entretanto, e quanto a nós? Será que ele imaginava que iríamos parar de dormir juntos se estivéssemos em uma relação de trabalho?

Eu não seria uma colega, como os outros cientistas da equipe, e sim uma espécie de assistente. Talvez ele se envolvesse com outra bióloga marinha. Talvez eu me envolvesse com um balinês gostoso.

Meu estômago estava um pouco embrulhado. Provavelmente porque havia horas desde que tomamos café da manhã. Apontei para uma das saídas que levavam a Olympia.

— Preciso de uma pausa para fazer xixi e almoçar. Estamos com poucos biscoitos e queijo, então o que acha de comprar uns sanduíches para viagem?

— Boa ideia. — Ele pegou uma saída e achamos uma lanchonete onde compramos sanduíches vegetarianos e biscoitos gigantes com pingos de chocolate.

Insisti em pagar a minha parte.

— A gente também precisa acertar o combustível.

— Jenna, eu ia dirigir de qualquer maneira. Levar você junto não me custa nada a mais. Guarde o dinheiro para dar um presente de casamento à sua irmã.

Dei um sorriso triste e deixei meu orgulho absorver o pequeno golpe.

— Obrigada. Se ela não estivesse fazendo isso em um tempo tão curto, eu teria a chance de economizar mais.

Quando voltamos à I-5 e fomos em direção a Tacoma, comemos os sanduíches. Meu estômago estava um pouco melhor, mas os pensamentos estavam agitados. Mark era diferente de qualquer outro homem que conheci na vida, tão inteligente e comprometido e... Basicamente, muito incrível. O que significaria para nós se eu fosse para a Indonésia?

Quando terminamos de comer, ele começou a dar vários exemplos de projetos semelhantes ao dele. E, enquanto seguíamos para o norte através de Washington, ele também entrou em mais detalhes quanto ao trabalho que ele e a equipe planejavam fazer.

Prestei atenção, interessada, mas cada vez mais impaciente. O cientista falava sobre tudo, menos sobre que tipo de relação ele imaginava que haveria entre nós. Eu quase tive receio de perguntar, porque não sabia o que queria. Parecia que ele nos via sendo somente amigos, e isso seria mais fácil em vários aspectos. Em geral, eu não via problemas em ser amiga dos caras com quem dormia, mas será que eu conseguiria trabalhar com Mark sem ficar com ele?

Os quilômetros passaram, Seattle reluziu em um labirinto de saídas e viadutos, seguimos em progresso constante em direção à fronteira. E ele continuava a falar sobre o projeto.

— Esperamos também obter benefícios além dos ambientais e econômicos — disse ele. — Quando a economia melhora e as pessoas aprendem a respeitar o meio ambiente, muitas vezes isso tem um reflexo em outros aspectos da sociedade.

— Seria ótimo — disse eu, distraída. Sim, seria, mas eu não aguentava mais. Precisava saber. — Mark, e quanto a mim e você? Você é o líder do projeto, certo?

Ele concordou com a cabeça.

— Então, eu iria trabalhar para você. E nós... Seríamos o quê? Amigos? Namorados?

— Amigos? Você pensou... Ah, cara. Não foi isso o que eu quis dizer, Jenna. Namorados, é claro.

Uma onda de calor percorreu o meu corpo. Ele queria que eu fosse para a Indonésia como namorada dele.

— Você acha que o resto da equipe lidaria bem com isso?

— Sim, com certeza. Tem um casal nessa equipe e, provavelmente, outras pessoas vão se juntar. E sim, sou o líder da equipe, mas trata-se principalmente de uma função de coordenação. Não sou bom em trabalhar com gente. Contrato profissionais competentes, cada um com seu papel e suas tarefas, e trabalhamos de forma cooperativa.

Ele diminuiu a velocidade quando chegamos à fronteira.

— Sem muita fila, que bom. Pode pegar meu passaporte no porta-luvas?

Peguei o documento e achei o meu dentro da bolsa enquanto a dezena de carros à nossa frente passava rapidamente pelo posto. Dei uma olhada no relógio do painel e vi que eram seis e meia. A minha família provavelmente estaria arrumando o jantar e eu chegaria a tempo de comer o que sobrasse.

Encostamos à cabine da alfândega e Mark entregou nossos passaportes para o funcionário. Respondemos às perguntas de rotina e recebemos autorização para passar.

— Do que a gente estava falando? — disse Mark ao me entregar o passaporte dele para guardar. — Ah, certo, sobre relacionamentos. Em projetos como esse, não é prático dizer que as pessoas não podem ficar juntas.

— É, eu imagino.

Ele deu de ombros.

— É tudo muito flexível, mas eu não quero... — A voz dele sumiu aos poucos.

— O quê?

Ele pigarreou e, sem olhar para mim, disse:

— Não quero que você durma com mais ninguém.

— O quê? — Eu deveria ter esperado por essa. Mark acredita

em monogamia. Eu não e sempre odiava quando um cara tentava me prender. — Ei — protestei —, você disse que eu teria de me comprometer com o projeto por seis meses, não que eu teria de me comprometer exclusivamente com você por seis meses.

— A ideia é assim tão medonha? — disparou ele em resposta.

— Eu... Ah, a gente mal se conhece. Sim, tem uma... Química aqui, mas, daqui a uma semana, ela pode simplesmente desaparecer por completo. — Contorci o corpo para o lado para ver o perfil dele enquanto dirigia. — Mark, esse convite não tem a sua cara. Você não faz o tipo impulsivo.

Um sorriso malicioso torceu o canto da boca dele.

— Não até agora.

— Você vem há um bom tempo planejando esse projeto, tentando arrumar financiamento, se comunicando com as comunidades indonésias, reunindo uma equipe. — Sem dúvida, ele tinha um planejamento, assim como Theresa.

— É.

— E você me conhece há dois dias. Então, por que isso?

Ele lançou um olhar quase desesperado na minha direção.

— Porque você é especial.

— Especial? — repetiu, com aquela sensação de ternura que senti quando ele disse que eu era como uma borboleta, que fazia bem ao mundo.

— Estou fazendo isso do jeito errado, né? — disse ele. — Adrienne diz que não tenho um pingo de romantismo no sangue.

Romântico? A minha pulsação acelerou. O Dr. Mark Chambers estava sendo romântico? A ideia de romance era... assustadora. Emocionante. E o que diabos ele estava fazendo?

Depois de dar uma olhadela nos retrovisores do *trailer*, ele ligou a seta e parou o carro no acostamento da estrada.

— Você não pode parar aqui.

— Só um minuto. — Ele desligou o motor, desafivelou o cinto de segurança e virou para mim com uma expressão séria. — Jenna, eu só te conheço há dois dias, mas nunca senti antes o que sinto por você.

Ai, nossa. O tráfego zunia ao passar correndo pela Westfalia, que sacudia de leve sempre que um caminhão grande passava voando. Eu me sentia ainda menos estável, como se atravessasse, na escuridão total, as areias movediças de uma duna. — Eu, er... Mark, a gente só se conhece há dois dias.

— Eu acabei de dizer isso — ressaltou ele.

— Ah. É. Er...

— Você também sente algo. Não é algo unilateral.

Engoli em seco. Sim, eu sentia algo, mas era estranho e assustador e confuso, e admitir isso levaria a quê?

— O que te faz pensar assim? — A minha voz saiu aguda por causa do nervosismo.

Ele respondeu de forma tranquila.

— Às vezes você evita me beijar porque tem medo do que acontece quando nos beijamos. Quando a gente se beija e faz amor, você fica com uma expressão atordoada e estupefata, e é exatamente isso o que sinto. Você me conta histórias que nunca contou a ninguém.

Sobre a operação, a infertilidade. Além disso, ele enxergava o meu coração e percebia a verdade: que, por mais que eu tentasse enganar a mim mesma, nunca deixei de querer ter filhos.

— Você quer que eu continue a falar? — perguntou ele, com os olhos azuis cheios de ternura.

Balancei a cabeça em um sinal positivo. Eu deveria dizer alguma coisa, mas as palavras estavam todas misturadas no meu cérebro.

Ele estendeu a mão e pegou a minha. Com uma expressão confusa, ele disse:

— Não tenho experiência com o amor. Não sei como deveria me sentir. Será que estou apaixonado por você? Como vou saber?

Ai, meu Deus, eu tinha acabado de mandar um e-mail para a minha mãe para perguntar como era possível saber se você tinha achado o cara certo.

A minha pele suava frio e me dei conta de que estava enjoada de novo. Sacudi a cabeça vigorosamente.

— Uma vez, achei que estava apaixonada. Isso arrasou com o meu juízo e acabei me magoando. Não quero me apaixonar de novo. Não confio em mim mesma quando estou apaixonada.

— Você tem medo. Assustada assim, vai acabar com outro idiota feito Travis.

— Ele disse que me amava — disse eu, baixinho. — Ele mentiu e eu acreditei nele e não cuidei de mim mesma.

— Nunca vou mentir para você. E vou ajudá-la a se cuidar.

Outra onda de ternura atingiu meu coração. Quase superou os calafrios e o enjoo. Mark era um homem direto. Coisas que pareciam elogios ou brincadeiras eram apenas o jeito dele de dizer sinceramente o que pensava. Ele admitiu com carinho:

— Eu acredito em você.

— A gente pode ir devagar.

— Devagar? — Dei um gritinho. — Ir para a Indonésia com você durante seis meses não é exatamente ir devagar.

Ele juntou as sobrancelhas.

— Pode ser que não, mas é para onde vou. O que você planejava fazer agora? Voltar para a pesquisa sobre falcões?

— Não sei, não *curto* planejar. — Agitei a mão. — Pego o carro e aí vejo onde a estrada aberta vai me levar. São tantas as possibilidades. — Embora, naquele exato momento, nenhuma me viesse à mente. Respirei fundo e me obriguei a pensar. — Posso visitar Anna em Alberta, ir para a Grécia e ver Milos, ir para a Inglaterra e trabalhar com Elizabeth.

Ele estreitou os olhos quando eu disse *Milos*. Estava com ciúme. No entanto, a verdade era que Milos, o cara que um dia achei tão atraente, não me tentava. Será que Mark tinha me arruinado para outros homens?

— Com que dinheiro? — perguntou ele.

— Eu não sei!

Ele suspirou e, em seguida, me olhou nos olhos.

— Estou pedindo que você desista de todas as outras possibilidades e escolha...

Atrás de nós, uma sirene chegou correndo, o que o interrompeu, e nós dois ficamos sobressaltados. Um segundo depois, um policial atarracado de meia-idade parou ao lado da janela de Mark.

— Estão com problemas no carro, pessoal? — perguntou ele.

Mark sacudiu a cabeça.

— Não, eu só precisava dizer para ela algo que não conseguia enquanto estivesse dirigindo.

O homem era incapaz de dizer uma mentirinha inocente.

Os lábios do policial se curvaram e depois se endireitaram quando ele disse:

— Deixe-me ver sua carteira e os documentos do veículo. E, da próxima vez, espere até chegar a uma saída.

— Perdão — disse Mark enquanto tirava a carteira do bolso. — Jenna, você pode pegar os documentos no porta-luvas?

Depois que o oficial conferiu a papelada, nos mandou de volta para a estrada com um aceno.

— Diga o que você está pensando — disse Mark.

— Não sei. Sim, a ideia de ir para a Indonésia é muito tentadora. — Se ele fosse um cara qualquer, como Milos ou o surfista Carlos, a decisão seria fácil. Vá e se divirta enquanto durar. Entretanto, Mark não era um cara qualquer.

— Não só a Indonésia — disse ele com firmeza. — Nós.

Paralisada, perguntei:

— Existe isso de *nós*? Talvez seja só, sabe como é, um desejo muito forte que...

— Jenna — ele me interrompeu. — Você sabe que existe isso de *nós*. A pergunta é: o que vamos fazer com relação a isso?

Parte de mim queria dizer: *fuja para as montanhas*, mas Mark, que nunca mentia, disse que me achava especial. Ele via quem eu era, a pessoa de verdade, e me dava valor.

Hesitante, eu disse:

— Talvez a gente pudesse ir para a Indonésia e ver como as coisas caminham? — Eu nunca planejava nada com seis meses de antecedência, mas agora meio que queria.

— É o que tenho em mente, mas, se você for, quero saber se está ao menos aberta à ideia de que podemos dar certo. No longo prazo.

No longo prazo?

— Não lido com nada no longo prazo — respondi enquanto o pânico aumentava.

— Não fez isso até agora. Não significa que não seja possível.

Sacudi a cabeça.

— Mark, é coisa demais, rápido demais. Não consigo... Você me assusta quando fala desse jeito.

Ele deu uma risada triste.

— Meio que me assusto também. — Aí ele esticou a mão para tocar a minha. — Certo, e quanto a isso? Vamos recuar um pouco. A gente pode pensar no assunto e se ver, er, que tal amanhã à noite? Preciso comparecer a um jantar no simpósio e você vai querer jantar com a sua família, mas quem sabe a gente possa se encontrar depois?

Daqui a mais de vinte e quatro horas. Dei um suspiro de alívio.

— Com isso eu consigo lidar, mas preciso ver se tem algo do casamento para eu fazer.

Ele colocou a mão de volta no volante quando nos aproximamos do túnel George Massey e ficamos em silêncio enquanto o atravessamos. Dirigir debaixo do rio Fraser sempre me assustava. Sorri um pouco quando pensei que, se dissesse isso, Mark explicaria tudo sobre engenharia de túneis. Acabei conhecendo-o muito bem. E, mesmo assim, havia tanto que eu não sabia.

Quando saímos para a luz do início da noite, eu disse:

— Você pode até ter cronogramas e planejamentos, mas me parece que também não consegue pensar no longo prazo. Não muito além do projeto seguinte.

— Acho que é verdade.

— Mesmo assim, você diz que uma hora ou outra quer ter uma companheira e filhos. Como eles se encaixam na sua vida? — E como ele poderia ter usado as palavras *no longo prazo* comigo, quando o que queria, na verdade, era uma pessoa completamente diferente?

— Er, acho que não calculei isso.

Concordei com a cabeça, plenamente capaz de me identificar com aquilo.

— Meus pais sempre me perguntam onde me vejo daqui a cinco, dez anos. — Fiz um gesto para fora da janela. — E eu digo: na estrada, me divertindo.

Ele franziu a testa.

— É meio superficial.

Irritada, respondi:

— Bem-vindo ao meu mundo.

— Se você não se esforçasse tanto em chocá-los, quem sabe desse uma resposta sincera, tipo: trabalhando em um projeto interessante e que valha a pena.

— Como se isso fosse deixá-los mais felizes.

— Jenna...

Fiz um gesto com a mão para silenciá-lo.

— Mark, eu tentei. Beleza, é, sinto um prazer perverso em deixá-los chocados. Nas poucas oportunidades em que fui totalmente sincera quanto à minha vida, eles me criticaram. Nunca vou ser o tipo de pessoa que eles aceitam, muito menos respeitam, então, para que tentar? Para que me importar? — Como no caso da infertilidade, era loucura desejar o que era impossível ter. — Nenhuma relação entre pais e filhos é perfeita, certo? Tenho amor e um lugar seguro para onde correr se fizer besteira. Está bom o suficiente.

— Acho que você tem razão quanto ao fato de nunca serem perfeitas, mas a gente deveria aprender com os erros dos nossos pais. Tipo, se você tiver filhos, daria aceitação e respeito, além de amor, não é?

Assoviei enquanto puxava o ar, com a sensação de que ele tinha me dado um tapa.

— Você sabe que eu não posso ter filhos.

— Claro que pode — disse ele com severidade. — Lamento pela cirurgia, é uma pena que você não possa gerar bebês, mas você sabe que há crianças no mundo inteiro que precisam de bons pais. Não querer ter filhos é uma coisa, mas não diga que você não pode tê-los.

Adoção. Nunca me permiti considerar a possibilidade porque era um sonho imbecil que não funcionaria para mim.

— Não é verdade quando digo que não quero — admiti devagar. — Adoro crianças, mas elas não combinam com a minha vida. Tree diz que eu mesma ainda sou uma criança.

— Você consegue ser responsável quando quer. É uma escolha.

Irritada, eu disse:

— Pare de me dar lições de moral. Olha, é verdade, eu adoro crianças, mas não sou como as minhas irmãs. Todo aquele lance de casa e família, cerca branca e tal, me dá urticária.

Quase a contragosto, ele disse:

— A mim também. — Uma pausa. — Lembro que você disse ser a única que levava as bonecas para viver aventuras.

Concordei com a cabeça enquanto recordava as diversas tardes felizes no jardim sinuoso do lar da nossa família.

Um instante depois, ele estalou os dedos e disse, empolgado:

— Ei, é isso. É o que quero fazer.

— Como é que é? Você quer levar suas bonecas para viver aventuras, Dr. Chambers?

— Meus filhos. — Ele me deu uma olhadela. — Não existe uma lei afirmando que uma família precisa morar atrás de uma cerca branca. Nós podemos morar onde quisermos. As crianças podem ser educadas em casa e a casa pode estar em lugares diferentes do mundo. Que educação incrível seria essa.

— Nossa, é mesmo. Queria que *eu* tivesse sido criada assim. — Ele disse *nós*. Seria em um sentido geral ou mais pessoal? Ele disse que queria que eu estivesse aberta à possibilidade de longo prazo...

Ele continuou a falar.

— Estabilidade para as crianças, porque teriam dois pais que os amavam. No entanto, teriam variedade e estímulo também. E aprenderiam que as ações das pessoas são importantes neste mundo.

Meus pais tentaram nos ensinar isso também, mas eram tão absurdamente impressionantes que me faziam sentir inadequada. Para eles, passar alguns meses ajudando crianças autistas ou contando falcões era algo inútil. Era preciso conseguir diplomas universitários e seguir uma carreira séria. Mark era a única pessoa que via o verdadeiro valor de tudo o que eu tinha feito. Aquela analogia da borboleta, que dizia que eu fazia o bem no mundo, me impressionou.

E aí pensei no outro comentário dele sobre borboletas.

— A teoria do caos — murmurei, com uma sensação de tontura.

— É. — Ele me lançou um sorriso reluzente. — Uma jovem chamada Merilee agita as asas — anuncia o noivado —, o que leva suas três irmãs mais velhas a jornadas que não teriam feito em outra situação. As trajetórias se cruzam com as de três homens. Os feromônios no ar são abundantes e...

— E o quê? — Sobre o que a gente estava falando aqui? Meus pensamentos, minhas emoções, eram um turbilhão enlouquecido.

Ele deu de ombros e fez uma cara engraçada.

— Todo mundo vive feliz para sempre?

Dei uma risada nervosa. Para sempre?

— E você disse que não era romântico.

Eu com certeza não era, não desde os dezessete, mas mesmo assim...

— A teoria do caos — sussurrei. Tree era tão pessimista quanto aos homens que nunca saía com ninguém. Kitty-Kat tinha o pior gosto e o maior azar do mundo quando se tratava de homens. Uma semana atrás, se alguém me pedisse para apostar na chance de que alguma delas encontraria o amor, eu teria dito que a possibilidade era quase tão remota para elas quanto para mim.

Merilee sempre sorria quando afirmava que a única vantagem que tinha quanto a nós três era sorte no amor. Será que, de alguma maneira, ela conseguiu compartilhar essa sorte?

Ergui as mãos com os dedos abertos e as pressionei no rosto. Ai, meu Deus, será que eu estava mesmo apaixonada pela segunda vez na vida? Será que tive coragem de deixar isso acontecer?

***

Enquanto guiava a Westfalia pela ponte de Oak Street, Mark xingou por dentro o tráfego da noite de domingo que exigia a atenção dele.

Quando lançou um rápido olhar para Jenna, ela parecia estar em choque, com os dedos rígidos de tensão que pressionavam com força o rosto.

— Jenna? Você está bem?

Através dos dedos espalhados, ela olhou para ele.

— Não sei. Jamais esperei por isso. Jamais esperei por você. Minha vida era ótima do jeito que estava.

Um lado da boca dele se retorceu para cima.

— Entendo o que você quer dizer.

— É?

— A minha era ótima, mas você me mostrou que pode ser melhor. Caramba, você me fez saborear a comida.

Ela riu como se ele tivesse contado uma piada.

— Você me mostrou que é bom relaxar e aproveitar a vida. Viver o presente. — Ele refletiu a respeito de tudo o que ele fez, ou realizou de um jeito diferente, desde que a conheceu. — Que pode ser divertido agir por impulso, escolher um caminho de forma aleatória. — Ele fez uma pausa. — Ao menos desde que você tenha um mapa no bolso para o caso de se perder.

Outra risada.

— Sem falar que fazer amor com você é incrível — acrescentou ele.

Ela concordou com a cabeça e abaixou as mãos lentamente. Depois ela se agitou e apontou o para-brisa.

— Você precisa entrar à esquerda no próximo semáforo. Desculpe, não prestei atenção.

Ele conferiu o trânsito e, em seguida, entrou na pista da esquerda enquanto sinalizava que ia virar.

— Nós dois precisamos pensar mais a respeito. Vamos continuar esta conversa amanhã à noite.

— Indonésia — murmurou ela. — Vamos conversar sobre a Indonésia.

— Você sabe que estamos falando de mais do que isso. Aquela ideia de família, de viajar...

— Uau! — Ela ergueu as mãos em um gesto que dizia *pare*. — O que aconteceu com a decisão de irmos devagar?

Ele deu uma risada triste.

— Tudo bem, desculpe se pareci um rolo compressor. Só estou empolgado. — Empolgado e alegre, com o corpo carregado de adrenalina. Pela primeira vez, ele tinha uma visão clara de um futuro perfeito que combinava três tipos de amor: o trabalho, uma companheira e filhos. Companheira, ou seja, Jenna.

E Jenna, a mulher que ele temia que não conseguisse se comprometer com nada nem ninguém, parecia considerar seriamente a possibilidade.

Antes que se adiantasse, precisou esclarecer algo. Ele tomou fôlego.

— Beleza, vou recuar um pouco. Tudo o que você disse quanto a odiar a monogamia e a fidelidade, tudo aquilo foi porque alguém que você amava te magoou, certo? Se você e eu realmente nos apaixonarmos, me diga que não vai querer dormir com outros homens. Eu não conseguiria lidar com isso.

Ela meteu um dedo entre os lábios e o mordeu. Em um rodeio, ela disse devagar:

— Não consigo imaginar querer estar com outro cara. E quando penso em você com outra mulher... — Ela tirou o polegar e olhou para ele. — Merda, nunca fui ciumenta antes, mas, sim, isso iria me irritar.

— Que bom. — Ele se sentia como um homem das cavernas que reclamava a companheira e com toda certeza não se desculparia por isso. — E eu nunca faria isso.

— Vire aqui à direita, depois à esquerda daqui a dois quarteirões. Estamos quase lá.

Ele seguiu as instruções dela. Eles estavam em uma parte mais antiga e mais cara da cidade, com casas enormes atraentes e pátios paisagísticos.

— Amanhã à noite. Vamos conversar mais.

— Sim, definitivamente vamos precisar. — Ela deu uma risada rápida e balançou a cabeça. — Ai, meu Deus, geralmente eu é que sou a impulsiva. Ouço falar de algo divertido e lá vou eu.

— Isso é diferente — disse ele com certeza. Seria uma mudança importante para ambos. Um compromisso importante.

Importante. Importante de verdade. Os avós dele iam dizer que enlouqueceu. O pensamento encharcou a chama reluzente de empolgação que havia dentro dela.

Será que ele tinha enlouquecido? Ele deu uma olhada e viu Jenna com a testa franzida. É, um dia separados seria bom. Desde que se conheceram, eles mal ficaram longe da companhia um do outro. Ele achou desde o início que ela o tinha deslumbrado. Quem sabe, de algum jeito esquisito, ele tenha feito o mesmo com ela. Códigos MCP?

— Entre à direita na próxima esquina — disse ela. Depois falou: — Seus avós estarão esperando você.

— Sim. — Ele tomou uma decisão instantânea. Ele não ia contar a eles a respeito de Jenna, não até que ele e ela decidissem o que fazer. — E a sua família a você.

— Acho que não seria uma boa ideia te chamar para entrar.

Uma dor aguda o atingiu. Que ridículo, uma vez que ele não iria contar aos avós sobre ela.

Será que eram maus sinais? Ou apenas senso comum?

— Entre à direita — disse ela. — Pode parar aqui.

Ele estacionou na frente de uma casa que era a menor entre várias na rua, pequena demais para uma família de quatro filhas. Os pais devem ter reduzido o espaço quando as filhas mais velhas saíram de casa.

Jenna desafivelou o cinto de segurança, abriu a porta do passageiro e desceu em um pulo. Ele saiu e deu a volta para abrir a porta lateral do *trailer*, depois entrou para recolher a bagagem. Passou-as para ela, depois pegou a bolsa térmica e saiu com ela.

— Vou te ajudar a levar as coisas para dentro.

— Está tudo bem. É melhor não. Não contei a eles sobre o carro nem sobre a carona.

Será que ela ao menos contaria à família sobre ele? Como um otimismo empolgado havia se transformado em dúvida tão depressa?

Ele deu uma olhada na casa. Luzes quentes brilhavam por trás das janelas com cortinas, mas a porta não se abriu. Quando percebeu que a bolsa térmica em seus braços era uma barreira sólida e retangular entre eles, ele a deixou no chão.

— Que tal eu te ligar amanhã de manhã para ver se nosso encontro à noite vai rolar?

— Ótimo. Ligue para o meu celular. — Ela vasculhou a bolsa e arrumou uma caneta e uma fita de caixa registradora, e rabiscou o número.

— Você vai colocá-lo para carregar?

— Prometo que sim. — Por um longo instante, ela ficou olhando para ele, depois retorceu os lábios em um sorriso um tanto amargo. — Bem, Mark, tenho de dizer que foi uma *viagem*.

— Certamente. — Ele observou a casa. A porta não se abriu, as cortinas não se moveram.

Ele a puxou nos braços, sentindo a necessidade de restabelecer a conexão entre eles.

— A melhor viagem da minha vida, Jenna.

— Ah, Mark. Para mim também. — Ela inclinou a cabeça para cima e ele tocou os lábios nos dela. Ele não queria arriscar abrir a boca ou usar a língua, apenas uma pressão breve nos lábios. Um gesto de esperança.

***

Capítulo 12

Observei a Westfalia ir embora, com a mão de Mark acenando pela janela aberta do lado do motorista. A melhor viagem da minha vida e agora havia acabado.

No entanto, ele me deixou a oferta de outra e, para além disso, possibilidades surpreendentes.

Ele queria fidelidade. Um compromisso de seis meses. Ofereceu uma chance de amor. Até mesmo um futuro. Filhos. A minha mente, o meu coração, não conseguia absorver tudo aquilo.

Soltei o ar dos pulmões depois puxei de novo, e endireitei os ombros. Primeiro, era preciso enfrentar a minha família.

Embora não fosse do tipo que acompanha cuidadosamente o passar do tempo, eu sabia que fazia meses desde que vim para casa e mais de um ano desde que eu e minhas irmãs estivemos aqui ao mesmo tempo.

Levantei algumas mochilas e passei com passos arrastados pelo bangalô do Sr. e da Sra. Wilkerson, depois pela casa colonial pretensiosa da família Abbott, até chegar à enorme casa sinuosa na qual fui criada. Eu não queria de jeito nenhum que Mark me levasse até a porta e correr o risco de que a família saísse correndo e quisesse conhecê-lo. Não até eu estar preparada. Não até ele e eu decidirmos o que faríamos.

O que a gente dividia era intenso em alguns aspectos, porém frágil também. Frágil, porque eu nunca tinha gostado tanto de um homem antes e porque este incitava sonhos que tentei enterrar há mais de uma década. Que merda eu deveria fazer?

Enquanto caminhava pela entrada, percebi que o jardim estava perfeitamente bem-cuidado. A recepção seria aqui e, sem dúvida, o serviço de jardinagem andava fazendo hora extra. Que pena. Eu gostava do jardim sem aparos e um tanto selvagem. As minhas bonecas também.

Quem sabe com Mark eu pudesse brincar assim de verdade.

Ou quem sabe, se eu ousasse sonhar, meu coração se partisse pela segunda vez. Como eu poderia confiar no meu juízo quando o coração estava no caminho?

As portas da garagem para dois carros estavam fechadas e o velho Toyota de Merilee, além do Hyundai velho de Matt, estavam estacionados perto da casa.

Em silêncio, deixei a bagagem na varanda da frente e, em seguida, voltei para pegar a bolsa térmica e o resto das minhas coisas, enquanto ponderava o que deveria fazer. Era um domingo à noite. Provavelmente eles jantavam na sala de jantar. Se eu batesse, alguém ia atender a porta e ver que estava sem o carro. Essa conversa iria rolar uma hora ou outra, mas eu preferia adiá-la.

Nunca tive a chave da porta. Há muito, muito tempo, depois que esqueci a chave de casa pela enésima vez, meus pais desistiram e passaram a esconder uma em um buraco na velha castanheira do quintal. Aquela na qual passei várias tardes enroladas lendo, observando esquilos e principalmente sonhando. Com a Califórnia e a Grécia, com surfe e cavalgadas, com todas as aventuras que se possa imaginar — muitas vezes com um cara bonito ao meu lado e três filhos adoráveis.

Talvez eu subisse lá agora para passar um tempo sossegada antes de entrar e voltar para o meu papel de filha irresponsável. Se eu subisse até o meu espaço de sonhos, poderia pensar sobre a Indonésia e talvez até mesmo sobre o amor. Tentador, mas também assustador.

No entanto, agora que estava aqui, sentia um desejo urgente de ver minha família. Quaisquer que fossem nossos problemas, a ligação era forte.

Às vezes, eu pensava que Tree, Kat e eu éramos ioiôs. A gente voava para sair e para voltar para casa, aprontávamos das nossas, mas havia um fio resistente que nos conectava a esta casa e aos nossos pais. Ele sempre nos puxava de volta uma hora ou outra.

Decidi me esgueirar pelos fundos para pegar a chave, destrancar calmamente a porta da frente e deixar minhas coisas lá dentro antes que alguém me ouvisse. Quem disse que eu nunca pensava adiante nem fazia planos?

Depois de deixar meus pertences na varanda, fui até o quintal e fiquei surpresa ao ouvir vozes. Diminuí o ritmo e dei uma espiada cautelosa na esquina da casa.

Minha família estava reunida em torno da mesa de metal do pátio. Comeram lá fora, dava para ver os pratos vazios deixados no meio da mesa. Talvez papai tenha feito churrasco. Ele era o estereótipo do professor distraído e tinha dificuldades até mesmo em aparecer na hora das refeições, mas, quando decidia se concentrar, conseguia fazer o melhor bife marinado e um fantástico salmão ao molho de bordo.

Hesitei enquanto assimilava aquela imagem e sentia uma pontada no coração: amor, acompanhado de um desejo de fazer parte daquela cena, exatamente como era naquele momento.

Eles pareciam tão relaxados, para variar, tão à vontade uns com os outros enquanto recostavam nas cadeiras, muitos deles vestindo bermudas e de pernas nuas. Será que o clima tranquilo e casual era decorrente do fato de mamãe estar em Ottawa? Ela sempre foi a mais exigente, a mais rápida em interrogar e criticar.

E, ainda assim, senti um desejo infantil de ter os braços de mamãe em torno de mim em um abraço. Sim, um instante depois ela me irritaria por causa de algo, mas eu desejava aquele abraço.

Fiz uma rápida análise. Merilee, minha irmãzinha mais nova, parecia cansada. O cabelo cor de mel estava amarrado atrás de um rosto pálido demais, mas ela sorria enquanto ouvia um desconhecido lindo que tinha de ser o namorado de Kat. Uau. Tree não tinha exagerado. Esse homem, Nav, definitivamente era um gato, com longos cabelos pretos e encaracolados, pele cor de canela ressaltada por uma camiseta preta e traços marcantes. O melhor de tudo era a ternura no rosto dele, o brilho nos olhos, um toque de autenticidade que era tão diferente dos outros caras que Kitty-Kat tinha levado para casa antes.

Bem, talvez o melhor de tudo fosse como os dedos deles estavam entrelaçados em cima da mesa e o carinho nos olhos da minha irmã enquanto ela ouvia a ele e a Merilee. Kat, em contraste com Merilee, estava cheia de vida, desde a massa de cachos marrom-avermelhados até a animação em seu rosto. Cruzei meus dedos para que, desta vez, ela desse sorte.

Matt, como sempre, estava com o braço em torno dos ombros de M. Ele tinha uma boa aparência, muito limpa e saudável, e, sempre que o via, ele parecia mais velho — de um jeito bom. Agora, era um homem de verdade, não o menino que tinha crescido quase como se fosse da família.

Em seguida, me concentrei em Tree, a irmã mais velha, que se revezava entre cuidar de mim, mandar em mim e me ignorar. Ela certamente parecia diferente. O cabelo castanho continuava curto e simples, o rosto sem maquiagem como sempre, mas estava ligeiramente bronzeada e usava uma blusa bonita, verde e sem mangas, que era mais feminina do que o estilo habitual dela. No entanto, para além do superficial, havia algo indefinível, uma confiança e... sensualidade. Dei um sorriso. Ah é, o escritor de suspenses fazia bem à minha irmã mais velha.

Por fim, meu olhar pousou em meu pai, que falava com Tree atentamente. Para um professor, ele tinha uma aparência bem bacana, muito mais devido aos excelentes genes do que a qualquer esforço para cuidar de si mesmo. Os ombros não eram curvados, ele continuava magro e, embora o cabelo começasse a ficar grisalho, ainda tinha muito. Os olhos, por trás dos óculos que ele sempre usava, eram atentos.

Na verdade, quando saí do meu esconderijo e caminhei em direção a eles, ele foi o primeiro a me ver.

— Jenna! Você chegou! — Ele se levantou depressa e veio na minha direção.

— Jenna! — gritou Merilee, que deu um pulo e o ultrapassou correndo para me abraçar primeiro. — Você está aqui, você está mesmo aqui! — Ela me abraçou e apertou, e eu a abracei de volta, absolutamente feliz de estar em casa naquele momento.

Ela me passou ao papai para um abraço rápido e sincero. Kat era a próxima e o abraço dela foi carinhoso, como sempre.

— Ei, Kitty-Kat — sussurrei no ouvido dela —, que cara muito, muito gato.

Tree estava por perto e o abraço dela foi mais apertado do que o habitual.

— Você está maravilhosa, maninha — disse eu a ela.

— Você está a mesma de sempre. Nunca envelhece um só dia. — Hoje considerei essa declaração como um elogio de verdade, não uma alfinetada sutil de que era hora de crescer.

Em seguida veio Matt. Fiquei na ponta dos pés para beijar a bochecha dele.

— Que bacana, finalmente vou ter um irmão.

Ele riu e apertou as minhas mãos.

— Que bom te ver, Jenna. Sei quanto isso significa para M, todos vocês estarem aqui.

Kat pegou a mão do namorado e o trouxe para ficar na minha frente.

— E este é Nav.

Ele estendeu a mão.

— Naveen Bharani. Prazer em conhecê-la, Jenna.

Coloquei a mão na dele e as apertamos com firmeza.

— Preciso dizer que você está à altura de todo o alarde.

O humor reluziu naqueles olhos cor de chocolate e cílios escuros.

— A minha reputação é tão falada assim?

— Aposto que você já ouviu uma ou duas coisas a meu respeito — eu disse, irônica.

O brilho aumentou.

— Só coisas boas.

— Certo, Kat, pode jogá-lo fora. É um mentiroso.

Todos nós rimos e Tree disse:

— Você já comeu? Sobrou comida: frango assado com alho e mel e salada de batata, está na geladeira. A gente ainda não comeu a sobremesa, mas Kat fez musse de chocolate.

— Parece ótimo. Comam a sobremesa e eu alcanço vocês.

Quando Kat e Nav começaram a limpar a mesa, corri para a frente da casa e trouxe a bagagem, deixei-a ao pé da escada, depois usei o banheiro rapidinho e fui até a cozinha.

Eu me servi depressa e fui para o pátio onde os outros metiam suas colheres em taças de musse decorado com chantili e framboesas. Framboesas frescas, como as que Mark e eu dividimos.

Papai estava sentado na cabeceira da mesa e Tree e M&M estavam à esquerda dele. À direita, onde Kat estava sentada, havia agora uma cadeira vazia entre ela e papai, e alguém me serviu uma taça de vinho branco.

Quando me sentei, meu pai sorriu para mim.

— Como foi a viagem? É uma longa jornada.

— Sim, mas foi legal. E é bom estar em casa. — Apesar dos meus sentimentos misturados quanto à minha família, essas palavras eram a verdade. Às vezes, quando implicávamos uns com os outros, eu perdia a noção do quanto realmente nos amávamos.

— Quase achei que você ia aparecer com um homem a reboque — disse papai.

Meu garfo bateu ruidosamente no prato.

— O quê? Como assim? — Será que algo na minha voz ou nos meus e-mails havia me denunciado?

— Theresa trouxe Damien, que estava no mesmo voo. Em seguida foi a vez de Kat, com Nav, que estava no trem com ela. Comecei a perceber um padrão.

Teoria do caos. Em uma tentativa de agir casualmente, revirei os olhos.

— Pela última vez: não dei carona a ninguém.

— A gente nunca sabe o que esperar de você — Tree disse secamente. — Você sempre diz que vive para chocar. Não dá para ter tudo ao mesmo tempo.

— Ao que parece, você mesma andou causando choques por aí — eu a desafiei. — Quer dizer, se os boatos sobre a praia de Waikiki forem verdadeiros.

As bochechas dela ficaram rosadas. Ai, meu Deus, será que era verdade que ela tinha feito sexo na praia?

Pensei em estar naquela praia com Mark depois do pôr do sol e, por um instante, a minha mente vagou por imagens de sexo em várias praias ao redor do mundo.

Papai franziu a testa.

— Que boatos?

Por mais que nós provocássemos e criticássemos umas às outras, guardávamos os nossos segredos mais obscuros. Então, em tom de gozação, eu disse:

— Fiquei sabendo que a sua filha intelectual e viciada em trabalho realmente tirou um tempo para *passear* na praia. Não foi, Tree?

Os lábios dela se contraíram.

— Confesso o passeio. A culpa é do Damien. Ele até conseguiu me fazer vestir um biquíni.

E despi-lo também, eu tinha certeza.

— Mal posso esperar para conhecê-lo. — Fixei os olhos nela em um olhar que dizia *e ouvir todos os detalhes de você*, depois me virei para Kat. — Nav te fez cometer algo incomum?

Os olhos dela brilharam por cima de uma colherada de musse coberto de chantili.

— Ele me ensinou uma ou duas coisinhas. Os indianos são extremamente educados.

Nav abafou um risinho enquanto Kat se inclinou e sussurrou "Kama Sutra" no meu ouvido.

— Ah, é? — Olhei para o casal com a curiosidade no ápice. E eu que achava que era a única que curtia uma aventura.

Ao ver Merilee e Tree abafarem risadas, senti uma onda de inveja. As minhas irmãs estavam juntas dividindo segredos e eu me senti de fora. Se eu contasse a elas sobre Mark, será que elas iam me dizem que não o merecia ou iam me incluir naquele clima de fofocas entre meninas?

Reabasteci minha taça de vinho.

— Beleza, agora vamos falar de assuntos importantes. Me deixem a par do que está acontecendo com o casamento e do que posso fazer para ajudar. Sou toda de vocês. — E resolvi não me preocupar quanto a Mark e ao futuro até ficar sozinha no meu quarto.

Como era de se esperar, Tree começou e estabeleceu tudo de forma lógica enquanto Merilee e Kat davam opiniões. Deixei que falassem e me acomodei para saborear o frango e a salada de batata.

Quando começou a escurecer, Kat acendeu as luzes do pátio e depois trouxe musse de chocolate para mim.

— Obrigada. — Saboreei a sobremesa sofisticada e cremosa: chocolate amargo com um toque de café, ressaltado com perfeição pelo chantili com aroma de baunilha e pelas framboesas maduras. Meus lábios formigavam diante da memória de Mark pressionando delicadamente as framboesas nos meus lábios.

Papai se levantou.

— Vou deixar vocês cuidarem disso. Tenho trabalho a fazer.

— Me surpreende que ele tenha passado tanto tempo aqui — sussurrou Kat. — Conversar sobre casamento não é bem a cara dele.

— Boa noite, papai — disse eu enquanto ia para a cozinha e as outras pessoas também desejavam boa noite em coro.

Na porta, ele se virou e sorriu.

— É bom ter todas as minhas meninas de volta em casa. — E aí ele entrou.

Balancei a cabeça.

— É bom nos ter em casa, mas ele prefere trabalhar.

— Sim, mas acho que ele e mamãe realmente gostam que estejamos aqui — refletiu Tree. — É por isso que conservam nossos quartos.

— Eles sentem saudade quando você vai embora — opinou Merilee, quase a contragosto. — Sempre dizem quanto a casa está vazia. — Ela torceu o nariz. — Como se eu não contasse.

— Para mim, você conta — disse Matt na mesma hora.

Surpreendentemente, o olhar que ela lançou para ele era quase de irritação.

— Sei disso, mas não é a mesma coisa.

— Sejamos sinceros — disse Theresa depressa. — Se alguma de nós precisar da aprovação empolgada dos pais, nasceu na família errada.

Mas... Eu era a única a quem nossos pais sempre criticavam. Tree, Kat e M eram as boas meninas. Eu estava prestes a questioná-la quando papai voltou para o pátio.

Com uma expressão perplexa no rosto, ele disse:

— Sei que sou famoso por perder carros, mas não consigo encontrar o seu MGB, Jenna.

Estremeci.

— Por que você está atrás dele?

— Queria ter certeza de que você ia fechar o teto solar. A previsão para a noite é de chuva.

— O meu carro está bem. — Olhei em volta da mesa. Eu poderia dar a volta em papai — ele era capaz de passar pelo próprio carro em um estacionamento sem reconhecê-lo —, mas a verdade viria à tona uma hora ou outra. Resignada, eu disse — Está na Califórnia para ganhar um alternador novo.

As sobrancelhas de Tree se levantaram.

— Eu conversei com você. Você disse que estava de carro.

— Eu estava. Os planos mudaram.

— Você acabou pegando um ônibus? — perguntou Kat. — Você odeia ônibus tanto quanto eu odeio voar.

— Odeio mesmo.

— Você deveria ter ligado — disse papai. — A gente poderia ter comprado uma passagem de avião para você.

— Eu sei. Todo mundo ofereceu isso, mas eu não estava desamparada. Só porque prefiro não levar as coisas tão a sério quanto vocês não significa que não consiga chegar em casa para o casamento de M&M.

— Não gosto de pensar em você em um ônibus — disse o meu pai.

— Pai, sou uma garota crescida e consigo cuidar de mim mesma.

— Estou surpresa que você não tenha conhecido um cara no ônibus — brincou M.

— De jeito nenhum.

Eu poderia jurar que nenhum músculo no meu rosto se mexeu, mas o olhar de Kat se afiou.

— Você conheceu! Certeza que conheceu alguém.

— Tá, tá, não vim de ônibus. Arrumei uma carona com um amigo que ia de Santa Cruz até Vancouver.

— Um amigo do sexo masculino — disse Kat. — E aí, onde ele está?

— Com os avós. Eles moram aqui.

— Ele é um amigo *especial*? — provocou Merilee.

— Com Jenna, não são sempre? — Tree se juntou a ela.

— Não são — retruquei. Eu tinha amigos e ficantes do sexo masculino. Não era como se eu pulasse na cama com todos os homens a menos de dez metros de mim. Só com os realmente gatos e doces, como Mark.

A tensão pairava no ar e todos nós ficamos em silêncio até papai dizer:

— O importante é que você chegou a salvo em casa. Todas vocês chegaram a salvo em casa. Agora vou trabalhar.

Continuamos em silêncio até ele ir embora. Peguei o último pedaço de musse e tentei saboreá-lo enquanto me perguntava se conseguiria ir atrás de papai e fugir para o meu quarto. O que Mark e eu compartilhávamos era especial, porém tão frágil e incerto. Por mais que eu tivesse adorado participar da conversa de garotas sobre *sexo na praia* e *Kama Sutra*, eu tinha receio de submeter nosso relacionamento ao julgamento familiar.

Quando meu pai estava fora do alcance da voz, Tree disse:

— Matt, Nav, achem outra coisa para fazer. Precisamos de um tempo para nossas irmãs.

Opa. Por que eu achava que isso não se tratava do planejamento do casamento?

Nav olhou para Kat em busca de confirmação e ela disse:

— Sim, por favor.

Ele se levantou.

— Eu realmente deveria trabalhar na minha exposição fotográfica. Tudo bem por você, Matt?

— Claro. Tenho algumas coisas para fazer em casa, então vou voltar para lá. Se você não se importar, M? — Ele apertou a mão dela.

— Claro, M — disse ela. — Conversamos amanhã. — Eles trocaram um beijo rápido e Matt se levantou.

— Boa noite para todos — disse Nav. Ele se debruçou e deu um beijo lento e sensual em Kat. Ele murmurou algo no ouvido dela e ela sorriu para ele com os olhos castanhos a dançar.

Nav caminhou em direção à cozinha e Matt atravessou o gramado na direção da frente da casa. Quando estavam fora de vista, Tree, sentada na minha frente, inclinou o corpo e olhou para mim.

— A sua história não parece verdadeira, Jenna.

Soltei um gemido. Ao que parecia, o julgamento familiar estava no cardápio, quer eu gostasse ou não.

— Você é a única que sempre tenta nos chocar — continuou ela.

— É verdade — disse Kat. — Mas, desta vez, você está abafando o assunto. Normalmente, você falaria a respeito de um surfista supergostoso ou algo assim, e sobre a excelente viagem que fez. Tipo, acampando na praia e nadando pelada, coisas do tipo.

Por sorte, peguei uma xícara de café e pude enterrar meu sorrisinho na borda.

— Então, isso significa que você está escondendo algo — disse Tree.

Olhei para Merilee, sentada ao lado de Tree.

— E aí?

Ela ergueu as mãos.

— Elas é que são as espertas. Só estou ouvindo.

E elas nunca desistiam. Eu poderia contar uma parte da diversão e manter a minha imagem louca e extravagante sem deixá-las a par do importante. A tentação de falar sobre Mark era irresistível. Apoiei os cotovelos na mesa e inclinei o corpo para frente.

— Tá, sim, eu nadei sem roupa.

— Peraí, peraí, peraí! — Kat se levantou em um salto e colocou as mãos para frente em um gesto de *parem*. — Precisamos de mais vinho. — Ela correu até a cozinha.

— Está esfriando aqui fora — disse M. — Talvez a gente devesse entrar.

— Vamos ficar aqui fora — eu disse. Se a escolha fosse minha, sempre preferiria estar ao ar livre do que em um espaço fechado. — Mamãe e papai ainda têm cobertores a mais?

— Sim, vou buscá-los — disse ela, e seguiu Kat.

Olhei para Tree.

— Acho que é melhor a gente ficar de boca fechada até elas voltarem.

Nossas irmãs voltaram correndo, Merilee com quatro cobertores leves e Kat com uma garrafa de *pinot grigio* e um saca-rolhas. Poucos minutos depois, todas estávamos confortavelmente instaladas, com cobertores nos ombros ou no colo, taças de vinho fresco diante de nós. Desta vez, Merilee se sentou perto de mim e Kat ao lado de Tree.

— Vá em frente — pediu Kat. — Você parou no mergulho sem roupa.

— Isso aconteceu um pouco antes do sexo na praia.

— Eu sabia! — disse Kat. — Haha, Theresa, você e Damien não foram os únicos.

As sobrancelhas de Theresa se uniram.

— Qual praia? — disse ela com uma aparência irritada.

Eu ri.

— Sim, sim, a sua é melhor do que a minha. A minha era só uma praia pequena perto de um acampamento. — Em seguida, absorvi as palavras e a observei de olhos arregalados. — Sério mesmo? Você fez sexo na praia de Waikiki?

— E nadei pelada — disse ela com um ar de satisfação.

Um diabinho me obrigou a dizer:

— Em plena luz do dia, que nem a gente?

— Você não fez isso! — Ela ficou boquiaberta. — Por Deus, Jenna.

Eu ri mais uma vez e coloquei os pés descalços debaixo do corpo. Era tão fácil provocar minhas irmãs.

— Não, não fizemos. Foi depois do pôr do sol e todo mundo tinha ido embora. E você?

— Tarde da noite e acho que éramos os únicos na praia.

— Você não foi presa?

— Meu Deus, não. — Ela apertou a testa com a mão. — Não me diga que você foi?

Dei uma risadinha.

— Só estava brincando.

— Você não presta. — O rosto dela relaxou e fiquei imaginando que já a havia considerado a irmã sem graça. — É tão... primitivo — disse ela, maravilhada — fazer amor ao ar livre tendo somente a lua e as estrelas como testemunhas.

Não falei que Mark e eu estávamos em um abrigo improvisado e não vimos o céu. Na verdade, não vi muita coisa, estava tão envolvida com o momento.

— Sim, o sexo é incrível.

— Ah, é.

Kat pigarreou.

— Ei, M, não sei você, mas estou sentindo uma necessidade penetrante de pegar meu namorado e sair para encontrar uma praia. Humm — disse ela com malícia. — Qual será a posição do Kama Sutra que Nav recomendaria para fazer sexo na praia?

— Damien não precisa do Kama Sutra — disse Tree. — Acredite em mim, ele sabe como se movimentar. Falando nisso... — Ela estendeu a mão para tocar a minha, que estava apoiada na mesa. — O clube do sexo em aviões. Agora faço oficialmente parte dele.

— A gente disparou o alarme de emergência no chuveiro no trem — disse Kat de maneira competitiva enquanto agitava os grossos cachos vermelhos.

Certo, eu estava muito impressionada com as minhas irmãs. Ainda assim, retruquei:

— Paguei um boquete para ele na mesa de piquenique do acampamento. — O que deixei de dizer foi que, quando Mark e eu nos beijávamos e fazíamos amor, ele abalava as estruturas do meu mundo.

Quando percebi que Merilee estava calada demais, me virei para ela.

— Não fique tímida, M. Qual foi a coisa mais louca que você e Matt fizeram?

— Louca? — repetiu ela enquanto mexia na taça de vinho. — Nós não somos exatamente o tipo de fazer loucuras.

— Ah, fala sério — eu disse. — Sei que você e M sempre foram apaixonados, mas por Deus, garota, vocês dois precisam se soltar e enlouquecer um pouco.

— Se eu consigo, você consegue — opinou Tree.

— Encontre a garota má que se esconde em você — sugeriu Kat com um sorriso.

Merilee sacudiu a cabeça em negação. Com uma ponta de nervosismo na voz, ela disse:

— Parem de me dar conselhos sobre a minha vida amorosa. Lembrem-se, sou eu que vai se casar. Fui eu quem encontrou o amor da sua vida aos sete anos.

— Este é o problema — brinquei. — Tree, Kitty-Kat e eu estamos no auge da luxúria, e você está, tipo, em um casamento de meia-idade.

— No auge do amor — corrigiu Tree, e Kat concordou vigorosamente com a cabeça.

Engoli em seco com vontade de saber no auge do que eu realmente estava, mas consegui acenar casualmente com a mão.

— Tanto faz.

— Falando do que as pessoas *devem* fazer — disse M, que lançou uma cara fechada para mim e cobriu ainda mais os ombros com o cobertor. — Talvez você deva dar uma chance ao amor. Solte-se, Jenna, e se deixe apaixonar, pelo menos uma vez na vida.

Kat assobiou em aprovação.

— Diga a ela, maninha.

Não tínhamos acendido as luzes do lado de fora e o pátio estava iluminado somente pela luz da lua e das janelas da cozinha. O vinho e a reunião tinham nos acalmado, os traços das minhas irmãs estavam indistintos e a escuridão, além dos cobertores, trazia um clima de intimidade.

Aquela situação me deixou relaxada o bastante para dizer:

— Kitty-Kat, Tree, estou surpresa por vocês. Kat, você se apaixona pelos caras e eles acabam sendo uns babacas, mas você volta e tenta de novo. — É bem verdade que os erros dela nunca lhe custaram tanto quanto o meu, mas ainda assim... — Como é que você tem a... Não sei se é ingenuidade ou coragem de fazer isso?

— Porque acredito no amor — disse ela na mesma hora. — Cometi erros e precisei aprender da maneira mais difícil, mas finalmente consegui. Com Nav.

Será que ela era ainda mais idiota do que eu, ou mais corajosa? O que quer que fosse, eu realmente desejava que as coisas funcionassem para ela. Inclinei o corpo para apertar o braço dela.

— Espero que sim.

Eu me virei para minha irmã mais velha.

— E você, Theresa. Depois de Jeffrey você ficou tão pessimista. — Pela primeira vez, percebi quanto tínhamos em comum. — Você o amava e ele te traiu. — A traição dele também custou caro para ela: provocou um retrocesso em sua carreira, que era o mais importante para ela. — Como você conseguiu se abrir para confiar e amar de novo? Eu achava que você pensava que não precisava de um homem.

— Não preciso — disse ela de imediato. — Com Damien, não se trata de necessidade, se trata de amor. E ele é confiável, não é como Jeffrey. Ele me respeita.

— Respeito é bom — eu disse baixinho. Mark me respeitava. Ele me disse que eu era uma boa pessoa.

— Diz a mulher cujo lance é desrespeito — provocou Kat.

O que ela quis dizer?

— Eu?

— Claro. Você desrespeita autoridades, regras, convenções, tradições.

— Nesta você acertou. Odeio ser reprimida. A vida deve ser divertida.

— Todo mundo odeia ser reprimido — disse Tree. — Mas discordo quanto ao resto. A vida precisa ter significado. Prazer, sim, e amor, se você tiver sorte, mas também significado. Foi isso que você nunca entendeu.

Eu deveria ter imaginado que todo aquele carinho fraternal era bom demais para durar. É claro que as críticas tinham de começar.

Eu estava prestes a responder a Tree com uma malcriação quando Kat falou com severidade.

— Theresa, não hoje. É a primeira vez que estamos juntas em anos.

— Todas vocês têm personalidades fortes — disse Merilee. — Claro que vão bater de frente.

— Não coloque toda a culpa em nós — eu disse. — Você briga tanto quanto o resto de nós.

— Se não brigasse, ficaria completamente de fora — disse ela com amargura. — Vocês são as três marias e eu sou o erro.

— Você é a mais legal de todas, M — disse Kat.

— Com certeza — disse eu. — E você não é um erro. Só porque não estava nos planos, não significa que seja um erro. Eu sou o erro. Eles queriam um menino e tiveram a mim.

— O mesmo no meu caso — disse Kat. — Uma menina, um menino. Ah, opa, outra menina. Estraguei o plano de vida deles.

— Não, essa fui eu — disse Tree. — Quando mamãe ficou grávida, estraguei o plano de vida.

Uma risada escapou de mim.

— Ai, meu Deus, meninas, escutem só o que dizemos. Quero dizer, sei que somos competitivas, mas sinceramente. Vamos brincar de "quem é o maior erro"? Dá para ser mais patético?

Kat deixou escapar um bufo e começou a rir, e Tree e M se juntaram a ela.

Quando finalmente nos acalmamos, o ar parecia limpo e sem tensões. Kat serviu mais vinho e peguei a mão de M, de onde estava apoiada, no colo protegido pelo cobertor, e entrelacei os meus dedos nos dela.

— O grande dia está chegando. A minha irmã vai se casar. Fiquei sabendo de todos os detalhes, mas como você está? Enlouquecendo de empolgação?

Ela apertou a minha mão.

— Às vezes, como quando escolhemos os vestidos na sexta-feira, mas outras vezes... Sei lá. Ficar doente, depois passar pela cirurgia, me recuperar, todo aquele dever de casa para compensar... — O tom melancólico na voz dela não parecia nada com Merilee.

— Quando você estiver em lua de mel naquele cruzeiro, vai conseguir descansar e se recuperar bastante. A maresia, a comida deliciosa, muito sexo. Você vai recuperar a energia.

— Tenho certeza de que sim. — O rosto dela estava pálido sob a luz fraca, com vazios enegrecidos ao redor dos olhos. — As coisas só não são como eu imaginava.

— Você construiu sonhos tão grandes — disse Kat com delicadeza e carinho. — É difícil que a realidade esteja à altura deles. Ainda mais quando preparamos tudo em tão pouco tempo.

— Merilee. — Tree se inclinou para frente com os cotovelos na mesa, a fim de olhar para ela. — Você sabe que não precisa fazer isso. Sempre pode voltar ao plano original e se casar no ano que vem. Aí teria tempo para recuperar a saúde e meses e meses para fazer tudo exatamente do jeito que quiser. Sei que somos organizadoras de casamento inexperientes e improvisadas, e...

— Não, não — disse M rapidamente, enquanto sacudia a cabeça tão forte que o elástico que segurava o cabelo dela caiu e os cachos loiros desabaram em volta do rosto. — Vocês são maravilhosas. Tudo o que planejaram é maravilhoso. — Ela se virou para mim. — Realizar o casamento em VanDusen é perfeito, Jenna. — Em seguida, ela olhou para Kat. — Nav tirar as fotos é muito melhor do que um desconhecido. E os lindos convites eletrônicos que você fez são perfeitos, Kat.

Ela passou o olhar para Tree.

— As flores, o bolo, a recepção aqui no jardim, aquele vestido incrível que serviu como se tivesse sido desenhado para mim, tudo está maravilhoso. — Ela engoliu em seco. — E, além disso, já tivemos tanto trabalho, e o cruzeiro está reservado, não é como se a gente pudesse cancelar agora.

— M — eu disse quando comecei a ficar seriamente preocupada que houvesse algo errado.

— Claro que pode — disse Tree ao chegar para frente para ver melhor o rosto de M. — Merilee, se você tiver alguma dúvida, se não estiver se sentindo bem o suficiente ou preferir esperar até o ano que vem, claro que pode cancelar tudo.

— Não! — M balançou a cabeça, e os cachos de cabelo se agitaram. — Não, eu não tenho dúvida. Amo Matt. Fomos feitos um para o outro. — Ela pegou a taça de vinho e tomou um grande gole, finalizando-a. — Me deem um tempo, toda noiva tem direito de ficar nervosa. Agora, vamos conversar sobre outro assunto. — Ela se virou para mim. — Jenna, conte mais sobre esse seu novo carinha.

Nervosismo. É, tinha de ser isso. Não existe garota mais confiante da própria paixão do que Merilee em relação a Matt.

Após um momento de silêncio, Kat disse:

— É, Jenna, vamos ouvir o que você tem a dizer sobre ele.

— O que ele faz? — perguntou Tree.

Esta era uma das primeiras perguntas que ela, bem como mamãe e papai, sempre faziam.

Eu sabia que ela — todos eles — esperava que eu dissesse algo como: "ele é surfista" ou "ele toca em uma banda" ou "ele é peão de rodeio". Tive o prazer de dizer:

— O *Dr.* Mark Chambers é um biólogo marinho.

— Um cientista? — disse Tree, incrédula, enquanto Kat dizia: — Você só pode estar de brincadeira.

Sim, lá foram elas. Como se nenhum cientista pudesse se interessar pela irmã burra.

— Ele está em Vancouver para participar de um simpósio sobre mudanças globais em sistemas socioecológicos marinhos. Vai apresentar um trabalho sobre a reabilitação do ambiente marinho depois do *tsunami* na Tailândia. — Depois de tagarelar todas aquelas palavras compridas, tomei um fôlego muito necessário.

— Você ao menos sabe o que tudo isso significa? — perguntou Tree ao estender a mão para pegar a garrafa de vinho.

Mostrei a língua para ela. Eu sabia, mais ou menos.

— Mark adora o mar e vai passar a vida tentando salvá-lo. O mar e as criaturas que vivem dentro e ao redor dele. Ele é muito comprometido.

Quando Tree encheu nossas taças até a borda, Kat disse:

— Muito legal, mas indo direto ao ponto: como ele é? Bonito, atraente, bacana?

— Mais para lindo do que para bonito. Músculos torneados, traços angulosos, olhos azuis como o céu. Definitivamente atraente. E um doce. Não tem muito senso de humor, mas é absolutamente sincero. —

Eu sorri. — Às vezes, as coisas que ele diz com uma seriedade absoluta são muito engraçadas.

Na penumbra, vi minhas irmãs trocarem olhares.

— O que foi? — Exigi saber.

— Você parece, er, envolvida — disse Kat.

Opa. Para dar uma de joão sem braço, eu disse:

— Han? Porque eu disse que ele é engraçado sem querer?

— Fale mais — disse M.

Eu não deveria falar mais ou elas sacariam o que eu sentia, mas a compulsão de contar sobre Mark era irresistível.

— Ele gosta de cronogramas e planos, mas não é obcecado. Ele é corajoso. — Estremeci quando me lembrei do acidente e me enrolei mais no cobertor. — Aliás, ele salvou a vida de um homem.

— Salvou? E te contou a respeito? — Kat parecia pessimista. — Parece o tipo de cara egocêntrico com quem eu costumava sair.

— Não, definitivamente não. E ele não me contou, eu estava lá.

— Você estava *lá*? — A voz dela ficou mais alta.

— Como assim? — Merilee exigiu saber e Tree disse — Jenna, o que aconteceu?

Contei a elas a respeito do acidente de carro e como Mark salvou o Sr. Watkins.

— Uau — disse Merilee com seriedade quando terminei de falar.

— É. Eu estava apavorada.

— Ele parece um cara ótimo — disse Kat.

Concordei com a cabeça. Ele definitivamente era um cara ótimo e gostava mesmo de mim. Sem dúvida, as minhas irmãs pensavam que ele era bom demais para mim, mas ele me chamou para ir para a Indonésia. Não só como namorada, mas porque achava que eu poderia ser útil.

Hesitante, eu disse:

— Ele vai para a Indonésia trabalhar no próximo projeto. A equipe dele vai trabalhar com a população local para restaurar e reconstruir os recifes de coral e estabelecer novos métodos para protegê-los, além de dar início a economias sustentáveis.

— Ele vai trabalhar *com* o povo local, sem impor ideias ocidentais? — perguntou Tree. A minha irmã socióloga odiava quando os ocidentais desrespeitavam os povos locais.

— Isso mesmo — assegurei a ela.

— Parece digno — disse ela.

Tomei fôlego. Será que eu deveria ou não falar? Soltei o ar devagar e disse de uma vez só:

— Ele me pediu para ir trabalhar com ele no projeto.

— Pediu? — disse Tree. — Por que diabos? Você não sabe nada sobre biologia marinha.

Kat cutucou o braço dela.

— Ele quer que ela o mantenha aquecido naquelas longas noites frias de inverno. Não, espera. — Ela sorriu. — A Indonésia fica nos trópicos e estará no verão. Mas vocês entenderam o que quero dizer.

— Jenna — disse M —, como você vai pagar a passagem? Você não tinha dinheiro para vir de avião da Califórnia para casa.

— A passagem seria paga. — Eu disse a Mark que não fazia sentido tentar ganhar o respeito da minha família. No entanto, descobri que agora eu não queria desempenhar o mesmo antigo papel de criança revoltada. Coloquei a taça de vinho na mesa e endireitei a coluna. — Não, Kat, eu não seria um brinquedo sexual, estaria lá a trabalho. Trabalho pesado, conhecendo Mark. E não, Tree, não tenho nenhuma formação específica, mas sou interessada, aprendo rápido e sou boa em lidar com gente.

Depois de um longo silêncio, minha irmã mais velha disse devagar:

— Certo, tudo isso é verdade.

Uau. Era quase um elogio de verdade. Antes que eu ficasse muito empolgada, aguardei. E, como esperado...

— Mas quanto tempo vai durar esse projeto? — continuou ela.

— Seis meses.

— Certo. — Ela trocou olhares com Kat.

— Jenna, você se prendeu a algo durante seis meses? Você fica entediada, ou alguma outra oportunidade divertida aparece, ou você arruma um cara que quer que você vá com ele para algum lugar — disse Kat.

— Além disso, se envolver com o chefe é má ideia, em vários aspectos. Algo que aprendi em uma experiência triste — disse Tree.

— Ele não é um babaca como Jeffrey — eu disse. — E a gente já conversou a esse respeito. Ele está mais para um líder de equipe do que para um chefe, e disse que as pessoas que participam dos projetos se envolvem umas com as outras e isso não tem problema, desde que não atrapalhe o trabalho. — Derramei mais vinho na minha taça e na de cada uma delas também. A gente estava quase terminando a nova garrafa.

— Mark parece ótimo e a ideia de ir para a Indonésia é muito divertida. Mas pense bastante no assunto. Colocar o trabalho em primeiro lugar? Durante seis meses? — disse Merilee.

— Por que você se prenderia a esse trabalho — disse Tree, sem rodeios — quando nunca se prendeu a nenhum outro?

— Porque... — No passado, eu teria feito algum comentário engraçadinho e acabado com a conversa. Ou poderia falar a verdade em parte e dizer que o meio ambiente era importante para mim.

Esta noite, talvez por causa das emoções dos últimos dias, dos abraços e da intimidade mais cedo, ou simplesmente de vinho demais, eu queria ser sincera. O que poderia acontecer de pior? Elas me diriam que eu era maluca. Como se eu nunca tivesse ouvido isso antes.

— Por causa de Mark — eu disse baixinho e com firmeza. — O que eu sinto por ele é diferente do que senti por qualquer outro homem que já conheci.

Todas começaram a falar ao mesmo tempo e eu disse por cima delas.

— Espera, me deixem terminar. Ele sente o mesmo. Existe algo especial entre nós. Os outros caras gostavam de mim porque sou bonita e divertida, mas Mark me leva a sério. Ele aceita quem eu sou, gosta de quem eu sou, e acha que sou... — Dei um sorriso ao me lembrar do que ele disse e coloquei a mão debaixo do cobertor para tocar as minhas tatuagens. — Ele disse que sou uma borboleta e que, quando pouso, faço coisas boas e úteis. Que transformo o mundo em um lugar melhor.

As três ficaram em silêncio por um instante e eu aguardei, com o coração acelerado na esperança de que, ao menos desta vez, elas não me rebaixassem. Que elas me vissem como Mark me via.

Merilee falou primeiro.

— Eu gosto desse cara.

Estendi a mão para dar nela um abraço desajeitado entre cobertores.

— Eu também, M.

— Ele tem razão — disse Kat devagar. — Não sei tudo em que você trabalhou, mas aquele lance dos cavalos era terapia para crianças, certo? E a contagem de falcões... É uma espécie em extinção?

— E você trabalhou com crianças autistas — disse Merilee. — Lembro que, quando eu estava no ensino fundamental dois, você falou a respeito e isso me ajudou a decidir que queria ser professora.

— Sério? — Eu tinha mesmo sido uma influência positiva para a minha irmã? Isso fez com que me sentisse incrivelmente bem.

— São coisas que valem a pena — disse Tree.

A ternura percorria o meu corpo, mas eu sabia que era bom demais para ser verdade.

— Mas você não acha que... — começou ela.

Kat, com olhar em mim, a cortou.

— Não, Theresa. Deixe para lá.

Do lado oposto a elas na mesa, mal dava para ver os rostos, mas eu sabia que estavam trocando alguma mensagem silenciosa.

Depois de um instante, Tree disse:

— Sim, Jenna, são coisas que valem a pena. Bom para você.

Engoli em seco.

— Obrigada. A todas vocês. — Confiei a verdade a elas e elas me apoiaram. Deixei que o calor daquele carinho tocasse o meu coração e abracei os sentimentos junto a mim.

Kat sorriu para mim.

— Jenna, que ótimo que você encontrou um homem que te dá valor por quem você é. — Em seguida, ela empurrou a cadeira para trás e se levantou. — E, falando nisso, acho que está na hora de dormir ou o meu homem vai achar que o abandonei.

Todas nós nos levantamos, envolvidas em cobertores, e começamos a limpar a mesa.

— Você deveria convidar Mark para o jantar de amanhã — disse Tree.

A noite de hoje foi surpreendentemente boa, mas eu não estava pronta para sujeitar Mark — e a nossa hesitante relação — ao teste do jantar em família.

— Ele estará preso no simpósio. — E, depois disso, ele e eu precisaríamos de privacidade para conversar.

Entramos na casa e arrumamos tudo rapidinho, depois fomos para o segundo andar. No corredor, demos um abraço em grupo.

— Não contem a papai sobre a Indonésia, tá? — eu disse. — Mark e eu ainda estamos conversando a respeito. Não quero dizer mais nada até nos decidirmos.

Todas concordaram, depois desejamos boa noite umas às outras e fomos para nossos quartos.

Segui para meu antigo quarto e olhei para as coisas que estavam lá havia tanto tempo que raramente as percebia: o móbile de beija-flores de cristal na janela, algumas pinturas a óleo feitas por mim que não eram horrorosas e pôsteres de praias tropicais com famílias brincando.

Quando era adolescente, eu sonhava em ir para a Califórnia e, mais além, para lugares como a Indonésia. Eu sonhava em encontrar um homem maravilhoso, me apaixonar e ter filhos.

Depois de Travis, parei de sonhar. Vivia dia após dia e confiava no universo, em vez de em algum homem.

O universo me trouxe Mark. E Mark pintou, de forma tentadora, todos aqueles velhos sonhos de volta à vida. Se ele tivesse simplesmente me convidado para participar de um projeto de seis meses, isso já teria sido assustador o suficiente, mas aí ele falou sobre o futuro. No longo prazo.

Eu não *curto* longo prazo. Será que conseguiria lidar com algo no longo prazo? Será que queria?

Será que eu deveria ousar acreditar nele, confiar nele, ceder aos sentimentos surpreendentes que me confundiam tanto? Será que eu deveria ousar me permitir sonhar novamente?

Antes, quando amei, me tornei uma idiota. Eu me deixei magoar, deixei que os meus sonhos fossem destruídos. Como correr esse risco mais uma vez?

Aos suspiros, inquieta, deitei na cama e apaguei a luz. Será que havia alguma esperança de que eu conseguisse dormir?

Um pensamento passou pela minha cabeça, e pulei da cama de novo para colocar o celular na tomada e não perder a ligação de Mark.

***

Capítulo 13

Segunda de manhã, antes de sair para o simpósio, Mark ligou para Jenna na privacidade do seu quarto. O nervosismo acelerou a respiração dele enquanto ouvia o celular chamar.

Será que ela contou à família sobre a Indonésia? Como reagiram? Se tivessem tentado convencê-la do contrário, poderiam muito bem forçá-la a sair por pura perversidade. No entanto, ele queria que ela se decidisse pelos motivos certos.

Ontem, ele achava que ia ser bom para os dois passarem um tempo separados, recuarem e pensarem com cuidado. Para ele, aquele tempo só tinha feito com que sentisse saudade dela e ainda mais certeza de que ela deveria ir para a Indonésia. Que efeito ele teve sobre Jenna?

Por fim, a voz dela ressoou no ouvido dele, sem fôlego.

— Mark?

— Bom dia, Jenna. Te acordei?

— Não, eu estava no banho quando o telefone tocou.

Ele a imaginou nua, em um banheiro lotado de vapor, e sentiu a previsível reação.

— Ah, mas que maldade.

Ela deu uma risadinha.

— Só estou dizendo a verdade, como você sempre faz.

Ele sorriu e apreciou o fato de ela o conhecer bem, além de ficar aliviado pelo tom de voz carinhoso e provocativo sugerir que ela não ia dar para trás.

— Estou com saudade. Está de pé hoje?

— Também estou com saudade. Vou dar um jeito. Que horas?

— Nove? Você pode sugerir um café ou bar?

— Não. Tem de ser na praia. Que tal em Spanish Banks?

— Está ótimo. — Ela não ia terminar com ele em uma praia, Mark tinha quase certeza. — Quer que eu te pegue?

— Não, eu te encontro lá.

Será que isso significava que ela não tinha contado a respeito dele para a família? Ou que tinha e ainda não queria apresentá-lo?

Será que ele estava analisando demais? Era muito mais fácil analisar a natureza do que os seres humanos.

Eles combinaram em qual estacionamento iam se encontrar e ela disse:

— Mal posso esperar pra te ver.

— Eu também. — Ele teria conversado mais, perguntado a ela sobre o reencontro com a família, mas o simpósio ia começar em breve. — Preciso ir.

— Boa sorte com sua apresentação, não que você vá precisar.

Tudo ia ficar bem. Ele conseguia sentir.

Com um assovio, ele desceu correndo a escada para se despedir depressa dos avós e, em seguida, subiu na Westfalia.

Na noite passada e durante o café da manhã, ele ficou impressionado com a diferença entre os avós dele e Jenna. Lá estavam eles, quase chegando aos noventa, e só o que faziam era trabalhar. É bem verdade que eles se dedicavam à carreira e faziam trabalhos dignos, mas Mark se perguntava se sentiram o gosto do café de livre comércio que ele fez ou se algum dia passearam na praia, quanto mais feito amor em uma. Ele não conseguia se lembrar da última vez em que os ouviu rir.

Rir era bom. Saborear era bom. Praias e fazer amor era muito, muito bom. Quem sabe hoje à noite... Não, Spanish Banks era pública demais. No entanto, o *trailer* tinha cortinas e uma cama.

Ele se obrigou a abandonar aquele pensamento e se concentrar nos pontos que queria ressaltar quando apresentasse o artigo mais tarde naquela manhã.

Na hora do almoço, alguns colegas entraram com Mark na grande sala de jantar do hotel, que havia sido preparada para os participantes do simpósio. Eles elogiaram a apresentação dele e fizeram perguntas instigantes, mas ele as respondeu com a mente distraída, enquanto vasculhava o cômodo à procura de Adrienne. Ele a viu de passagem algumas vezes e agora esperava ter alguns instantes quase particulares para conversar com ela.

Em tudo o que ele fez esta manhã, mesmo quando estava atrás do palanque, Jenna estava no fundo da mente dele. Por causa dela, ele quebrou a seriedade da apresentação com algumas histórias engraçadas sobre as interações entre a equipe do projeto e o povo tailandês e percebeu quando os rostos na plateia se iluminavam e lábios se curvavam.

Ele era o mesmo cara de sempre, mas não. Em algum aspecto fundamental, o mundo dele havia mudado e ele mudou junto.

Adrienne passou correndo atrás dele e pegou seu braço.

— Mark! Olá, estranho.

Ela o abraçou e ele a abraçou de volta, assustado com a barriga de sete meses que se impunha entre eles.

— Venha se sentar comigo — ordenou ela.

— Por favor, me deem licença — disse ele aos colegas e deixou que ela o levasse até uma mesa desocupada do outro lado da sala.

Depois de se sentarem, ele disse:

— Você está diferente.

— O bebê ou o cabelo?

— Ambos. — O cabelo vermelho vivo dela sempre foi longo, às vezes solto e às vezes preso para trás. Agora, estava curto e espetado, e chamava a atenção para o rosto expressivo. — O corte combina com você. Er, o bebê também.

Os olhos de jade reluziram por trás dos óculos.

— Com um bebê a caminho, estou simplificando as coisas. Cabelo curto dá menos trabalho. Mas chega de falar de mim. Como vão as coisas com Jenna?

— Acho que, er, bem. Quero dizer, é difícil saber agora, mas, é, bem. — Ele engoliu um pouco de água gelada. — Eu a chamei para ir para a Indonésia.

— Mark! Certo, senhor, quem é você e o que você fez com o meu melhor amigo? — brincou ela. — Depois de meses de orçamentos e pedidos de financiamento, depois de analisar dezenas de currículos e escolher a melhor equipe, você age por total impulso e convida Jenna para ir junto? Ah é, você está apaixonado.

— Não se trata só de eu querer a minha, er, namorada lá. Ela seria um bom acréscimo.

— Melhor ainda. Então ela não é tão diferente quanto você achou que era? Quando conversamos no telefone... — Adrienne parou de falar quando um grupo de pessoas ocupou as cadeiras em torno deles. Em um sussurro, ela disse — Mais tarde. Vamos tomar um drinque depois do jantar?

— Não posso. Vou encontrar com ela.

— Você não pode fugir de mim para sempre. — Ela fingiu fechar a cara para ele.

Ele sorriu.

— Não é o que estou tentando. Vamos conseguir um tempo.

Um dos recém-chegados fez uma pergunta sobre o artigo dele, e ele mudou o foco da atenção. Logo todo o grupo à mesa estava absorvido em uma estimulante conversa.

O almoço foi servido: frango cozido demais com um molho inidentificável. Ele sorriu para si mesmo ao pensar em Jenna. Às vezes, era melhor não saborear a comida.

Muitas horas depois, Mark saiu para a praia de Spanish Banks, ansioso para ver Jenna, mas também nervoso. Havia tanta coisa dependendo dessa conversa. Todo um futuro, na verdade. Ela parecia ótima ao telefone pela manhã, mas teve um dia para ponderar.

Enquanto cruzava os estacionamentos da praia, ele observou, distraído, que mesmo tarde da noite havia um bom número de pessoas por lá: gente que passeava, andava de bicicleta, patinava, levava cães para passear.

Quando ele parou na última vaga, olhou em volta sem saber qual carro ela estaria dirigindo e se perguntando se ela estava lá. Ao ver que ela não surgiu de nenhum dos carros estacionados, ele se deu conta de que uma mulher que não acreditava em horários provavelmente não chegaria na hora. Jenna não furaria com ele.

Uma Mercedes sedã preta e elegante correu pelo estacionamento e parou ao lado do *trailer*, e ele viu Jenna no banco do motorista.

Ele deu um sorriso largo e ela sorriu de volta, e ele percebeu que tudo estava bem entre eles. Um calor percorreu o corpo dele, concentrado em seu coração.

Ela saiu do carro e ele se deleitou com a visão dela: um sorriso reluzente, o cabelo encaracolado e brilhante sob as luzes artificiais do estacionamento e aquelas curvas finas e tentadoras em uma camiseta verde de mangas compridas por cima da calça jeans. Cheio de ansiedade, ele a abraçou e ela o apertou de volta, enquanto erguia o rosto na direção do dele, sem hesitar por um só momento.

Ele a beijou e uma corrente intensa e quente fluiu entre eles. Amor. Certamente, nada mais proporcionava essa sensação. Antes que pudesse pegá-los e dominá-los, e antes que arrancassem as roupas um do outro no estacionamento, ele afastou os lábios dos dela com tristeza.

Ela sorriu para ele.

— Covarde.

— Você sabe disso. — Com as mãos apoiadas alegremente nas curvas superiores da bunda dela e a pélvis a provocar a dela enquanto o pênis — que não discriminava entre locais públicos e privados — crescia, ele indicou a Mercedes com a cabeça. — De quem é o carro?

— Da mamãe. Os advogados têm um lance com imagem. — Com os olhos brilhando, ela torceu o nariz. — Ninguém mais tem permissão para dirigi-lo, mas meu pai e Merilee precisavam dos próprios carros e minha mãe está em Ottawa esta noite, então eu o roubei. — Os braços estavam frouxos em torno do corpo dela. Ela meteu as mãos nos bolsos de trás da calça dele e esfregou o quadril de maneira sugestiva no dele. — Falando em imagem, você sabe se cuidar muito bem, Dr. Chambers. Eu não teria te reconhecido se não fosse a Westfalia.

Como hoje ele estava em apresentação, usava calças pretas de alfaiataria, uma camisa azul de algodão com mangas compridas e uma gravata. Ele afrouxou o nó da gravata quando correu para o carro, mas não parou para tirá-la.

Os dedos de Jenna puxaram o nó e, em seguida, ela tirou a gravata. Ao colocá-la em torno do próprio pescoço, ela passou a desabotoar o primeiro botão da camisa.

Ele pegou as mãos dela.

— Ei, você está pensando em tirar a minha roupa em público?

— O que, hoje não vamos nadar pelados?

Prestes a ressaltar que havia gente demais em volta, ele percebeu que ela poderia muito bem estar provocando-o.

— É uma brincadeira?

Ela enrugou a boca.

— Ei, você está começando a ficar esperto. Sim, chocar um pouco as pessoas é divertido. Ser presa, nem tanto.

— Então posso perguntar por que você está tirando a minha roupa?

— Talvez porque você esteja bem-vestido demais para a praia. — Ela passou a ponta da língua ao redor dos lábios de maneira sugestiva. — Ou talvez...

Ele apertou as mãos dela nas suas enquanto a excitação aumentava.

— Ah, curti essa ideia. — Ele pressionou a ereção no corpo dela. — A gente poderia fechar as cortinas.

— Agora estamos falando a mesma língua.

Ele abriu a porta do *trailer* e ambos pularam para dentro. Com pressa, prepararam tudo — cortinas fechadas, cama desmontada —, depois se jogaram ansiosamente na cama, enquanto as mãos tiravam com urgência as roupas um do outro.

Em meio a murmúrios e risadas, ficaram ambos nus, e aí ele a deitou na cama e subiu nela. Ele não acendeu a luz, porque ela vazaria através das cortinas e poderia despertar a curiosidade de um policial em patrulha. Como resultado, ele mal conseguia ver Jenna, o que era uma pena.

Mesmo assim, quando ele abaixou o corpo por cima do dela, sentiu as familiares curvas macias e suaves, e mergulhou nela como se voltasse para casa. Passou pela cabeça dele que, se eles viajassem mundo afora, sempre estariam em casa, pois tinham um ao outro.

Jenna certamente concordava. Os sentimentos dele eram tão poderosos e a conexão entre eles tão certa, ela tinha de sentir o mesmo. Se não sentisse, não estaria aqui agora, desse jeito, se abrindo para ele, segurando ansiosamente o pau dele.

— Senti saudade de você — murmurou ela.

— Eu também.

A ponta do pau dele encontrou a pele quente, firme, porém dócil, e a penetrou em seguida. Ele entrava devagar, centímetro a centímetro, e a sentia se abrir para ele e apertá-lo como uma luva de veludo.

Uma luva muito úmida, que pulsava de forma erótica em torno dele, apertando e soltando, encorajando-o a acompanhar o ritmo.

Lentamente, ele começou a penetrá-la, quase tirando todo o pau e depois metendo de novo, profundamente, mantendo o ritmo, mais profundamente, tanto quanto conseguisse se aproximar do âmago dela.

Ela gemia, arqueava as costas, jogava a cabeça para trás sobre o travesseiro. Os lábios tocaram o pescoço exposto em mordidelas suaves, concentradas nos pontos que ele sabia que a excitavam ainda mais.

Estava escuro e ele mal conseguia vê-la, mas a situação o deixava ainda mais em sintonia com cada sensação.

Ele não queria beijar os lábios dela. Ainda não. Se o fizesse, seria dominado, e agora queria ter consciência de cada pedacinho de pele sedosa que excitava com suas provocações. Ciente de cada arrepio, cada suspiro baixinho que ela dava. Do doce aroma almiscarado que exalava da pele dela.

Estava ciente das mãos dela a acariciar suas costas, a agarrar os músculos, a mexer com a base da coluna, a flertar com o vinco central da bunda dele.

Ela falou para ele viver o presente, prestar atenção e apreciar, e era exatamente isso o que ele fazia.

— Que gostoso, Jenna — murmurou ele contra o ponto pulsante na base do pescoço dela, enquanto sentia a vibração palpitante contra os lábios dele.

— No fim de semana eu tinha uma teoria — disse ele.

Um riso irradiou dela.

— Uma teoria?

— Que você tinha medo de me beijar.

— Talvez você devesse testar essa teoria, senhor cientista.

— Talvez. — Ele sabia que ela esperava que ele fosse até a boca dela, mas a enganou ao se afastar e seguir um pouco mais para baixo para poder beijar a curva superior de um seio.

— Humm, isto não é tão assustador. Você consegue fazer mais. Tente descer mais um ou dois centímetros.

Obediente, ele se dirigiu para o mamilo e o provocou com beijos leves, depois o sugou até ela se contorcer debaixo dele.

Fez o mesmo com o outro mamilo, depois seguiu caminho lentamente mais para baixo do corpo dela, deixando beijos em toda a pele macia. Em determinado ponto, ele chegou à pele úmida entre as pernas dela, encharcada de excitação. Quando ela abriu as pernas em um convite, ele levantou a cabeça para provocá-la.

— Ainda não está com medo?

— Medo de morrer de frustração sexual — disse ela, ofegante.

Ela não era a única. O pênis dele estava tão duro que chegava a doer.

— Isso não pode acontecer. — Ele passou a língua pelo sexo dela, para frente e para trás em lambidas amplas, enquanto ela pressionava o corpo cheio de desejo contra ele, um corpo tenso de expectativa excitada. Quando ele chupou o clitóris, ela conteve um grito, enrijeceu o corpo, e, quando ele agitou a língua de leve para trás e para frente, ela explodiu em um grito de prazer.

Quando os tremores desapareceram, ele deslizou novamente para a cama, desejando a sua boca, desesperado para estar dentro dela mais uma vez.

Ela ergueu as pernas e as enrolou em torno da parte inferior das costas dele, o que a fazia se abrir ainda mais, e ele mergulhou nela ansiosamente.

— Meu Deus, Jenna, você é incrível.

Quando ele baixou a cabeça na direção dela, ela sussurrou:

— Adoro fazer amor com você.

Fazer amor. Ouvi-la dizer aquelas palavras arrepiou o corpo dele, um arrepio de excitação e emoção.

— Eu também.

— Me beije — disse ela. — Me beije, Mark, e me faça perder o controle.

— Ah, sim. — Ele roçou os lábios no queixo dela. — Primeiro me diga: eu estava certo? Você estava evitando me beijar?

— Eu tinha medo do que acontecia.

— E agora? — Ele pairava com a boca quase encostada na dela e sentia o toque morno do hálito dela, que saía por entre os lábios entreabertos.

— Talvez ainda tenha. — As mãos dela acompanharam as curvas da lateral do rosto dele. — Mas não consigo resistir.

— Eu também não.

Ela puxou o rosto dele para preencher aquela lacuna. Ele tocou os lábios nos dela e deslizou a língua em sua boca, encontrando a dela à sua espera.

E aí eles voaram em uma viagem mágica de sensualidade e emoção, e ele percebeu que estava certo em confiar no instinto que o atraiu a ela em primeiro lugar. Ela era a companheira dele, sua parceira, seu amor. Ela era tão importante para ele quanto o primeiro amor, o oceano, e tinha de torná-la parte da vida dele.

Ele levou vários anos para descobrir o que era o amor e, agora, ele sabia. Não poderia haver outra palavra para a emoção que lhe preenchia o coração.

Depois, eles se abraçaram até a respiração de ambos se acalmar. Será que ele deveria perguntar agora sobre a Indonésia? Não, era melhor fazer isso lá fora, onde o oceano poderia dar o clima sutil de persuasão.

— Tem uma praia lá fora — disse ele. — Quer passear e conversar?

— Parece ótimo. Passei o dia correndo e fazendo coisas fora de casa. — Ela saiu da cama e começou a caçar as roupas que tinha arremessado para todos os lados mais cedo.

Ele pegou uma calça jeans e a vestiu, em vez da calça social que usava, depois pegou um casaco leve.

— Pode ficar frio. Você quer um casaco?

— Fique com ele. Tenho um moletom no carro.

Poucos minutos depois, eles caminhavam descalços em direção à praia. Os dedos dela estavam entrelaçados com os dele, quentes e firmes. Quando pisaram na areia, grãos grandes eram amassados debaixo dos pés deles.

— Cada praia no mundo tem a própria composição singular, uma textura característica. Cores também, embora esta noite esteja muito escura para conseguirmos perceber.

— Acredito em você, senhor cientista. E cada uma tem a própria magia.

— Acredito em você, garota mágica.

Em uma direção, as luzes do centro da cidade brilhavam como milhares de vaga-lumes contra o céu noturno. Em um acordo tácito, eles seguiram a outra direção, mais escura e menos civilizada. Ele tomou um fôlego profundo de ar fresco.

— Como foi o simpósio? — perguntou ela ao dar a volta em um pedaço de madeira. — Você arrasou com o seu artigo, Dr. Chambers?

Será que ela estava interessada, estava sendo educada ou evitando o assunto sobre a Indonésia?

— Foi tudo bem, sim. Tentei não ser muito professoral.

— Você é meio charmoso quando é professoral.

— Sério? Não, você está de brincadeira mais uma vez.

Ela riu.

— Na verdade, desta vez não estou.

— Er, certo. Acho que isso é bom. De qualquer forma, o simpósio definitivamente valeu a pena. Há grandes pesquisas em andamento, projetos importantes acontecendo no mundo inteiro.

— E a energia positiva? Todos vocês se reunindo para salvar a nossa amiga? — Ela fez um gesto em direção ao oceano escuro ao lado deles, sussurrando baixinho contra a costa.

— É. Muita energia boa. — Ele não teria se expressado dessa maneira antes, mas a descrição dela se encaixava na situação.

Por saber que ela estava um pouco nervosa quanto a ir para casa, ele perguntou:

— E você? A reunião de família está indo bem?

— Melhor do que o habitual. Não sei por que, mas eu e minhas irmãs estamos nos entendendo melhor. Vai saber. Talvez a gente esteja realmente crescendo. Ou talvez seja porque é a primeira vez que nos dedicamos juntas a algo e queremos que tudo seja maravilhoso para M&M. — Ela parou para trocar saudações tranquilas com um casal de idosos que caminhava na direção oposta.

— Como vai o casamento?

— Ótimo, e Tree não deixaria que fosse de outra maneira. Esta tarde ela me levou para escolher entre dois bufês. Dá para acreditar que ela concordou com a minha opinião? — Ela não esperou por uma resposta. — Aí experimentei o meu vestido de madrinha e ele caiu perfeitamente, além de ser lindo. Você sabe quão horrendos eles podem ser às vezes.

— Er...

Ela bufou.

— O que estou falando? Você não faz a menor ideia, não é? É coisa de menina.

— Tudo bem. — O que ele sabia era que desejava vê-la naquele vestido. Ele queria ser o namorado dela no casamento. Não que ele fosse fã de casamentos, mas sabia que havia algo simbólico em estar com uma mulher quando alguém próximo a ela trocava alianças.

No entanto, é claro que ele não poderia participar. No sábado, ele estaria em Denpasar, Bali. Chega de papo furado. Ele precisava saber em que pé estavam as coisas. Ele segurou a mão dela com mais força.

— Você pensou melhor quanto à Indonésia? Conversou com sua família?

O ombro dela roçou o dele.

— Comentei o assunto com minhas irmãs.

— E?

— Elas acham que você parece muito legal.

— Eu? Legal? Ah, fala sério.

Ela riu.

— Confie em mim. Você é legal e faz algo importante.

Ele soltou a mão da dela e passou o braço em torno dos seus ombros.

— Também pensei a respeito e, Jenna, quero fazer isso com você. Bali e tudo sobre o que conversamos. Um futuro juntos, se as coisas funcionarem. O que você acha?

Ela colocou o braço em volta da cintura dele e enganchou um dedo em um passador.

— Estou muito tentada. Seria tipo... — Ela parou por um bom tempo. — Um sonho que se transforma em realidade.

Ele soltou a respiração em uma lufada de alívio.

— Sério? Fico contente. Eu achava que o seu sonho era, sabe como é, ir para onde o vento te levasse. — Ele esperava não tê-la ofendido, mas não sabia de que outra forma se expressar.

Ela sacudiu a cabeça.

— Este era um estilo de vida. Um estilo legal e gratificante, mas não um sonho. Eu tinha desistido dos sonhos.

— Que triste. Por causa de Travis?

— Não. Por minha causa. Talvez eu achasse que não merecia. Talvez eu não confiasse outro sonho a mim.

— E agora confia?

— Acho que... Consigo chegar lá.

Eles pararam de andar e ele se virou para ela, enquanto apoiava as mãos em seus ombros.

— De que sonhos você abriu mão? — questionou ele.

Os lábios dela estremeceram e ela parecia vulnerável sob o luar.

— Filhos. Amor. Mas não do jeito convencional.

Bonecas no jardim e não sentadas em torno da mesa de chá.

— Aventuras em lugares interessantes.

Ela concordou com a cabeça, com os olhos arregalados à procura dos dele.

— Eu também — disse ele, ao ter aquela terna sensação de certeza mais uma vez. — Nós somos mesmo tão parecidos.

— Acho que somos, nos aspectos mais importantes — disse ela em um tom de surpresa. — Mas, Mark, é assustador me permitir sonhar de novo.

Ele tocou a própria testa na dela.

— Eu não sou o Travis. Você pode confiar em mim. Não vou te magoar. Não sei ao certo para onde esta relação vai, mas é tão bom. Como se fosse... tão inevitável quanto o fluxo e o refluxo das marés.

Ela concordou com a cabeça lentamente.

— A sensação foi essa desde o início, quando o universo mandou nós dois para o Marianne's Diner.

— Então confie nele. Confie em nós.

Ele queria a concordância dela, um beijo carinhoso e apaixonado para selar a questão.

Em vez disso, ele conseguiu um:

— Ai, Deus. — Ela deixou escapar uma lufada de ar, depois pegou a mão dele e começou a andar novamente, puxando para acompanhá-la, com a areia fria sob os pés. — Deve ser difícil para você também. Seguir em frente com base na confiança, sem planejamento.

Beleza, ela ainda não tinha certeza.

— Sim, mais ou menos, mas alguém tem me ensinado a ser mais impulsivo. Você é uma boa influência.

— Er. Não é o que as pessoas costumam dizer a meu respeito. Embora Merilee tenha dito ontem à noite... — Ela pigarreou. — Mark, eu gosto de verdade do que está acontecendo entre nós, mas não quero que você me chame para ir à Indonésia só porque vamos, er, talvez ficar juntos. Quero saber que eu serei útil.

Talvez as dúvidas dela não fossem quanto ao que sentia por ele. Será que a família dela minou sua autoconfiança mais uma vez? Ele concordou vigorosamente com a cabeça.

— Você vai ser um trunfo para a equipe.

— Todo mundo lá vai ter melhores qualificações.

— Você aprende rápido. Na Indonésia, isso vai ser o suficiente. — No entanto, se a gente pensasse adiante... — Mas, sim, seria uma boa ideia fazer alguns cursos sempre que tivesse a oportunidade. — Quanto mais aprendesse, mais profundamente ela se envolveria, maior seria a sua contribuição e melhor ela se sentiria em relação a si mesma.

— Que tipo de cursos? Quer dizer, eu poderia estudar na Indonésia?

Ela estava assim tão empolgada para começar? Animado, ele apertou a mão dela.

— Talvez. Dois dos integrantes da equipe são indonésios e podem ter algumas sugestões, mas eu estava pensando no futuro, depois que você tiver uma ideia melhor de qual direção quer seguir. — Ela poderia se inscrever em uma universidade e fazer um curso à distância. Em quase todos os lugares para o qual o trabalho deles os levasse, haveria conexão com a internet.

— Direção?

— Sabe como é, o próprio oceano, mamíferos marinhos, peixes, aspectos econômicos. Desta vez, você pode ajudar aqui e ali, mas pode decidir se especializar.

— Especializar?

Será que ele estava dando palestras de novo? Ela repetia as palavras dele como se não estivessem fazendo sentido.

— Se bem que, pensando bem, trabalhar com gente deve ser sua vocação. Você leva jeito com as pessoas. Então, talvez as áreas de educação e serviço social sejam melhores para você. Você tem facilidade em aprender novas línguas?

Secamente, ela disse:

— Consigo dizer "*Voulez-vous couchez avec moi?*" em dez línguas diferentes.

— Hein?

— Brincadeirinha. Mark, do que você está falando? Este é um projeto de seis meses. Quantos cursos posso fazer, que especialização posso obter nesse período de tempo?

— Desculpe, não fui claro. Eu quis dizer depois. Depois da Indonésia. Você tem pulado para lá e para cá e feito coisas bacanas, mas de maneira desconcentrada e sem muito treinamento. Quando você se concentrar em uma causa, vai poder receber o treinamento de que precisa e ser muito mais eficiente.

Ela não respondeu, mas diminuiu a velocidade dos passos, depois parou. Ela tirou a mão da dele e o encarou.

— Deixe-me ver se entendi — disse ela, o rosto inclinado para cima na direção dele sob o luar. — Você quer que eu me comprometa com uma causa. A sua causa.

Não era isso o que ele estava dizendo desde que pediu a ela que considerasse a possibilidade de um futuro juntos?

— É. Aí vamos poder trabalhar juntos.

— Ah — disse ela sem rodeios. — Para a gente poder trabalhar juntos, eu tenho de me envolver com a sua causa.

Parecia que ela via algum problema, mas ele não entendia qual era.

— Você já é uma ambientalista. E gosta de ajudar as pessoas, e isso normalmente também faz parte dos projetos. Vai ser perfeito para você.

— Humm. Perfeito para mim. Assim que eu for toda educada e concentrada e séria. Em outras palavras, está na hora de eu crescer? — As palavras foram ditas devagar e com uma calma quase mortal. O tom era algum tipo de aviso, mas ele continuava sem entender qual era o problema dela.

Com cautela, ele disse:

— Bem, sim.

— Merda. — A palavra saiu dela em uma explosão. — Não sou boa o suficiente para você.

— Não! — Ele agarrou os ombros dela. — Não foi isso o que eu disse. Você é ótima. Só um pouco, er... — Ele disse — Dispersa.

Ao mesmo tempo em que ela falou:

— Imatura?

— Você não é imatura, assim por dizer. Só é... — Como ele poderia se expressar com muito tato?

— Uma borboleta? Achei que você gostava de borboletas.

— Eu gosto, mas prefiro não viver com uma.

— Ah, não vejo o perigo nisso — disparou ela ao sacudir o corpo para se afastar dele. — Se você pusesse as mãos em uma borboleta, a prenderia e cortaria as asas dela.

Ela achava que ele queria fazer algo assim? Agora irritado, ele disse:

— Meu Deus, Jenna, não quero te prender e cortar suas asas. Só te ajudar a tornar a sua vida mais digna.

Ele quase conseguia ver uma fumacinha sair das orelhas dela, mas continuou, aos tropeços.

— Você tem tanto a oferecer e não está aproveitando ao máximo sua capacidade.

— Este é o meu dever? Tirar o máximo do meu potencial?

— Er... Por que você não desejaria isso?

— Porque esta sou *eu*. — Ela jogou os braços para os lados, com os olhos mais brilhantes do que as estrelas. — Este é o meu potencial. Na verdade, algumas pessoas gostam de mim do jeito que sou. Só não a minha família nem você.

— Eu gosto de você. Jesus, eu não disse que estou me apaixonando por você? — Ele passou a mão pelos cabelos, frustrado. — Caramba, Jenna, eu não sou perfeito. Posso ser rígido. Não levo muito jeito com as pessoas. Sou péssimo para conversar. — Ele bufou amargamente. —

Algo que estou provando agora. Mas, caramba, você me fez ver que posso mudar. Por que você não pode fazer o mesmo?

— Ah, grande mudança, agora você saboreia a comida. Se você mudou por minha causa, foi para tornar a sua vida *mais vasta*. — Ela plantou os punhos no quadril e olhou fixamente para ele. — Você quer tornar a minha mais limitada, me amarrar.

— Não. — Ele tentou explicar. — Quero que você se concentre.

— Mesma porcaria. Você é igual aos meus malditos pais. Não sou boa o suficiente para você a não ser que seja exatamente do jeito que você quer que eu seja.

— Claro que você é boa o suficiente. Só o que quero é... — Ele parou, sem saber como terminar a frase.

— Uma mulher a quem os seus avós aprovariam?

Não seria má ideia.

Ela agarrou a cabeça, sacudiu-a e emitiu um grunhido, *aarrgghh*, como um vulcão prestes a entrar em erupção.

— Eu estava tão absurdamente errada a seu respeito!

Amargo, ele disse:

— Acho que eu também estava errado em relação a você. Você prefere voar por aí atrás de diversão a fazer do mundo um lugar melhor.

— Sim, exato. — Ela jogou a cabeça para o lado. — Jesus, você age igual aos seus avós com a sua mãe.

— Hein? Você não é como Alicia. Eu não sou como eles. De que merda você está falando? — Ele estava tão confuso. Como as coisas tomaram aquela proporção? Onde ele e Jenna tinham errado? — Não entendo. Pedi que você pensasse na possibilidade de termos um futuro juntos e me pareceu que era o que você estava fazendo. Você falou que era um sonho que se tornava realidade. Achei que estávamos em sintonia. O que você achou que eu queria dizer?

— Que a gente... — Os olhos dela estavam arregalados sob a luz da lua. Ela sacudiu a cabeça vigorosamente. — Merda, sei lá. Que íamos passar seis meses na Indonésia e depois, se as coisas funcionassem entre a gente, nós... Não sei, iríamos para onde o vento nos levasse. Correríamos atrás dos nossos sonhos. Sei lá! — Ela se virou e começou a se afastar dele, voltando na direção do estacionamento.

Tentando descobrir do que ela estava falando, ele foi atrás dela.

— Você sabe que o oceano é o trabalho da minha vida. Você não achou que eu... Iria para a Inglaterra dar aula para crianças autistas?

— Não sei o que achei — disse ela com raiva. — Não pensei tão à frente. Eu não faço planos, Mark, você sabe disso e, no fim das contas, está tentando *programar* a droga da minha vida inteira!

— Você não tem coragem de se comprometer com nada e ir até o fim. — Como sempre, ele falou o que achava, mas assim que as palavras saíram da sua boca, ele sabia que a irritariam.

Conforme o previsto...

— Ah, estou profundamente comprometida em me afastar de você e nunca falar com você novamente.

Ela saiu correndo o mais rápido que uma pessoa conseguia andar na areia fofa e ele manteve o ritmo. Onde antes ele sentia uma corrente de energia entre eles, agora percebia uma tensão agressiva.

A questão era que ele não queria uma mulher que não conseguia se comprometer. Jenna o tinha deslumbrado e ele deixou de ser racional. Ela nunca escondeu quem era. Ele apenas não queria ver.

Ela parou e olhou para ele de novo.

— Não me siga!

— Jesus. Tá bom. Vá. — Ele ficou onde estava enquanto ela saía andando novamente. E ele achou que estava apaixonado por essa mulher. Ela era uma criança e nunca iria crescer.

Voltei de carro para casa, furiosa com Mark e comigo mesma. Como eu poderia ter sido tão idiota a ponto de me permitir sonhar? Pensar em amor e filhos? Lágrimas amargas pinicavam meus olhos, mas eu me recusava a deixá-las cair. Mark não me queria, ele queria me manipular para ser alguém que se encaixasse na vida dele.

E eu fui uma idiota. Era tudo minha culpa. Mais uma vez. Como aconteceu com Travis, me apaixonei por um cara e ele mandou o meu juízo para o inferno. Se eu estivesse pensando em vez de me prender a um sonho romântico, teria percebido que, claro, para ele, o futuro era o trabalho dele. Os projetos dele. As escolhas dele. E eu me arrastando atrás dele. De asas cortadas, amarradas, em vez de livre para voar.

Idiota, idiota, idiota. Quantas vezes eu permitiria que um homem — não, a minha própria idiotice — assassinasse os meus sonhos?

Quando entrei na calçada da garagem, com os olhos doloridos de vontade de chorar, vi os carros de Merilee e Matt. Quando apertei o controle para abrir o portão da garagem, o carro do meu pai também estava lá. Já era tarde e eu tive a esperança de que todos tivessem ido para a cama, pois a última coisa que estava a fim era conversar.

Infelizmente, quando entrei na cozinha, mamãe, papai e Tree estavam na mesa da cozinha, com canecas, um bule que cheirava a Lady Grey e um prato de biscoitos.

Por um instante, a surpresa suprimiu a dor.

— Mãe? Você não deveria voltar para casa antes de amanhã.

— Terminei mais cedo e mudei o voo. — Ela se levantou, arrumada com uma saia de alfaiataria azul-marinho e uma blusa, embora os pés cobertos por meias estivessem descalços, e me deu um abraço. — Que bom te ver, Jenna.

Por um instante, eu quis ficar lá, sendo abraçada e consolada. No entanto, não era assim que as coisas funcionavam com ela. Cada pingo de consolo era acompanhado de uma chuva abundante de questionamentos, críticas ou conselhos.

Como era de se esperar, ela disse:

— Espero que você tenha trazido meu carro de volta são e salvo.

Eu me afastei dos braços dela e olhei para Tree, que disse:

— Não fui eu que contei.

Mamãe disse, com um resquício de humor:

— Sou uma mãe. Tenho olhos na nuca. Vocês, garotas, deveriam saber disso.

— Papai? — Olhei para ele.

— Eu voltei e o carro da sua mãe não estava lá. Não sabia que você tinha pegado emprestado.

Como foi que meu distraído pai subitamente começou a perceber que carros não estavam lá? E que papo mais prosaico era esse, quando eu morria por dentro. Mesmo assim, se eu me concentrasse na conversa, conseguiria conter os sentimentos dentro de mim.

— Desculpe, eu sei que não deveria ter pegado, mas precisava sair e todo mundo estava usando o próprio carro.

— Sair? Para ver esse seu novo namorado?

Mais uma vez, olhei para Tree. Ela torceu o nariz.

— Certo, isso eu contei para ela.

— Como se eu mesma não tivesse percebido — disse mamãe rapidamente enquanto pegava outra caneca no armário e servia chá para mim. — Seus e-mails não foram exatamente sutis. Sente-se, Jenna.

Eu queria ir para a cama e chorar em paz, mas era difícil dizer não para minha mãe. Indecisa, continuei perto da mesa e peguei a caneca.

— É verdade? — perguntou ela. — Que esse homem é um biólogo marinho e que você está pensando em ir para a Indonésia com ele? Há quanto tempo o conhece? E por que não parece mais feliz com relação a isso?

— Não. — A palavra saiu pesada e Tree me lançou um olhar assustado. — Não, não vai rolar. — Deixei a caneca na mesa sem experimentar o chá. — Foi tudo um engano. — Lutei para segurar as lágrimas enquanto ia até a porta.

— Jenna? — gritou mamãe.

— Um erro idiota. — Eu não me virei. — Acabou e não quero mais falar a respeito.

Corri até as escadas em busca do santuário do meu quarto, antes que deixasse as lágrimas escorrerem. Estava quase lá quando passos rápidos soaram atrás de mim.

— Jenna? — disse Tree baixinho.

Quando abri a porta do quarto, ela veio atrás de mim, acendeu a luz e fechou a porta.

— Você está bem?

— Claro, claro — respondi, enquanto piscava para combater a umidade. — Ele é só mais um cara.

Ela olhou em meus olhos, com preocupação no rosto.

— Não é. Você deixou isso claro ontem à noite.

Tremendo de dor e vontade de chorar, eu disse:

— Eu estava errada, está bem?

— Talvez tenha errado em confiar nele. — Ela tocou meu ombro, hesitante. Theresa nunca foi o tipo que demonstra afeto. — Mas, Jenna, você gosta dele. Ele é diferente. E agora ele te magoou.

Merda. Merda, merda, merda. Desolada, não consegui arrumar uma resposta irreverente nem segurar as lágrimas por mais tempo.

— Ai, Jenna. — Ela colocou os braços em volta de mim. — Eu sinto muito.

Com cautela, apoiei a cabeça no ombro dela, um lugar onde raramente estive. A situação parecia natural e eu deslizei os braços ao redor da cintura dela e me aconcheguei.

— Obrigada. — Soltei um suspiro profundo, funguei e, na tentativa de convencer a nós duas, me obriguei a falar — Eu vou superar.

— Ele é um idiota.

— Pode dizer isso de novo.

— Quer conversar a respeito?

Se conversasse, ela ficaria do lado de Mark. Minha família inteira pensava exatamente como ele: que eu precisava crescer. Por que ninguém conseguia me amar como eu era?

— Não. Mas obrigada. — Devagar, ergui a cabeça e tentei curvar os meus lábios, úmidos pelas lágrimas. — Obrigada pelo abraço.

— Sempre que precisar. E, se você não conseguir dormir e mudar de ideia sobre querer conversar, venha me acordar.

Ela esfregou meu ombro em um gesto reconfortante e me deixou sozinha.

Olhei em torno do meu quarto. Pôsteres turísticos com famílias felizes em praias tropicais. Sonhos. Sonhos infantis.

Nunca mais.

Corri até a parede mais próxima, peguei o canto de um pôster e o rasguei. Enquanto as lágrimas escorriam sem parar, rasguei todos os pôsteres de todas as paredes.

Era isso o que eu deveria ter feito quando tinha dezessete anos. Naquela época, pensei que tinha me desapegado dos antigos sonhos, mas nunca consegui. Eles permaneceram nas paredes do meu antigo quarto, nos cantos do meu coração, apenas à espera de que Mark os despertasse.

Nunca mais. Nunca mais eu deixaria um homem me tornar vulnerável. Me fazer sonhar.

Uma paz estranha e fria me preencheu.

Todo mundo queria que eu crescesse. Bem, finalmente aconteceu. À minha própria maneira.

Quando acordei, cansada e esgotada, estava mais tarde do que o de costume. No entanto, a vida continuava. Eu era uma nova mulher. Desgastada, porém mais forte, mais inteligente.

Graças a Deus havia o casamento. Eu ia dizer a Tree que me ocupasse o máximo que conseguisse.

Tomei banho e vesti as roupas velhas que estavam em meu armário de Vancouver: calças capri brancas e uma camisa azul sem mangas. Em seguida, desci para o primeiro andar. Esta manhã não era um momento de tomar chá de camomila. Eu precisava de café. De café de verdade. Como o que Mark fazia na sua cafeteira francesa.

Será que algum dia eu iria beber café sem pensar nele?

Entrei pela porta da cozinha na sala ensolarada e parei, surpresa. A essa hora, eu esperava que mamãe e papai tivessem saído para trabalhar, mas mamãe continuava lá. Juntamente com as minhas três irmãs. Sem Matt e sem Nav.

As mulheres claramente interromperam a conversa no meio quando me viram e, agora, de onde estavam sentadas na mesa da cozinha, todas olhavam para mim.

— Sim, terminei com Mark e, sim, estou bem. Assunto encerrado. Desculpem pelo atraso. — Fui até a cafeteira, fiz uma pausa e decidi que a necessidade de uma megadose de cafeína superava qualquer associação imbecil com Mark. Enquanto servia uma caneca, eu disse — O que temos na programação de hoje? Mãe, Tree também convocou você?

— Não exatamente — disse ela. — Sirva-se e venha se sentar.

O café da manhã na nossa família era casual. Normalmente, ninguém cozinhava. Portanto, não foi nenhuma surpresa ver uma confusão de bagels, pães integrais, caixas de cereais e frutas em cima do balcão. Nada me atraiu.

Droga, eu não ia deixar Mark me tirar o apetite. Ou, se tirasse, não deixaria a minha família saber. Abri a porta da geladeira e olhei para dentro, em busca de algo que me tentasse. Ahá. Meti a mão na parte de trás e tirei um recipiente de plástico com sobras do musse de chocolate.

Eu o abri, enfiei uma colher nele, fui até a mesa e ocupei o lugar ao lado de Tree, em frente a Kat e Merilee. Mamãe, é claro, estava na extremidade.

— No café da manhã? — disse Tree.

— Deixe-a em paz — disse mamãe.

— Bem que eu queria ter visto isso antes. — Kat atirou a colher de café por cima da mesa na direção do meu musse.

Curvei os braços de forma protetora em torno dele.

— Bem, você não viu.

Merilee riu baixinho e todas nós nos juntamos a ela. Que tal? Eu conseguia rir.

Em seguida, mamãe pigarreou.

— Jenna, quanto a esse homem...

Não, por favor, não.

— Acabou — disse eu, categórica. — Não vou fugir para a Indonésia. Esqueça isso. Agora, vamos começar seja lá o que devemos fazer nesta manhã.

— Isto é o que devemos fazer — disse ela, com uma aparência... Mais leve, de alguma forma, e menos convencida do que o de costume. — Nós, er, estamos aqui por você.

Por mim? No sentido de...

— Você ficou em casa e não foi para o escritório, porque...

— Porque você gosta desse homem. Você achava que ele era diferente, especial. E ele a magoou. Queremos ajudar.

— Queremos mesmo — disse Kat, que novamente esticava a mão, desta vez para pousá-la sobre a minha.

Olhei ao redor da mesa e todas elas concordaram com a cabeça. Minha mãe, minhas irmãs.

As lágrimas ardiam no fundo dos meus olhos. Eu as obriguei a ficar lá.

— Obrigada. É, isso é muito gostoso. Mas eu estou bem.

Mamãe inclinou o corpo para frente, a advogada e a mãe ambas sabiam como comandar a situação.

— Essa foi a única vez em que você disse que gostava de um homem. Sempre, desde aquela época em que você fugiu com o garoto na escola, você disse que não era garota de um homem só, que queria provar todos os peixes do mar.

Ela precisava mesmo usar uma analogia com o oceano?

— Os aperitivos. — Tentei sorrir. — Continua parecendo bom para mim.

— Mas dói — disse Tree. — Você gosta dele e ele te magoou. Quando aconteceu comigo, por causa de Jeffrey, todas vocês ficaram do meu lado e me ajudaram a superar.

Aquele foi um dos raros momentos em que toda a família se reuniu e concordou em algo. No entanto, a situação foi tão clara. O marido novo de Tree a traiu ao se apropriar da pesquisa dela. É claro que ficamos do lado dela.

— Todas nós fomos magoadas por homens — disse mamãe. Em seguida, com um sorrisinho, ela disse — Exceto Merilee, que teve o bom-senso de escolher Matt e continuar com ele.

Meu cérebro estava lento esta manhã, por isso levei um tempo até me dar conta das palavras da minha mãe.

— Um cara magoou você? Não o papai? — perguntei, horrorizada.

Ela deu um sorriso rápido e genuíno.

— Não, é claro que não.

— Mamãe? — disse Kat, e todas nós olhamos para a nossa mãe.

— O primeiro — sussurrei.

— Que primeiro? — Merilee parecia perdida.

— O primeiro amor dela — respondi, ao enxergar a verdade no rosto da nossa mãe. — Aquele que acabou não sendo de verdade.

Tree disse, parecendo irritada:

— Por que eu não sabia disso?

— Nenhuma de vocês sabia — disse mamãe depressa —, porque não era relevante.

— Mas Jenna sabia — disse Merilee, com um choramingo na voz.

— Somente por e-mail, alguns dias atrás, e porque se tornou relevante — disse mamãe.

— Você precisa nos contar. — Kat pediu a ela. — É a história da família. A gente devia saber.

— Papai sabe? — perguntou Tree.

— É claro. — Quando mamãe se levantou e foi até a cafeteira, percebi pela primeira vez que, debaixo da blusa de alfaiataria cor de creme, ela estava de calças jeans, em vez das habituais saias ou calças formais. Ela trouxe a cafeteira até a mesa e encheu as canecas de todas nós e, em seguida, voltou a se juntar a nós.

— Não é grande coisa — disse ela. — Aquela história básica da tolice do primeiro amor. O professor de sociologia do primeiro ano tinha um assistente que me atraía. Ele e eu nos envolvemos. Teria sido imprudente mesmo que ele tivesse sido sincero, mas ele não foi. Achei que ele tinha me escolhido entre todas aquelas garotas do primeiro ano porque eu era particularmente inteligente, bonita, especial. — Ela balançou a cabeça, impaciente. — Todas essas coisas ridículas que dizemos a nós mesmas quando nossa cabeça está nas nuvens e vemos o que queremos ver.

Sim. Foi assim com Mark.

— Foi exatamente assim com Jeffrey — disse Tree.

Kat concordou com a cabeça.

— Foi assim comigo, com vários daqueles idiotas egoístas com quem namorei. Por que você não nos contou isso antes, mamãe?

Mamãe olhou para Teresa.

— O seu romance com Jeffrey foi tão rápido, só o conheci no casamento no cartório. Não sabia que havia algo de errado até ele te trair. — Em seguida, ela se virou para Kat. — Quanto a você, eu já tinha dito várias vezes que você fazia más escolhas. Você não queria ouvir.

— É difícil ouvir quando se está sendo criticado — eu disse, ao compreender que Kat e eu tínhamos mais em comum do que eu imaginava.

Kat me lançou um olhar de surpresa.

— Sim, é mesmo. E mamãe, você nunca disse que cometeu o mesmo erro. Se tivesse dito, talvez eu tivesse prestado mais atenção.

A nossa mãe, normalmente tão vigorosa e competente, parecia incerta mais uma vez.

— Talvez eu devesse ter contado. — Ela olhou de Kat para Tree. — Talvez eu devesse ter contado para você também. Talvez tivesse te ajudado a superar a amargura para que você pudesse dar uma chance a outros homens. Como fiz com seu pai.

Tree concordou com a cabeça.

— Foi difícil dar uma chance a Damien, mas estou muito feliz de ter conseguido.

— Também fico feliz que você tenha conseguido, querida — disse mamãe. — E Kat, fico feliz que você finalmente tenha encontrado um homem que percebe quanto você é especial. — Com um olhar que compreendia a mim e a Merilee agora, ela continuou. — Não é tão ruim assim cometer um erro. Não se você aprender com ele, para saber dar valor quando acontecer de verdade.

Kat e Tree concordaram com a cabeça, mas Merilee simplesmente parecia perturbada. Devia ser difícil para ela se identificar com esse papo.

Tree cutucou meu ombro com o dela.

— Aja melhor do que eu. Mark foi o seu primeiro, como Jeffrey foi o meu. Não deixe que ele te atinja durante anos e anos.

Será que eu queria contar a verdade para elas depois de todo esse tempo? A situação parecia tão rara e especial, todas as mulheres da família reunidas em torno da mesa da cozinha e dividindo confidências. Compartilhando erros, algo que mamãe e Tree, em particular, raramente faziam.

Lentamente, eu disse:

— Não, Mark foi o segundo. Travis foi o primeiro.

— Travis? — perguntou Merilee. — Quem é Travis?

Tree e Kat sacudiram a cabeça, mas mamãe disse:

— O garoto com quem ela fugiu. Aquele da moto. Seu pai e eu ficamos imaginando quanto você o levava a sério. Se estava apaixonada ou somente rebelde, e em busca de diversão. Quando você voltou...

— Você estragou tudo — disse Kat. — Agora me lembro. Você disse que passou um verão divertido na praia em Okanagan, mas que Travis era um fracassado e que era hora de achar outro cara.

— Ou caras — disse mamãe. — Foi quando você decidiu que não queria se amarrar a um garoto. — Ela pegou minha mão e a apertou calorosamente. — O que aconteceu, Jenna?

Respirei fundo, depois soltei o ar e contei a elas a versão abreviada.

— Ele me traiu. Eu o amava e ele disse que me amava, mas estava me traindo e fugiu com outra garota. — Dei um meio sorriso irônico. — Como você disse, mamãe, foi só aquela história básica da tolice do primeiro amor. — Exceto, é claro, que foi muito mais do que isso, e me custou muito caro.

Por um instante, fiquei tentada a contar o resto, falar da doença inflamatória pélvica, da cirurgia, da minha incapacidade de ter filhos. No entanto, a proximidade, a partilha de confidências era tão recente que eu não estava pronta para confiar nela. Confiança nem sempre funciona bem para mim.

— De qualquer forma — eu disse enquanto dava de ombros —, pensei que dava para aproveitar os homens sem me arriscar a passar por toda essa dor. E definitivamente é o que tem acontecido comigo. — Foi fácil. Nenhum homem tinha me tentado a amá-lo, não até Mark. Voltaria a ser assim depois que eu o superasse.

— Aproveitar — repetiu Kat. — Mas é totalmente diferente quando vocês se amam. — Os olhos castanhos dela procuraram os meus. — Você sabe disso. Foi assim que você se sentiu com Mark.

Dei de ombros mais uma vez, incapaz de negar, ou a dor no meu coração encheria os meus olhos de lágrimas.

— O que ele fez? — perguntou mamãe. — Posso processá-lo e acabar com ele?

Ela tirou um riso assustado de mim e das minhas irmãs.

— Infelizmente, não, mas obrigada pela ideia.

— Vamos, Jenna — disse Merilee, com os olhos azuis cheios de carinho. — Queremos te ajudar.

— Não somos as suas velhas irmãs chatas — disse Kat, com os próprios olhos também cintilantes. — Somos a versão nova e melhorada.

Senti a verdade naquilo. O suficiente para que eu desse uma chance a elas.

— Achei que ele me amava pelo que sou.

Kat concordou com a cabeça.

— Ele disse aquelas coisas bonitas, como sobre você ser uma borboleta.

— E isso foi um elogio? — perguntou mamãe.

— Borboletas polinizam as flores — explicou Tree. — Ele estava fazendo uma analogia. Jenna pula de projeto em projeto, mas sempre que pousa faz bem ao mundo.

— Isso é muito bonito — disse mamãe devagar, depois pairou o olhar em mim. — E também é bastante preciso. Um fato pelo qual não a reconhecemos o suficiente.

— Er, obrigado.

— Mas isso faz parecer que ele te ama pelo que você é — disse Merilee. — Estou confusa.

— Achei a mesma coisa, mas, ao que parece, ele quer mais do que uma borboleta. — Sacudi a cabeça, frustrada e magoada novamente. — Ele parece não ser muito convencional: não curte casamento, não pretende ficar em um lugar só, mas o que ele quer mesmo é uma mulher que faça exatamente o que ele deseja. Alguém que se dedique a uma causa — a dele, claro — e que estude e se especialize e dedique a vida a ela, como ele faz.

O silêncio foi a minha resposta. Aí eu disse:

— Eu sei, eu sei, vocês pensam da mesma forma. Ele disse que eu deveria crescer, assim como vocês sempre disseram. — Balancei a cabeça, chateada comigo mesma. — Não deveria ter contado isso. Claro que vocês vão ficar do lado dele.

Merilee inclinou o corpo e colocou uma das minhas mãos entre as dela.

— Eu fico do seu lado. Você deve ser quem quiser ser, não quem ele diz que deve ser.

— É verdade — disse Tree. — Você não deve mudar só para agradar um homem. Ou — desculpe, mamãe — para agradar os pais. Mas, Jenna, você tem talento, uma personalidade cativante e muita energia. Se realmente encontrasse algo pelo qual fosse apaixonada e se dedicasse a isso, pense em quanto conseguiria realizar.

Um elogio, com um *mas* oculto. Tenho muito potencial, *mas* não o aproveitava. Nossa, onde foi que ouvi isso antes?

— E você se preocupa com o meio ambiente — disse Merilee. — Você é, tipo, uma amante da natureza.

Kat concordou com a cabeça.

— É mesmo, mas não quer dedicar a sua vida a essa causa?

— Eu... O que estou dizendo é que ninguém tem o direito de me dizer o que deveria fazer.

— Não — disse ela. — Ninguém tem.

Todas nós ficamos em silêncio durante alguns instantes. Mamãe se levantou, foi até o armário da cozinha e voltou com uma caixa de biscoitos de chocolate. Quando a abriu, todas nós pegamos um. Eu tomei café, comi biscoitos e olhei em volta para os rostos das quatro mulheres que deixaram tudo de lado — o trabalho de mamãe, os planos de casamento de Merilee — porque se preocupavam comigo.

A vida continuava uma droga, mas este exato momento era incrível.

Mamãe me entregou outro biscoito.

— Ele te ama?

— Não mais. Mas... É, ele disse que estava apaixonado por mim e é — era — assim que eu me sentia também. Mas eu não quero um amor do tipo *eu te amo, mas*!

— Como é? — perguntou ela.

Coloquei o biscoito na mesa.

— Isso vai parecer grosseiro, especialmente nesta manhã, quando você está sendo tão legal comigo, mas não sei de que outro jeito falar. Me refiro ao tipo de coisa que ouvi durante a vida inteira. *Eu te amo, mas você não é boa o suficiente.*

— Jenna... — Ela franziu a testa. — Foi assim que fiz você se sentir?

Engoli em seco.

— Sim. Você e papai. — As minhas irmãs também, mas, até aí, todas nós pegávamos no pé umas das outras, afinal.

— Você fez todas nós nos sentirmos assim — disse Tree baixinho.

— O quê? — Eu virei para ela.

— Droga — disse mamãe com veemência.

— Desculpe — disse Tree. — A conversa é sobre Jenna e Mark.

— Você tem razão — disse mamãe. — Mas o que vocês duas acabaram de dizer que me faz pensar. É claro que seu pai e eu amamos vocês. Vocês são nossas filhas maravilhosas e lindas. É porque amamos tanto que nos preocupamos com vocês, queremos que sejam felizes, que sejam tudo o que podem ser. E por isso... — Ela suspirou. — E, por isso, pressionávamos vocês. Talvez demais. Ou do jeito errado.

Ela pegou a caneca de café, agarrou-a com ambas as mãos, depois a colocou de volta na mesa, e nós quatro continuamos em silêncio. Será que nossa mãe algum dia admitiu que ela e papai poderiam estar errados?

— Desculpem por isso — disse ela.

O meu queixo caiu.

— Mamãe?

Ela se concentrou em mim com os olhos afiados.

— No entanto, amar alguém não significa necessariamente achar as pessoas perfeitas como são.

— É verdade — disse Kat.

— Ah, claro — eu disse. — Você só diz isso porque continuava a escolher uns caras com problemas sérios. Agora você tem Nav e ele parece bem perfeito para mim. Criativo, bem-sucedido, superagradável, lindo, além de ter aquele sotaque excelente, e te adora como você é.

Ela bufou.

— Kat? — eu disse.

— Em Montreal, Nav se vestia como um estudante que passava fome, os cabelos eram desgrenhados e usava uma barba e um bigode que cobriam metade do rosto dele. A gente brigava o tempo todo, porque eu dizia que aparência era importante e ele dizia que eu era obcecada com isso. No fim das contas, ele tinha problemas quanto aos pais e a uma ex-namorada.

Quando abri a boca para perguntar, ela acenou com a mão.

— Esta história fica para depois. Quanto a ele me adorar como sou, sim, Nav realmente me amava, mas com certeza não me achava perfeita. Ele me levou a analisar a mim mesma intensa e friamente, e a enfrentar algumas inseguranças. Me ajudou a descobrir por que escolhia o tipo de homem que escolhia, aqueles que eram ruins para mim. Então, ambos mudamos um tanto. — Ela me lançou um olhar penetrante. — Crescemos um tanto.

— Como Damien e eu — disse Tree. — Outra longa história, mas aprendemos um com o outro e somos pessoas melhores por termos nos conhecido.

— Você está mais confiante — disse eu quando comecei a compreender. — Não em relação ao trabalho, você sempre foi confiante quanto a isso, mas em relação a si mesma como mulher. — Peguei o biscoito que mamãe tinha me dado e comecei a roê-lo.

Tree concordou com a cabeça.

— E até no meu trabalho, vou seguir em uma direção diferente para poder atingir mais pessoas e, assim espero, ajudar mais gente. Damien e eu vamos fazer isso juntos.

Theresa Fallon trabalhando novamente com um homem? Ela nunca mais fez isso desde que o ex a traiu. Uau, ela realmente superou os problemas sérios de confiança.

Mamãe apoiou a mão no meu antebraço.

— É isso que Mark deseja com você? Será que ele tem uma visão semelhante, de vocês dois como parceiros fazendo algo de valor?

Ele tinha. Mas... Eu não era esse tipo de pessoa. Era? Ninguém deveria precisar mudar a própria natureza para estar em um relacionamento. Eu me virei para Merilee.

— Você não disse nada, M. E quanto a você e Matt? Vocês mudaram e aprenderam um com o outro?

— A gente cresceu junto, aprendeu tudo junto. Se mudamos, foi no dia a dia, de pequenas maneiras, por isso nunca percebi. — Ela encolheu os lábios para dentro da boca e os uniu, como fazia quando pensava bastante sobre algo. — Todas vocês sabiam quem eram como mulheres adultas, depois conheceram esses caras ótimos. No meu caso, não faço ideia de quem teria me tornado como mulher se não tivesse conhecido Matt.

— Vocês sempre foram uma unidade — eu disse. — Foi como funcionou para vocês, mas eu não desejo isso. Sou independente, um espírito livre. — Olhei em volta da mesa. — Uma irresponsável, se é como querem chamar. Talvez, só talvez, com Mark eu tenha sentido um desejo de realmente amar um cara e de que ele me amasse também, mas não quero ser metade de uma unidade. Ainda mais quando ele é o líder e eu simplesmente o acompanho.

— Cada casal encontra a própria maneira — disse mamãe. — Seu pai e eu temos trabalhos e interesses completamente diferentes e somos muito independentes, mas apoiamos um ao outro cem por cento. Kat e

Nav também têm trabalhos muito diferentes. Teresa e Damien desenvolveram carreiras separadas, mas vão trabalhar um projeto em equipe. Vai ser um desafio para eles. Ambos são pessoas inteligentes e determinadas. Vão lutar por isso.

Tree riu.

— Pode apostar.

— E o resultado do esforço deles — continuou mamãe — será um produto conjunto e melhor do que qualquer um dos dois conseguiria produzir sozinho.

Tree concordou com a cabeça.

— Pode ser assim com você e Mark. Se for o que você quer. Você não precisa ser a seguidora. Pode oferecer *suas* habilidades e *seus* talentos e formar uma equipe.

Realmente soava interessante. Duas pessoas independentes com habilidades complementares que trabalham juntas, em equipe. Em projetos ambientais... E talvez para criar filhos. O meu coração ficou mais leve diante da ideia. Depois ficou pesado de novo. Para que Mark e eu fôssemos uma equipe, eu precisaria me tornar a pessoa que ele queria que fosse. A pessoa que mamãe e papai sempre quiseram que eu fosse. Toquei delicadamente as borboletas no meu ombro. Ninguém deveria precisar desistir da própria identidade essencial para conquistar amor.

— Mas você precisa querer — disse mamãe. — Você sabe o que eu sugeriria, não é?

— Fazer uma lista de prós e contras — disse Kat prontamente.

Bem, aquele era um argumento familiar, talvez irritante, mas nesta manhã, emocionalmente exausta e mais sintonizada com a minha mãe e as minhas irmãs do que nunca, eu não tinha ânimo para me aborrecer.

— Faz tempo que não ouço esta.

— Porque sempre que eu começava a falar isso — disse mamãe, secamente —, você saía pisando duro, entrava no Mellow Yellow e desaparecia para algum lugar. Eu sei. Esse tipo de processo decisório é meu e você sempre preferiu algo, digamos, menos estruturado.

— Confio no universo e ele raramente me decepciona.

— Ele mandou Mark para você — disse mamãe.

— Agora você só precisa descobrir o que vai fazer com ele — disse Kat.

— Se mudar de ideia e quiser fazer uma lista de prós e contras, todas nós vamos ajudar — disse Tree.

— Er, isso vai parecer uma grosseria, mas por que vocês de repente estão sendo tão legais comigo? — Tentei falar em um tom jocoso.

Tree e Kat trocaram olhares e aí Kat falou.

— Acho que amadurecemos desde que ficamos com Nav e Damien. Percebemos algumas coisas. — Ela olhou para mamãe. — Como o fato de que cada uma de nós tinha alguns problemas com as irmãs e que estava na hora de superá-los.

— Aleluia — disse mamãe. — Cada uma à sua maneira, vocês sempre foram tão competitivas. — Em seguida, fez uma breve careta. — Acho que seu pai e eu temos algo a ver com isso, por termos feito tanta pressão sobre vocês.

Nenhuma de nós disse nada, depois Tree endireitou os ombros.

— É verdade. Nenhum de nós é perfeito, nem vocês dois. Mas todos nós nos amamos e podemos ser pessoas melhores. Por exemplo — ela acenou com a cabeça na direção de mamãe —, ficando em casa para ajudar uma das filhas que está sofrendo.

— Eu deveria ter feito isso mais vezes — admitiu ela.

Nenhuma de nós respondeu. Depois de um instante, ela disse:

— Devo fazer mais café?

— Estou cheia de café — disse Merilee e o resto de nós concordou.

Mamãe me lançou um sorriso hesitante.

— Como você está, Jenna?

— Estou confusa. Ontem à noite, eu disse a mim mesma que fui idiota e que nunca ia me permitir amar um homem de novo.

— Isso parece solitário — disse Merilee com delicadeza.

— Eu não era solitária no passado. Eu me divertia. Aí conheci Mark e... Mal o conheço, mas nunca senti isso antes. — Agora, a perspectiva de um futuro sem ele parecia solitária. Apoiei os cotovelos na mesa, pousei o rosto nas mãos e suspirei. — Como saber se um homem é o cara certo?

As quatro trocaram olhares. Kat disse:

— Para mim, foi como uma revelação súbita e ofuscante — de algo que deveria ter sido óbvio por um tempo. Teresa?

— Surgiu a partir do momento em que vi pela primeira vez o Damien. Foi muito rápido, como se fosse inevitável. Nunca senti nada parecido.

Concordei com a cabeça. Foi assim para mim com Mark.

— Merilee? Não adianta perguntar para você, eu acho, uma vez que você e Matt escolheram um ao outro quando tinham sete anos. Vocês são almas gêmeas.

— Melhores amigos que cresceram juntos — disse mamãe. — Certo, Merilee?

— Sim. E quanto a você, mamãe? Como você sabia que o papai era o cara certo?

— Fiz uma lista de prós e contras — disse ela prontamente.

— Ai, meu Deus, mamãe — eu disse e depois percebi que os olhos dela brilhavam. — Você está de brincadeira, não é?

— Mais ou menos. Com toda sinceridade, eu fiz uma lista, mas só depois que meu coração tinha falado. Vocês me conhecem, sou muito pragmática, por isso fiz uma lista para me certificar de que não estava me deixando levar e fazendo uma escolha ruim. — Ela sorriu para mim. — Então acho que, para responder a sua pergunta, cada uma de nós teve a própria maneira de saber. Só você pode saber com certeza se Mark é o seu homem especial.

Eu suspirei. Não podia ser. O meu homem especial me amaria por quem eu era. Mark disse que estava se apaixonando por mim, mas, em seguida, deixou claro que só se apaixonaria de fato se eu me tornasse alguém diferente.

Após a última hora de conversa, nada realmente havia mudado, no fim das contas. Soltei outro suspiro.

Os lábios de mamãe se curvaram, solidários.

— Isso não é nada encorajador. A gente te ajudou em algo, querida?

Peguei a mão dela e a apertei, depois me obriguei a sorrir para ela e para as minhas irmãs.

— Sim, porque vocês me mostraram que se importam e todas compartilharam histórias. Histórias pessoais. — Mesmo que nunca mais visse Mark novamente, eu me sentia muito mais feliz em relação à minha família.

E era muito provável que eu não o visse. Era improvável que ele entrasse em contato comigo do jeito que deixamos as coisas na noite anterior. E eu não tinha nenhum motivo na vida para procurá-lo. Além disso, ele logo viajaria para a Indonésia.

Cientistas bonitas e moradoras locais flertariam com ele e ele não perceberia, mas uma hora ou outra alguma delas tomaria a iniciativa. Eles se tornariam amantes. E sim, droga, eu estava com ciúme.

Um movimento chamou a minha atenção. Merilee brincava com um biscoito que não havia comido, girando-o de borda em borda. Ela ficou em silêncio durante a maior parte da conversa, os grandes olhos azuis observando de rosto em rosto, com uma expressão sóbria. Lá estávamos nós, discutindo a minha patética vida amorosa, quando ela ia se casar no sábado. Hora de parar de chafurdar na autopiedade e pensar em outra pessoa.

Eu me levantei e passei um braço em torno dos ombros dela.

— Ei, mana, chega de eu monopolizar a conversa. Há boatos de que há um casamento a vista e mais ou menos um milhão de coisas a serem feitas. Você tem um exército de trabalhadores aqui e sei que a general Tree tem um planejamento. Tree, pegue-o e nos dê as ordens.

Na terça-feira à tarde, ao fim das considerações finais, Adrienne disse a Mark:

— Vamos sair para beber.

— Vamos? — Por mais que ele gostasse de Adrienne, estava deprimido e irritado, e sem vontade de socializar. — Os meus avós vão me esperar para jantar.

— Eles jantam às sete e meia. São só cinco horas. Tem algo errado e você precisa falar.

— Preciso? — Ele preferiria lamber as feridas sozinho. Pela primeira vez na vida, ele expôs o próprio coração e o que Jenna fez? Chutou-o.

— Precisa sim. — Adrienne o pegou pelo braço e o levou consigo. Eles se despediram de alguns colegas enquanto ela o carregava, passando pelo bar do hotel onde os outros participantes do simpósio procuravam mesas. Em seguida, ela o fez atravessar a porta da frente, seguir pela rua por alguns quarteirões e entrar em outro hotel. Esse bar era tranquilo e ela escolheu uma mesa na parte de trás. Quando uma garçonete apareceu na mesma hora, ela pediu um suco de oxicoco e um refrigerante. — Mark?

Embora ele não fosse muito de beber, hoje pediria um uísque duplo. No entanto, ele ia dirigir, então, em vez disso, pediu:

— Uma cerveja.

A garçonete começou a relacionar as opções e ele a interrompeu:

— A primeira. — Quem ligava para qual seria a cerveja?

Assim que ela saiu, Adrienne disse:

— Você passou o dia inteiro angustiado. O que aconteceu?

Ele suspirou.

— A gente terminou.

— Por quê? Achei que tudo ia tão bem. — Os olhos cor de jade se estreitaram por trás das lentes dos óculos e a testa se franziu debaixo da franja do cabelo vermelho curto e espetado.

— Eu também. — Ele pegou um amendoim da tigela em cima da mesa e o comeu sem saboreá-lo.

— Fala sério, o que você disse? O que ela disse?

— Eu queria que ela fosse para a Indonésia e trabalhasse no projeto do recife de coral. — Ele sacudiu a cabeça ao lembrar da própria idiotice. — Droga, Adrienne, eu disse a ela que estava me apaixonando por ela. Falei sobre o futuro. E no começo ela parecia entusiasmada, depois ficou toda irritada. — No fim das contas, ele era só mais um cara — como o marinheiro grego, o *chef* francês. Ele só estava com ela havia três dias. Não deveria doer tanto.

Ele pegou o copo de cerveja que a garçonete entregou e tomou um longo gole.

— Irritada com o quê? — perguntou Adrienne.

— Eu é que não sei.

— O que você disse antes que ela pirasse?

Ele bebeu de novo e tentou se lembrar.

— Que ela é dispersa, trabalha em um monte de projetos diferentes. Meio ambiente, crianças, mulheres que sofreram abuso. Apontei que ela seria muito mais eficiente depois que se concentrasse em algo, tivesse uma formação relevante e assim por diante.

— Humm. — Os olhos dela continuavam estreitos. — É isso o que ela quer fazer?

— Achei que era sobre isso que a gente estava conversando, mas, aparentemente, não era. Você sabe que a minha capacidade de comunicação é uma droga — disse ele com amargura. — Ela curte liberdade e variedade. Não quer se concentrar, não quer se amarrar. Não quer aproveitar o potencial dela ao máximo. — Em resumo, ela não queria ficar com ele.

Ela fez uma cara feia.

— Palavras suas ou dela?

— De ambos, eu acho. Nós estávamos, er, atirando palavras para lá e para cá. — Ele retorceu a boca. — Não foi bonito.

— Você estava sendo crítico.

— É, acho que sim, mas ela também estava — disse ele, na defensiva. — Quanto ao meu estilo de vida. De qualquer forma o resultado final é que ela não quer mudar.

— E você quer que ela mude. — Ela levantou o copo e bebeu. — Algo que você disse a ela.

— Eu estava sendo sincero. E caramba, Adrienne, como eu queria ficar com ela. — Ele inclinou o corpo para frente. — Ela era especial desde o início. Era como se ela tivesse me enfeitiçado e... — Ele bufou. — É, e eu perdi a cabeça. A química, fazer amor, a simples diversão de estar com ela...

— Diversão? — interrompeu ela. — Não estou certa de que já ouvi você usar essa palavra.

— Meus avós tentaram aniquilá-la do meu vocabulário. — Então, quando ela abriu a boca, ele ergueu a mão. — Eu sei. Estou sendo crítico de novo. Desculpe. De qualquer forma, sim, eu estava enfeitiçado. Comecei a vê-la como uma parceira com quem eu poderia construir uma vida. Trabalho, amor, filhos. Ela é a única mulher que conheci na vida com quem imaginei um futuro e era a porra de uma fantasia pura.

No automático, ele estendeu a mão até a tigela de amendoins e Adrienne deu um tapinha na mão dele.

— Pare com isso, vai estragar o apetite na hora do jantar.

— Hein? — Ele olhou para baixo e percebeu que a tigela estava quase vazia. — Eu comi tudo isso? — Ele não tinha saboreado um amendoim sequer.

— Sim. — Ainda com a mão em cima da tigela, ela disse — Você achou que estava se apaixonando por ela e que talvez ela sentisse o mesmo?

Ele suspirou.

— É. Que idiota. Obviamente, ela não sentia.

Ela tomou outro gole enquanto a sobrancelha franzida dizia a ele que ela estava pensando. Em seguida, ela colocou o copo na mesa e inclinou o corpo para frente.

— Mark, você quer que ela mude. E você? Você se vê mudando alguma coisa?

— Sim. Sendo mais flexível e espontâneo, mais aberto a colaborações criativas. Tentando estar mais em sintonia com as pessoas, como ela. Aproveitando mais o presente. — Ele deu uma risada rouca. — Desfrutando mais a vida. Ao menos era esse o plano quando eu imaginava dividir minha vida com ela. — Agora... Se ele vivesse assim, a situação apenas o lembraria de Jenna e do coração partido. Merda, ele estava ferrado.

— São coisas bacanas. Ela te disse que você precisava fazer isso?

— Não, mas ficou implicando comigo. E me fez agir de um modo diferente de como eu agiria.

— Humm. — Ela tamborilou com os dedos na mesa durante um minuto. — Como você teria reagido se ela te dissesse que não queria que você apresentasse o seu artigo ontem, que queria que vocês dois fizessem um piquenique?

— O quê? — Do que Adrienne estava falando? — Ela nunca faria isso.

— Fazer um piquenique seria ser flexível e espontâneo e viver o presente. Por que ela não te pediria para fazer isso?

— Porque ela sabe quão importante meu trabalho é para mim.

— Todo mundo que te conhece sabe disso. O que você está dizendo é que ela respeita quem você é.

— Acho que sim.

Ela ergueu as sobrancelhas.

Ela estava dizendo que ele não a respeitava...?

— Ah.

— Então a questão é: você respeita quem Jenna é? Você a ama pelo que ela é ou será que só vai amá-la se ela mudar? Quem é a mulher que fez você se apaixonar?

Uma boa pergunta na qual ele precisaria pensar. No entanto, algo estava claro.

— Se ela não mudar, não podemos ficar juntos.

— Talvez não da maneira que você imagina, mas cada relacionamento é diferente. Você se lembra de quando namorou aquela mulher que queria que você trabalhasse em uma universidade, comprasse uma casa, sossegasse? Essa era a imagem que ela fazia do futuro, mas não funcionava para você. Agora você faz uma imagem do futuro e ela não funciona para Jenna. Você pode terminar. Ou pode considerar a possibilidade de imagens diferentes.

— Você quer dizer sermos parceiros, mas nem sempre ela trabalhar nos projetos comigo? Enquanto ela faz outra coisa em outro lugar? — Ser uma borboleta. A insegurança surgiu no fundo da mente dele. — Como eu poderia... Ficar com ela se não estivesse com ela? Ela nunca curtiu a monogamia. Ela é linda, divertida e inteligente, e ela sempre vai ter muitos caras atrás dela.

Ela deu um suspiro de desgosto.

— Você quer ficar com ela prendendo-a à cama? Ou quem sabe colocando um cinto de castidade nela? Se toca, Mark.

— Não, claro que não, mas... — Jenna o acusou de querer cortar as asas dela. Ele pegou o copo, inclinou-o e percebeu que estava vazio. Quando ele bebeu aquela cerveja?

— É sempre uma questão de confiança. Quer vocês morem na mesma casa ou em lados opostos do mundo. Estou aqui em um bar com você. Em vez disso, poderia estar com uma mulher linda, fascinante e inteligente que estivesse dando em cima de mim. Talvez eu me sentisse atraída por ela, talvez até sentisse tesão por ela. Entretanto, se ela dissesse "vamos para um quarto", eu iria com ela?

Ele sacudiu a cabeça.

— Por que não? — Ela levantou a mão esquerda e sacudiu a aliança de casamento. — Por causa disso?

— Não. Porque você ama Laura.

O rosto dela se enrugou em um sorriso.

— Você não é tão burro assim, afinal de contas.

Certamente ele não se sentia muito inteligente.

— Agora estou confuso de verdade. O que devo fazer?

O sorriso desapareceu em uma expressão de solidariedade.

— Eu queria que vocês dois tivessem mais tempo, como Laura e eu tivemos quando ficamos juntas. Se o amor e a confiança se fortalecerem ao longo do tempo, você pode ter mais certeza de que vão superar as provações. Distância, cantadas de outras pessoas, brigas, qualquer coisa.

— Em dois dias estarei em um avião a caminho de Bali.

— Ou você precisa de tempo, ou dar um voto de confiança. — Ela suspirou. — E sei que você não é do tipo que confia cegamente. Consigo me identificar com isso, porque também não sou. — Ela se levantou, um pouco desajeitada com sua barriga de grávida, e deu a volta na mesa para abraçar os ombros dele. — Talvez ela não seja a mulher certa, Mark.

Ele apoiou a cabeça nos braços dela e se sentiu vazio e dolorido por dentro. Um voto de confiança? Não, ele não poderia fazer isso. E o tempo havia acabado para ele e Jenna.

— Eu acho que não.

Ela apertou os ombros dele e, em seguida, o soltou.

— Eu preciso ir. Laura e eu vamos a um jantar com amigos.

— E eu preciso voltar para meus avós. — Só o que ele queria era ficar sozinho. Talvez alegasse estar com dor de cabeça e se recolheria ao quarto.

— O que eles acham de Jenna?

— Não a aprovariam.

— Foi o que imaginei, mas não deixe que eles tomem decisões por você. E lembre-se: eles não são você. Gosto da ideia de você ser mais espontâneo e flexível. De qualquer forma, acho que Jenna fez bem a você.

Mark balançou a cabeça. Ele se sentia arrasado e ferido, como se tivesse sido atropelado por um ônibus. Não, Jenna não fez bem a ele.

***.

Capítulo 14

Na quarta-feira à noite, me sentei à mesa com a minha família mais uma vez — ou ao menos com mamãe, Tree e Kat, assim como a mãe de Matt, Adele. Era uma mistura de chá de panela e despedida de solteira de M, realizada por uma amiga que convenceu os pais a fecharem naquela noite o aconchegante restaurante italiano que tinham.

Enquanto bebíamos martinis de frutas e Merilee abria a pilha de presentes, tentei não deixar que as outras pessoas vissem quanto eu estava cansada e deprimida.

Agradeci a Deus pelo planejamento de Tree, porque aquilo me manteve ocupada pelos últimos dois dias. Tentei manter o alto-astral por causa de Merilee ao brincar com a família dizendo que estava ocupada com aquela lista de prós e contras. Na verdade, cheguei a pegar um pedaço de papel, desenhar uma linha no meio e escrever "Prós" de um lado e "Contras" do outro.

Então, depois de olhar para ele durante dez minutos, rasguei-o. Embora não tivesse escrito uma única palavra, enormes letras pretas ocupavam o meu cérebro: *ele não me ama de verdade*. Pelo menos com a minha família sempre foi *eu te amo, mas*. Com Mark, era *vou te amar, se*. Se me tornasse a pessoa que ele achava que eu deveria ser.

Meu Deus, eu me sentia uma merda. Eu tinha razão na noite de segunda-feira. Precisava bani-lo dos meus pensamentos, parar de alimentar sonhos infantis e continuar a vida incrível que levava antes que ele aparecesse. Desta vez, o universo estragou tudo quando me mandou aquele homem.

Merilee ria e corava quando abria presentes como óleo de massagem comestível e tangas com estampa de oncinha para ele e para ela.

— Damien odeia tangas, mas ficaria um gato vestindo cuecas com estampa de oncinha. Talvez eu faça algumas compras, para quando ele voltar — disse Tree.

O presente seguinte de Merilee eram bolinhas vaginais.

— Aah — exclamou Kat. — Será que isso combina com sexo tântrico?

Forcei um sorriso, genuinamente feliz por todas as minhas irmãs terem homens maravilhosos que as amavam, homens com quem poderiam praticar jogos sexuais divertidos e fazer amor de modo apaixonado.

Achei que Mark e eu iríamos por esse caminho. Até perceber que ele não me achava boa o suficiente para ele.

Enquanto observava Kat, me lembrei de algo que disse acerca dela e de Nav. Como eles brigavam sobre coisas como as escolhas de homens dela e a importância da aparência. Eles discordaram, brigaram e desafiaram um ao outro. Ela disse que ambos enfrentaram algumas questões difíceis. No entanto, nenhum dos dois disse que só amaria o outro se ele mudasse.

Foi assim que interpretei o que Mark disse. No entanto, agora eu me perguntava se estava sendo justa. E se ele disse que eu não era boa o suficiente ou me dizia que via algo em mim, algum potencial mais profundo, que eu nunca tinha me permitido perceber? Embora eu me considerasse um espírito livre — alguém que não curtia nada no longo prazo —, será que eu tinha internalizado o julgamento da minha família de que eu era irresponsável?

Passei os dedos no braço e no ombro, um tempo a mais na primeira borboleta, que tatuei quando tinha quinze anos. Minha orgulhosa declaração ao mundo de quem era Jenna Fallon e do quanto eu era diferente do resto da família. Acrescentei outra depois de Travis, uma afirmação de que uma borboleta não se prenderia a um homem. E outras mais ao longo dos anos, quando o impulso me levava, para afirmar que eu era livre e independente. Sempre achei que seguia meu próprio caminho, sem competir com minhas irmãs quase perfeitas.

Sem competir no campo delas. Não no de Tree, de brilhantismo acadêmico e compromisso com a situação dos povos indígenas. Não no de Kat, de habilidade social e inteligência em todos os aspectos. Não no de Merilee, de se vincular amorosamente a um só homem. No entanto, a verdade é que competia para afirmar quão diferente eu era.

No entanto, eu era tão inteligente e boa em lidar com gente quanto Kat. E, como Tree, eu queria fazer do mundo um lugar melhor. E, talvez dentro do meu coração, eu fosse como M, no sentido de desejar um homem, um amor.

É claro que eu também era diferente. Adorava viajar, amava variedade e não queria me acomodar em um lugar só. Nesses aspectos, eu era como Mark, mas ele pensava no longo prazo, e eu nunca fui assim.

Por que tinha receio de não conseguir ir até o fim?

Sentada ao meu lado, a mãe de Matt, Adele, disse:

— Graças a Deus acabou. Nenhuma mãe quer imaginar o próprio filho vestindo um fio dental.

Eu me dei conta de que tinha ignorado os últimos presentes, e os lindos garçons serviam bandejas redondas de pizza.

— É — murmurei. Eu não tinha jurado parar de me angustiar com relação a Mark?

E, mesmo assim, não conseguia. O que sentia por ele era profundo demais. Eu não conseguia desistir de nós dois — desistir dos meus sonhos mais uma vez — até ter certeza absoluta.

Peguei o copo de martíni quase cheio e tomei um gole. Toda aquela angústia e toda aquela análise não eram muito a minha cara, mas eu iria conseguir.

O que iria acontecer se eu tomasse o caminho que Mark ofereceu e realmente pensasse no longo prazo? Talvez, apenas talvez, amor e filhos. Uma vida estimulante e não convencional. Eu poderia combinar minha conexão especial com o meio ambiente e meu amor por gente, e viajar para lugares com os quais sonhava. Poderia estudar, aprender, me tornar cada vez mais e mais experiente e qualificada. Contribuir de forma significativa com o mundo, em vez de apenas pousar aqui e ali.

Lembrei-me de algo que estava pensando lá no Marianne's Diner. Você precisa decidir quem quer ser. Será que Mark realmente me disse que eu precisava mudar ou quis dizer que era hora de me analisar e decidir quem eu queria ser? Estou quase chegando aos trinta. Continuo querendo ser a mesma menina de quando tinha vinte?

Coloquei devagar o copo de volta na mesa. Achei que Mark não me respeitava, mas talvez respeitasse. Talvez ele me respeitasse mais do que eu. No fundo, talvez fosse eu que não me achava boa o suficiente, que nunca me prendia a nada durante tempo suficiente para realmente me desafiar — ou correr o risco de fracassar.

Medo de fracassar, de não ser boa o suficiente. Medo de amar e não ser correspondida. E eu me achava tão corajosa de sair para a estrada aberta, de estar viva para todas as possibilidades. Na verdade, estava fechando portas por medo.

Estava na hora de ter coragem de me comprometer. Correr o risco de fracassar e de perder, mas tentar o máximo possível para que tudo desse certo. Para correr atrás dos sonhos que já não pareciam mais infantis, e sim muito adultos.

Dei um pulo.

— Preciso ir.

Minha família e Adele olharam para mim, Kat sorriu e disse:

— Mark. Você decidiu.

— Mark? — repetiu Adele em um tom confuso.

— Ela conheceu um cara — explicou Kat. — E agora vai atrás dele. Certo, Jenna?

— É. — A esperança e a ansiedade se agitavam dentro de mim. Será que Mark me daria outra chance? Se realmente gostasse de mim, certamente daria. — Você pode falar com Merilee? Pedir desculpas por mim?

— É claro. — Kat se levantou e me abraçou. — Boa sorte, mana.

Mamãe e Tree me surpreenderam ao também se levantarem, darem a volta em torno da mesa e também me abraçarem.

— Vá atrás dele — disse Tree.

E mamãe completou:

— Estou orgulhosa de você, Jenna.

Orgulhosa? Minha mãe estava orgulhosa de mim?

— Pegue o carro — disse ela, enquanto dava a volta na mesa de novo para apanhar a bolsa. Ela encontrou o chaveiro e tirou dele uma chave preta e extravagante. — Vamos pegar um táxi. — Ela me ofereceu sua preciosa Mercedes?

— Obrigada. — Do outro lado da mesa, tomei a chave da mão dela. — Deseje-me sorte.

Todas desejaram e saí correndo do restaurante.

Se eu tivesse o endereço dos avós de Mark, teria dirigido até lá. Se tivesse o celular ou número do telefone da casa dele, teria ligado. Sem eles, seria necessário ir para casa e pesquisar.

Quando cheguei, a casa estava escura. Como todas as mulheres saíram à noite, Nav decidiu fazer fotos do pôr do sol e papai disse que ia ficar no campus trabalhando. Corri até a parte de trás, tirei a chave do esconderijo na antiga castanheira e entrei em casa.

Primeiro o catálogo telefônico. Chambers era um sobrenome comum e eu não conseguia me lembrar dos nomes dos avós de Mark, mas talvez tivesse um Dr. Chambers na lista.

Não tinha.

Certo, então eu teria de pesquisar Mark no Google. Corri até o segundo andar, entrei voando no primeiro quarto, que passou a ser de M. O computador na mesa dela estava ligado, por isso abri uma janela de busca e digitei *Dr. Mark Chambers*.

Ai, cara, havia milhões de resultados. Literalmente. Acrescentei *biólogo marinho*, *telefone* e *Vancouver* aos termos de pesquisa e tentei de novo. Certo, melhorou um pouco, mas, quando conferi os primeiros resultados, vi que não eram úteis.

Impaciente, experimentei uma abordagem diferente. Talvez fosse mais fácil achar a avó dele. Embora ela estivesse na casa dos oitenta, Mark disse que ela ainda prestava consultoria e dava aulas de neurologia. Então, desta vez procurei por *dra. Chambers*, *neurocirurgiã*, *Vancouver* e *telefone*. É! Havia um número. O número de um escritório.

Eu ia tentar usá-lo. Às oito horas da noite de quarta, era provável que caísse em uma secretária eletrônica, mas Mark disse que ela prestava consultoria, então talvez fosse um escritório em casa.

Uma voz feminina vivaz atendeu ao segundo toque.

— Pois não?

— Sra. Chambers? — perguntei, parecendo sem fôlego.

— Sim. Quem é?

— Você não me conhece. Desculpe incomodá-la, mas sou amiga de Mark e preciso entrar em contato com ele.

— Ele deu esse número a você?

— Não, mas eu, er, perdi o número do celular dele.

— Ah. — Aquela sílaba carregava o peso da desaprovação. — Bem, ele não está aqui. Saiu da cidade. — Ela também parecia insatisfeita com a situação.

Meu queixo caiu por causa do choque. Embora geralmente não me incomodasse em acompanhar o passar dos dias, com o casamento de M&M à vista, eu sabia exatamente qual dia da semana era aquele. Era uma quarta-feira e Mark disse que ia viajar para Bali na quinta. Deve ter mudado de planos. Talvez porque estava muito aborrecido comigo.

— Mocinha, você precisa de algo mais? — disse ela, severa.

— Você poderia me dar o número do celular dele?

Ela recitou uma sequência de números, peguei uma caneta e os rabisquei apressadamente.

— Obrigada.

Ela desligou o telefone.

Que ótimo. A mulher já me reprovava. Isso provavelmente só iria piorar quando ela me conhecesse. Se algum dia me conhecesse.

Com dedos trêmulos, liguei para o número que anotei.

Três toques e a ligação caiu no correio de voz. Ele provavelmente estava no avião. Eu não tinha pensando no que dizer, então falei aos tropeços:

— Mark, é Jenna. Eu fui muito idiota. Você pode me ligar para a gente conversar? Eu... — A minha boca tremeu com as palavras. — Te amo. — Será que eram verdadeiras? Como eu poderia saber? — Desculpe. Por favor, me ligue. — Pelo menos pensei em deixar o número do meu celular, porque ele não tinha nenhum motivo para guardar o pedaço de papel em que o escrevi.

Desliguei o telefone. Só o que poderia fazer era manter o celular carregado e aguardar. E ter esperança. Mais uma vez, coloquei meus sonhos em jogo. Será que Mark iria despedaçá-los ou torná-los realidade?

Na quinta de manhã, depois de uma noite agitada, em que esperança e medo se alternaram, continuei a esperar. Pesquisei voos para Bali e descobri que Mark provavelmente faria conexão em Hong Kong e poderia passar quatorze horas no ar. Por isso, talvez ainda não tivesse recebido minha mensagem.

Quando contei a história para a minha família no café da manhã, mamãe disse:

— Bom para você, querida. Agora, não se preocupe nem fique impaciente. Não faz bem.

Papai resmungou.

— E quantas vezes eu já te disse isso, Rebecca, o bem que isso faz? — Em seguida, ele se virou para mim e disse, ríspido — O homem teria sorte em ter você, Jenna.

No meu estado debilitado, aquele comentário quase encheu meus olhos de lágrimas.

A família estava sozinha no café da manhã. Matt, que diversas vezes ficava para o café, decidiu passar as últimas noites de solteiro na casa da mãe. E Nav saiu bem antes de todos nós acordarmos para ir ao centro com seu equipamento fotográfico, na esperança de conseguir algumas fotos à luz do amanhecer. Logo ele realizaria sua primeira exposição importante em Montreal e esperava conseguir uma ou duas fotos especiais.

Quando nossos pais saíram para trabalhar, minhas irmãs me contaram como foi o resto da despedida de solteira e do chá de panela.

— Chegaram dois gatos vestidos de bombeiros — disse Kat. — E Kimberly deu um grito totalmente artificial: "Ai, meu Deus, um incêndio?". Os caras foram até onde ela e M estavam sentadas e um deles disse: "Pode apostar que vai rolar, depois que a gente atiçar". O outro arrumou um conjunto de som, Sean Kingston cantava sobre um incêndio na pista de dança e os dois começaram a tirar a roupa.

— Ah, que divertido! E eles realmente foram até o fim?

— Não, só até as cuecas *boxer* — disse ela, com uma aparência desapontada. — Eles não eram *strippers* de verdade, apenas dois estudantes de dança que Kimberley conhece.

— Como as mães lidaram com a situação?

Tree disse secamente:

— Fingiram estar surpresas, mas na verdade assistiram.

— E quanto a você, M? — perguntei.

Ela corou.

— Foi meio bobo, mas foi divertido. — Ela deu um risinho maroto. — Eles tinham ótimos... Passos.

Todas nós rimos. Aí M ficou séria.

— Mudando totalmente de assunto, eu gostaria de visitar vovó esta manhã.

— Eu também — eu disse. Fiquei à procura de uma oportunidade desde que cheguei em casa, mas Tree me manteve bastante ocupada.

Agora, a minha irmã mais velha disse:

— Temos tempo para isso. Todas vocês têm se saído tão bem que estamos adiantadas no cronograma. Mas... Não tenham muitas expectativas. Ela realmente não está lúcida.

Nós nos aprontamos depressa e logo chegamos à linda clínica onde vovó estava hospedada. A recepcionista nos pediu para entrarmos uma por uma, pois confundiria menos a vovó.

Decidimos que Tree iria primeiro e ela passou cerca de dez minutos lá dentro, depois saiu balançando a cabeça.

— Não é um bom dia.

Kat foi a próxima e, quando saiu, disse:

— É tão triste. Ela simplesmente fica olhando para fora da janela. Não disse uma só palavra.

Entrei lentamente na sala reservada e fui até a cadeira perto da janela. A cada vez que via vovó, ela parecia menor, mais frágil. Como Kat havia dito, o olhar dela se concentrava do lado de fora da janela, os olhos azuis desbotados por trás das lentes grossas dos óculos. Quando inclinei o corpo, dei um beijo na bochecha dela e disse:

— Oi, vovó, é Jenna —, algo cintilou em seus olhos e ela apontou para fora.

Olhei para o pátio paisagístico maravilhosamente bem cuidado. O dedo trêmulo apontava para uma cerejeira ornamental, as flores há muito sem nascer.

— É uma árvore bonita.

— Peito vermelho — disse ela.

Uma memória de muito tempo atrás estalou na minha mente.

— Um pintarroxo? Um pintarroxo de peito vermelho? — Era uma canção de ninar que ela costumava cantar. Olhei novamente para a árvore, bem na hora em que um pintarroxo com uma minhoca na boca voou até os ramos frondosos.

— Ah, vovó, tem um ninho lá.

Bem protegido pela folhagem, dava para ver o ninho com um pintarroxo na borda, que metia a minhoca na garganta de um filhotinho.

— Peito vermelho — repetiu ela com satisfação.

Houve um tempo em que ela era capaz de nomear todos os pássaros. Ela me ensinou. Sentei-me no banco ao lado dela e peguei suas mãos com as minhas.

— Vovó, estive na Califórnia. Contei falcões-peregrinos. Você se lembra dos falcões, não é? — Durante os minutos seguintes, conversei com ela sobre a pesquisa, os pássaros, os locais de nidificação remotos.

Na maior parte do tempo, ela olhava para fora da janela como se não estivesse ouvindo, mas uma ou duas vezes ela olhou para o meu rosto e tive esperança de que, em algum nível, ela soubesse quem eu era e soubesse que a amava.

Quando o meu tempo acabou, eu disse:

— Preciso ir agora, vovó. Vejo você no sábado. Merilee vai se casar, lembra? Com Matt? M&M? Você vai aparecer e se divertir muito.

Ela me olhou com uma aparente incompreensão.

Beijei a bochecha dela.

— Eu te amo, vovó.

Ela olhou mais fixamente para meu rosto e, quando comecei a tirar as minhas mãos das dela, ela as apertou mais.

— Infeliz — disse ela.

— Você é infeliz? O que há de errado, vovó?

— Não seja infeliz. — Os dedos frágeis seguraram os meus. — Confie no seu coração.

Sem saber se ela falava de mim ou de si mesma, ou revisitava alguma memória antiga, eu disse:

— É um bom conselho. — Um conselho que, na verdade, eu estava tentando seguir.

As mãos dela soltaram as minhas e fiquei de pé.

— Merilee vai entrar e ver você.

Quando saí, fui para o lado de fora do edifício, me sentei em um banco perto da porta e conferi o celular, que tinha desligado. Nada.

O voo dele já devia ter pousado. Ele deve ter ouvido a minha mensagem. Talvez a conexão entre os voos tenha sido corrida e não deu tempo de ligar. Ou era possível que a bateria do celular dele tivesse acabado.

Eu queria confiar no meu coração, mas só o que conseguia pensar era: *se ele não me der uma segunda chance, significa que não me ama.*

***.

Capítulo 15

Horas mais tarde, depois das tarefas do casamento, do almoço e de mais compromissos do casamento, Mark ainda não tinha ligado e eu estava seriamente deprimida. Tinha feito o possível para não demonstrar isso, mas sabia que não tinha conseguido, por causa dos abraços silenciosos de solidariedade que minhas irmãs continuavam a me dar. Mesmo infeliz como eu estava, gostava de passar esse tempo com elas e de sentir aquela onda de calor e apoio mútuo.

No entanto, eu me sentia péssima em lançar um clima sombrio nos últimos dias antes do casamento de Merilee. A visita à vovó também não ajudou. Depois dela, M ficou quase tão reservada quanto eu. A gente poderia levar vovó ao casamento, mas será que havia alguma esperança de que ela realmente estivesse "lá"?

No fim da tarde, com as tarefas do dia para o casamento finalizadas, mandamos M ir para o quarto para descansar, enquanto Kat e eu ajudamos Tree a marinar a carne, as batatas e as cebolas do que ela chamou de "churrasco australiano do Damien". Depois disso, nós três fomos para nossos quartos ter um momento de renovação e sossego.

Eu me sentei na mesa junto à janela e encarei a verdade. Mark tinha me dispensado. Ele pode ter achado que estava se apaixonando, mas era apenas desejo e ele caiu em si. Caso contrário, se realmente gostasse de mim, teria retornado minha ligação.

Olhei pela janela para a castanheira e fiquei meio tentada a sair, subir nela e me empoleirar no lugar onde sonhava. Talvez houvesse pintarroxos fazendo ninhos lá também.

Vovó disse: "Confie no seu coração". Será que ela sabia que estava falando comigo, Jenna? Será que o conselho foi para mim? Será que ela sabia que, embora eu sonhasse muitos sonhos, não confiava no meu coração desde que tinha dezessete anos de idade e que ele me decepcionou demais?

Aí me dei conta de algo. A mensagem que deixei para Mark foi um tanto ininteligível. Não confiei no meu coração, não expressei tudo o que sentia.

Eu deveria ligar e deixar outra mensagem.

No entanto, a ideia não parecia boa. Eu queria o mesmo que ontem à noite: ver Mark, tocá-lo, estar cara a cara quando dissesse a ele o que sentia. Ler a verdade no rosto dele e saber se precisava desistir de ter esperança.

Do lado de fora da porta, ouvi a voz de Nav, depois a porta de um quarto se fechar. Kat estava com o cara dela. Tree provavelmente estava ao telefone com Damien. Graças ao que minhas irmãs mais velhas disseram ao longo dos últimos dias, eu sabia que a jornada delas no amor não havia sido fácil e que cada uma delas teve de superar medos e inseguranças. No entanto, elas confiaram no próprio coração e no coração dos homens delas, e veja só o que ganharam com essa atitude.

Endireitei os ombros. Não, eu não ia subir na minha árvore de sonhos. Olhei para a foto encaixada na moldura do meu espelho: eu, sentada no banco do motorista de Mellow Yellow, com a capota abaixada e um grande sorriso no rosto. Antigamente, eu adorava pegar a estrada aberta e contar com o universo para determinar a direção a seguir. Desta vez, eu precisava crescer e traçar meu próprio caminho.

Eu precisava ir para Bali, mas como? Depois de comprar os presentes do chá de panela e do casamento de M, eu estava dura.

Olhei durante mais um instante para a foto e encontrei a resposta. Droga, eu tinha aquele carro desde os dezoito anos. Ele foi o meu companheiro em muitas aventuras.

Decidida, desviei o olhar e conferi o relógio ao lado da cama. Talvez mamãe já tivesse saído do escritório, mas talvez não. Disquei o número.

Sempre foi uma questão de orgulho nunca pedir dinheiro emprestado, mas o amor superava o orgulho. Quando ela atendeu, eu disse:

— Mãe, posso pegar emprestado dinheiro para ir a Bali? Vai ser breve, eu vou...

— Mark ligou? — interrompeu ela, parecendo jovem e animada.

— Não, eu quero viajar e conversar com ele.

Uma longa pausa, depois:

— É algo corajoso a fazer, mas e o casamento? A sua irmã...

— Não, não quis dizer agora. Jamais perderia o casamento de M. Mas logo depois. Um voo noturno no sábado ou bem cedo no domingo de manhã. E mamãe, eu vou te pagar de volta assim que puder. Amanhã de manhã vou ligar para o mecânico na Califórnia e me organizar para... — Eu engoli em seco. — Vender meu carro.

— Você vai vender Mellow Yellow? Ah, Jenna, você quer mesmo fazer isso?

— Não, mas Mark é mais importante.

— Amanhã falamos sobre o carro. Olha, achei o número da minha agente de viagens. Ela faz milagres. Vou mandar um e-mail para que ela ponha na minha conta.

— Obrigada, mamãe.

Assim que desliguei, telefonei para a agente de viagens. Abençoados sejam os *workaholics*, porque ela também ainda estava no escritório. Conversamos durante alguns minutos e ela disse:

— Vou conferir todas as opções e ligo para você amanhã cedinho.

— Muito obrigada.

Desliguei enquanto me perguntava como diabos iria descobrir onde Mark estava em Bali. Eu realmente preferia não ligar para a avó dele de novo. Se ao menos ele tivesse me dito o sobrenome da sua amiga Adrienne...

Peraí. Adrienne, bióloga marinha da Universidade da Colúmbia Britânica? Haveria uma lista on-line de membros do corpo docente. Certo, era o que eu faria amanhã cedo e ligaria para o trabalho dela. Eu também telefonaria para Neal, o mecânico na Califórnia, para perguntar o que poderia fazer para vender o carro. Conversei com ele na segunda-feira e ele disse que Mellow Yellow estava todo consertado e pronto para ser entregue.

Tirei a foto da moldura do espelho com uma umidade sentimental a nublar a minha visão. Mellow Yellow e minha jovem amiga Anna, juntamente com minha família, foram constantes na minha vida em eterna mutação. Agora, eu ia trocar meu carro pela chance de ter um futuro com um homem que mal conhecia.

Endireitei os ombros e coloquei a foto de volta no lugar. Decisão tomada; hora de seguir em frente. Eu ia falar com Tree. Ela planejaria tudo que eu precisava fazer antes de ir embora.

Fiquei de pé e fui até o corredor para ver se a porta estava aberta. Não, fechada. Sexo por telefone com Damien.

— Ai, meu Deus! — Ouvi vindo do quarto de Merilee. Eu me virei quando ela apareceu correndo pela porta, o rosto brilhante de empolgação. — Jenna! Aquele é o seu carro, não é?

— O quê? Não, o meu carro está na Califórnia. Do que você está falando?

— Olha! — Ela segurou a minha mão, me puxou até o quarto dela e apontou para a janela aberta.

Olhei e vi Mellow Yellow, com a capota abaixada e um Mark muito atingido pelo vento no banco do motorista.

— O quê? — Meu queixo caiu e eu não acreditava nos meus olhos.

— É Mark, é Mark. — Merilee pulava de alegria. — É ele, não é?

A esperança percorreu meu corpo em uma onda que me deixou tonta.

— É ele. É ele mesmo! — Corri pela porta e corredor abaixo, depois desci correndo a escada.

O corpo de Mark inteiro doía por causa das várias horas que dirigiu. Toda a energia dele fora consumida para tirar a bunda do pequeno carro esportivo quando ele parou diante da casa na rua onde deixou Jenna domingo à noite — na qual uma senhora idosa olhava para ele com desconfiança e dizia que, não, Jenna Fallon não morava ali.

Ele gaguejou algo sobre entregar o carro dela e que provavelmente tinha anotado o endereço errado. Felizmente, ela confiou nele o suficiente para indicar a casa certa.

Jenna não confiou tanto assim nele. Isso tornava o que ele fez ainda mais maluco. Quando se separaram no último encontro, ela estava furiosa com ele. Será que existia alguma esperança de que ela o perdoasse? Droga, ele deveria ter ligado para Adrienne e perguntado se estava fazendo a coisa certa. Em vez disso, desta vez, ele confiou em seus instintos e fez algo totalmente por impulso.

Agora, ele estava parado na frente da casa de Jenna e imaginava que droga estava fazendo.

E aí ele percebeu. A porta da frente da sinuosa casa de três andares se abriu e Jenna saiu correndo por ela, com o rosto reluzente de entusiasmo, os cabelos dourados e claros sacudindo, gritando:

— Mark!

A alegria no rosto dela provocou ondas de alívio nele e trouxe nova energia para seu corpo exausto. Ele pulou do carro e correu ao encontro dela. Quando ela pulou em seus braços, ele a agarrou com força e a girou enquanto os dois riam. Era tão bom. Eles iam resolver tudo de algum jeito.

— O que você está fazendo? — Ela exigiu saber. — Achei que você tinha ido para Bali. Por que você não retornou a minha ligação?

— Você me ligou? — Ele a colocou no chão devagar enquanto mantinha os braços em torno dos ombros dela. — Você ligou para o meu celular? Saí com tanta pressa que o esqueci. — Ele também esqueceu o laptop e mal se lembrou do passaporte e da carteira.

Enquanto olhava para aqueles olhos cintilantes de oceano, ele disse:

— Adiei a viagem. Peguei um avião para a Califórnia terça à noite e peguei o seu carro ontem de manhã.

Ela passou os braços pela cintura dele.

— Mark, isso foi lindo, mas não entendi.

Ele percebeu que duas mulheres surgiram por trás dela: uma jovem com o cabelo escuro cor de mel, com uma aparência quase tão animada quanto a de Jenna, e a outra um pouco mais velha, com cabelo castanho e curto, e uma expressão inquisidora. Atrás delas, surgiu uma terceira mulher, com longos cachos castanho-avermelhados desgrenhados, de mãos dadas com um homem de pele escura que abotoava a camisa.

A Mercedes na qual Jenna foi até a praia naquela noite chegou e parou, e uma mulher de meia-idade em um terninho saiu de dentro dela.

Um público familiar, mas ele não dava a mínima.

Ele olhou para o rosto de Jenna.

— Porque o seu carro é a sua liberdade. A sua estrada aberta.

Ela juntou as sobrancelhas.

— O que você quer dizer?

Ele tinha consciência de que a família dela se aproximava por trás de Jenna, em silêncio, mostrando apoio. Se ele a magoasse, teria de responder a todos eles. E era assim que deveria ser. Aquilo provava que eles realmente a amavam.

Eles não o assustavam. Ele já a havia magoado uma vez e não pretendia fazê-lo novamente.

— Eu estava errado. Não deveria ter pedido que você mudasse. Eu me apaixonei por você do jeito que é. Você é uma pessoa maravilhosa.

Ele provavelmente disse a coisa certa pela primeira vez, pois os olhos dela brilharam e os lábios se curvaram.

— Mark, eu...

— Não, espere. Quero que você seja quem quiser ser, que entre no seu carro e vá para onde desejar. Se acha que consegue me amar, então vamos resolver o resto ao longo do caminho.

A malícia reluziu nos olhos dela.

— Você quer dizer, ser espontâneo e impulsivo?

— Eu posso aprender.

Os olhos dela ficaram tranquilos de novo.

— Sim, você pode. E eu também. Eu ia até Bali para te dizer isso.

Mark percebeu que outro carro estava chegando, mas, desta vez, nem sequer ergueu o olhar. Ele observava as profundezas dos olhos verde-azulados dela.

— Você ia para Bali?

— Uma agente de viagens está conferindo os voos para logo após o casamento.

Ele viu a verdade nos olhos dela e o calor se espalhou pelo seu corpo cansado.

— Você ia atrás de mim, Jenna?

— Sim. Para dizer que estava errada. Não sou tão livre assim. No fundo, tenho receio de não ser boa o suficiente para me comprometer. Não quero mais ser assim. O que sinto por você é tão novo para mim, muito maior do que qualquer coisa que eu mesma imaginei. Quero trabalhar com você na Indonésia e quero que nós descubramos se nosso amor é forte o suficiente para que possamos construir um futuro juntos. Trabalho e amor, lado a lado.

Ele tocou o rosto dela. Para ter certeza de que tinha entendido, ele disse:

— Você quer dizer que abriria mão de toda a variedade por um homem, uma causa?

— Nós vamos criar nossa própria variedade. Lado a lado, como companheiros. — Ela sorriu para ele. — Vai ser toda a emoção com a qual consigo lidar.

— E vai ser mais emocionante e alegre do que jamais esperei.

— Você e eu também.

Ele pegou o rosto dela entre as mãos e inclinou o corpo enquanto ela se erguia para encontrá-lo. Os lábios deles se tocaram e ele se perdeu nela. Agora ele entendia essa experiência, a magia que acontecia quando eles se beijavam. Ele e Jenna, duas pessoas fortes e independentes, eram duas metades de algo surpreendente e absolutamente certo.

O ruído de aplausos e gritos penetrou lentamente a consciência dele. Ele afastou os lábios dos dela.

— Fomos feitos um para o outro.

— Sim. Me apaixonei por você desde... Ah, provavelmente desde o instante em que você pediu uma torta de morango.

— Eu me apaixonei por você desde que olhei nos seus olhos.

Alguém pigarreou e Mark olhou além de Jenna e viu a mulher que dirigia a Mercedes e um homem distinto, com cabelos grisalhos e óculos. O homem estendeu a mão.

— Somos os pais de Jenna, Rebecca e James Fallon.

— Mark Chambers. — Ele apertou a mão do pai dela.

A mãe dela o observava de maneira avaliadora enquanto ela também apertava firmemente a mão dele.

— Você vai ficar para o jantar — anunciou ela.

— Obrigado, eu gostaria muito. — Droga, ele não tinha pensado nisso. Não era assim que ele deveria conhecer os pais dela. Ele sabia que seria difícil impressioná-los e que ele precisava mostrar a eles que era o homem certo para a sua filha. — Mas estou na estrada há dois dias, sem tomar banho nem trocar de roupa, e receio que...

— Um dos homens pode te emprestar roupas — disse ela. — Nav?

— Sim, senhora — disse o homem de pele escura com um tom de humor na voz. — Mark, parece que vestimos o mesmo tamanho.

— E eu tenho certeza de que Jenna vai te ajudar a achar o chuveiro. — Os olhos castanho-escuros de Rebecca Fallon reluziram.

— Er, obrigada, isso parece... bom.

Jenna o salvou de se envergonhar ainda mais ao pegá-lo pela mão.

— As outras apresentações podem esperar até o jantar — disse ela com firmeza. — Vamos.

Quando ela começou a afastá-lo, ele se lembrou de algo e disse à mãe dela:

— Tem uma torta de morango e ruibarbo no porta-malas do carro.

— Você parou na lanchonete da Marianne? — disse Jenna.

— Eu ia pegar a torta de morango com cobertura, mas ela disse que uma cozida sobreviveria melhor à viagem.

— Você é uma preciosidade. — Ela o arrastou para longe da família.

As duas irmãs de cabelo castanho trocaram um comentário entre risos que ele não conseguiu pegar, mas ouviu a jovem loira dizer com determinação:

— Preciso ver Matt.

Em seguida, Jenna o guiou pela porta da frente e escada acima.

— Não acredito que você fez esta viagem tão depressa — disse ela.

— Dirigi a noite toda. Queria voltar para você e dizer o que precisava dizer.

— Eu senti o mesmo. Até liguei para a sua avó.

— Você ligou? E como foi isso?

— Ela não parecia muito amigável.

Não, ela não seria amigável. Os avós dele não aprovariam, mas era a vida dele. Mark não era os avós e não queria viver do mesmo jeito que eles. Ele esperava que, com o tempo, eles compreendessem.

Mais imediatamente, ele esperava que a família de Jenna compreendesse.

E, mais imediatamente ainda, ela o levou a um banheiro e trancou a porta.

— Quão cansado você está, Dr. Chambers? — Ela esticou a mão e pegou a bainha da camiseta dele.

— Você está me despertando. — O simples toque dos dedos dela contra a pele dele provocava sua excitação. — Mas, pare, estou suado e nojento.

— Suado, sim. Nojento, nunca. — Ela passou a mão por trás da cortina e ligou o chuveiro enquanto ele desabotoava a calça jeans e abaixava a cueca, o que revelou a ereção crescente.

Ele entrou debaixo do jato quente e gemeu de prazer. Agora, se ela entrasse ali com ele, o mundo seria perfeito.

— Nos acampamentos, os chuveiros masculino e feminino eram separados.

— Eu me lembro — disse ela. — E eu sugeri que dividíssemos, mas você ressaltou que haveria outras pessoas por perto.

A família dela estava em algum lugar lá fora. Mas...

— Você trancou a porta do banheiro?

Ela riu.

— Tranquei. — Através da cortina de plástico transparente, ele a viu começar a desabotoar a blusa sem mangas.

Aleluia.

Esta era a mulher que gostava de espontaneidade e para quem ele disse que poderia aprender.

Ele puxou a cortina, sem se importar se a água se espalharia por todos os lados, agarrou-a pela cintura e a trouxe para dentro do boxe com roupa e tudo.

Às gargalhadas ela olhou para ele enquanto a água encharcava sua roupa.

Ele a puxou para perto, debaixo do jato pulsante, e a beijou, com um sentimento de amor, aceitação e pertencimento que nunca havia experimentado antes.

Ela desabotoou a camisa enquanto ele abria o zíper da bermuda, e continuaram a se beijar como se os lábios de ambos estivessem fundidos. Quando ficou nua, ela emitiu um ruído suave, um gemido, contra os lábios dele e tentou escalar seu corpo.

Agora que o esgotamento havia desaparecido por completo, ele encaixou as mãos sob a bunda firme e a levantou, segurando-a conforme ela enganchava as pernas em torno da cintura dele.

— Ai, Mark, com certeza foi uma viagem louca desde que te conheci, mas gosto de como ela acabou.

— Acabou? Ah, não, a gente está só começando.

Este livro foi impresso pela Assahi
Gráfica em papel
em papel offset 70 g.